D0997485

A CHÔD TRAGWYDDOLDEB

EOIN COLFER

ADDASIAD SIÂN MELANGELL DAFYDD

ARTEMIS GWARTH

A

CHÔD TRAGWYDDOLDEB

Gomer

I deulu Power.
Teulu-yng-nghyfraith a chydnabod.

Cyhoeddwyd yn 2003 gan Penguin Group,
Penguin Books Ltd, 80 Strand, Llundain WC2R 0RL, Lloegr
Teitl gwreiddiol: *Artemis Fowl and the Eternity Code*

Cyhoeddwyd yn Gymraeg yn 2009 gan
Wasg Gomer, Llandysul, Ceredigion SA44 4JL
www.gomer.co.uk

ISBN 978 1 84323 845 4

Noddwyd gan Lywodraeth Cynulliad Cymru.

Argraffwyd a rhwymwyd yng Nghymru gan
Wasg Gomer, Llandysul, Ceredigion SA44 4JL

Cynnwys

PROLOG

DYFYNIAD O DDYDDIADUR ARTEMIS GWARTH.
DISG 2. WEDI EI AMGODIO.

ERS dwy flynedd bellach, mae fy mentrau busnes wedi ffynnu heb rieni gerllaw i ymyrryd â mi. Yn y cyfnod hwn, rwyf wedi gwerthu'r Pyramidiau i ddynion busnes o'r Gorllewin, wedi ffugio a gwerthu dyddiaduron coll Leonardo da Vinci ac wedi peri bod swmp sylweddol o aur y Tylwyth allan o'u cyrraedd. Ond mae fy rhyddid i gynllwynio ar fin dod i ben. Wrth i mi ysgrifennu, mae fy nhad yn gorwedd mewn gwely ysbyty yn Helsinki, lle mae e'n gwella wedi iddo gael ei gaethiwo am ddwy flynedd gan Maffia Rwsia. Mae e'n dal yn anymwybodol ar ôl yr holl helbulon, ond deffro a wneith e cyn hir, a bydd yn rheoli cyfoeth Gwarth unwaith eto.

Gyda dau riant ym Mhlasty Gwarth, amhosib fydd cynnal fy mentrau troseddol amrywiol heb yn wybod iddynt. Ni fyddai hyn wedi bod yn broblem, yn y gorffennol, gan fod fy nhad wedi bod yn fwy o droseddwr na fi, ond mae fy mam yn benderfynol fod rhaid i'r Gwarthiaid ddilyn y llwybr cul.

Wedi dweud hyn, mae digon o amser ar gyfer un joben olaf. Rhywbeth fyddai Mam ddim yn ei gymeradwyo. Na'r tylwyth teg ychwaith, mwy na thebyg. Felly taw piau hi.

RHAN I:

Pennod I: **LLYGAD Y DYDD**

EN FIN, KNIGHTSBRIDGE, LLUNDAIN

 ROEDD Artemis Gwarth bron bod yn fodlon ei fyd. Roedd ei dad ar fin cael ei ryddhau o Ysbyty Prifysgol Helsinki unrhyw ddiwrnod, nawr. Roedd ef ei hunan yn edrych ymlaen at gael cinio hwyr blasus yn *En Fin*, bwyty bwyd môr yn Llundain, a dylai ei gyswllt busnes gyrraedd unrhyw eiliad. Roedd popeth yn mynd yn ôl y cynllun.

Nid oedd ei warchodwr, Gwesyn, mor gyffyrddus. Ond eto, ni fyddai e fyth yn wirioneddol gyffyrddus – nid drwy laesu dwylo roedd rhywun yn dod yn un o ddynion mwyaf peryglus y byd. Roedd y cawr o Ewrasiad yn gwasgu ei ffordd rhwng byrddau'r bistro yn Knightsbridge, yn rhoi'r teclynnau diogelwch arferol yn eu lle ac yn clirio'r allanfeydd.

'Wyt ti'n gwisgo'r plygiau clustiau?' gofynnodd i'w gyflogwr.

Ochneidiodd Artemis yn ddwfn. 'Ydw, Gwesyn. Ond go brin ein bod ni mewn perygl yma. Cyfarfod busnes hollol ddilys sydd gennym heddiw, a hynny gefn dydd golau, er mwyn trugaredd.'

Sbyngiau hidlo sonig oedd y plygiau clustiau, mewn gwirionedd, rhai wedi eu canibaleiddio o helmedau tylwyth teg Heddlu'r Isfyd. Roedd Gwesyn wedi cael yr helmedau, ynghyd â chist drysor o dechnoleg y tylwyth teg, dros flwyddyn ynghynt pan oedd un o gynlluniau Artemis wedi dod â hwy wyneb yn wyneb â thîm SWAT y Tylwyth. Roedd y sbyngiau wedi eu tyfu yn labordai'r LEP, ac roedd ganddynt dyllau bychain hydraidd oedd yn selio'n awtomatig pan oedd y lefelau desibel yn codi'n uwch na'r safonau diogelwch.

'Efallai'n wir, Artemis, ond natur asasin yw taro'n ddirybudd.'

'Ie, efallai,' atebodd Artemis, wrth ddarllen rhestr entrée'r fwydlen. 'Ond does dim rheswm gan neb i'n lladd ni.'

Edrychodd Gwesyn yn ffyrnig i gyfeiriad gwraig oedd yn bwyta yno rhag ofn ei bod hi'n cynllunio rhywbeth. Roedd hi'n wyth deg oed, o leiaf.

'Nid ein lladd ni, o anghenraid, ond cofia, mae Jon Spiro'n ddyn pwerus. Mae sawl cwmni wedi mynd i'r wal o'i blegid e. A gallem ni gael ein dal yn y canol.'

Cytunodd Artemis. Gwesyn oedd yn iawn, fel arfer, ac roedd hynny'n esbonio pam fod y ddau yn dal yn fyw. Math o ddyn a fyddai'n gwahodd bwledi asasin oedd Jon Spiro – y dyn roeddynt yn ei gyfarfod. Biliwnydd TG llwyddiannus, gyda chefndir amheus a chysylltiadau honedig â'r Mob. Roedd si ar led fod ei gwmni, Fission Chips, wedi codi i'r brig ar gefn ymchwil a oedd wedi'i dwyn. Wrth gwrs, ni phrofwyd hynny, er i Atwrnai Dosbarth Chicago wneud ei orau. Sawl tro.

Cododd gweinyddes tuag atynt gan wenu'n siriol.

'Helô 'na, ddyn ifanc. Hoffech chi weld ein bwydlen plant?'

Chwyddodd gwythïen ar dalcen Artemis.

'Na, mademoiselle, hoffwn i ddim gweld eich *bwydlen plant*. Nid oes amheuaeth gen i nad yw'r *fwydlen plant* ei hunan yn blasu'n well na'r bwyd sydd wedi'i restru arni. Archebu à la carte hoffwn i wneud. Neu oes gennych chi rywbeth yn erbyn gweini pysgod i blentyn dan oed?'

Ciliodd gwên y weinyddes nes cuddio ambell ddant. Roedd geiriau Artemis yn cael yr effaith yna ar y rhan fwyaf o bobl.

Rholiodd Gwesyn ei lygaid. A synfyfyriodd Artemis am bwy yn union fyddai eisiau ei ladd. Y rhan fwyaf o weinyddion a theilwriaid Ewrop, i ddechrau.

'Iawn, syr,' poerodd y weinyddes, druan. 'Fel y mynnoch.'

'Beth hoffwn i fyddai'r cymysgedd siarc a chledd bysgodyn wedi'i serio, ar wely o lysiau a thatws newydd.'

'Ac i'w yfed?'

'Dŵr ffynnon. O Gymru, os oes peth 'da chi. A heb rew os gwelwch yn dda, gan fod hwnnw wedi ei wneud o ddŵr tap, siŵr o fod, sy'n gwneud y syniad o ddŵr ffynnon yn ddibwys, wedyn.'

Aeth y weinyddes yn ôl i'r gegin, â'i chynffon rhwng ei choesau, gan adael ochenaid o ryddhad ei bod wedi medru dianc rhag y bachgen gwelw ar fwrdd chwech. Roedd hi wedi gweld ffilm fampir, un tro. Roedd gan y creadur byw hwnnw'r un sylliad hypnotig. Efallai fod y bachgen yn siarad fel oedolyn gan ei fod mewn gwirionedd yn bum cant oed.

Gwenodd Artemis, gan edrych ymlaen at ei bryd bwyd, heb unrhyw syniad ei fod wedi dychryn y ferch i'r byw.

'Rwyt ti'n mynd i fod yn boblogaidd iawn yn nawns-feydd yr ysgol,' meddai Gwesyn.

'Esgusoda fi?'

'Roedd y ferch 'na bron yn ei dagrau. Fyddai hi'n brifo dim i fod ychydig bach yn fwy cwrtais, weithiau.'

Roedd Artemis wedi ei synnu. Nid yn aml y byddai Gwesyn yn cynnig barn ar faterion personol.

'Prin y gwelith neb fi mewn dawns ysgol, Gwesyn.'

'Nid dawnsio yw'r pwynt. Cyfathrebu yw'r peth.'

'Cyfathrebu?' gwawdiodd y Mister Gwarth ifanc. 'Rydw i'n amau a oes neb o'm hoed i â geirfa sydd gystal â mi, yn unrhyw le yn y byd.'

Roedd Gwesyn ar fin dadlau'r gwahaniaeth rhwng siarad a chyfathrebu pan agorodd drws y bwyty. Daeth dyn bach â lliw haul cyfoethog yr olwg i mewn, a gwir gawr wrth ei ochr. Jon Spiro, a'r gŵr oedd yn ei warchod.

Plygodd Gwesyn yn isel i sibrwd yng nghlust ei gyflogwr. 'Bydd yn ofalus, Artemis. Mae gan y dyn mawr acw enw drwg.'

Nyddodd Spiro ei ffordd rhwng y cadeiriau, ei freichiau ar led. Americanwr canol oed oedd e, tenau fel picell a phrin talach nag Artemis ei hunan. Yn yr wythdegau, llongau oedd ei bethau; yn y nawdegau bu'n gwneud ei ffortiwn ym myd stociau a chyfranddaliadau. Nawr, cyfathrebu oedd hi. Roedd e'n gwisgo ei siwt wen arferol, ac roedd digon o aur yn hongian o'i arddyrnau a'i fysedd i orchuddio'r Taj Mahal.

Cododd Artemis i gyfarch ei gydymaith. 'Mister Spiro, croeso.'

'Hei, yr hen Artemis Gwarth bach. Sut ddiawl wyt ti?'

Ysgydwodd Artemis ei law ac roedd tincial yr holl emwaith i'w glywed fel cynffon neidr ruglo.

'O, iawn. Diolch am ddod.'

Cymerodd Spiro gadair. 'Wel, pan mae Artemis Gwarth yn ffonio gyda chynnig – mi fuaswn i'n cerdded dros lafnau o wydr wedi'i dorri er mwyn cadw'r cyhoeddiad.'

Tra bod hyn yn digwydd, roedd y ddau warchodwr yn pwyso a mesur ei gilydd. Ar wahân i'w cyrff anferth, roedd y ddau yn hollol wahanol. Roedd Gwesyn yn ymgorfforiad o effeithiolrwydd cynnil. Siwt ddu, pen wedi'i eillio, mor anamlwg ag y medrai fod o ystyried ei fod bron yn saith troedfedd o daldra. Roedd gan y newydd-ddyfodiad wallt wedi'i gannu, crys-T wedi ei rwygo a chlustdlysau arian môr-leidr yn ei ddwy glust. Nid oedd y dyn hwn am gael ei anghofio, na'i anwybyddu chwaith.

'Arno Brwnt,' meddai Gwesyn. 'Rydw i wedi clywed amdanoch chi.'

Symudodd Brwnt a sefyll wrth ymyl Jon Spiro.

'Gwesyn. Un o deulu Gwesyn,' meddai, mewn acen Seland Newydd. 'Rydw i wedi clywed mai chi yw'r bois gore. Gobeithio'n wir na fydd rhaid i ni roi prawf ar hynny.'

Chwarddodd Spiro. Roedd yn swnio fel bocs yn llawn sioncyn gwair.

'Arno, os gweli di'n dda. Rydym ni ymysg cyfeillion yma. Nid dyma'r lle i wneud bygythion.'

Nid oedd Gwesyn mor siŵr. Roedd ei natur filwrol yn cadw sŵn fel nyth cacwn yng nghefn ei feddwl. Roedd perygl yma.

'Felly, gyfaill. Busnes amdani,' meddai Spiro, gan syllu ar Artemis gyda'i lygaid du, dwfn. 'Rydw i wedi bod yn dylyfu gên yr holl ffordd dros yr Atlantig. Beth sydd gen ti i mi?'

Gwgodd Artemis. Roedd wedi gobeithio y byddai busnes yn aros tan ar ôl cinio.

'Hoffech chi ddim gweld y fwydlen?'

'Na. Fydda i ddim yn bwyta rhyw lawer, y dyddiau hyn. Tabledi a hylif yn bennaf. Problemau hefo'r perfeddyn.'

'O'r gorau,' meddai Artemis, gan osod cês dogfennau alwminiwm ar y ford. 'Busnes amdani.'

Agorodd gaead y cês, gan ddangos ciwb coch maint chwaraewr mini ddisg, yn eistedd ar sbwng glas.

Glanhaodd Spiro ei sbectol â chynffon ei dei.

'Beth yn union rydw i'n edrych arno fan hyn, fachgen?'

Gosododd Artemis y bocs sgleiniog ar y ford.

'Y dyfodol, Mister Spiro. A hynny o flaen ei amser.'

Estynnodd Jon Spiro ymlaen, gan edrych yn ofalus.

'Mae'n edrych fel pwysau papur i mi.'

Chwarddodd Arno Brwnt dan ei anadl, â'i lygaid yn bygwth Gwesyn.

'Mi wna i ddangos i chi, felly,' meddai Artemis, gan godi'r bocs metel. Pwysodd fotwm ac yn sydyn daeth y teclyn yn fyw. Llithrodd rhannau ohono yn ôl, gan ddangos seinyddion a sgrin.

'Ciwt,' meddai Spiro, o dan ei wynt. 'Rydw i wedi hedfan dair mil o filltiroedd i weld teledu micro?'

Cytunodd Artemis. 'Ie, teledu micro. Ond hefyd,

cyfrifiadur o dan reolaeth llais, ffôn symudol, cymorth diagnostig. Gall y bocs bach yma ddarllen unrhyw wybodaeth ar unrhyw blatfform, trydanol neu organig. Mae'n darllen fideo, disgiau laser a DVD; mae'n gallu mynd ar y we, derbyn e-bost a hacio i mewn i unrhyw gyfrifiadur. Gall hyd yn oed sganio eich brest i weld pa mor gyflym mae eich calon yn curo. Mae'r batri'n ddigon da i bara am ddwy flynedd ac, wrth gwrs, mae'n gyfan gwbl ddiwifr.'

Cymerodd Artemis saib, i roi cyfle i Spiro ystyried yr hyn a ddywedodd wrtho.

Roedd llygaid Spiro'n ymddangos yn anferth y tu ôl i'w sbectol.

'Wyt ti'n dweud bod y bocs hwn . . ?'

'Yn medru gwneud unrhyw dechnoleg arall yn ddiwerth. Bydd pob un o'ch cynlluniau cyfrifiadurol yn ddiwerth.'

Cymerodd yr Americanwr anadl ddofn.

'Ond sut . . . sut?'

Trodd Artemis y cyfrifiadur ben i waered. Roedd synhwyrydd isgoch yn gloywi ar y cefn.

'Mae hynny'n gyfrinach. Holl-synhwyrydd. Gall ddarllen unrhyw beth rydw i'n gofyn iddo ei wneud. Ac os ydi'r ffynhonnell wedi'i rhaglennu iddo, gall farchogaeth unrhyw loeren o'ch dewis.'

Ysgydwodd Spiro fys at Artemis. 'Ond mae hynny'n anghyfreithlon.'

'Na, na,' meddai Artemis, gan wenu. 'Nid oes cyfraith yn erbyn rhywbeth fel hyn. A fydd 'na ddim am o leiaf dwy flynedd ar ôl iddo ddod allan. A meddyliwch faint o amser gymerodd hi i gau Napster i lawr.'

Gorffwysodd yr Americanwr ei wyneb yn ei ddwy law. Roedd hyn i gyd yn ormod.

'Dwi ddim yn deall. Mae hwn flynyddoedd, na *degawdau* o flaen unrhyw beth sydd gen i, nawr. A dim ond bachgen tair ar ddeg oed wyt ti. Sut wnest ti'r ffasiwn beth?'

Meddyliodd Artemis am eiliad. Beth roedd e'n mynd i'w ddweud? Fod Gwesyn wedi wynebu Sgwad Adfer Heddlu'r Isfyd ac wedi cipio technoleg y tylwyth teg? Ac yna, ei fod ef, Artemis, wedi defnyddio'r darnau i greu'r bocs gwych hwn? Go brin.

'Gadwch i ni ddweud, Mister Spiro, 'mod i'n glyfar iawn.'

Culhaodd llygaid Spiro. 'Efallai ddim mor glyfar ag rwyt ti'n ceisio gwneud i ni gredu. Rydw i eisiau gweld y peth yn gweithio.'

'Digon teg,' cytunodd Artemis. 'Oes gennych chi ffôn symudol?'

'Wrth gwrs.' Gosododd Spiro ei ffôn ar y ford. Hon oedd model ddiweddara Fission Chips.

'Un wedi'i diogelu, rydw i'n cymryd?'

Cytunodd Spiro gan nodio'i ben yn ffyrnig. 'Côd pum can digid. Y gorau o'i fath. Ei di ddim i mewn i'r Fission 400 heb gôd.'

'Fe gawn ni weld am hynny.'

Pwyntiodd Artemis y synhwyrydd at y set law. Dangosodd y sgrin ddelwedd o du mewn y ffôn, ar ei hunion.

'Lawr lwytho?' gofynnodd llais metelig o'r lleisydd.

'Ie.'

O fewn llai nag eiliad, roedd y dasg wedi'i chyflawni. 'Lawr lwytho wedi gorffen,' meddai'r bocs, yn hunan-fodlon.

Roedd Spiro wedi'i syfrdanu. 'Fedra i ddim credu'r peth. Mae'r system 'na wedi costio ugain miliwn o ddoleri.'

'Diwerth,' meddai Artemis, gan ddangos y sgrin iddo. 'Hoffech chi ffonio gartre? Neu symud arian efallai? Ddylech chi ddim cadw'ch manylion banc ar gerdyn SIM, wir.'

Meddyliodd yr Americanwr am eiliad.

'Tric yw e,' meddai o'r diwedd. 'Mae'n rhaid dy fod yn gwybod am fy ffôn. Mae'n rhaid dy fod wedi cael gafael rywsut ar yr wybodaeth cyn i mi ddod. Ond does dim syniad gen i sut.'

'Mae hynna'n rhesymegol,' cyfaddefodd Artemis. 'Byddwn innau'n amheus hefyd. Enwch eich sialens, felly.'

Taflodd Spiro ei olwg oddi amgylch yr ystafell yn gyflym, ei fysedd yn drymio ar y bwrdd.

'Fan acw,' meddai, gan bwyntio at silff fideo uwchben y bar. 'Chwaraea un o'r tapiau 'na.'

'Dyna ni?'

'Fe wneith y tro, i ddechrau.'

Gwnaeth Arno Brwnt ffys mawr o edrych trwy'r tapiau, gan ddewis un heb label yn y diwedd. Trawodd hwnnw ar y ford, gan achosi i'r cyllyll a ffyrc arian neidio.

Cadwodd Artemis ei bwyll. Wnaeth e ddim rholio ei lygaid. Gosododd y bocs coch ar y tâp.

Gwelwyd delwedd o du mewn y tâp ar y sgrin blasma bitw.

'Lawr lwytho?' gofynnodd y bocs.

Cytunodd Artemis. 'Lawr lwytho, digolledu a chwarae.'

Eto, roedd y cwbl wedi ei orffen o fewn llai nag eiliad. Dangosodd bennod o hen opera sebon Saesneg ar y sgrin.

'Safon DVD,' meddai Artemis. 'Er gwaetha'r mewnbwn, fe fydd Llygad y Dydd yn gwneud iawn am hynny, bob tro.'

'Beth?'

'Llygad y Dydd,' ailadroddodd Artemis. 'Yr enw roddais i ar y bocs. Braidd yn amlwg, efallai. Ond addas. Y teclyn syfrdanol o fychan sy'n gweld popeth.'

Cipiodd Spiro'r tâp fideo. 'Gwna'n siŵr ei fod e'n dweud y gwir,' gorchmynnodd, gan daflu'r tâp i Arno Brwnt.

Aeth y gwarchodwr penwyn at deledu'r bar, ei roi ymlaen a rhoi'r fideo yn y peiriant. Daeth opera sebon ar y sgrin. Yr un rhaglen. Ond bod ei safon ddim hanner cystal.

'Ydych chi wedi'ch perswadio, nawr?' gofynnodd Artemis.

Roedd yr Americanwr yn chwarae ag un o'i freichledi niferus.

'Bron. Un prawf arall. Mae gen i deimlad fod y llywodraeth yn fy nilyn. Fedri di edrych i mewn i hynny?'

Meddyliodd Artemis am eiliad, cyn troi at y bocs coch eto.

'Llygad y Dydd, wyt ti'n gweld taflegrau gwylia-dwriaeth wedi'u hanelu at yr adeilad hwn?'

Chwyrlïodd y peiriant am ychydig.

'Mae'r wefrïon gryfaf wyth deg cilometr i'r gorllewin, yn dod o loeren Americanaidd, côd rhif ST1132P. Wedi'i chofrestru i'r Asiantaeth Gudd-wybodaeth Ganolog. Amcangyfrifir y bydd yn cyrraedd mewn wyth munud. Mae hefyd sawl stiliwr LEP wedi'u cysylltu â . . .'

Trawodd Artemis y botwm distewi cyn i'r Llygad fynd yn ei flaen. Wrth gwrs, roedd darnau tylwyth teg y teclyn yn gallu codi technoleg yr Isfyd hefyd. Byddai'n rhaid iddo wella ar hynny. Yn y dwylo anghywir, gallai'r wybodaeth ddinistrio gwasanaeth diogelwch y tylwyth teg.

'Beth sy'n bod, fachgen?' Roedd y bocs yn dal i siarad. 'Pwy yw'r LEP hyn?'

Cododd Artemis ei ysgwyddau. 'Dim tâl, dim gêm, fel byddai Americanwyr fel chi'n ei ddweud. Mae un esiampl yn hen ddigon. A neb llai na'r CIA ar hynny.'

'Y CIA,' anadlodd Spiro. 'Maen nhw'n f'amau i o

werthu cyfrinachau milwrol. Ac wedi tynnu un o'u hadar allan o orbit dim ond er mwyn fy nilyn i.'

'Neu fi efallai,' nododd Artemis.

'Ti efallai,' cytunodd Spiro. 'Rwyt ti'n ymddangos yn fwy peryglus bob eiliad.'

Chwarddodd Arno Brwnt yn ddirmygus.

Anwybyddodd Gwesyn ef. Roedd yn rhaid i un ohonynt ymddwyn yn broffesiynol. Craciodd Spiro ei fysedd. Arferiad roedd Artemis yn ei gasáu.

'Mae gennym wyth munud, felly beth am fynd at y glo mân, fachgen. Faint rwyt ti'n ei ofyn am y bocs?'

Nid oedd Artemis yn gwrando, gan fod ei sylw ar yr wybodaeth am y LEP roedd y peiriant bron â'i ddatgelu. Moment esgeulus. Bron iddo ddatgelu bodolaeth ei ffrindiau tanddaearol wrth yr union fath o ddyn fyddai'n elwa arnynt.

'Mae'n ddrwg gen i, beth ddwedsoch chi?'

'Faint yw e – y bocs?'

'Yn gyntaf, Llygad y Dydd yw e,' cywirodd Artemis ef. 'Ac yn ail, dyw e ddim ar werth.'

Cymerodd Jon Spiro anadl ddofn, grynedig. 'Ddim ar werth? Rwyt ti wedi fy nhynnu i ar draws yr Atlantig i ddangos rhywbeth i mi ac wedyn dweud nad wyt am ei werthu i mi? Beth yw'r gêm?'

Tynhaodd bysedd Gwesyn am y gwn yn ei wregys. Diflannodd llaw Arno Brwnt y tu ôl i'w gefn. Cynyddodd y tensiwn.

Plethodd Artemis ei fysedd. 'Mister Spiro. Jon. Nid ffŵl mohonof fi. Rydw i'n ymwybodol o werth y Llygad. Does dim digon o arian yn y byd cyfan i dalu am yr eitem arbennig yma. Beth bynnag allech chi ei roi i mi, fe fyddai'n werth mil y cant yn fwy na hynny o fewn wythnos.'

'Felly, beth yw'r ddêl, Gwarth?' gofynnodd Spiro, drwy'i ddannedd. 'Beth rwyt ti'n ei gynnig?'

'Rydw i'n cynnig deuddeg mis. Am y pris iawn, rydw i'n fodlon cadw fy Llygad o'r farchnad am flwyddyn.'

Roedd Jon Spiro yn chwarae gyda'i freichled adnabod. Anrheg pen-blwydd iddo fe'i hunan.

'Fe wnei di atal dy dechnoleg am flwyddyn?'

'Cywir. Dylai hynny roi digon o amser i chi werthu eich stociau i gyd cyn iddyn nhw gwympo, a defnyddio'r elw i brynu cyfranddaliadau Diwydiannau Gwarth.'

'Does dim ffasiwn beth â Diwydiannau Gwarth.'

Cilwenodd Artemis. 'Fe fydd.'

Gwasgodd Gwesyn ysgwydd ei gyflogwr. Nid syniad da oedd dal abwyd o flaen Jon Spiro.

Ond nid oedd Jon Spiro wedi sylwi ar y sneip hyd yn oed. Roedd e'n rhy brysur yn cyfrif, ac roedd yn byseddu ac yn troi ei freichled adnabod fel petai'n trafod mwclis gofid.

'Dy bris?' gofynnodd, yn y diwedd.

'Aur. Un dunnell fetrig,' atebodd etifedd ystad Gwarth.

'Mae hynna'n lot o aur.'

Cododd Artemis ei ysgwyddau. 'Rydw i'n hoff o aur. Mae'n cadw'i werth. A beth bynnag, pitw o beth yw e o'i gymharu â'r hyn fydd y ddêl yn ei arbed i chi.'

Ystyriodd Spiro'r peth. Wrth ei ysgwydd, roedd Arno Brwnt yn dal i syllu ar Gwesyn. Roedd gwarchodwr Gwarth yn agor a chau ei lygaid yn hamddenol: dim ond lleihau ei fantais fyddai peli llygaid sych petai'n dod yn wrthdaro. Amaturiaid yn unig oedd yn dechrau gornest syllu.

'A beth petawn i'n dweud 'mod i ddim yn fodlon â'r termau,' meddai Jon Spiro. 'Beth petawn i'n dweud 'mod i am fynd â dy declyn bach di gyda fi, y munud 'ma.'

Lledaenodd brest Arno Brwnt gentimetr arall.

'Hyd yn oed petaech chi'n medru mynd â'r Llygad,' meddai Artemis gan wenu, 'fyddai dim diben i hynny. Mae'r dechnoleg yn rhy soffistigedig i'ch technolegwyr chi. Fyddan nhw ddim wedi gweld dim byd tebyg yn eu byw.'

Gwenodd Spiro – rhyw wên drist. 'O! Does dim amheuaeth gen i na fyddent yn llwyddo i ddatrys y broblem. Hyd yn oed petai'n cymryd blwyddyn neu ddwy, fyddai hynny'n ddim o bwys i ti. Dim, o ystyried lle'r wyt ti'n mynd.'

Os ydw i am *fynd* i unrhyw le, yna mae cyfrinachau Llygad y Dydd yn dod gyda mi. Mae pob un gweithrediad ynddo yn gweithio yn ôl côd fy llais i. Mae'n gôd clyfar, mae'n rhaid i mi gyfaddef.'

Plygodd Gwesyn ei bengliniau ychydig, yn barod i neidio.

'Rydw i'n siŵr y gallem dorri'r côd. Mae gen i uffern o dîm da y tu cefn i mi yn Fission Chips.'

'Wel, mae'n ddrwg gen i ond dyw'r "uffern o dîm" ddim wedi gwneud rhyw lawer o argraff arna i,' meddai Artemis. 'Hyd yma, rydych chi wedi bod sawl blwyddyn ar ei hôl hi, a Phonetix ar y blaen.'

Neidiodd Spiro ar ei draed. Nid oedd yn hoff o'r gair P yna. Phonetix oedd yr unig gwmni cyfathrebu oedd â'u stoc yn uwch na Fission Chips.

'Ocê, fachgen, rwyt ti wedi cael dy hwyl. Fy nhro i yw hi nawr. Rhaid i mi fynd, cyn i belydr y lloeren gyrraedd. Ond rydw i am adael Mister Brwnt ar ôl.' Trawodd ei warchodwr yn ysgafn ar ei ysgwydd. 'Rwyt ti'n gwybod beth i'w wneud.'

Nodiodd Brwnt. Oedd, roedd yn gwybod. Roedd yn edrych ymlaen at hyn. Am y tro cyntaf er pan ddechreuodd y cyfarfod, anghofiodd Artemis am ei ginio a chanolbwyntio'n gyfan gwbl ar y sefyllfa wrth law. Nid oedd hyn wedi bod yn rhan o'r cynllun.

'Mister Spiro. Allwch chi ddim bod o ddifrif. Rydym ni mewn lle cyhoeddus, ac mae sifiliaid ym mhobman. All eich dyn ddim gobeithio cystadlu â Gwesyn. Os ewch chi ymlaen â'ch bygythiadau gwirion, bydd rhaid i mi dynnu fy nghynnig yn ôl, a rhyddhau Llygad y Dydd ar f'union.'

Gosododd Spiro ei ddwy law ar y ford. 'Gwranda,

fachgen,' sibrydodd. 'Dwi'n dy hoffi di. O fewn blwyddyn neu ddwy, byddet ti wedi gallu bod yn union fel fi. Ond, wnest ti erioed roi gwn wrth ben rhywun a thynnu'r glicied?'

Nid atebodd Artemis.

'Na?' rhochiodd Spiro. 'Ro'n i'n amau. Weithiau dyna'r oll sydd ei angen. Ychydig o ddewrder. A does dim mymryn o ddewrder yn perthyn i ti.'

Roedd Artemis wedi ei daro'n fud. A dim ond dwywaith roedd hynny wedi digwydd ers ei bumed pen-blwydd. Camodd Gwesyn i'r adwy i dorri ar y tawelwch. Ei beth ef oedd bygythiadau amlwg.

'Mister Spiro. Peidiwch â cheisio ein herio a'n bygwth. Efallai fod Brwnt yn fawr, ond gallwn ei dorri'n ddau fel brigyn. Wedyn, fyddai neb rhyngoch chi a fi. A wir yr, fyddech chi ddim yn hoffi hynny.'

Lledaenodd gwên Spiro a datgelu staen nicotin melyn ei ddannedd, fel haen o driog.

'O, fyddwn i ddim yn dweud na fyddai neb rhyngom ein dau.'

Teimlodd Gwesyn ei galon yn suddo. Y math o deimlad mae rhywun yn ei gael pan fo dwsin o oleuadau laser yn dawnsio ar draws eich mynwes. Trap oedd hwn. Rhywsut, roedd Spiro wedi rhagori ar dacteg Artemis.'

'Hei, Gwarth,' meddai'r Americanwr. 'Tybed pam fod dy ginio'n cymryd cymaint o amser?'

A'r foment honno, sylweddolodd Artemis mor ddifrifol oedd y sefyllfa.

Digwyddodd popeth mewn chwinciad. Cliciodd Spiro ei fysedd. Tynnodd pob un cwsmer yn *En Fin* arf o'i gôt. Roedd hyd yn oed yr hen ddynes oedd yn ei hwythdegau'n edrych yn fygythiol nawr, â gwn yn ei bysedd cymalog. Daeth dau weinydd o'r gegin yn cario gynnau peiriant awtomatig stoc-plyg. Chafodd Gwesyn ddim cyfle i dynnu anadl hyd yn oed.

Trodd Spiro'r daliwr halen ben i waered. 'Siec mêt! Fy ngêm i, fachgen.'

Ceisiodd Artemis ganolbwyntio. Mae'n rhaid bod ffordd allan. Roedd ffordd allan bob amser. Ond allai ddim meddwl sut yn union ar hyn o bryd. Roedd wedi ei dwyllo. Twyll a allai arwain at ei dranc. Nid oedd yr un bod dynol wedi trechu Artemis Gwarth erioed. Ond wedi dweud hynny, dim ond unwaith roedd yn rhaid i hynny ddigwydd.

'Rydw i am fynd nawr,' meddai Spiro, gan roi Llygad y Dydd yn ei boced, 'cyn i belydr y lloeren yna gyrraedd, a'r lleill. Y LEP, dydw i erioed wedi clywed am yr asiantaeth arbennig yna. A chyn gynted ag y bydd y teclyn yma'n gweithio, byddai'n dda ganddyn nhw hefyd petaent heb glywed amdanaf i. Mae wedi bod yn hwyl gwneud busnes â thi.'

Ar ei ffordd at y drws, winciodd Spiro ar ei warchodwr.

'Mae gen ti chwe munud Arno. Dy freuddwyd ar fin cael ei gwireddu, ie? Ti fydd yr un i roi diwedd ar y Gwesyn mawr.' Trodd yn ôl at Artemis, gan fethu â'i atal ei hun rhag gwawdio ymhellach.

'O, a gyda llaw onid enw merch yw Artemis?' Ac roedd wedi diflannu i mewn i dorf o dwristiaid amlddiwylliannol y stryd fawr.

Clôdd yr hen ddynes y drws ar ei ôl. Atseiniodd clic yr allwedd o gwmpas yr ystafell.

Penderfynodd Artemis gymryd y cam cyntaf. 'Nawr, boneddigion a boneddigesau,' meddai, gan geisio peidio â syllu i mewn i dyllau duon bareli'r gynnau. 'Rydw i'n siŵr y gallwn ni ddod i ryw fath o gytundeb.'

'Bydd dawel, Artemis!'

Aeth sawl eiliad heibio wrth i Artemis geisio prosesu'r ffaith fod Gwesyn wedi rhoi *gorchymyn* iddo. A hynny mewn dull mor ddigywilydd.

'Esgusoda fi . . .'

Trawodd Gwesyn ei law dros geg ei gyflogwr.

'Bydd dawel, Artemis. Mae'r bobl hyn yn broffesiynol. Nid rhai i daro bargen â nhw.'

Trodd Brwnt ei ben, gan gracio gewynnau'i wddf. 'Cywir, Gwesyn. Rydym ni yma i'ch lladd. O'r foment y cafodd Mister Spiro'r alwad, rydym ni wedi bod yn anfon pobl i mewn. A phrin fedra i goelio dy fod wedi llyncu'r abwyd. Mae'n rhaid dy fod ti'n mynd yn hen.'

Allai Gwesyn ddim coelio'r peth chwaith. Bu amser

pan fyddai wedi rhoi safle o dan wyliadwriaeth am wythnos gyfan cyn cytuno i'w ddefnyddio. Efallai ei *fod* yn heneiddio, ond roedd posibilrwydd cryf na fyddai'n heneiddio lawer mwy.

'Iawn, Brwnt,' meddai Gwesyn, gan estyn cledrau'i ddwylo gwag o'i flaen. 'Ti a fi. Un wrth un.'

'Nobl iawn,' meddai Brwnt. 'Dy gôd anrhydedd Asiaidd, mae'n rhaid. Fi, does gen i ddim côd. Os wyt ti'n meddwl 'mod i'n mynd i chware gêm siawns a gadael i ti gerdded allan o'r lle hwn, rwyt ti'n wallgof. Dêl syml yw hon. Fi'n dy saethu di. Ti'n marw. Chei di ddim gras. Na dim gornest.'

Estynnodd Brwnt i mewn i fand gwasg ei drowsus yn araf. Pam brysio? Un symudiad gan Gwesyn a byddai dwsin o fwledi'n canfod eu marc.

Roedd ymennydd Artemis fel petai wedi fferru. Roedd y llif arferol o syniadau wedi sychu. Dyma fydd fy niwedd i, roedd e'n meddwl. Fedra i ddim coelio hyn.

Roedd Gwesyn yn dweud rhywbeth. Penderfynodd Artemis y dylai wrando.

'Rhys Gethin – sydd yn y cysgodion!' meddai'r gwarchodwr, gan ynganu'n glir.

Roedd Brwnt yn gosod tawelydd ar flaen ei wn ceramig.

'Pwy ydi Rhys Gethin pan mae o adre? Pa gysgodion? Beth yw'r malu awyr hyn? Paid â dweud fod y Gwesyn mawreddog yn cracio? Aros i mi ddweud wrth y bois.'

Ond roedd golwg feddylgar ar yr hen ddynes.

'Rhys Gethin . . . mae'r enw 'na'n canu cloch.'

Roedd Artemis yn ei adnabod hefyd. Dyna beth oedd y côd llais i danio'r grenâd sonig oedd wedi ei osod â magnet o dan y ford. Un o ddyfeisiadau diogelwch Gwesyn. Dim ond dau air arall roedd eu hangen ac fe fyddai'r grenâd yn ffrwydro, gan anfon wal soled o sŵn drwy'r adeilad, a chwythu bob ffenestr a phob drwm clust. Fyddai dim mwg na fflamau, ond petai unrhyw un o fewn radiws o ddeg metr a heb fod yn gwisgo plygiau clustiau, dim ond pum eiliad fyddai ganddynt cyn teimlo poen aruthrol. Dau air arall.

Crafodd yr hen ddynes ei phen â blaen ei gwn.

'Rhys Gethin? Rydw i'n cofio nawr. Un da am hanes fues i erioed. Onid Rhys Gethin oedd côd Meibion Glyndŵr wrth iddynt lofnodi llythyrau?'

Meibion Glyndŵr. Dyna'r geiriau olaf. Cofiodd Artemis – dim ond mewn pryd – lacio'i ên. Petai ei ddannedd yn dynn wrth ei gilydd, byddai'r seindonnau sonig yn eu chwalu fel gwydr wedi ei wneud o siwgr.

Ffrwydrodd y grenâd gan hyrddio un ar ddeg o bobl yn syth i bob cyfeiriad, nes iddynt daro yn erbyn y waliau. Aeth y rhai lwcus yn syth drwy barwydydd dros dro a'u chwalu. Aeth y rhai anlwcus yn erbyn waliau ceudod. Torrodd rhai pethau ac nid y briciau oedd y rheiny.

Roedd Gwesyn yn cydio'n dynn yn Artemis. Roedd y gwarchodwr wedi ei angori ei hun yn erbyn ffrâm drws soled, gan gysgodi'r bachgen ym mhlygion ei gorff wrth iddo gael ei hyrddio ar draws yr ystafell. Ac roeddynt yn llawer mwy ffodus na chriw Spiro: roedd eu dannedd yn gyfan, nid oedd yr un asgwrn wedi'i dorri, ac roedd y sbyngiau hidlo sonig wedi selio ac wedi arbed drwm eu clustiau.

Archwiliodd Gwesyn yr ystafell. Roedd pob asasin ar y llawr, yn dal ei glustiau. Fyddai dim un ohonynt yn dadgroesi ei lygaid am ddyddiau. Aeth y gwas am ei Sig Sauer yn ei wain ysgwydd.

'Aros yma,' gorchmynnodd. 'Rydw i'n mynd i gymryd cip ar y gegin.'

Setlodd Artemis yn ei gadair, gan anadlu'n fach ac yn fuan. Roedd annibendod, llwch a phobl yn griddfan o'i amgylch ym mhobman. Ond eto, roedd Gwesyn wedi eu hachub. Nid oedd popeth wedi ei golli. Roedd posibilrwydd hyd yn oed y byddai'n medru dal Spiro cyn iddo adael y wlad. Roedd gan Gwesyn gyswllt yn adran gwasanaeth diogelwch Heathrow: John Jones, cyn-Beret Gwyrdd roedd wedi gweithio gydag ef yn Monte Carlo.

Ymddangosodd corff anferth gan guddio golau'r haul. Gwesyn oedd wedi dod yn ei ôl. Anadlodd Artemis yn ddwfn, gan deimlo'n annodweddiadol o emosiynol.

'Gwesyn,' dechreuodd. 'Rhaid i ni siarad am dy gyflog . . .'

Ond nid Gwesyn oedd yno. Arno Brwnt. Roedd

ganddo rywbeth ym mhob llaw. Yn ei law chwith, dau damaid bach o sbwng melyn.

'Plygiau clustiau,' poerodd drwy lond ceg o ddannedd oedd wedi'u torri. 'Rydw i bob amser yn eu gwisgo cyn brwydr. Dyna i ti lwc.'

Yn ei law dde roedd ganddo wn wedi'i dawelu.

'Ti'n gyntaf,' meddai. 'Yna'r epa.'

Cododd Arno Brwnt glicied y gwn, anelodd, taniodd.

DINAS HAFAN, YR ISFYD

Er nad oedd Artemis wedi rhag-weld hynny, roedd sgan y Llygad am daflegrau gwyliadwriaeth yn mynd i gael tipyn o ôl effaith. Roedd paramedrau'r chwiliad mor amwys fel bod y Llygad wedi anfon stilwyr yn ddwfn i'r gofod, ac wrth gwrs, o dan ddaear.

O dan arwyneb y ddaear, roedd Heddlu'r Isfyd yn gweithio hyd at eithaf eu gallu ar ôl chwyldro diweddar y coblynnod. Dri mis ar ôl cais y coblynnod i gipio'r awenau, roedd y rhan fwyaf o'r prif chwaraewyr o dan glo. Ond roedd poced ynysig o'r triawd B'wa Kell yn dal i fodoli o amgylch twneli Hafan ac roedd laserau Trwyndyner anghyfreithiol ganddynt.

Roedd pob un swyddog LEP sbâr wedi ei recriwtio i gynorthwyo yn yr Ymgyrch Rhoi Trefn cyn i'r tymor twristiaeth gyrraedd. Y peth olaf roedd Cyngor y ddinas ei eisiau oedd gweld twristiaid yn gwario eu haur hamdden yn Atlantes oherwydd nad oedd sgwâr a chanolfan ganolog Hafan yn ddiogel i gerddwyr. Roedd twristiaeth, wedi'r cwbl, yn cyfrif am un deg wyth y cant o refeniw'r brifddinas.

Roedd Capten Heulwen Pwyll ar fenthyg o'r Sgwad Rhagchwiliad. Fel arfer, ei swydd hi oedd hedfan i'r arwyneb i ddilyn trywydd Tylwyth oedd wedi mentro yno heb fisa. Petai dim ond un tylwythyn oedd wedi gwrthgilio yn cael ei gipio gan Ddynion y Mwd, yna fe fyddai Hafan yn peidio â bod yn hafan. Felly, hyd nes y byddai pob un coblyn o bob un gang yn llyfu peli ei lygaid yng ngharchar Copa'r Udwr, roedd dyletswyddau Heulwen yn union yr un fath â phob swyddog LEP arall: ymateb ar unwaith i unrhyw rybudd B'wa Kell.

Heddiw, roedd hi'n hebrwng pedwar coblyn swnllyd, terfysglyd i Sgwâr yr Heddlu i gael eu prosesu. Roeddynt wedi cael eu canfod yn cysgu mewn delicatessen pryfaid, a'u stumogau'n chwyddedig ar ôl noson o wledda mawr. Roeddynt yn lwcus fod Heulwen wedi cyrraedd pan wnaeth hi, gan fod y corrach oedd yn berchen ar y deli ar fin dowcio'r pedwar cennog yn y ffrïwr saim dwfn.

Cydymaith Heulwen ar yr Ymgyrch Rhoi Trefn oedd Corporal Brwnt Gwymon, brawd bach yr enwog Capten Trwbwl Gwymon, un o swyddogion blodeuog y LEP, ond nid oedd ef yn meddu ar nodweddion glew ei frawd.

'Fe wnes i dorri fy ewin wrth roi'r coblyn olaf 'na mewn cyffion,' meddai'r swyddog iau, gan gnoi ei fawd.

'Poenus' meddai Heulwen, gan geisio swnio fel petai diddordeb ganddi.

Roeddynt yn dreifio ar hyd strip magma i Sgwâr yr Heddlu, a'r troseddwyr mewn cyffion yng nghefn y wagen LEP. Nid wagen swyddogol oedd hi. Roedd y B'wa Kell wedi llwyddo i losgi cymaint o gerbydau'r heddlu yn ystod eu tân siafins o chwyldro fel bod y LEP wedi gorfod meddiannu unrhyw beth oedd â modur a digon o le yn y cefn i ddal ambell garcharor. Mewn gwirionedd roedd Heulwen yn beilot ar fan cyri gyda symbol mes y LEP wedi ei chwistrellu ar ei hochr. Yn syml, roedd corachod y canolfannau moduron wedi bolltio'r ffenestr gweini, ac wedi cael gwared ar y poptai. Trueni nad oedd modd cael gwared ar yr oglau hefyd.

Astudiodd Brwnt y clwyf ar ei fawd. 'Mae gan y cyffion 'ma ymylon miniog. Rydw i am gwyno.'

Canolbwyntiodd Heulwen ar y ffordd, er bod y strip magma'n gwneud y gwaith llywio ar ei rhan. Petai Brwnt yn cwyno, nid y tro cyntaf fyddai hynny, na'r ugeinfed ychwaith. Roedd brawd bach Trwbwl yn gweld bai ar bopeth a phob un ond arno fe ei hunan. Yn yr achos hwn, roedd e'n hollol anghywir. Nid oedd ymylon miniog i'r cyffion persbecs diawyr. Petai rhai pigog ar gael, byddai peryg i'r coblyn wneud twll mewn un faneg gyda'r faneg arall a gadael i ocsigen gyrraedd ei law, ac nid oedd neb eisiau i'r coblynnod fedru taflu peli tân yng nghefn eu cerbydau.

'Rydw i'n gwybod ei fod e'n swnio fel mater dibwys, cwyno am ewin, ond all neb fy nghyhuddo *fi* o wneud pethau dibwys.'

'Ti! Na – byth!'

Lledaenodd Brwnt ei frest. 'Wedi'r cwbl, fi yw'r unig aelod o LEP adfer Un sydd wedi wynebu a goresgyn y dyn Gwesyn yna.'

Griddfanodd Heulwen yn uchel. Fe fyddai hyn, gobeithio, yn ddigon i atal Brwnt rhag adrodd ei stori rhyfel Artemis Gwarth eto fyth. Roedd y stori'r tyfu'n hirach ac yn fwy ffantastig bob tro. Mewn gwirionedd, Gwesyn oedd wedi ei ryddhau ef, fel byddai pysgotwr yn ei wneud â sildyn pitw.

Ond nid oedd Brwnt am glywed yr awgrym.

'Rydw i'n cofio'r holl beth mor glir,' dechreuodd, yn ddramatig iawn. 'Roedd hi'n noson dywyll.'

Ac, fel petai gan ei eiriau bŵer hudol nad oedd modd ei fesur, diffoddodd pob golau yn y ddinas.

Nid yn unig hynny, ond methodd pŵer y strip magma, gan eu gadael yn ddiymadferth ar ganol lôn priffordd oedd wedi rhewi.

'Nid fi wnaeth hynna, nage?' sibrydodd Brwnt.

Nid atebodd Heulwen, oedd hanner ffordd allan o'r wagen yn barod. Uwchben, roedd y stripiau golau, oedd yn disodli golau naturiol yr arwyneb, yn gwanhau ac yn troi'n ddu. Yn eiliadau olaf yr hanner golau, craffodd Heulwen tuag at y Twnnel Gogleddol, ac yno, heb os nac oni bai, roedd y drws yn llithro i lawr, a goleuadau argyfwng yn fflachio ar hyd ei ymyl isaf. Chwe deg metr o ddur cadarn yn gwahanu Hafan rhag y byd y tu allan. Roedd drysau tebyg yn disgyn ar bontydd tebyg ledled y ddinas. Cload mawr. Dim ond tri rheswm allai esbonio pam fod y Cyngor yn dechrau cload mawr dros y ddinas: dilyw, cwarantîn, neu fod dynion wedi canfod eu bodolaeth.

Edrychodd Heulwen o'i hamgylch. Nid oedd neb yn boddi; neb yn sâl. Felly, roedd Dynion y Mwd ar eu ffordd. Dyma ni, diwedd y gân, roedd hunllef bennaf pob tylwythyn ar fin cael ei gwireddu.

Fflachiodd goleuadau argyfwng uwchben, stripiau golau gwyn meddal yn cael eu disodli gan felyn iasol. Fe fyddai'r cerbydau swyddogol yn derbyn hwb o egni o'r strip magma, digon i'w hanfon i'r lle storio agosaf.

Nid oedd dinasyddion cyffredin mor lwcus; fe fyddai'n rhaid iddynt gerdded. Baglodd cannoedd o'u ceir, yn rhy ofnus i brotestio. Byddai hynny'n siŵr o ddigwydd yn nes ymlaen.

'Capten Pwyll! Heulwen!'

Brwnt oedd yno. Yn sicr, fe fyddai'n cwyno'n swyddogol am hyn.

'Corporal,' meddai, wrth droi yn ôl at y cerbyd. Dyw hwn ddim yn amser i banicio. Rhaid i ni osod esiampl . . .'

Clywodd ei llais ei hun yn gwanhau yn ei gwddf pan welodd beth oedd yn digwydd i'r wagen. Erbyn hyn, fe fyddai pob cerbyd LEP wedi derbyn hwb deng-munud o egni, yn unol â'r drefn, o'r strip magma, i'w hanfon nhw a'u cargo i le diogel. Ac fe fyddai'r hwb hefyd yn cadw'r cyffion persbecs yn ddiawyr. Wrth gwrs, gan nad oeddynt yn defnyddio cerbyd swyddogol LEP, nid oedd modd iddynt gael pŵer argyfwng – rhywbeth roedd y coblynnod wedi ei sylweddoli, oherwydd roeddynt yn ceisio llosgi eu ffordd allan o'r wagen.

Baglodd Brwnt allan o'r cab, â'i helmed yn ddu gan huddygl.

'Mae'r cyffion wedi agor, ac felly nawr maen nhw wedi dechrau tanio at y drysau,' anadlodd, gan encilio i le diogel.

Coblynnod: esblygiad yn chware jôc. Dewis y creadur mwyaf twp ar y blaned a rhoi'r gallu iddo fedru creu tân. Petai'r coblynnod ddim yn rhoi'r gorau i danio at du mewn cyfnerth y wagen, fe fyddent yn cael eu gorchuddio â metel tawdd cyn bo hir. Nid ffordd braf o fynd, hyd yn oed os oedd rhywun yn gallu gwrthsefyll tân.

Gwasgodd Heulwen fotwm y chwyddseinydd yn ei helmed LEP.

'Chi yn y wagen. Diffoddwch eich tân. Fe fydd y cerbyd yn cwympo arno'i hun a byddwch yn gaeth y tu mewn.'

Am rai eiliadau, daeth mwg o'r awyrellau. Yna, setlodd

y cerbyd ar ei echel. Ymddangosodd wyneb y tu ôl i fariau ffenestri'r cerbyd, a llithrodd tafod fforchog drwy'r tyllau.

'Wyt ti'n meddwl mai ffyliaid ydym ni, ellyllen? Rydym ni'n mynd i losgi ein ffordd trwy'r gragen sbwriel yma.'

Camodd Heulwen yn agosach, gan osod ei seinydd yn uwch.

'Gwranda, goblyn. Rwyt ti'n ffŵl. Gawn ni dderbyn hynny a symud ymlaen? Os gwnei di barhau i daflu peli tân yn y cerbyd, fe wneith y to doddi a disgyn arnoch chi fel bwledi o arfau dynol. Efallai eich bod chi'n gallu gwrthsefyll tân, ond ydych chi'n gallu gwrthsefyll bwledi?

Llyfodd y coblyn beli ei lygaid, gan feddwl yn galed.

'Celwydd, ellyllen! Fe wnawn ni chwythu twll trwy'r carchar hwn. Ti fydd nesaf.'

Dechreuodd paneli'r wagen wegian a bwclo wrth i'r coblynnod ddechrau ymosod unwaith eto.

'Paid â phoeni,' meddai Brwnt, o bellter diogel. 'Fe wneith y diffoddwyr tân eu cael nhw.'

'Wrth gwrs,' meddai Heulwen, 'petai'r diffoddwyr tân heb fod wedi'u cysylltu wrth y prif rid pŵer, sydd wedi ei ddiffodd.'

Fe fyddai'n rhaid i gerbyd paratoi bwyd fel hwn gadw at y rheolau tân mwyaf llym cyn gosod un olwyn magma ar y strip. Yn yr achos hwn, roedd sawl diffoddwr ewyn yno, a fyddai'n llenwi'r tu mewn gydag ewyn gwrthdan mewn mater o eiliadau. Y peth braf am yr ewyn tân oedd ei fod yn caledu wedi cyfarfod ag aer, ond y peth ddimmor-braf oedd fod y switsh trip wedi ei gysylltu wrth y strip magma. Dim pŵer. Dim ewyn.

Tynnodd Heulwen ei Neutrino 2000 o'i gwain. 'Dim byd amdani ond goresgyn y broblem fy hunan.'

Seliodd Capten Pwyll ei helmed a dringo i gab y wagen. Roedd hi'n osgoi cyffwrdd â metel os oedd hynny'n bosibl, oherwydd er bod y micro-ffilamentau yn ei siwt LEP wedi eu dylunio i wasgaru unrhyw wres ychwanegol, doedd micro-ffilamentau ddim bob amser yn gwneud yr hyn roeddynt i fod i'w wneud.

Roedd y coblynnod ar eu cefnau, yn pwmpio peli tân, un ar ôl y llall, at baneli'r to.

'Dyna hen ddigon!' gwaeddodd gan bwyntio trwyn ei laser trwy'r bariau metel.

Anwybyddodd tri o'r coblynnod hi. Trodd un – y pennaeth o bosib – ei wyneb cennog tuag ati. Gwelodd Heulwen fod tatŵs ar belenni'r llygaid. Byddai'r weithred wallgof hon wedi gwarantu dyrchafiad iddo petai'r B'wa Kell heb eu dadfyddino.

'Fedri di ddim cael pob un ohonom, ellyllen,' meddai, â mwg yn tasgu o'i geg a'i ffroenau. 'Ac wedyn, fe fydd un ohonom ni'n siŵr o dy gael di.'

Roedd y coblyn yn iawn, hyd yn oed os nad oedd e'n sylweddoli pam. Yn sydyn, cofiodd Heulwen nad oedd hi'n gallu saethu yn ystod cload mawr. Roedd y rheolau'n dweud na ddylai fod unrhyw ymchwyddiadau pŵer heb eu tarianu, rhag ofn bod Hafan yn cael ei stilio.

Roedd ei gweld yn oedi yn ddigon o brawf i'r coblyn. Doedd dim angen mwy.

'Roeddwn i'n gwybod yn iawn!' gwaeddodd, gan daflu pêl dân hamddenol at y bariau. Gloywodd hwnnw'n goch, a thaflodd wreichion coch at fisor Heulwen. Uwchben y coblynnod, roedd y to'n gwegian yn beryglus. Eiliadau eto ac fe fyddai'n disgyn.

Dadglipiodd Heulwen ddart piton o'i gwregys, a'i osod ar y lansiwr uwchben prif faril y Neutrino. Roedd y lansiwr wedi ei lwytho gyda sbring, fel gwn picell hen ffasiwn, ac ni fyddai'n gollwng unrhyw fflach o wres: dim byd allai anfon neges i'r synwyryddion.

Roedd y coblyn wedi ei ddiddanu. Felly mae coblynnod, yn aml, cyn eu gorchfygu, ac mae hynny'n esbonio pam fod cymaint wedi eu carcharu.

'Dart? Rwyt ti'n mynd i'n procio'n farw, ellyllen fach?'

Anelodd Heulwen at glip ar frig yr ewyn tân yng nghefn y wagen.

'Wnewch chi fod yn dawel, os gwelwch yn dda?' meddai, a lansio'r dart. Hedfanodd dros ben y coblynnod, a'i gladdu ei hun rhwng rhodenni'r clip trwyn; estynnodd y cord piton led y wagen.

'Fe fethaist ti fi,' meddai'r coblyn, gan chwifio'i dafod fforchog. Chware teg iddo – roedd yn destament i'w ffolineb ei fod yn medru bod mewn cerbyd oedd yn toddi yn ystod cload mawr, gyda swyddog LEP yn anelu ato, a'i fod yn dal i feddwl mai ef oedd â'r llaw drechaf.

'Dwi wedi dweud wrthyt ti am fod yn dawel,' meddai Heulwen, gan dynnu ar y cord piton yn siarp a thorri'r clip.

Tywalltodd wyth can cilogram o ewyn diffodd o'r ffroenell, ar gyflymdra o dros ddau gan milltir yr awr. Yn amlwg, diffoddodd y peli tân. Roedd y coblynnod wedi eu hyrddio gan rym yr ewyn a oedd eisoes yn caledu. Roedd y pennaeth wedi ei wthio mor dynn yn erbyn y bariau fel bod tatŵs ei lygaid yn hawdd eu darllen. Roedd un yn darllen 'Mami,' a'r llall 'Dudi'. Camsillafiad, ond prin ei fod e'n gwybod hynny.

'Ow,' meddai, o anghrediniaeth yn fwy na phoen. Nid ynganodd air arall gan fod ei geg yn llawn ewyn.

'Paid â phoeni,' meddai Heulwen. 'Mae'r ewyn yn hydraidd, felly byddi di'n gallu anadlu, ond mae hefyd yn hollol wrthdan, felly pob lwc i ti wrth geisio llosgi dy ffordd allan.'

Roedd Brwnt yn dal i archwilio'i ewin pan ddaeth Heulwen allan o'r fan. Tynnodd ei helmed i ffwrdd, a sychu'r huddygl oddi ar y fisor gyda llawes ei siwt. Doedd e ddim i fod i lynu; efallai y dylai hi ei anfon yn ôl i gael ei gaenu eto.

'Popeth yn iawn?' gofynnodd Brwnt.

'Ydi, Corporal. Popeth yn iawn. Dim diolch i ti.'

Roedd Brwnt yn ddigon hy i edrych fel petai wedi ei dramgwyddo. 'Roeddwn i'n diogelu'r perimedr, Capten. All pawb ddim bod yn arwr mawr.'

Roedd hyn yn nodweddiadol o Brwnt, canfod esgus ar bob achlysur. Gallai hi ddelio ag e yn nes ymlaen. Nawr, roedd hi'n hollbwysig ei bod hi'n mynd i Sgwâr yr Heddlu i ganfod pam fod y Cyngor wedi diffodd pŵer y ddinas.

'Rydw i'n meddwl y dylem ni fynd yn ôl i'r brif swyddfa,' meddai Brwnt. 'Efallai y bydd y gwasanaeth cudd eisiau fy nghyfweld i os bydd dynion y mwd yn ymosod.'

'Rydw i'n meddwl y dylwn i fynd nôl i'r brif swyddfa' meddai Heulwen. 'Arhosa di yma i gadw llygad ar y tri yma nes i'r pŵer ddod yn ei ôl. Wyt ti'n meddwl y medri di wneud hynna? Neu wyt ti wedi dy analluogi ormod oherwydd yr ewin yna?'

'Na, Heulwen . . . Capten. Gad e i mi. Mae popeth o dan reolaeth yma.'

Rydw i'n amau hynny, meddyliodd Heulwen, a mynd ar ei ffordd tuag at Sgwâr yr Heddlu.

Roedd anhrefn llwyr yn y ddinas. Roedd pob un dinesydd allan yn y stryd yn syllu ar eu teclynnau marw, yn methu â chredu'r peth. I rai ifanc, roedd gorfod bod heb eu ffôn symudol yn ormod i'w oddef. Eisteddent ar y strydoedd, yn nadu crio'n felodaidd.

Roedd tyrfa fawr wedi ymgasglu yn Sgwâr yr Heddlu, fel gwyfynod at olau cannwyll. Yn yr achos hwn, yr unig olau yn y dref. Fe fyddai gan ysbytai a cherbydau argyfwng sudd egni parhaol ond, fel arall, pencadlys LEP oedd yr unig adeilad llywodraeth oedd yn dal â phŵer.

Gwthiodd Heulwen ei ffordd drwy'r dyrfa ac i mewn i'r cyntedd. Roedd y ciw ar gyfer gwasanaethau'r cyhoedd yn ymestyn ar hyd y grisiau ac allan o'r drws. Heddiw roedd pawb yn gofyn yr un cwestiwn: beth sydd wedi digwydd i'r pŵer?

Yr un cwestiwn oedd ar wefusau Heulwen pan redodd i mewn i'r Bwth Sefyllfaoedd, ond ni ddywedodd air am hynny. Roedd yr ystafell yn llawn swyddogion, gan gynnwys tri chomander rhanbarthol a phob un o saith aelod y Cyngor.

'A,' meddai Cadeirydd Cawliad. 'Y capten olaf.'

'Chefais i ddim sudd argyfwng,' esboniodd Heulwen. 'Nid cerbyd rheolaidd oedd gen i.'

Cymhwysodd Cawliad osgo ei het gonigol swyddogol. 'Does dim amser i wneud esgusodion, Capten, mae Mister Cwiff wedi gohirio'r cyfarfod nes i ti gyrraedd.'

Aeth Heulwen at ei sedd wrth fwrdd y capten, wrth ochr Trwbwl Gwymon.

'Brwnt yn ocê?' sibrydodd.

'Wedi torri ei ewin.'

Rholiodd Trwbwl ei lygaid. 'Cwyn swyddogol fydd nesaf, heb os.'

Trotiodd y gŵr-farch, Cwiff, trwy'r drysau, gan ddal llond llaw o ddisgiau. Cwiff oedd athrylith technegol y LEP, a'i ddyfeisiadau diogelwch ef oedd y prif reswm pam nad oedd dynion, eto, wedi darganfod cuddfan danddaearol y tylwyth teg. Efallai fod hynny ar fin newid.

Llwythodd sgrin gŵr-farch y disgiau ar y system gyfrifiadurol, ac agor sawl ffenestr ar sgrin blasma anferth, maint wal. Ymddangosodd amryw o algorithmau a phatrymau tonnog ar y sgrin.

Cliriodd ei wddf yn swnllyd. 'Cynghorais y Cadeirydd Cawliad i ddechrau cload mawr ar sail y darlleniadau hyn.'

Roedd Comander Gwreiddyn yn sugno ar sigâr ffwng oedd heb ei thanio. 'Rydw i'n credu 'mod i'n siarad ar ran pawb yn yr ystafell, nawr, wrth ddweud mai'r cwbl welaf i yw sgrin yn llawn llinellau cam. Heb os, mae'r peth yn gwneud synnwyr i geffyl doeth fel ti, ond i'r gweddill ohonom ni, bydd yn rhaid i ni gael esboniad mewn iaith blaen – iaith y Coblynnod.'

Ochneidiodd Cwiff. 'Wel, yn syml iawn, rydym wedi cael ein pingio. Ydi hynny'n ddigon plaen?'

Oedd. Roedd yr ystafell yn crynu dan dawelwch syfrdanol. Hen derm morol oedd pingio, yn deillio'n ôl i ddyddiau pan oedd sonar yn cael ei ddefnyddio fel y dull dewisedig i ganfod a lleoli pethau. Bratiaith am gael eich canfod oedd pingio. Roedd rhywun yn gwybod fod tylwyth teg i lawr yn y fan yma.

Gwreiddyn oedd y cyntaf i ganfod ei lais. 'Pingio. Pwy sydd wedi ein pingio ni?'

Cododd Cwiff ei ysgwyddau. 'Dim syniad. Dim ond ychydig eiliadau wnaeth y peth bara. Doedd dim arwydd clir, a doedd dim modd ei olrhain.'

'Beth ganfuwyd?'

'Tipyn o bethau mewn gwirionedd. Popeth Gogledd Ewropeaidd. Sgopiau, Gwylwyr. Pob un cam-cuddliw. Yr wybodaeth oedd wedi'i lawr lwytho ar bob un ohonynt.'

Dyma beth oedd newyddion trychinebus. Roedd rhywun neu rywbeth yn gwybod popeth am wyliadwriaeth y tylwyth teg yng Ngogledd Ewrop, a hynny ar ôl ychydig eiliadau.

'Dynol oedd e,' gofynnodd Heulwen, 'yntau estron?'

Pwyntiodd Cwiff at batrwm digidol y pelydr. 'Fedra i ddim dweud yn bendant. Ond os mai dynol oedd e, mae'n rhywbeth newydd sbon. Fe ddaeth o unlle. Nid oes un bod dynol wedi bod yn datblygu technoleg fel hyn, hyd y gwn i. Beth bynnag oedd e, roedd e'n ein darllen ni fel llyfr agored. Methodd fy amgodwyr diogelwch fel pe na baent yno o gwbl.'

Tynnodd Cawliad ei het swyddogol; doedd dim amser i boeni am brotocol bellach. 'Beth mae hyn yn ei olygu i'r Tylwyth?'

'Mae'n anodd dweud. Mae posibiliadau drwg a gwaeth. Gall ein gwestai dirgel ddarganfod popeth amdanom, pa bryd bynnag y bydd yn dymuno gwneud hynny, a gwneud beth bynnag mae e'n ei ddymuno â'n gwareiddiad.'

'A'r posibilrwydd lleiaf difrifol?' gofynnodd Trwbwl.

Anadlodd Cwiff. 'Hwnnw oedd y posibilrwydd lleiaf difrifol.'

Galwodd Comander Gwreiddyn Heulwen i'w swyddfa. Roedd yr ystafell yn drewi o fwg sigâr er bod purwr aer yn rhan o'r ddesg. Roedd Cwiff yno'n barod, ei fysedd yn symud fel y gwynt dros allweddell y comander.

'Daeth y signal o Lundain, yn rhywle,' meddai'r gŵr-farch. 'A'r unig ffordd dwi'n gwybod hynny yw oherwydd 'mod i'n digwydd edrych ar y monitor ar y pryd.' Pwysodd yn ôl oddi wrth y ddesg, gan ysgwyd ei ben. 'Mae'n anghredadwy. Rhyw fath o dechnoleg hybrid yw e. Bron fel ein systemau ïon, ond ddim cweit – trwch blewyn o wahaniaeth.'

'Dyw'r "sut" ddim yn bwysig nawr,' meddai Gwreiddyn. 'Y "pwy" sy'n fy mhoeni i.'

'Beth fedra i ei wneud, syr?' gofynnodd Heulwen.

Safodd Gwreiddyn a cherdded at fap o Lundain ar y wal blasma.

'Rydw i angen i ti arwyddo pecyn gwyliadwriaeth allan, mynd i fyny yno, ac aros. Os cawn ein pingio eto, rydw i eisiau i rywun i fod ar y safle, yn barod i fynd. Allwn i ddim recordio'r peth yma, ond fe allwn ni gael golwg ar y signal o leiaf. Yr eiliad y bydd yn dangos ar y sgrin, fe allwn basio'r cyfesurynnau er mwyn i ti eu hymchwilio.'

Cytunodd Heulwen. 'Pryd fydd yr awel gynnes nesaf?' Awel gynnes oedd gair LEP am y fflachiadau magma oedd yn cael eu defnyddio gan swyddogion Recon i farchogaeth i'r arwyneb mewn wyau titaniwm. Roedd peilotiaid cerbydau yn galw'r arferiad penboeth hwn yn 'Farchogaeth Awel Gynnes'.

'Dim lwc,' atebodd Cwiff. 'Dim byd yn debygol am y deuddydd nesaf. Bydd yn rhaid i ti fynd â gwennol.'

'Beth am y cload mawr?'

'Rydw i wedi adfer pŵer i Gôr y Cewri ac i'n haräe lloeren ni. Bydd rhaid i ni ei mentro hi; rhaid i ti fynd i'r arwyneb a rhaid i ni gadw mewn cysylltiad. Gall dyfodol ein gwareiddiad fod yn y fantol.'

Teimlodd Heulwen bwysau'r cyfrifoldeb yn disgyn ar ei hysgwyddau. Roedd y peth *dyfodol ein gwareiddiad* hwn yn digwydd yn amlach, yn ddiweddar.

En Fin, Knightsbridge

Roedd y taniad sonig o grenâd Gwesyn wedi chwythu trwy ddrws y gegin, gan chwalu offer dur gwrthstaen o amgylch yr ystafell fel llafnau glaswellt. Roedd yr acwariwm yn ddarnau mân a'r cerrig llawr yn wlyb oherwydd hynny, heb sôn am y darnau o bersbecs a chimychiaid oedd ar hyd y lle. Roedd y rheiny'n cropian trwy'r llanast, a'u crafangau ar i fyny.

Roedd staff y bwyty ar y llawr, yn methu â symud ac yn wlyb sopen, ond yn fyw. Nid oedd Gwesyn am eu rhyddhau. Nid nawr oedd yr amser i gael hysteria. Fe fyddai digon o amser i hynny, unwaith y byddai'r bygythiadau wedi eu niwtraleiddio.

Deffrodd un asasin oedd hanner ffordd drwy wal. Edrychodd y gwas i fyw ei llygaid. Roeddynt yn groes ac yn methu â ffocysu. Dim bygythiad yn y fan honno.

Rhoddodd Gwesyn arf yr hen ddynes yn ei boced, beth bynnag. Ni allai fod yn rhy ofalus – rhywbeth roedd yn ei ddysgu fwyfwy yn ddiweddar. Petai Madame Ko wedi ei weld y prynhawn yma, fe fyddai wedi gorchymyn bod y tatŵ graddio yn cael ei laseru i ebargofiant.

Roedd yr ystafell yn glir, ond eto, roedd rhywbeth yn poeni'r gwarchodwr: roedd ei synnwyr milwr yn ei boenydio fel dau asgwrn wedi torri. Unwaith eto, aeth meddwl Gwesyn yn ôl at Madame Ko, ei sensei o'r Academi. *Pwrpas pennaf y gwarchodwr yw gwarchod ei brif gorff. Chaiff y prif gorff mo'i saethu os ydych chi'n sefyll o'i flaen.* Roedd Madame Ko bob amser yn galw'r cyflogwr yn brif gorff. Ac nid oeddech yn datblygu teimladau at y prif gorff hwnnw.

Synfyfyriodd Gwesyn: pam oedd y wireb arbennig hon wedi dod i'w feddwl nawr? O'r cannoedd roedd Madame Ko wedi eu pwnio i'w gof, pam hon? Roedd yr ateb yn amlwg, i fod yn onest. Roedd wedi torri'r rheol gyntaf o ran diogelwch personol drwy adael ei brif gorff heb neb i'w amddiffyn. Yr ail reol: *peidiwch â datblygu teimladau tuag at y prif gorff.* Roedd honno hefyd yn llanast ac wedi mynd i'r gwellt. Roedd Gwesyn wedi dod mor hoff o Artemis ac yr oedd hynny, yn amlwg, yn dechrau effeithio ar ei farn.

Gallai weld Madame Ko o'i flaen, dim byd yn arbennig o ran ei golwg yn ei siwt caci. Dim ond gwraig tŷ Siapaneaidd arferol ydoedd yng ngolwg y byd. Ond faint o wragedd tŷ, o unrhyw wlad, all daro rhywun mor

gyflym fel bod yr aer yn hisian? *Cywilydd wyt ti Gwesyn.*
Cywilydd i dy enw. O ystyried dy dalentau, fe fyddai'n fwy addas
i ti ganfod swydd yn trwsio esgidiau. Mae dy brif gorff wedi ei
niwtraleiddio'n barod.

Symudodd Gwesyn fel trwy freuddwyd. Roedd fel
petai'r aer ei hun yn ei ddal yn ôl wrth iddo ruthro at
ddrysau'r gegin. Gwyddai beth allai ddigwydd. Un
proffesiynol oedd Arno Brwnt. Balch efallai – pechod
marwol ymysg gwarchodwyr – ond proffesiynol er hynny.
Ac roedd pobl broffesiynol yn mynnu gwisgo plygiau
clustiau bob amser, os oedd unrhyw berygl o fod mewn
brwydr.

Roedd y teils yn llithrig o dan ei draed, ond roedd
Gwesyn yn gwneud iawn am hyn drwy bwyso ymlaen a
thyllu ei wadnau rwber i'r llawr. Roedd ei ddrymiau clust,
iach, yn codi sŵn cryndod afreolaidd o'r bwyty. Sgwrs.
Roedd Artemis yn siarad â rhywun. Arno Brwnt, heb os.
Roedd hi'n rhy hwyr, yn barod.

Daeth Gwesyn trwy'r drws gwasanaeth ar gyflymdra
fyddai wedi cywilyddio rhedwr Olympaidd. Roedd ei
ymennydd wedi dechrau dadansoddi ei siawns yr eiliad y
cyrhaeddodd lluniau o'i retinâu: roedd Brwnt ar fin
saethu. Doedd dim modd gwneud dim am hynny nawr.
Dim ond un opsiwn oedd ar ôl. Heb feddwl ddwywaith,
aeth Gwesyn am yr opsiwn hwnnw.

Yn ei law dde, roedd Brwnt yn dal pistol wedi ei dawelu.

'Ti'n gyntaf,' meddai. 'Yna'r epa.'

Cododd Arno Brwnt glicied y gwn, anelodd, taniodd.

Daeth Gwesyn o unlle. Roedd fel petai'n llenwi'r holl ystafell, yn ei daflu ei hunan yn ffordd y fwled. Petai'r fwled wedi dod ato o bellter, fe fyddai'r fest gwrth fwled Kevlar wedi ei arbed, efallai, ond saethiad uniongyrchol fel yna! Aeth y fwled oedd wedi ei gorchuddio â Tefflon, drwy ei wasgod fel procer poeth drwy eira. Aeth i mewn i gorff Gwesyn, centimetr o dan y galon. Roedd yn anaf marwol. A'r tro hwn, nid oedd Capten Pwyll yno i'w achub gyda hud y tylwyth teg.

Oherwydd momentwm y gwarchodwr a grym y fwled, glaniodd corff Gwesyn ar Artemis a'i binio wrth y troli pwdin. Doedd dim modd gweld un darn o gorff y bachgen, heblaw am un esgid.

Roedd Gwesyn yn anadlu'n araf a'i olwg wedi pallu, ond nid oedd yn farw, eto. Roedd trydan ei ymennydd yn prinhau, yn gyflym, ond daliodd y gwarchodwr ei afael yn dynn wrth un syniad: gwarchoda dy brif gorff.

Roedd Arno brwnt wedi'i syfrdanu. Cipiodd anadl gyflym, a thaniodd Gwesyn chwe bwled tuag at y sŵn. Fe fyddai wedi ei siomi â pherffeithrwydd ei anelu pe bai wedi ei weld. Ond canfu un o'r bwledi ei farc, a chlipiodd Brwnt ar ei dalcen. Roedd anymwybyddiaeth a diymadferthedd yn agos, cyfergyd yn anochel. Ymunodd Arno Brwnt â gweddill ei dîm, ar y llawr.

Anwybyddodd Gwesyn y poen oedd yn gwasgu ei dorso fel dwrn cawr. Yn hytrach, gwrandawodd am symudiad. Doedd dim gerllaw, dim ond crafangau cimychiaid yn crafu ar y llawr teils. A phe bai un o'r cimychiaid yn penderfynu ymosod, roedd Artemis ar ei ben ei hun.

Nid oedd dim arall ar ôl i'w wneud. Naill ai, roedd Artemis yn ddiogel, neu doedd e ddim. Os nad oedd e'n ddiogel, nid oedd Gwesyn mewn unrhyw gyflwr i fedru cyflawni telerau ei gytundeb, bellach. Daeth y sylweddoliad hwn â thawelwch meddwl mawr iddo. Dim mwy o gyfrifoldeb. Dim ond ei fywyd ei hunan i'w fyw, am ambell eiliad, ta beth. A beth bynnag, nid prif gorff yn unig mo Artemis. Roedd yn rhan o fywyd y gwarchodwr. Ei unig wir gyfaill. Efallai na fyddai Madame Ko'n hoffi'r agwedd hon, ond allai hi wneud dim am y peth, nawr. Doedd dim y gallai neb ei wneud.

Nid oedd Artemis yn hoff o bwdin. Ac eto, roedd wedi ei gael ei hunan, yn boddi mewn éclairs, cacennau caws a pavlova. Fe fyddai ei siwt yn llanast llwyr. Wrth gwrs, dim ond meddwl am y pethau hyn roedd Artemis er mwyn osgoi meddwl am wir ddifrifoldeb yr hyn oedd newydd ddigwydd. Ond roedd pwysau marw naw deg kilogram yn anodd iawn ei anwybyddu.

Yn lwcus i Artemis, roedd trawiad Gwesyn wedi ei anfon yr holl ffordd i ail silff y drol, tra bod y gwas yn dal ar silff yr hufen iâ uwchben. Roedd Artemis yn ymwybodol bod y gacen siocled a cheirios wedi clustogi ei gwymp yn ddigon i osgoi niwed mewnol difrifol. Eto, gwyddai y byddai ymweliad â'r meddyg esgyrn yn angenrheidiol. Byddai'n rhaid i Gwesyn hefyd fynd yno er ei fod mor gryf â throl farfog.

Gwingodd Artemis hyd nes y daeth allan oddi tan gorff ei was. Gyda phob symudiad, roedd cyrn hufen yn ffrwydro tuag ato.

'Wir, Gwesyn,' cwynodd y bachgen. 'Bydd yn rhaid i mi ddechrau dewis fy mhartneriaid busnes yn fwy gofalus. Prin fod diwrnod yn mynd heibio, pan nad ydym ni'n dioddef oherwydd rhyw blot neu'i gilydd.'

Teimlodd Artemis ryddhad o weld Arno yn ddiymadferth ar y llawr.

'Dihiryn arall allan o'r ffordd. Saethiad da, Gwesyn, fel arfer. A pheth arall, dwi'n credu y gwna i wisgo fest gwrth fwled i'm cyfarfodydd o hyn allan. Dylai hynny wneud dy swydd di fymryn yn haws, e?'

A'r foment honno, sylwodd Artemis ar grys Gwesyn. Teimlodd fel petai wedi'i daro â gordd bren. Nid y twll yn y defnydd, ond y gwaed yn tywallt ohono.

'Gwesyn, rwyt ti wedi cael anaf. Wedi dy saethu. Ond y Kevlar?'

Nid atebodd y gwarchodwr, ac nid oedd rhaid. Roedd gwyddoniaeth Artemis yn well na sawl ffisegwr niwclear. I fod yn onest, roedd yn postio darlithoedd ar y we yn aml, o dan y ffugenw Emmsey Squire. Yn amlwg, roedd momentwm y fwled wedi bod yn ormod i'r siaced ei gwrthsefyll. Mae'n bosib ei bod wedi'i gorchuddio â Tefflon, i dreiddio ymhellach.

Teimlodd Artemis ysfa gref i daflu ei gorff am ffrâm y gwas a chrio fel y byddai wedi ei wneud dros frawd. Ond roedd rhaid iddo ymatal. Nawr oedd yr amser i feddwl yn gyflym.

Daeth llais Gwesyn i dorri ar draws meddyliau Artemis.

'Artemis . . . ai ti sydd yna?' meddai, a'i anadl yn fer.

'Ie, fi sydd yma,' atebodd Artemis, â chryndod yn ei lais.

'Paid â phoeni. Bydd Gwen yn medru dy warchod. Mi fyddi di'n iawn.'

'Paid â siarad, Gwesyn. Aros yn llonydd. Dyw'r anaf ddim yn un difrifol.'

Poerodd Gwesyn. Y nesaf peth at chwerthin.

'O'r gorau, mae'n ddifrifol. Ond fe wna i feddwl am rywbeth. Aros yn llonydd!'

Gyda'r tamaid olaf o egni oedd ganddo ar ôl, cododd Gwesyn ei law.

'Hwyl fawr, Artemis,' meddai. 'Fy nghyfaill.'

Cydiodd Artemis yn ei law. Roedd y dagrau'n llifo nawr. Doedd dim modd eu hatal.

'Hwyl fawr, Gwesyn.'

Roedd llygaid dall yr Ewrasiad yn llonydd. 'Artemis, galwa fi'n – Domovoi.'

Roedd y ffaith bod Gwesyn wedi dweud hyn yn golygu dau beth i Artemis. Yn gyntaf, roedd ei gydymaith wedi cael ei enwi ar ôl ysbryd gwarchodwr Slafig. Yn ail, roedd graddedigion Academi Madame Ko yn cael eu dysgu i beidio byth â datguddio eu henw bedydd wrth eu prif gyrff. Roedd yn helpu i gadw pethau'n glinigol. Ni fyddai Gwesyn wedi torri'r rheol . . . oni bai ei bod yn rhy hwyr i fod o bwys.

'Hwyl fawr, Domovoi,' criodd y bachgen. 'Hwyl fawr, fy nghyfaill.'

Disgynnodd y llaw. Roedd Gwesyn wedi mynd.

'Na!' gwaeddodd Artemis, gan gamu yn ei ôl.

Nid oedd hyn yn iawn. Nid fel hyn roedd pethau i fod i ddod i ben. Am ryw reswm, roedd wedi dychmygu y byddent yn marw gyda'i gilydd – wrth wynebu trychinebau mawr, mewn rhyw le egsotig. Ar erchwyn mynydd Vesuvius efallai a hwnnw wedi ailddeffro, neu ar lannau'r Ganges anferth. Ond gyda'i gilydd, fel cyfeillion. Ar ôl yr holl roedd y ddau wedi'i oresgyn, allai Gwesyn ddim cael ei orchfygu dan law rhyw ddyn cyhyrog eilradd.

Bu bron i Gwesyn farw unwaith o'r blaen. Dwy flynedd yn ôl roedd wedi bod mewn sgarmes â throl o'r twneli dwfn, o dan ddinas Hafan. Roedd Heulwen Pwyll wedi ei achub y tro hwnnw, gan ddefnyddio ei hud tylwyth teg. Ond nawr, nid oedd un o'r tylwyth teg wrth law i achub y gwarchodwr. Amser oedd y gelyn. Petai gan Artemis fwy ohono, gallai feddwl am ffordd o gysylltu â'r LEP a pherswadio Heulwen i ddefnyddio'i hud unwaith eto. Ond roedd amser yn brin. Roedd gan Gwesyn bedwar munud efallai, cyn i'w ymennydd ddiffodd am byth. Dim digon o amser, hyd yn oed ar gyfer rhywun mor ddeallus ag Artemis – roedd angen prynu mwy o amser. Neu ddwyn peth.

Meddylia, fachgen, meddylia. Defnyddia pa beth bynnag mae'r sefyllfa'n ei gynnig. Sychodd Artemis ei ddagrau. Roedd mewn bwyty, bwyty pysgod. Diwerth! Diddiben! Petai mewn cyfleuster iechyd, mae'n bosib y gallai wneud rhywbeth. Ond yma? Beth oedd ar gael yma? Popty, sinciau, llestri, offer coginio. Hyd yn oed petai'r offer cywir ganddo, nid oedd eto wedi cwblhau ei astudiaethau meddygol. Ond roedd hi'n rhy hwyr ar gyfer meddygaeth gonfensiynol beth bynnag – oni bai bod dull o drawsblannu calon a hynny o fewn pedwar munud.

Roedd yr eiliadau yn prysur ddiflannu. Roedd Artemis yn mynd yn fwyfwy rhwystredig. Roedd amser yn eu herbyn. Amser yn elyn. Roedd rhaid stopio amser. Daeth syniad i feddwl Artemis fel ffrwydrad o niwronau. Efallai nad oedd hi'n bosibl rhoi stop ar amser ond fe allai atal taith Gwesyn trwyddo. Roedd hi'n broses beryglus, yn sicr, ond dyna'r unig gyfle.

Rhyddhaodd Artemis frêc y drol â'i droed a dechrau ei gwthio tua'r gegin. Roedd rhaid iddo oedi sawl tro i wthio asasin neu ddau oedd yn dal i gwyno o'i ffordd.

Roedd cerbydau argyfwng yn agosáu, gan wneud eu

ffordd ar hyd Knightsbridge. Yn amlwg, fe fyddai taniad y grenâd sonig wedi tynnu sylw. Eiliadau prin oedd ar ôl cyn y byddai'n rhaid iddo orfod cyflwyno rhyw stori gredadwy ar gyfer yr awdurdodau . . . Gwell oedd peidio â bod yno . . . Fyddai olion bys ddim yn broblem gan fod dwsinau o gwsmeriaid wedi bod yn y bwyty. Yr unig beth roedd yn rhaid iddo ei wneud oedd gadael cyn i heddlu gorau Llundain gyrraedd.

Roedd y gegin wedi ei chreu o ddur gwrthstaen. Roedd pob pentan, hwd ac arwyneb gweithio wedi ei orchuddio â llanast o'r ffrwydrad grenâd sonig. Roedd pysgod yn fflapio yn y sinc, cramenogion yn clicio ar hyd y teils a belwga'n diferu o'r nenfwd.

Yno! Yn y cefn, rhes o rewgelloedd, hanfodol mewn unrhyw fwyty pysgod. Rhoddodd Artemis ei ysgwydd yn erbyn y drol, a'i llywio i gefn y gegin.

Roedd y rhewgell fwyaf o'r math tynnu-allan wedi ei hadeiladu'n arbennig i ffitio'r gegin, fel sydd i'w gweld yn aml mewn bwytai mawr. Tynnodd Artemis y drôr allan gan daflu eogiaid, draenogiaid y môr a chegddu allan o'r rhew ac ar y llawr.

Cryogeneg. Dyna eu hunig gyfle. Y wyddoniaeth o rewi corff nes i feddyginiaethau esblygu digon i fedru adfywio a gwella rhywun. Rhywbeth sydd yn cael ei wrthod gan y mwyafrif o'r gymuned feddygol, ond sydd, er hynny, yn gwneud miloedd ar gorn ystadau cyfoethogion ecsentrig sydd angen mwy nag un bywyd i wario eu harian. Roedd

siambrau cryogeneg fel arfer yn cael eu hadeiladu yn unol â chynlluniau hynod fanwl, ond nid oedd amser ar gyfer safonau arferol Artemis nawr. Roedd yn rhaid i'r rhewgell wneud y tro, fel yr oedd. Rhaid oedd oeri ymennydd Gwesyn er mwyn diogelu celloedd yr ymennydd. Cyhyd ag y byddai gweithrediadau'r ymennydd yn iach, gellid, mewn theori, ei adfywio, hyd yn oed os nad oedd curiad calon.

Symudodd Artemis y drol nes ei bod uwchben y rhewgell agored; yna, gyda chymorth plât mawr arian symudodd gorff anferth Gwesyn i mewn i'r rhew. Roedd corff y gwas yn ffitio i'r rhewgell yn dynn. Prin oedd rhaid plygu ei goesau hyd yn oed. Tywalltodd Artemis rew rhydd ar ben ei gyfaill ac yna newid y thermostat i ddangos pedair gradd yn is na sero. Bellach, dim ond darnau o wyneb difynegiant Gwesyn oedd i'w weld o dan yr haen o rew.

'Mi fydda i 'nôl,' meddai'r bachgen. 'Cysga'n dawel.'

Roedd y seirenau'n agosach nawr. Clywodd Artemis sgrech teiars.

'Dal di'n dynn, Domovoi,' sibrydodd Artemis, a chau drws y rhewgell.

Gadawodd Artemis drwy'r drws cefn, gan blethu yn rhan o'r dorf o bobl leol a thwristiaid. Roedd yr heddlu yn siŵr o dynnu lluniau'r dorf, felly nid oedd am oedi, na hyd yn oed cymryd un cipolwg yn ôl wrth adael y bwyty. Yn hytrach aeth tuag at siop Harrods a chanfod bwrdd bychan yn y caffi oriel.

Unwaith roedd wedi argyhoeddi'r weinyddes nad oedd e'n chwilio am ei fami, ac wedi iddo ddangos fod ganddo ddigon o arian i dalu am debot o de Earl Grey, tynnodd Artemis ei ffôn symudol allan a dewis rhif o'r rhestr frys.

Atebodd dyn ar yr ail ganiad.

'Helô. Byddwch gyflym, pwy bynnag sydd 'na. Dwi'n brysur iawn ar hyn o bryd.'

Ditectif Arolygydd Hywel Cadog o New Scotland Yard oedd yno. Roedd ei lais fel petai'n llawn sŵn cerrig mân, hyn o ganlyniad i ysgarmes mewn bar yn y nawdegau pan gafodd cyllell hela ei rhoi trwy ei gorn gwddf. Petai Gwesyn heb fod yno i ddelio â'r gwaedu, fyddai e erioed wedi codi'n uwch na Rhingyll. Roedd hi'n amser gofyn am ffafr yn ôl.

'Ditectif Arolygydd Cadog. Artemis Gwarth sydd yma.'

'Artemis, sut rwyt ti? A sut mae'r hen bartner, Gwesyn?'

Rhwbiodd Artemis ei dalcen. 'Dim yn dda o gwbl, mae gen i ofn. Angen ffafr rydw i.'

'Unrhyw beth i'r dyn mawr. Beth fedra i ei wneud?'

'Ydych chi wedi clywed am ryw aflonyddwch yn Knightsbridge heddiw?'

Oedodd. Clywodd Artemis sŵn papur wrth i ffacs gael ei rwygo o'r rholyn.

'Ydw, mae newydd ddod i mewn. Sawl ffenestr wedi'u

chwythu mewn rhyw fwyty. Dim byd mawr. Twristiaid wedi cael braw. Mae'r adroddiadau cyntaf yn dweud mai math o ddaeargryn lleol oedd yno, os mynni di. Mae dau gar yno, nawr. Paid â dweud mai Gwesyn oedd y tu cefn i'r cyfan?'

Anadlodd Artemis. 'Rydw i angen cymorth i gadw'ch dynion yn ddigon pell o'r rhewgelloedd.'

'Dyna i ti gais od, Artemis. Beth sydd yn y rhewgelloedd na ddylwn i ei weld?'

'Dim byd anghyfreithlon,' addawodd Artemis. 'Coeliwch chi fi, mae hyn yn fater o fyw neu farw i Gwesyn.'

Nid oedodd Cadog. 'Nid fy awdurdodaeth i mewn gwirionedd yw hyn. Ond ystyria fe wedi ei wneud. Wyt ti angen cael beth bynnag ddylwn i ddim gwybod amdano allan o'r rhewgelloedd?'

Roedd y swyddog wedi darllen ei feddwl. 'Cyn gynted â bo modd. Dau funud yn unig dw i eu hangen, dim mwy.'

Pendronodd Cadog. 'Iawn. Beth am gydamseru ein hamserlen? Bydd y tîm fforensig eisiau bod yno am oddeutu dwy awr. Does dim y medra i ei wneud am hynny. Ond am hanner awr wedi chwech, ar y dot, fe allaf i addo na fydd neb ar ddyletswydd. Ac mi fydd gen ti bum munud.'

'Mwy na digon.'

'Da iawn. A dywed wrth y dyn mawr ein bod ni'n gyfartal nawr.'

Cadwodd Artemis ei lais yn esmwyth. 'Iawn, Ditectif Arolygydd. Fe wna i.'

Os caf i'r cyfle, meddyliodd.

ATHROFA CRYOGENEG OES YR IÂ, ODDI AR HARLEY STREET, LLUNDAIN

Nid oedd Athrofa Cryogeneg Oes Yr Iâ yn Harley Street, Llundain. Yn dechnegol, roedd wedi ei chuddio yn Dickens Lane, sef lôn gefn ar ochr ddeheuol y ffordd feddygol enwog. Ond nid oedd hynny'n ddigon i rwystro Rheolwr Gyfarwyddwr y cwmni, y Meddyg Constance Lane, rhag rhoi Harley Street ar holl offer swyddfa Oes yr Iâ. Allech chi ddim prynu credadwyaeth fel yna. Pan oedd y crach yn gweld y geiriau hud yna ar gerdyn busnes, roeddynt yn baglu dros eu traed er mwyn rhewi eu hen gyrff egwan.

Nid oedd modd creu argraff ar Artemis Gwarth yn yr un modd. Ond eto, nid oedd ganddo fawr o ddewis; Oes yr Iâ oedd un o dair canolfan cryogeneg y ddinas, a'r unig fan lle'r oedd unedau rhydd ar gael. Roedd yn gas ganddo'r arwydd neon: 'Podiau i'w Llogi'. Wir!

Roedd yr adeilad ei hun yn ddigon i achosi i Artemis wingo. Roedd y ffasâd wedi ei leinio ag alwminiwm, yn amlwg wedi ei ddylunio i edrych fel llong ofod, a'r drysau o fath *Star Trek*. Lle'r oedd diwylliant? Lle'r oedd celf?

Sut y rhoddwyd caniatâd cynllunio i fwystfil o adeilad fel hwn yng nghanol ardal oedd mor hanesyddol?

Roedd nyrs wedi'i gwisgo'n dwt mewn gwisg wen a het drichornel yn eistedd yn y dderbynfa. Annhebygol iawn ei bod hi'n nyrs go iawn, meddyliodd Artemis – rhywbeth i'w wneud â'r sigarét rhwng ei hewinedd ffug.

'Esgusodwch fi, Miss?'

Prin ei bod hi'n fodlon codi ei llygaid o'i chylchgrawn clonc.

'Ie? Wyt ti'n edrych am rywun?'

'Ydw, hoffwn gael gair â'r Meddyg Lane. Hi yw'r llawfeddyg, ie?'

Malodd y nyrs ei sigarét mewn blwch llwch oedd yn orlawn yn barod.

'Nid prosiect ysgol arall yw hwn, nage? Mae'r Meddyg Lane yn dweud, "na" wrth bob prosiect ysgol o hyn allan.'

'Na. Nid prosiect ysgol arall.'

'Nid cyfreithiwr wyt ti? gofynnodd y nyrs, yn amheus. 'Un o'r bobl athrylithgar yna sy'n cael gradd prifysgol pan fyddan nhw'n dal yn eu clytiau?'

Ochneidiodd Artemis. 'Athrylith, ydw. Cyfreithiwr, prin. Mademoiselle, cwsmer wyf fi.'

Ac yn sydyn, roedd y nyrs yn llawn swyn.

'O! Cwsmer! Wel, pam na fyddet ti wedi dweud hynny? Y ffordd yma. Hoffet ti de, coffi, neu rywbeth cryfach efallai?'

'Tair ar ddeg oed ydw i, mademoiselle.'

'Sudd?'

'Te fyddai'n dda. Earl Grey os oes gennych chi. Dim siwgr, yn amlwg; mae peryg iddo fy ngwneud yn oractif.'

Roedd y nyrs yn weddol barod i dderbyn gwawd gan rywun os oedd e'n gwsmer go iawn, felly hebryngodd Artemis i lolfa fawr, yn steil y gofod, eto. Digon o felôr sgleiniog a drychau tragwyddoldeb.

Roedd Artemis wedi hanner yfed rhywbeth nad oedd, yn bendant, yn Earl Grey, pan agorodd drws y Meddyg Lane.

'Dewch i mewn,' meddai dynes dal yn ansicr.

'Ddylwn i gerdded?' gofynnodd Artemis. 'Neu ydych chi am fy mhelydru fi i mewn?'

Roedd waliau'r swyddfa yn llawn fframiau. Ar hyd un ochr roedd graddau a thystysgrifau'r meddyg. Roedd Artemis yn amau y gellid ennill rhai o'r rhain mewn un penwythnos. Ar y wal arall roedd portreadau ffotograffig. Uwchben y rhain roedd print o beintiad rhamantaidd yr artist cyn-Raffaëlaidd, Edward Brune-Jones, o Eira Wen yn cysgu. Bu bron i Artemis adael pan welodd hyn, ond roedd e mewn sefyllfa anobeithiol.

Eisteddodd y Meddyg Lane y tu ôl i ddesg. Roedd hi'n fenyw brydferth iawn. Gwisgai ŵn Dior ac roedd ei gwallt coch yn hir a'i bysedd yn denau fel artist. Roedd hyd yn oed gwên Constance Lane yn berffaith – rhy berffaith. Edrychodd Artemis yn agosach a sylweddoli bod ei holl wyneb yn waith cywrain llawfeddyg plastig. Yn amlwg, pwrpas bywyd y fenyw hon oedd twyllo amser. Roedd wedi dod i'r lle cywir.

'Nawr, ddyn ifanc, mae Tracy'n dweud mai eich dymuniad yw bod yn gwsmer?' Ceisiodd y Meddyg wenu, ond roedd ymestyn ei hwyneb yn gwneud iddi loywi fel balŵn.

'Nid yn bersonol, na,' atebodd Artemis. 'Ond rydw i am logi un o'ch unedau. Am y tymor byr.'

Tynnodd Constance Lane bamffled cwmni o'r drôr, a rhoi cylch coch am ambell rif.

'Mae ein costau'n weddol uchel.'

Nid edrychodd Artemis ar y ffigyrau.

'Nid yw arian yn broblem. Gallaf drefnu trosglwyddiad arian o'm cyfrif yn Swistir, y munud yma. O fewn pum munud, fe fydd can mil o bunnoedd yn eich cyfrif personol chi. Yr unig beth rwyf fi ei angen yw un uned am un noson.'

Roedd y ffigwr yn un trawiadol. Byddai can mil yn talu am sawl triniaeth gosmetig, meddyliodd Constance. Ond roedd hi'n dal yn gyndyn . . .

'Fel arfer, nid yw plentyn dan oed yn cael rhoi perthnasau mewn siambr. Dyna yw'r gyfraith, hefyd, er gwybodaeth.'

Pwysodd Artemis ymlaen.

'Y Meddyg Lane. Constance. Nid yw'r hyn dwi'n ei wneud yma yn hollol gyfreithlon, ond does neb yn cael ei frifo ychwaith. Un noson, ac fe fyddwch chi'n fenyw gyfoethog. Yr amser yma yfory, bydd fel petawn i erioed wedi bod yma. Dim cyrff. Dim cwynion.'

Meddyliodd y meddyg wrth iddi fyseddu ei gên.

'Un noson?'

'Dim ond un. Fyddwch chi ddim hyd yn oed yn gwybod ein bod ni yma.'

Tynnodd Constance ddrych llaw o ddôr ei desg, gan astudio'i hadlewyrchiad yn ofalus.

'Galwch eich banc,' meddai.

CÔR Y CEWRI, WILTSHIRE

Cyrhaeddai dau lifft LEP dde Lloegr. Un yn Llundain ei hun, ond roedd hwnnw wedi ei gau i'r cyhoedd gan fod tîm pêl-droed Chelsea wedi adeiladu eu safle ymarfer bum can metr uwchben y porthladd gwennol.

Roedd y porthladd arall yn Wiltshire, ger yr hyn roedd y bodau dynol yn ei alw'n Gôr y Cewri. Roedd gan Ddynion y Mwd sawl theori ynglŷn â dechreuad y strwythur hwn – rhai oedd yn amrywio o fod yn borthladd glanio llong ofod i ganolfan addoli paganaidd. Roedd y gwir yn llawer llai deniadol. Roedd Côr y Cewri mewn gwirionedd wedi bod yn allfa ar gyfer bwyd bara fflat. Neu, mewn termau dynol, bwyty pitsa.

Roedd corrach o'r enw Mignen wedi sylweddoli faint o dwristiaid oedd yn anghofio eu brechdanau ar eu gwibdeithiau uwch-ddaearol, ac felly wedi dechrau busnes ger y Terminal. Roedd yn system chwim. Dreifio at un o'r ffenestri, gofyn am eich cynhwysion, a deng munud wedi hynny roeddech chi'n stwffio'ch ceg. Wrth gwrs, bu'n rhaid i Mignen symud ei siop o dan ddaear pan ddechreuodd dynion siarad mewn brawddegau llawn. A beth bynnag, roedd yr holl gaws yn gwneud y ddaear yn gorslyd. Roedd rhai o'r ffenestri gwasanaeth wedi suddo, hyd yn oed.

I sifiliad o dylwyth teg, anodd fyddai sicrhau fisa i Gôr y Cewri oherwydd yr holl brysurdeb ar yr arwyneb. Ond eto, roedd hipis yn gweld tylwyth teg bob dydd ac nid oedd hynny byth yn cyrraedd tudalennau blaen y papurau newydd. Fel swyddog yn yr heddlu, nid oedd Heulwen wedi cael trafferth derbyn fisa; un fflach o'i bathodyn Recon ac roedd twll i'r arwyneb wedi ei agor iddi.

Ond nid oedd bod yn swyddog Recon yn helpu os nad oedd fflach magma ar y ffordd. Ac roedd lifft Côr y Cewri wedi bod yn cysgu ers dros dair canrif. Dim un sbarc. A heb fedru marchogaeth awel gynnes, roedd yn rhaid i Heulwen deithio i'r arwyneb mewn gwennol fasnachol.

Roedd y wennol nesaf yn llawn, ond yn lwcus, roedd rhywun wedi gorfod canslo ar y munud olaf ac felly nid oedd yn rhaid i Heulwen gael gwared ar un teithiwr.

Criwser foethus yn eistedd hanner cant o deithwyr oedd hon. Roedd wedi ei chomisiynu yn arbennig gan y Frawdoliaeth Mignen i ymweld â safle eu noddwr. Roedd y tylwyth teg arbennig yma, corachod yn bennaf, yn cysegru eu bywydau i bitsa unwaith y flwyddyn, gan wneud hynny ar yr un diwrnod, sef pen-blwydd diwrnod cyntaf busnes Mignen. Dyma'r diwrnod roeddynt yn trefnu gwennol i gael picnic ar yr arwyneb bob blwyddyn. Roedd y picnic yn cynnwys pitsa, cwrw cloronen a hufen iâ blas pitsa. Ac wrth gwrs, nid oedd un ohonynt yn diosg ei het rwber pitsa, o un pen y daith i'r llall.

Felly, am chwe deg saith munud, eisteddodd Heulwen, wedi ei gwasgu rhwng dau gorrach yn llowcio cwrw a chanu caneuon pitsa:

> *Pitsa, pitsa,*
> *Llanw dy fola,*
> *Po tewaf y toes*
> *Y gore fo'r blas!*

Roedd cant un deg pedwar o benillion. Ac nid oedd pethau'n gwella. Nid oedd Heulwen erioed wedi bod mor falch o weld goleuadau glanio Côr y Cewri.

Roedd y Terminal ei hun yn weddol gynhwysfawr, gyda bwth fisa tair lôn, canolfan adloniant a lle siopa di-doll. Y peth ffasiynol i'w brynu, fel swfenîr ar hyn o bryd oedd doli o Ddyn y Mwd hipi oedd yn dweud, 'Heddwch, boi,' wrth i chi wasgu ei fol.

Llwyddodd Heulwen i wasgu ei ffordd trwy griw'r dollfa, a chymryd yr esgynnydd diogelwch i'r arwyneb.

Roedd wedi dod yn haws gadael Côr y Cewri yn ddiweddar, oherwydd bod Dynion y Mwd wedi rhoi ffens yno. Roedd y dynion yn gwarchod eu treftadaeth, neu dyna beth roeddynt yn ei gredu. Od fod Dynion y Mwd yn meddwl mwy am eu gorffennol na'u dyfodol.

Gwisgodd Heulwen ei hadenydd, ac unwaith roedd hi wedi derbyn y gair gan y bwth rheoli, gadawodd y trap aer, ac esgyn i saith mil troedfedd o uchder. Roedd y cymylau'n ei gorchuddio'n dda. Er hynny, dechreuodd ei tharian. Allai dim byd roi stop arni nawr; roedd hi'n anweledig i lygaid dynol a mecanyddol. Dim ond llygod mawr a dwy rywogaeth o fwncïod oedd â'r gallu i weld trwy darian tylwyth teg.

Taniodd Heulwen lywiwr y wennol gan adael i'r rig wneud y llywio drosti. Roedd hi'n braf bod uwchben y ddaear eto, a hynny mewn pryd i weld y machlud. Ei hoff amser o'r dydd. Lledaenodd gwên araf dros ei hwyneb. Er gwaetha'r sefyllfa, roedd hi'n fodlon ei byd. Dyma beth roedd wedi ei geni i'w wneud. Recon. Gyda gwynt yn erbyn ei fisor a sialens rhwng ei dannedd.

KNIGHTSBRIDGE, LLUNDAIN

Roedd bron i ddwy awr wedi mynd heibio ers i Gwesyn gael ei saethu. Fel arfer, y cyfnod gras rhwng yr adeg y bydd y galon yn methu a bod niwed i'r ymennydd yw

pedwar munud, ond mae modd estyn y cyfnod hwnnw os
yw tymheredd corff y claf yn cael ei ostwng ddigon. Gall
y rhai sy'n boddi, er enghraifft, gael eu hadfywio hyd at
awr ar ôl yr hyn sy'n ymddangos fel eu marwolaeth. Ni
allai Artemis ond gobeithio fod ei siambr cryogeneg dros
dro yn medru cadw Gwesyn hyd nes iddo gael ei
drosglwyddo i mewn i un o gelloedd Oes yr Iâ.

Roedd gan Cryogeneg Oes yr Iâ uned symudol ar gyfer
symud cleientiaid o'u clinigau preifat lle buont farw.
Roedd generadur ac offer llawdriniaeth yn y fan hon.
Hyd yn oed os oedd rhai meddygon yn credu mai
meddyginiaeth ddwl oedd cryogeneg, roedd y cerbyd ei
hunan yn siŵr o ateb y gofynion o ran safonau
glanweithdra ac offer.

'Mae'r unedau yma'n costio bron miliwn o bunnoedd
yr un,' meddai'r Meddyg Constance Lane wrth Artemis,
wrth iddynt eistedd yn y feddygfa wen foel. Roedd pod
cryo silindrog wedi ei strapio wrth droli rhyngddynt.

'Mae'r faniau wedi eu gwneud yn arbennig yn Munich
i wrthsefyll ymosodiad. Gallai'r pod hwn yrru dros
ffrwydryn tir a byddai'n dal yn un darn.'

Am unwaith, nid oedd diddordeb mewn casglu
gwybodaeth gan Artemis.

'Dyna neis, Meddyg, ond all e fynd ynghynt? Mae
amser fy nghydymaith yn mynd yn brin. Mae cant dau
ddeg saith munud wedi mynd heibio'n barod.'

Ceisiodd Constance Lane wgu, ond nid oedd digon o groen llac dros ei thalcen.

'Dwy awr. Does neb wedi ei adfywio ar ôl cyfnod mor hir. Eto, does neb *erioed* wedi cael ei adfywio ar ôl bod mewn siambr cryogeneg.'

Roedd traffig Knightsbridge, yn ôl ei arfer, yn wallgof. Roedd Harrods yn cynnal sêl undydd, ac roedd y ffordd yn llawn o gwsmeriaid blinedig ar eu ffordd adref. Cymerodd ddau funud ar bymtheg arall i gyrraedd drws nwyddau En Fin, ac fel yr addawsai'r Ditectif Arolygydd, nid oedd yr un swyddog heddlu yno. Wel, dim ond un – Ditectif Arolygydd Hywel Cadog ei hun, yn sefyll a gwylio wrth y drws cefn. Roedd y dyn yn anferth, disgynnydd o genedl y Zulu, yn ôl Gwesyn. Doedd hi ddim yn anodd ei ddychmygu wrth ochr Gwesyn mewn rhyw wlad bell.

Yn anhygoel, roedd lle parcio yno, a disgynnodd Artemis o'r fan.

'Cryogeneg,' meddai Cadog, gan syllu ar arysgrif y fan. 'Wyt ti'n meddwl y medri di wneud rhywbeth iddo?'

'Rydych wedi edrych yn y rhewgell, felly?' meddai Artemis.

Nodiodd y swyddog. 'Sut allwn i beidio? Chwilfrydedd ydi fy musnes i. Mae'n ddrwg gen i 'mod i wedi edrych, nawr. Roedd e'n ddyn da.'

'*Mae* yn ddyn da,' mynnodd Artemis. 'Dydw i ddim am roi'r gorau iddi, eto.'

Symudodd Cadog o'r ffordd er mwyn gadael i ddau

barafeddyg Oes Yr Iâ oedd yn eu dillad swyddogol fynd heibio.

'Yn ôl y dynion sydd gen i, ceisiodd grŵp o ysbeilwyr arfog ddwyn arian o'r sefydliad, ond bod y ddaeargryn wedi torri ar eu traws. Ac os mai dyna beth yn union ddigwyddodd, mi fwyta i'n het. Wyt ti'n medru taflu unrhyw oleuni ar y sefyllfa?'

'Cystadleuydd i mi wnaeth anghytuno â strategaeth fusnes. Roedd yn anghytundeb ffyrnig.'

'Pwy dynnodd y glicied?'

'Arno Brwnt. O Seland Newydd. Gwallt wedi cannu, modrwyau yn ei glustiau, tatŵs ar ei gorff a'i wddf. Mae wedi colli'r rhan fwyaf o'i ddannedd.'

Gwnaeth Cadog nodyn. 'Mi wnaf i anfon y disgrifiad i bob maes awyr. Pwy a ŵyr, efallai y gallwn ni ei ddal e.'

Rhwbiodd Artemis ei lygaid.

'Achubodd Gwesyn fy mywyd i. Fi ddylai fod wedi derbyn y fwled.'

'Dyna i ti Gwesyn,' meddai Cadog, gan amneidio. 'Os oes rhywbeth y gallaf i ei wneud . . ?'

'Chi fydd y cyntaf i wybod,' meddai Artemis. 'Wnaeth eich dynion chi ddod o hyd i rywun ar y safle?'

Edrychodd Hywel Cadog ar ei lyfr nodiadau. 'Rhai cwsmeriaid a staff. Roedd pob un yn ymddangos yn iawn, felly maen nhw wedi eu rhyddhau. Roedd y lladron wedi mynd cyn i ni gyrraedd.'

'Ta waeth. Gwell delio â nhw fy hunan.'

Gwnaeth Cadog ei orau glas i anwybyddu'r hyn oedd yn digwydd yn y gegin y tu ôl iddo.

'Artemis, fedri di roi dy air i mi, na fydd hyn yn dod yn ôl i 'mhoeni i ryw ddiwrnod yn y dyfodol? Yn dechnegol, rydym ni'n edrych ar ddynladdiad yma.'

Edrychodd Artemis ym myw llygaid Cadog, ac roedd hynny'n ymdrech.

'Ditectif Arolygydd, dim corff, dim achos. A gallaf roi fy ngair, y bydd Gwesyn yn fyw ac iach erbyn yfory. Mi wnaf i'n siŵr y bydd e'n eich galw, os bydd hynny'n rhoi tawelwch meddwl i chi.'

'Byddai.'

Rholiodd y ddau barafeddyg gorff Gwesyn heibio ar droli. Haen o iâ dros ei wyneb. Roedd niwed i'r meinwe eisoes yn troi ei fysedd yn las.

'Os gall unrhyw lawfeddyg adfer hwn, yna dewin fydd e!'

Edrychodd Artemis i lawr.

'Dyna'r cynllun, Ditectif Arolygydd. Dyna'r cynllun.'

Gweinyddodd y Meddyg Lane frechiadau glwcos yn y fan.

'Mae'r rhain ar gyfer rhwystro'r celloedd rhag chwalu,' meddai wrth Artemis, gan ddylino brest Gwesyn i hyrwyddo cylchrediad y feddyginiaeth. 'Fel arall, fe fydd y dŵr yn ei gorff yn rhewi fel picelli ac yn tyllu waliau'r celloedd.'

Roedd Gwesyn yn gorwedd mewn uned gryo agored

oedd â'i geirosgopau ei hunan. Roedd wedi ei wisgo mewn siwt arian arbennig ar gyfer rhewgell, ac roedd pecynnau oer ar ei gorff fel pecynnau siwgr mewn bowlen.

Nid oedd Constance wedi arfer gyda phobl yn gwrando o ddifrif ar ei hesboniadau o'r broses, ond roedd y bachgen gwelw hwn yn amsugno ffeithiau ynghynt nag y gallai eu cyflwyno.

'Oni fyddai'r dŵr yn rhewi – glwcos ai peidio?'

Roedd Constance wedi ei siomi ar yr ochr orau. 'Wel, bydd. Ond yn ddarnau bychain. Felly gall hofran yn ddiogel rhwng y celloedd.'

Gwnaeth Artemis nodyn yn ei gyfrifiadur llaw. 'Darnau bychain. Dwi'n deall.'

'Dim ond mesur tymor byr yw'r glwcos,' aeth y meddyg yn ei blaen. 'Y cam nesaf yw llawdriniaeth; rhaid i ni garthu ei wythiennau, a disodli'r gwaed gyda chadwolyn. Yna gallwn ostwng tymheredd y claf i dri deg gradd o dan y rhewbwynt. Bydd rhaid gwneud hynny 'nôl yn yr athrofa.'

Caeodd Artemis ei gyfrifiadur. 'Fydd dim angen gwneud hynny. Yr unig beth rydw i angen yw ei gadw fe mewn stasis am awr neu ddwy. Wneith e ddim gwahaniaeth ar ôl hynny.'

'Dwi'n credu dy fod wedi camddeall, fachgen,' meddai'r Meddyg Lane. 'Dyw arferion meddygol cyfoes heb ddatblygu i'r fan lle gellir gwella'r math yna o anaf. Os na wnaf i amnewid y gwaed yn fuan, bydd niwed sylweddol i'r meinwe.'

Ysgydwodd y fan wrth i'r olwyn suddo i un o geudyllau niferus ffyrdd Llundain. Neidiodd braich Gwesyn, ac am foment, gallai Artemis gredu'n wir fod Gwesyn yn fyw.

'Peidiwch â phoeni am hynny, Meddyg.'

'Ond . . .'

Can mil o bunnoedd, Constance. Ailadroddwch y ffigwr yna wrthych chi'ch hunan. Parciwch yr uned symudol y tu allan ac anghofiwch amdanom ni. Yn y bore, byddwn ni wedi mynd, y ddau ohonom ni.'

Roedd y Meddyg Lane wedi ei synnu.

'Parcio'r tu allan? Dwyt ti ddim hyd yn oed am ddod i mewn?'

Na, mae Gwesyn yn aros y tu allan,' meddai Artemis. 'Mae gan fy . . . llawfeddyg broblem gydag adeiladau. Ond, a oes modd i mi ddod i mewn am eiliad i ddefnyddio'ch ffôn? Mae angen gwneud galwad go bwysig arna i.'

MAES AWYR LLUNDAIN

Roedd goleuadau Llundain ar wasgar o dan Heulwen fel sêr mewn galaeth derfysglyd. Fel arfer, roedd swyddogion Recon yn cael eu gwahardd rhag hedfan dros brifddinas Lloegr, oherwydd bod y pedwar maes awyr yn dod ag awyrennau i'r ddinas. Pum mlynedd yn ôl, bu bron i Gapten Trwbwl Gwymon gael ei drywanu gan awyren ar ei ffordd o Heathrow i JFK. Ers hynny, bu'n rhaid i unrhyw gynllun hedfan oedd yn bwriadu mynd yn agos at ddinas lle'r oedd maes awyr, gael ei basio gan Cwiff ei hunan.

Siaradodd Heulwen i'w meic helmed.

'Cwiff, unrhyw awyrennau agos y dylwn i wybod amdanynt?'

'Gad i mi edrych ar y radar. Ocê, dyma ni. Byddwn i'n disgyn i bum can troedfedd petawn i'n ti. Mae 747 yn dod i mewn o Malaga mewn ychydig funudau. Wneith hi ddim dy daro di, ond gall dy gyfrifiadur helmed ymyrryd â'i system llywio.'

Gostyngodd Heulwen ei fflapiau nes iddi gyrraedd yr uchder cywir. Uwchben, aeth y jet anferth heibio â sgrech. Oni bai am sbyngiau hidlo sonig Heulwen, fe fyddai tympanau ei chlustiau wedi ffrwydro.

'Ocê. Un jet yn llawn twristiaid wedi ei osgoi'n llwyddiannus. Beth nawr?'

'Nawr, rhaid i ni aros. Wna i ddim galw eto os nad yw'n angenrheidiol.'

Doedd dim rhaid iddynt aros yn hir. O fewn llai na phum munud, torrodd Cwiff ar draws tawelwch y radio.

'Heulwen. Mae gennym ni rywbeth.'

'Stiliwr arall?'

'Na. Rhywbeth gan Gwyliwr. Aros eiliad, dwi'n anfon y ffeil i dy helmed di.'

Daeth ffeil sŵn i fisor Heulwen. Roedd yn debyg iawn i ddarlleniad seismograff.

'Beth yw e, clustfeiniad ar sgwrs ffôn?'

'Dim cweit,' meddai Cwiff. 'Un o'r ffeiliau di-ri mae'r Gwyliwr yn anfon atom ni bob dydd.'

Roedd y system Gwyliwr yn gyfres o unedau gwyliadwriaeth roedd Cwiff wedi eu cysylltu wrth hen loerennau America a Rwsia. Eu diben oedd monitro'r holl ddelathrebu dynol. Yn amlwg, fe fyddai'n amhosib arolygu pob galwad ffôn oedd yn cael ei gwneud bob dydd. Felly roedd wedi rhaglennu'r system i godi ambell air allweddol. Pe bai'r gair 'Tylwyth', 'hafan', neu 'isfyd', yn codi mewn sgwrs, er enghraifft, yna fe fyddai'r cyfrifiadur yn tynnu sylw at yr alwad. Po fwyaf o frawddegau fyddai yn cyfeirio at y Tylwyth, y mwyaf pwysig fyddai graddfa'r neges.

'Gwnaed yr alwad hon yn Llundain funudau yn ôl. Mae'n drwm o eiriau allweddol. Welais i erioed y ffasiwn beth.'

'Chwaraea fe,' meddai Heulwen yn glir, gan ddefnyddio gorchymyn llais. Rhedodd cwrswr llinell fertigol dros y don sŵn.

'Tylwyth,' meddai'r llais, yn aneglur oherwydd afluniad. 'LEP, hud, Hafan, porthladd gwennol, tylwyth teg, B'wa Kell, troliau, atal amser, Recon, Atlantis.'

'Dyna ni?'

'Dyw hynny ddim yn ddigon? Gall pwy bynnag wnaeth yr alwad yna fod yn ysgrifennu ein bywgraffiad ni.'

'Ond dim ond rhestr o eiriau yw e. Dydy e ddim yn gwneud synnwyr o gwbl.'

'Hei, does dim diben dadlau gyda fi,' meddai'r gŵr-farch. 'Dim ond casglu gwybodaeth rydw i. Ond rhaid bod cysylltiad â'r pingiad. Dyw dau beth fel hyn ddim yn digwydd ar yr un diwrnod.'

'Ocê. Oes lleoliad penodol?'

'Daeth yr alwad o athrofa cryogeneg yn Llundain. Nid yw safon y Gwyliwr yn ddigon da i redeg sgan adnabod llais. Felly, yr unig beth rydym ni'n ei wybod yw ei fod yn dod o du mewn yr adeilad.'

'A phwy oedd ein Dyn y Mwd dirgel yn ei ffonio?'

'Dyna'r peth od. Roedd yn ffonio llinell gwestiynau'r rhaglen deledu, *Wedi Saith.*'

'Efallai mai'r geiriau yna oedd atebion y cwestiynau heddiw?' meddai Heulwen yn obeithiol.

'Na. Rydw i wedi edrych ar y rheiny'n barod. Dim un gair am y Tylwyth yn agos i'r peth.'

Gososododd Heulwen ei hadenydd i redeg â rheolaeth llaw. 'Ocê. Amser i ddatrys y benbleth hon a darganfod beth yw gêm y ffoniwr. Anfona gyfesurynnau'r athrofa i mi.'

Amheuai Heulwen mai siwrnai seithug fyddai hi. Roedd cannoedd o'r galwadau hyn yn dod i mewn bob blwyddyn. Roedd Cwiff mor paranoid, roedd e'n credu fod Dynion y Mwd ar eu ffordd bob tro roedd y gair 'hud' yn cael ei grybwyll ar y ffôn. A gan fod ffasiwn ymysg dynion yn ddiweddar i wylio ffilmiau ffantasi a chwarae gemau fideo, roedd brawddegau yn ymwneud â hud yn codi rif y gwlith. Roedd oriau o amser yr heddlu yn cael eu gwastraffu yn gwylio tai a chartrefi lle'r oedd y galwadau hyn yn tarddu, ac fel arfer dim ond rhyw blentyn yn chwarae ar ei gyfrifiadur oedd yno.

Yn fwy na thebyg, llinell oedd wedi ei chroesi neu ryw foi yn siarad am ei sgript Hollywood, neu hyd yn oed swyddog LEP cudd yn ceisio ffonio adref, oedd y tu cefn i'r alwad ddirgel. Ond eto, heddiw o bob diwrnod. Rhaid oedd mynd ar drywydd popeth.

Ciciodd Heulwen ei choesau y tu ôl iddi, a dechrau plymio tua'r ddaear. Roedd plymio yn erbyn rheolau Recon. Nesáu at rywbeth yn raddol ac o dan reolaeth roeddech chi fod i'w wneud, ond beth oedd diben hedfan os nad oeddech yn cael teimlo'r sgilwynt yn tynnu ar eich bodiau?

ATHROFA CRYOGENEG OES YR IÂ, LLUNDAIN

Pwysodd Artemis yn erbyn bympar ôl yr uned cryogeneg symudol. Rhyfedd sut y gallai blaenoriaethau rhywun newid. Y bore yma, roedd wedi bod yn poeni pa esgidiau i'w gwisgo gyda'i siwt, a nawr y cyfan y gallai feddwl amdano oedd bod bywyd ei ffrind annwyl yn y fantol. Ac roedd y fantol honno'n newid ar wib.

Sychodd Artemis haen o iâ oddi ar y sbectol roedd wedi ei chymryd o boced Gwesyn. Nid sbectol arferol mohoni. Roedd gan Gwesyn olwg 20/20. Roedd y sbectol hon wedi eu haddasu i dderbyn hidlwyr o helmed LEP. Hidlwyr gwrth-darian. Roedd Gwesyn wedi eu cario ers y tro hwnnw y bu bron i Heulwen ei dwyllo ym Mhlasty Gwarth.

'Dwyt ti byth yn gwybod,' meddai. 'Rydym ni'n fygythiad i ddiogelwch y LEP a chyn hir fe allai Comander Gwreiddyn gael ei ddisodli gan rywun sy'n llai hoff ohonom ni.'

Nid oedd Artemis wedi ei argyhoeddi. Roedd y tylwyth teg, ar y cyfan yn bobl heddychlon. Allai e ddim coelio y byddent yn creu niwed i unrhyw un, hyd yn oed i Ddyn y Mwd, ar sail cyn droseddau. Wedi'r cwbl, roeddynt wedi ffarwelio ar dermau cyfeillgar. Neu, o leiaf, heb fod yn elynion.

Roedd Artemis yn cymryd y byddai'r alwad yn gweithio – nid oedd un rheswm i dybio na fyddai: roedd amryw o asiantaethau diogelwch y llywodraeth yn monitro llinellau ffôn gan ddefnyddio'r system geiriau allweddol, yn recordio sgyrsiau allai fod yn broblem i ddiogelwch cenedlaethol. Ac os oedd dynion yn gwneud hynny, mwy na thebyg bod Cwiff hefyd ddau gam ar y blaen iddynt.

Gwisgodd Artemis y sbectol a chamu i mewn i gaban y cerbyd. Roedd e wedi gwneud yr alwad ddeng munud yn ôl. Gan gymryd fod Cwiff yn gweithio ar ganfod tarddiad y peth ar ei union, gallai dwy awr arall basio cyn i'r LEP fedru anfon swyddog i'r arwyneb. Byddai bron pum awr wedyn ers i galon Gwesyn stopio. Llwyddwyd i adfywio sgïwr Alpaidd oedd wedi'i rewi mewn eirlithriad ar ôl dwy awr pum deg munud. Ond nid oedd neb wedi'i adfywio ar ôl tair awr. Efallai na ddylid ceisio adfywio ar ôl hynny.

Edrychodd Artemis ar yr hambwrdd o fwyd a anfonwyd allan gan y Meddyg Lane. Unrhyw ddiwrnod arall ac fe fyddai wedi cwyno am bron bopeth ar y ford, ond nawr, dim ond egni i'w gadw'n effro oedd y bwyd, nes i'r cymorth gyrraedd. Yfodd Artemis yn araf o baned o de mewn cwpan polystyren. Clywodd e'n tasgu o gwmpas yn ei stumog wag. Y tu ôl iddo, ym meddygfa'r fan, roedd uned cryo Gwesyn yn mwmian fel rhewgell gartref gyffredin. Nawr ac yn y man, roedd y cyfrifiadur yn anfon bip neu'n chwyrnu wrth i'r peiriant redeg hunan-ddiagnosteg. Roedd y cwbl yn atgoffa Artemis o'r wythnosau a dreuliodd yn Helsinki yn aros i'w dad ddeffro. Aros i weld beth fyddai hud y tylwyth teg yn ei wneud iddo . . .

DYFYNIAD O DDYDDIADUR ARTEMIS
GWARTH. DISG 2. WEDI EI AMGODIO.

Heddiw, siaradodd fy nhad â mi. Am y tro cyntaf mewn mwy na dwy flynedd, clywais ei lais ac roedd e'n union fel roeddwn i'n ei gofio. Ond nid oedd popeth yr un peth.

Roedd mwy na dau fis wedi mynd heibio ers i Heulwen Pwyll ddefnyddio ei hud gwella ar ei gorff cleisiog, ond er gwaethaf hynny, roedd e'n dal yn ei wely, yn yr ysbyty yn Helsinki. Heb symud. Heb ymateb. Allai'r meddygon ddim deall y peth.

'Dylai ddeffro,' meddai'r meddygon. 'Mae tonfeddi'r ymennydd yn gryf, yn arbennig o gryf. Ac mae ei galon yn curo fel drwm. Mae'n anhygoel; dylai'r dyn yma fod yn nwylo angau ond eto mae ganddo gyhyrau dyn ugain oed.'

Wrth gwrs, nid yw'n ddirgelwch i mi. Mae hud Heulwen wedi gwella fy nhad yn llwyr, ond am y goes a gollwyd pan suddodd ei long ar arfordir Murmansk. Mae wedi derbyn bywyd newydd, yn gorff ac enaid.

Nid yw effaith yr hud ar ei gorff erioed wedi fy mhoeni, ond tybed pa effaith gaiff yr egni positif ar feddwl fy nhad. Gall newid fel hyn fod yn drawmatig i 'nhad. Ef yw'r patriarch Gwarth, ac arian yw echel ei fywyd.

Am un deg chwech o ddiwrnodau, buom ni'n eistedd yn ystafell fy nhad, yn aros am ryw arwydd o fywyd. Roeddwn wedi dysgu sut i ddarllen y peiriannau erbyn hynny, a sylwais ar f'union, y bore hwnnw pan ddechreuodd tonfeddi ymennydd fy nhad sboncio. Fy niagnosis i oedd y byddai e'n deffro'n fuan, felly galwais y nyrs.

Cawsom ein tywys o'r ystafell i wneud lle i dîm meddygol ddod i mewn, o leiaf dwsin. Dau arbenigwr calon, anesthetydd, llawfeddyg ymennydd, seicolegwr a sawl nyrs.

A dweud y gwir, nid oedd angen sylw meddygol ar fy nhad. Eisteddodd i fyny, heb drafferth, rhwbio ei lygaid a dweud un gair: 'Siân'.

Cafodd Mam fynd i mewn. Gorfodwyd Gwesyn, Gwen a minnau i aros am sawl munud poenus arall cyn iddi ymddangos yn y drws eto.

'Dewch i mewn, bawb,' meddai. 'Mae e eisiau eich gweld, bob un ohonoch.'

Ac yn sydyn roedd gen i ofn. Fy nhad. Roeddwn wedi bod yn ceisio cymryd ei le ers dwy flynedd, ac roedd e wedi deffro. Fyddai e'n cyfateb i'm disgwyliadau i? Fyddwn i'n cyfateb i'w ddisgwyliadau ef?

Roeddwn i'n betrusgar iawn wrth fynd i mewn. Roedd Gwarth ap Gwarthus, yn eistedd ar i fyny, a chlustogau'n gefn iddo. Y peth cyntaf y sylwais arno oedd ei wyneb. Nid y creithiau — roedd y rheiny bron wedi diflannu'n gyfan gwbl, ond yr olwg ar ei wyneb. Roedd ael fy nhad, oedd fel arfer yn daran dew, sarrug ag ôl meddwl yn galed — yn llyfn, heb arwydd o ofal yn y byd.

Ar ôl treulio cymaint o amser ar wahân, allwn i ddim meddwl beth i'w ddweud.

Nid oedd gan fy nhad yr un amheuon.

🔲 💲 🦀 💧 ➤ · 🔰 🔲 💲 ✂ 💧 ✂ · ꜰ 🦀

'Arti,' meddai, gan estyn ei freichiau tuag ataf. 'Rwyt ti'n ddyn nawr. Yn ddyn ifanc.'

Rhedais ato a'i gofleidio, a thra'i fod yn fy nal yn dynn, anghofiais am bob cynllwyn a phob plot. Roedd gen i dad eto.

ATHROFA CRYOGENEG OES YR IÂ, LLUNDAIN

Torrwyd ar draws atgofion Artemis gan symudiad slei ar y wal uwchben. Edrychodd allan o'r ffenestr ôl a hoelio'i olwg ar y man, gan wylio drwy hidl y sbectol. Roedd tylwyth teg yn penlinio ar sil ffenestr y trydydd llawr: swyddog Recon, gydag adenydd a helmed. A hynny ar ôl pymtheg munud yn unig! Roedd ei gynllun wedi gweithio. Roedd Cwiff wedi sylwi ar yr alwad ac wedi anfon rhywun i gael golwg. Nawr, yr unig beth y gallai ei wneud oedd gobeithio fod y tylwythyn teg arbennig hwn yn llond dop o hud ac yn fodlon helpu.

Rhaid oedd delio â hyn yn ofalus. Y peth olaf roedd am ei wneud oedd dychryn y swyddog Recon. Un cam gwag ac fe fyddai'n deffro mewn chwe awr, heb unrhyw atgof o'r hyn ddigwyddodd. Ac fe fyddai hynny'n sefyllfa farwol i Gwesyn.

Agorodd Artemis ddrws y fan yn araf, gan gamu i lawr i'r iard. Gwyrodd y tylwythyn teg ei ben, gan ddilyn ei symudiadau. Ac er mawr siom i Artemis, tynnodd y tylwythyn wn platinwm allan.

'Paid â saethu,' meddai Artemis, gan godi ei ddwylo. 'Does dim arf gen i. Ac rydw i angen dy gymorth.'

Dechreuodd y tylwythyn ei adenydd, gan ddod i lawr at Artemis yn araf, nes bod y fisor wyneb yn wyneb ag Artemis.

'Paid â dychryn,' aeth Artemis yn ei flaen. 'Rydw i'n ffrind i'r Tylwyth. Roeddwn i'n gymorth i ddymchwel y B'wa Kell. Fy enw yw –'

Diffoddodd y tylwythyn ei darian, a chododd y fisor.

'Rydw i'n gwybod yn iawn beth yw d'enw di, Artemis,' meddai Capten Heulwen Pwyll.

'Heulwen,' meddai Artemis, gan afael ynddi gerfydd ei hysgwyddau. 'Ti sydd yna.'

Ysgydwodd Heulwen ddwylo'r bachgen ymaith. 'Rydw i'n gwybod mai fi sydd yma. Ond beth sy'n digwydd yma? Rydw i'n cymryd mai ti wnaeth yr alwad?'

'Ie, ie. Ond does dim amser i hynny nawr. Fe wna i esbonio yn nes ymlaen.'

Cynyddodd Heulwen sbardun ei hadenydd ac esgyn pedwar metr.

'Na, Artemis. Rydw i am gael esboniad, nawr. Os wyt ti angen fy nghymorth, pam na wnest ti ddefnyddio dy ffôn dy hunan?'

Gorfododd Artemis ei hunan i ateb y cwestiwn.

'Ti ddywedodd fod Cwiff wedi atal gwyliadwriaeth ar

fy ffôn i, a ta beth doedd dim ffordd o warantu y byddai rhywun yn dod.'

Ystyriodd Heulwen y peth.

'Ocê. Efallai na fyddwn i wedi dod.' Yna sylweddolodd. 'Lle mae Gwesyn? Gwylio'n cefnau ni, fel arfer, dwi'n tybio?'

Nid atebodd Artemis, ond roedd ei wyneb yn ddigon i Heulwen ddeall yn union pam fod Bachgen y Mwd wedi anfon amdani.

Pwysodd Artemis fotwm ac agorodd caead pwmp niwmatig y pod cryo. Roedd Gwesyn yn gorwedd y tu mewn, wedi ei orchuddio â haen o iâ.

'O na,' ochneidiodd Heulwen. 'Beth ddigwyddodd?'

'Safodd yn llwybr bwled oedd wedi ei fwriadu ar fy nghyfer i,' meddai Artemis.

'Pa bryd rwyt ti'n mynd i ddysgu, Fachgen y Mwd?' brathodd y dylwythen. 'Mae dy gynlluniau di'n dueddol o frifo pobl. Fel arfer, pobl sy'n hoff ohonot ti.'

Nid atebodd Artemis. Gwir bob gair.

Tynnodd Heulwen becyn oer oddi ar frest y gwarchodwr.

'Pa mor hir?'

Edrychodd Artemis ar y cloc ar ei ffôn symudol.

'Tair awr. Fwy neu lai.'

Sychodd Heulwen yr iâ o'r ffordd a rhoi ei llaw yn wastad ar frest Gwesyn.

'Tair awr. Dwn i ddim, Artemis. Does dim byd yma. Dim un cryndod.'

Roedd Artemis yn ei hwynebu dros y pod cryo.

'Fedri di ei wneud e, Heulwen? Fedri di ei wella fe?'

Camodd Heulwen yn ôl. 'Fi? Fedra i mo'i wella fe. Mae angen swynwr proffesiynol i hyd yn oed rhoi cynnig arni.'

'Ond fe wnest ti wella fy nhad.'

'Roedd hynny'n wahanol. Nid oedd dy dad yn farw. Ac nid oedd e hyd yn oed mewn cyflwr difrifol. Mae'n ddrwg gen i ddweud hyn, ond mae Gwesyn wedi mynd. Wedi hen fynd.'

Tynnodd Artemis fedaliwn aur a grogai ar garai ledr oddi am ei wddf. Roedd y ddisgen wedi ei thyllu'n lân, trwy'r canol. Yn union yn y canol.

'Cofio hon? Ti roddodd hi i mi, am wneud yn siŵr bod dy fys clicied di'n cael ei roi yn ôl ar dy law. Ti ddwedodd y byddai e'n f'atgoffa o'r gwreichionyn gweddus ynof fi. Dwi'n trio gwneud rhywbeth gweddus nawr, Capten.'

'Nid cwestiwn o fod yn weddus yw hyn. Mae'n amhosib.'

Drymiodd Artemis ei fysedd ar y drol, gan feddwl. Rydw i eisiau siarad â Cwiff,' meddai, o'r diwedd.

'Rydw i'n siarad dros y Tylwyth, Gwarth,' meddai Heulwen yn flin. 'Does dim un ohonom ni'n cymryd gorchymyn gan ddynoliaeth.'

Os gweli di'n dda, Heulwen,' meddai Artemis. 'Fedra i ddim ei adael. Gwesyn yw e.'

Allai Heulwen ddim ei anwybyddu. Wedi'r cwbl, roedd Gwesyn wedi achub eu bywydau sawl tro.

'O'r gorau,' meddai, gan estyn set gyfathrebu sbâr o'i gwregys. 'Ond ni fydd ganddo newyddion da i ti.'

Rhoddodd Artemis y lleisydd dros un glust ac addasu'r meic fel y byddai'n cyrraedd ei geg.

'Cwiff? Wyt ti'n gwrando?'

'Wyt ti'n malu awyr?' ddaeth yr ateb. 'Mae hyn yn well nag operâu sebon dynol.'

Tawelodd Artemis ei hunan. Byddai'n rhaid iddo argyhoeddi Cwiff neu fe fyddai cyfle olaf Gwesyn wedi mynd.

'Y cwbl rydw i angen yw iachâd. Rydw i'n derbyn na fydd o reidrwydd yn gweithio. Ond beth allwn ni ei wneud, ond rhoi cynnig arni?'

'Nid yw pethau mor syml â hynny, Fachgen y Mwd,' atebodd y gŵr-farch. 'Dyw gwella ddim yn broses syml. Mae'n gofyn am dalent a chanolbwyntio. Mae Heulwen yn dda, dwi'n addo, ond mae angen tîm o swynwyr wedi'i hyfforddi ar gyfer rhywbeth fel hyn.'

'Does dim amser,' brathodd Artemis. 'Mae Gwesyn wedi bod o dan y don am ormod o amser yn barod. Rhaid i hyn gael ei wneud nawr, cyn i'r glwcos gael ei amsugno i mewn i'w waed. Mae niwed i'r meinwe yn ei fysedd yn barod.'

'I'r ymennydd hefyd efallai?' cynigiodd y gŵr-farch.

'Na. Fe lwyddais i ostwng ei dymheredd o fewn munudau. Mae'r craniwm wedi ei rewi ers y digwyddiad.'

'Wyt ti'n siŵr o hynny? Fydden ni ddim eisiau dod â chorff Gwesyn yn ôl heb ei feddwl.'

'Rydw i'n siŵr. Mae'r ymennydd yn iawn.'

Ni siaradodd Cwiff am ychydig.

'Artemis, os gwnawn ni gytuno, nid oes gen i 'run syniad beth fydd y canlyniadau. Gallai'r effaith ar gorff Gwesyn fod yn drychinebus, heb sôn am ei feddwl. Does neb erioed wedi ceisio cynnal y math hwn o lawdriniaeth ar ddyn.'

'Rydw i'n deall.'

'Wyt ti, Artemis? Wyt ti, wir? Wyt ti'n barod i dderbyn canlyniadau'r iachâd? Gallwn ddod ar draws pob math o broblemau cudd. Beth bynnag ddaw allan o'r pod hwn, ti sydd i ofalu amdano. Wyt ti'n derbyn y cyfrifoldeb hwnnw?'

'Ydw,' meddai Artemis, heb oedi.

'O'r gorau, felly penderfyniad Heulwen yw e. All neb ei gorfodi hi i ddefnyddio ei hud – mae lan iddi hi.'

Gostyngodd Artemis ei lygaid. Ni allai edrych ar y dylwythen LEP.

'Wel, Heulwen. Wnei di? Wnei di roi cynnig arni?'

Gwthiodd Heulwen iâ o ael Gwesyn. Roedd wedi bod yn ffrind da i'r Tylwyth.

'Fe wna i drio,' meddai. 'A dwi'n addo dim. Ond fe wna i'r hyn y medra i.'

Bu bron i bengliniau Artemis ollwng, gymaint oedd ei ryddhad. Ac yna, roedd yn gadarn eto. Digon o amser i bengliniau gwan yn nes ymlaen.

'Diolch, Capten. Rydw i'n deall fod hyn heb fod yn benderfyniad hawdd. Nawr, beth alla i ei wneud?'

Pwyntiodd Heulwen at y drysau cefn. 'Mynd o 'ma. Rydw i angen awyrgylch di-haint. Mi wna i dy adael di yn ôl i mewn pan fydd popeth drosodd. A beth bynnag ddigwyddith, beth bynnag rwyt ti'n ei glywed, nid wyt ti i ddod i mewn nes dy fod ti'n cael y gair gen i.'

Tynnodd Heulwen ei chamera helmed a'i roi i grogi ar gaead y pod cryo er mwyn i Cwiff gael gwell golwg ar y claf.

'Popeth yn iawn?'

'Iawn,' atebodd Cwiff. 'Rydw i'n gweld rhan ucha'r corff. Cryogeneg. Mae'r Gwarth ifanc yna'n athrylith, o feddwl ei fod e'n fod dynol. Wyt ti'n deall ei fod e wedi gorfod meddwl am y cynllun hwn mewn llai na munud? Dyna'i ti Fachgen y Mwd smart.'

Sgwriodd Heulwen ei dwylo yn drylwyr yn y sinc feddygol.

'Dim digon smart i'w gadw ei hunan allan o drwbl yn y lle cyntaf. Fedra i ddim coelio 'mod i'n gwneud hyn. Gwellhad ac iachâd tair awr. Rhaid mai dyma'r tro cyntaf.'

'Yn dechnegol, dim ond gwellhad dau funud yw e.

Os llwyddodd e i gael yr ymennydd i lawr o dan sero yn syth bin. Ond . . .'

'Ond beth?' gofynnodd Heulwen, gan rwbio'i bysedd â lliain yn frysiog.

'Ond mae'r rhew yn ymyrryd â rhythmau naturiol y corff ac ar y meysydd magnetig – pethau nad yw'r Tylwyth hyd yn oed yn eu deall yn iawn. Mae mwy na chroen ac asgwrn yn y fantol yma. Nid oes syniad gyda ni pa fath o drawma all hyn fod wedi ei achosi i Gwesyn.'

Gosododd Heulwen ei phen o dan y camera. 'Wyt ti'n siŵr fod hyn yn syniad da, Cwiff?'

'Hoffwn i petai digon o amser i drafod y peth, Heulwen. Ond mae pob eiliad yn costio'n ddrud o ran celloedd ymennydd i'n cyfaill. Rydw i am dy dywys di drwy'r broses. Y peth cyntaf sydd yn rhaid i ni ei wneud yw edrych ar y clwyf.'

Piliodd Heulwen sawl coden oer i ffwrdd, ac agor sip y siwt arian. Roedd y clwyf yn un bach, du, wedi ei guddio yng nghanol pwll o waed, fel eginyn blodyn.

'Fyddai dim siawns wedi bod 'da fe. Yn union o dan y galon. Rydw i am wneud y llun yn fwy.'

Caeodd Heulwen ei fisor gan ddefnyddio hidlwyr ei helmed i wneud clwyf Gwesyn yn fwy.

'Mae ffibrau yn gaeth y tu mewn. Kevlar, dwi'n credu.'

Griddfanodd Cwiff dros y lleisydd. 'Does dim eisiau cymhlethdodau arnom ni!'

'Pa wahaniaeth mae ffibrau yn ei wneud? A beth

bynnag, nid nawr yw'r amser i ddefnyddio jargon. Rydw i angen iaith blaen y Coblynnod.'

'Ocê. Llawdriniaeth i dwpsyn fydd hi. Os gwnei di wthio dy fysedd i'r clwyf, fe wneith yr hud ail-greu celloedd Gwesyn, gan gynnwys Kevlar newydd. Fe fydd yn farw, ond yn hollol wrthfwled.'

Teimlai Heulwen y tensiwn yn lledu ar hyd ei chefn.

'Felly, beth mae'n rhaid i mi ei wneud?'

'Gwneud clwyf arall, a gadael i'r hud wasgaru oddi yno.'

O gwych, meddyliodd Heulwen, clwyf arall. Dim ond sleisio hen ffrind yn agored.

'Ond mae'n galed fel craig.'

'Wel, bydd yn rhaid i ti ei doddi fe ychydig, felly. Defnyddia dy Neutrino 2000 ar lefel isel, ond nid gormod. Os bydd ei ymennydd yn deffro cyn i ni fod yn barod, mi fydd hi ar ben arno.'

Tynnodd Heulwen ei Neutrino allan, a newid yr allbwn i fod yn isel.

'Lle rwyt ti'n cynnig y dylwn i ei doddi?'

'Y pectoral arall. Bydd yn barod i wella; mae'r gwres yna'n mynd i wasgaru ar wib. Rhaid i Gwesyn wella cyn i ocsigen gyrraedd ei ymennydd.'

Pwyntiodd Heulwen y laser at frest y gwarchodwr.

'Dywed y gair.'

'Ychydig yn agosach. Tua phymtheg centimetr. Taniad dau eiliad.'

Cododd Heulwen ei fisor gan anadlu'n ddwfn sawl tro. Neutrino 2000 yn cael ei ddefnyddio fel dyfais gwella. Pwy fyddai wedi dychmygu'r peth?'

Tynnodd Heulwen ar y gliced i'r clic cyntaf. Un clic arall i gychwyn y laser.

'Dau eiliad.'

'Ocê. Iawn.'

Clic. Tywalltodd llif oren o wres cywasgedig o flaen y Neutrino a gwasgaru dros frest Gwesyn. Petai'r gwarchodwr wedi bod yn effro, fe fyddai wedi ei daro'n ddiymadferth. Diflannodd cylch taclus o iâ a chodi i gyddwyso ar nenfwd y feddygfa.

'Nawr,' meddai Cwiff, â'i lais yn uchel a llawn brys. 'Gwna'r pelydriad yn fwy cul ac anela fe.'

Rheolodd Heulwen y gwn yn berffaith â'i bawd. Fe fyddai culhau'r pelydriad yn ei wneud yn fwy pwerus, ond fe fyddai'n rhaid canolbwyntio'r laser ar bellter arbennig i osgoi torri'n syth drwy gorff Gwesyn.

'Rydw i'n ei osod ar bymtheg centimetr.'

'Da iawn, ond brysia, mae'r gwres yna'n gwasgaru.'

Roedd lliw wedi dychwelyd i frest Gwesyn ac roedd iâ yn toddi dros ei gorff. Tynnodd Heulwen y gliced unwaith eto, y tro hwn gan gerfio twll siâp hanner lleuad yng nghnawd Gwesyn. Daeth un diferyn o waed rhwng ochrau'r clwyf.

'Dim llif,' meddai Cwiff. 'Dyna dda.'

Rhoddodd Heulwen yr arf yn ôl yn y wain. 'Nawr, beth?'

'Nawr, dos â dy ddwylo'n ddwfn, a rho bob un diferyn o hud sydd gennyt iddo fe. Paid â gadael iddo lifo'n rhydd, gwthia'r hud allan.'

Tynnodd Heulwen wyneb. Nid oedd hi erioed wedi mwynhau'r darn hwn. Nid oedd ots faint o weithiau roedd hi wedi gwneud y weithred, allai hi ddim cyfarwyddo â rhoi ei bysedd y tu mewn i rywun. Gosododd ei bodiau ochr yn ochr, gefn wrth gefn, a'u llithro i mewn i'r endoriad.

'Gwella,' meddai'n dawel, a daeth yr hud dros ei bysedd ar wib. Casglodd gwreichion glas am glwyf Gwesyn, ac yna diflannu y tu mewn, fel sêr gwib yn deifio dros y gorwel.

'Mwy, Heulwen,' anogodd Cwiff. 'Eto.'

Gwthiodd Heulwen eto, ac yn galetach. Roedd y llif yn dew i ddechrau, trwch o linellau glas yn rholio i mewn; yna, arafodd ei hud a thyfodd y llif yn wannach.

'Dyna ni,' meddai. 'Prin fod gen i ddigon i darianu ar y ffordd adref.'

'Wel,' meddai Cwiff, 'cama 'nôl felly, mae pethau ar fin mynd yn draed moch yma.'

Camodd Heulwen yn ôl nes bod ei chefn yn erbyn y wal. Roedd popeth yn dawel am ychydig, yna cododd torso Gwesyn nes bod ei gefn yn grwm a'i frest wedi ei thaflu i'r awyr. Clywodd Heulwen ambell asen fertebra'n griddfan.

'Dyna'r galon wedi dechrau,' meddai Cwiff. 'Y darn hawdd.'

Disgynnodd Gwesyn yn ôl i'r pod, gyda gwaed yn llifo o'r clwyf mwyaf newydd. Plethodd y gwreichion hud a chreu delltwaith dros dorso'r gwarchodwr. Sbonciodd Gwesyn ar y drol fel pelen mewn ratl, wrth i'r hud ail-strwythuro'i atomau. Daeth tarth o fandyllau ei groen wrth i wenwyn adael ei system. Diflannodd yr haen o iâ am ei gorff mewn eiliad, gan greu cymylau o stêm yn yr awyr ac yna glaw wrth i'r dŵr gyddwyso ar y nenfwd metel. Popiodd y pecynnau oer fel balwnau, gan beri bod crisialau'n chwalu dros y feddygfa. Roedd fel bod yng nghanol storm amryliw.

'Rhaid i ti fynd ato, nawr!' meddai Cwiff yng nghlust Heulwen.

'Beth?'

'Dos. Mae'r hud yn mynd i fyny ei asgwrn cefn. Dalia'i ben yn llonydd yn ystod y gwellhad, neu fe all y celloedd sydd wedi eu niweidio ddyblu. Ac unwaith mae rhywbeth wedi ei wella, does dim modd ei ddad-wneud.'

Grêt, meddyliodd Heulwen. Dal Gwesyn yn llonydd. Dim problem. Brwydrodd ei ffordd drwy'r llanast, a chrisialau'r pecynnau oer yn tasgu yn erbyn ei fisor.

Parhaodd y corff dynol i daro yn erbyn y pod cryo, a chwmwl o stêm o'i amgylch.

Gwnaeth Heulwen glamp o'i dwylo, gan eu gosod o boptu pen Gwesyn. Parodd ei symudiadau gryndod ar hyd breichiau a holl gorff Heulwen.

'Dal e, Heulwen. Dal e!'

Pwysodd Heulwen dros y pod, gan osod pwysau ei chorff dros ben y gwarchodwr. Yn y dryswch, allai hi ddim dweud a oedd ei hymdrechion yn cael unrhyw effaith, ai peidio.

'Dyma fe'n dod!' meddai Cwiff yn ei chlust. 'Dal yn dynn!'

Lledaenodd y delltwaith hud dros wddf ac wyneb Gwesyn. Targedodd y gwreichion glas ei lygaid, gan deithio ar hyd y nerf optig ac i mewn i'r ymennydd ei hun. Agorodd llygaid Gwesyn, a rholio yn eu socedi. Roedd ei geg yn ymateb hefyd, gan chwydu cawlach o eiriau mewn pob math o ieithoedd, dim un ohonynt yn gwneud synnwyr.

'Mae ei ymennydd yn rhedeg profion,' meddai Cwiff. 'I wneud yn siŵr fod popeth yn gweithio.'

Roedd pob cyhyr a chymal yn ei wthio'i hun i'r eithaf, yn rholio, troi, tynnu. Roedd ei wallt yn tyfu ar frys, gan orchuddio pen Gwesyn, oedd wedi'i eillio fel arfer, â thrwch tew o wallt. Llamodd ewinedd o'i fysedd fel crafangau teigr a thyfodd barf flêr o'i ên.

Dim ond o drwch blewyn roedd Heulwen yn medru dal yn dynn. Dychmygai mai fel hyn y byddai'r profiad o farchogaeth tarw arbennig o flin mewn rodeo cowbois.

Yn y diwedd, arafodd y gwreichion a thasgu i'r awyr fel marwydos ar fân wynt. Tawelodd ac ymlaciodd Gwesyn, gan ddisgyn i mewn i bymtheg centimetr o ddŵr ac oerydd. Roedd ei anadlu'n araf a dwfn.

'Rydym ni wedi llwyddo,' meddai Heulwen, gan lithro o'r pod ac i'w phengliniau. 'Mae'n fyw.'

'Paid â dechrau dathlu eto,' meddai Cwiff. 'Mae tipyn o ffordd i fynd. Wneith e ddim deffro am ddiwrnod neu ddau, o leiaf, a hyd yn oed wedyn, pwy ŵyr sut siâp fydd ar ei feddwl e. Ac wrth gwrs, mae un broblem amlwg.'

Cododd Heulwen ei fisor. 'Pa broblem amlwg?'

'Cymer olwg drosot dy hun.'

Roedd Capten Pwyll yn ofni edrych ar yr hyn oedd yn gorwedd yn y pod. Aeth llif o ddelweddau dychrynllyd drwy ei dychymyg. Pa fath o ddyn di-siâp roeddynt wedi ei greu?

Y peth cyntaf welodd hi oedd brest Gwesyn. Roedd twll y fwled ei hun wedi diflannu'n llwyr ond roedd y croen wedi tywyllu, gyda llinell goch ymhlith y du. Roedd yn edrych fel prif lythyren 'I'.

'Kevlar,' esboniodd Cwiff. 'Mae'n rhaid bod peth ohono wedi dyblu. Dim digon i'w ladd, diolch byth, ond digon i arafu ei anadl. Fydd Gwesyn ddim yn rhedeg marathon gyda'r ffibrau yna'n glynu wrth ei asennau.'

'Beth yw'r llinell goch?'

'Llifyn, dwi'n tybio. Mae'n rhaid bod ysgrifen ar y siaced wrthfwled wreiddiol.'

Edrychodd Heulwen o'i hamgylch. Roedd fest Gwesyn wedi ei thaflu i un cornel. Roedd y llythrennau 'FBI' wedi eu hargraffu mewn coch dros y frest. Ac roedd twll bychan yn yr 'I'.

'A, wel,' meddai'r gŵr-farch. 'Pitw o bris i dalu am gael ei fywyd yn ôl. Fe gaiff gogio mai tatŵ yw e. Maen nhw'n arbennig o boblogaidd ymysg Dynion y Mwd y dyddiau hyn.'

Roedd Heulwen wedi gobeithio mai'r croen Kevlar oedd y 'broblem amlwg'. Ond roedd rhywbeth arall. Daeth hynny'n amlwg pan edrychodd hi ar ei wyneb. Neu'n fwy penodol ar y gwallt yn tyfu o'i wyneb.

'O, trugaredd,' anadlodd. 'Fydd Artemis ddim yn hoffi hyn.'

Cerddodd Artemis yn ôl ac ymlaen ar yr iard wrth i lawdriniaeth hud ei warchodwr fynd yn ei flaen. Nawr fod ei gynllun yn cael ei weithredu, daeth amheuon i'w boeni, fel malwod i gnoi ymylon deilen. Ai dyma'r peth iawn i'w wneud? Beth petai Gwesyn ddim yn dod 'nôl fel ef ei hun? Wedi'r cwbl, roedd ei dad wedi bod yn hollol wahanol pan ddaeth yn ôl atynt. Fyddai'r sgwrs gyntaf honno fyth yn mynd yn angof . . .

DYFYNIAD O DDYDDIADUR ARTEMIS GWARTH. DISG 2. WEDI EI AMGODIO.

Roedd meddygon Helsinki yn mynnu pwmpio cant a mil o fitaminau i mewn i 'nhad. Ac roedd yntau'n mynnu'r un mor daer, na ddylent. Ac mae Gwarth ystyfnig fel arfer yn cael ei ffordd ei hunan.

'Dwi'n holliach,' mynnai. 'Wnewch chi adael i mi fod, er mwyn i mi ddod i adnabod fy nheulu, eto?'

Aeth y meddygon oddi yno a phersonoliaeth fy nhad yn drech na nhw. Roedd yr ymddygiad hwn yn fy synnu. Nid boneddigrwydd oedd hoff arf fy nhad, fel arfer. Yn y gorffennol roedd wedi cael yr hyn roedd e'n ei ddymuno drwy ddwrdio unrhyw un oedd yn ei ffordd.

Roedd fy nhad yn eistedd yn y gadair gyffyrddus yn ei ystafell yn yr ysbyty, ei bwt o goes yn pwyso ar stôl. Roedd Mam yn hanner eistedd ar fraich y gadair, yn osgeiddig mewn côt ffwr ffug gwyn.

Gwelodd fy nhad fy mod yn edrych ar ei goes.

'Paid â phoeni, Arti,' meddai. 'Rydw i'n cael fy mesur ar gyfer coes brosthetig yfory. Mae'r Meddyg Hermann Gruber yn cael ei hedfan i mewn o Dortmund.'

Roeddwn wedi clywed am Gruber. Roedd e'n gweithio gyda sgwad paralympaidd yr Almaen. Y gorau.

'Rydw i am ofyn am rywbeth siarp. Efallai â streipiau fel cerbyd cyflym.'

Jôc. Nid oedd hynny'n arferol, i 'nhad.

Rhedodd Mam ei bysedd drwy wallt fy nhad. 'Paid â phryfocio, cariad. Mae hyn yn anodd i Arti, wyddost ti. Dim ond babi oedd e pan adawest ti.'

'Go brin, Mam,' meddwn. 'Roeddwn i'n un ar ddeg, wedi'r cwbl.'

Gwenodd fy nhad yn annwyl. Efallai mai nawr oedd yr amser priodol i siarad, cyn i'r tymer da gilio ac iddo droi'n arferol frwnt eto.

''Nhad, mae pethau wedi newid ers i chi adael. Rydw i wedi newid.'

Cytunodd. 'Rwyt ti'n iawn. Dylem ni siarad busnes.'

A, ie. Nôl i'r busnes. Dyna'r tad roeddwn i'n ei gofio.

'Rydw i'n credu y gwnewch chi weld fod cyfrifon y teulu yn iach, ac y byddwch chi'n cymeradwyo'r portffolio stociau. Mae wedi arennill difidend deunaw y cant yn y flwyddyn ariannol ddiwethaf. Ac mae deunaw y cant yn ardderchog yn y farchnad bresennol; dydw i ddim wedi eich siomi.'

'Ond rydw i wedi methu, fab,' meddai Gwarth ap Gwarthus, 'os wyt ti'n credu mai cyfrifon banc a stociau yn unig sy'n bwysig. Mae'n rhaid dy fod wedi dysgu hynny gennyf fi.' Tynnodd fi'n agosach ato. 'Dydw i ddim wedi bod yn dad perffaith, Arti. Yn bell iawn ohoni. Rhy brysur gyda busnes y teulu. Cefais fy nysgu bod yn rhaid i mi reoli ymerodraeth Gwarth ar bob cyfrif. Ymerodraeth droseddol, fel rydym ni'n dau yn ei wybod. Os oes unrhyw dda wedi dod allan o'm herwgipiad, o leiaf rydw i wedi ailystyried fy mlaenoriaethau. Rydw i am gael bywyd newydd i ni oll.'

Allwn i ddim coelio fy nghlustiau. Un o'm hatgofion cryfaf oedd fy nhad yn ailadrodd a dyfynnu'r dywediad teuluol, 'aurum potestas est' – 'Aur yw pŵer'. A nawr, dyna lle'r oedd e'n troi ei gefn ar egwyddorion Gwarth. Beth roedd yr hud wedi ei wneud iddo fe?

'Dyw aur ddim mor bwysig â hynny, Arti,' aeth yn ei flaen. 'Na phŵer. Mae gennym ni'r oll rydym ni ei angen, yma. Y tri ohonom ni.'

Roeddwn i wedi fy syfrdanu'n llwyr. Ond nid mewn ffordd annymunol.

'Ond, Dad. Rydych chi bob amser wedi dweud . . . Nid chi sy'n siarad nawr. Rydych chi'n ddyn gwahanol.'

Ymunodd Mam â'r sgwrs. 'Na, Arti. Nid dyn gwahanol. Hen ddyn. Yr un y syrthiais i mewn cariad ag e, a'i briodi, cyn i ymerodraeth Gwarth fynd yn drech na ni. A nawr, mae e wedi dod yn ôl ata i. Rydym ni'n deulu eto.'

Edrychais ar fy rhieni – mor hapus oeddynt â'i gilydd. Teulu? Oedd hi'n bosib i'r Gwarthiaid fod yn deulu arferol?

Cafodd Artemis ei blycio'n ôl i'r presennol gan symudiadau y tu mewn i uned symudol Oes yr Iâ. Dechreuodd y cerbyd siglo ar ei echel, ac roedd golau glas yn gloywi o dan y drws.

Nid oedd Artemis am banico. Roedd wedi gweld gwellhad o'r blaen. Y llynedd, pan roddwyd bys Heulwen yn ôl, roedd egni o'r hud wedi chwalu hanner tunnell o iâ – ac roedd hynny ar gyfer un bys bychan. Dychmygwch y llanast y gallai system Gwesyn ei wneud wrth wella clwyf difrifol.

Aeth y stŵr yn ei flaen am sawl munud, gan chwythu dau o deiars y fan a gwneud llanast llwyr o'r hongiad. Yn lwcus, roedd yr athrofa wedi ei chloi am y noson neu fe fyddai'r Meddyg Lane yn bendant yn ychwanegu costau trwsio at y bil.

Yn y diwedd, daeth y storm hud i ben a gorffwysodd y cerbyd fel cerbyd ffigyr-êt ar ôl y reid. Agorodd Heulwen y drws cefn, gan bwyso'n drwm ar y ffrâm. Roedd hi wedi llwyr ymlâdd. Roedd rhyw wawl rhyfedd ar ei hwyneb, drwy ei chroen gwedd coffi.

'Wel?' gofynnodd Artemis. 'Ydi e'n fyw?'

Nid atebodd Heulwen. Roedd cyfnod gwella trwm yn aml yn ei gadael yn wantan neu eisiau chwydu. Anadlodd Capten Pwyll yn ddwfn, sawl tro, a phwyso ar y bympar ôl.

'Ydi e'n fyw?' ailadroddodd y bachgen.

Nodiodd Heulwen. 'Byw. Ydi. Yn fyw. Ond . . .'

'Ond beth, Heulwen? Dwed!'

Tynnodd Heulwen ar ei helmed a llithrodd honno o'i dwylo ac ar hyd yr iard.

'Mae'n ddrwg gen i Artemis. Fe wnes i fy ngorau glas.'

Ac mae'n siŵr mai dyna oedd y peth gwaethaf y gallai hi fod wedi ei ddweud.

*

Dringodd Artemis i'r fan. Roedd y llawr yn llyn o ddŵr a chrisialau lliwgar. Roedd mwg yn dianc o gril y system tymherwr aer oedd bellach wedi torri, ac roedd y stribyn golau neon glas uwchben yn neidio fel taran mewn potel.

Roedd y pod cryo yn gorwedd yn gam mewn un cornel, a'i geirosgop yn gollwng hylif. Disgynnodd un o freichiau Gwesyn dros ymyl y pod, gan daflu cysgod cawr ar y wal.

Roedd panel offerynnau'r pod cryo yn dal i weithio. Roedd Artemis wrth ei fodd o weld fod yr icon curiad calon yn wincio'n dawel. Roedd Gwesyn yn fyw! Roedd Heulwen wedi llwyddo unwaith eto! Ond roedd rhywbeth yn poeni capten y tylwyth teg. Roedd problem.

Yr eiliad yr edrychodd Artremis i mewn i'r pod, roedd hi'n amlwg beth oedd y broblem. Roedd gwallt newydd y gwarchodwr yn llawn darnau gwyn: roedd Gwesyn wedi mynd i mewn i'r siambr cryo yn ddeugain oed; ac roedd y dyn oedd o'i flaen nawr yn hanner cant o leiaf. Efallai'n hŷn. O fewn tair awr, roedd Gwesyn wedi heneiddio.

Ymddangosodd Heulwen wrth ysgwydd Artemis.

'Mae'n fyw, o leiaf,' meddai'r dylwythen.

Cytunodd Artemis. 'Pryd wneith e ddeffro?'

'Mewn ychydig o ddiwrnodau. Efallai.'

'Sut digwyddodd hyn?' gofynnodd y bachgen, gan frwsio cudyn o wallt oddi ar dalcen Gwesyn.

Cododd Heulwen ei hysgwyddau. 'Dwi ddim yn siŵr. Dyna arbenigedd Cwiff.'

Tynnodd Artemis y set gyfathrebu sbâr o'i boced, gan roi'r lleisydd dros ei glust.

'Unrhyw theorïau, Cwiff?'

'Fedra i ddim bod yn siŵr,' meddai'r gŵr-farch. 'Ond rydw i'n amau nad oedd hud Heulwen yn ddigon. Roedd angen rhywfaint o egni bywyd Gwesyn ei hun ar gyfer y gwellhad. Tua phymtheg mlynedd ohono, o edrych arno.'

'Allwn ni wneud rhywbeth?'

'Mae'n ddrwg gen i – na. Does dim un modd dadwneud gwellhad. Os yw hi'n dy gysuro di rywfaint, mae'n debyg y bydd e byw'n hirach na'r hyn fyddai e wedi ei wneud, yn naturiol. Ond nid oes modd cipio'i ieuenctid yn ôl, a pheth arall, nid oes modd gwybod am gyflwr ei ymennydd eto. Gallai'r gwellhad fod wedi ei sychu'n lanach na disgen fagnetig.'

Ochneidiodd Artemis yn ddwfn. 'Beth rydw i wedi ei wneud i ti, 'rhen gyfaill?'

'Does dim amser i hynna,' meddai Heulwen ar frys. 'Rhaid i chi'ch dau ei heglu hi o 'ma. Mi fydd y stŵr wedi tynnu sylw. Oes cludiant 'da chi?'

'Na. Hedfan ar awyren gyhoeddus wnaethom ni, ac yna cymryd tacsi.'

Cododd Heulwen ei hysgwyddau. 'Hoffwn i helpu, Artemis, ond rydw i wedi treulio digon o'm hamser yma. Rydw i ar ymgyrch. Un arbennig o bwysig. A rhaid i mi fynd yn ôl ati.'

Camodd Artemis yn ôl o'r uned cryo.

'Heulwen, ynglŷn â'r ymgyrch hon . . .'

Trodd Capten Pwyll yn araf.

'Artemis . . .'

'Cawsoch chi'ch pingio, dwi'n credu. Rhywbeth wedi mynd heibio amddiffyniad Cwiff?'

Tynnodd Heulwen ddalen anferth o ffoil cuddliw o'i phecyn gwyliadwriaeth.

'Rhaid i ni fynd i rywle i siarad. Rhywle preifat.'

Roedd y tri chwarter awr nesaf yn hollol aneglur i Artemis. Lapiodd Heulwen y ddau fod dynol mewn ffoil cuddliw a'u clipio wrth ei Lleuad-wregys. Lleihaodd y gwregys eu pwysau, i bumed ran o'u pwysau daearol arferol.

Hyd yn oed wedi hynny, roedd yn anodd iawn i'w hadenydd mecanyddol eu tynnu, y tri ohonynt, i awyr y nos. Roedd yn rhaid i Heulwen agor y sbardun led y pen i'w codi bum can metr yn unig uwchben y môr.

'Rydw i am darianu nawr,' meddai, i mewn i'w meic. 'Ceisiwch beidio â gwingo gormod. Dydw i ddim eisiau gorfod torri 'run o'r ddau ohonoch yn rhydd.'

Ac yna, roedd hi wedi diflannu, ac yn ei lle, roedd sêr bychain yn gloywi lle roedd corff Heulwen. Aeth cryndod drwy ei gwregys gan ysgwyd dannedd Artemis yn ei ben. Teimlai fel petai mewn cocŵn, wedi ei fwndelu mewn ffoil, a dim ond ei wyneb yn dangos yn aer y nos. Roedd y profiad bron yn un pleserus i ddechrau, hedfan yn uchel uwchben y ddinas, gan wylio ceir yn gloywi ar y traffyrdd. Yna, aeth Heulwen i mewn i wynt gorllewinol a'u taflu i mewn i gerrynt aer oer uwchben Môr Hafren.

Yn sydyn, roedd byd Artemis yn chwa o wynt danheddog yn ergydio adar a theithwyr. Wrth ei ochr, roedd Gwesyn yn hongian yn llac yn un swp yn y ffoil. Roedd y ffoil yn amsugno'r lliwiau o'u cwmpas, yn adlewyrchu'r arlliwiau cryfaf. Nid oedd e'n ail-greu'r awyrgylch yn hollol berffaith, ond roedd e'n ddigon da ar gyfer hediad nos i Gymru.

'Ydy'r ffoil hwn yn anweledig i radar?' meddai Artemis i mewn i'r meic yn ei helmed. 'Dydw i ddim eisiau cael fy nghamgymryd am UFO gan ryw beilot brwd yn hedfan llamjet Harrier.'

Ystyriodd Heulwen y peth. 'Ti sy'n iawn. Efallai y dylwn i fynd â ni fymryn yn is, rhag ofn.'

Dau eiliad wedi hynny, roedd Artemis yn difaru ei enaid ei fod wedi dweud gair: trodd Heulwen ei hadenydd a phlymio'n sydyn i gyfeiriad y ddaear, gan anfon y tri i hyrddio tua'r tonnau du oddi tanynt. Tynnodd i fyny ar y foment olaf, pan oedd Artemis yn siŵr fod y croen ar ei wyneb ar fin pilio i ffwrdd.

'Digon isel i ti?' gofynnodd Heulwen, gyda mymryn o hiwmor yn ei llais.

Aethant yn eu blaenau gan oglais brig y tonnau, â dŵr yn tasgu yn erbyn y ffoil cuddliw. Roedd y môr yn dymhestlog y noson honno, ac roedd Heulwen yn dilyn patrymau'r dŵr, yn mynd i fyny ac i lawr gyda symudiadau ac ymchwydd y tonnau. Synhwyrodd ysgol o forfilod cefngrwm eu presenoldeb a thorri trwy ewyn y storm, gan neidio dri deg metr cyfan dros gafn cyn diflannu eto, yn ôl rhwng plygiadau'r dŵr du. Nid oedd dolffiniaid yno. Roedd y mamaliaid bychain yn llochesu rhag yr elfennau yn y cilfachau a'r cildraethau ar hyd arfordir Cymru.

Hedfanodd Heulwen mor agos at fferi cludo pobl nes bod modd teimlo pwls egni'r injan. Ar y dec, roedd rhesi o deithwyr yn taflu i fyny dros ochr y cwch, ond drwy lwc nid oeddynt yn chwydu ar y teithwyr oddi tanynt.

'Hyfryd,' meddai Artemis.

'Paid â phoeni,' meddai Heulwen, drwy'r aer tenau. 'Bron yno.'

Aethant heibio terminal fferi Abertawe, dilyn yr arfordir, a dros dir ffrwythlon Sir Gâr. Hyd yn oed â'i feddwl ar chwâl, allai Artemis ddim peidio â rhyfeddu at eu cyflymder. Roedd yr adenydd yn ddyfais anhygoel. Dychmygwch yr arian y gallai ei wneud gyda phatent o'r fath. Rhoddodd Artemis stop arno fe'i hunan. Gwerthu technoleg tylwyth teg oedd wedi ei roi yn y picil hwn ac anafu Gwesyn yn y lle cyntaf.

Arafodd Heulwen ddigon i ganiatáu i Artemis weld ac adnabod y tirnodau. Roedd Caerfyrddin yn sgwatio i'r gorllewin, a llewyrch ei golau melyn dros ei strydoedd. Anelodd Heulwen tuag at ran ogleddol, dawel y sir. Yng nghanol y wlad roedd un adeilad unig, wedi ei beintio'n wyn gan oleuadau allanol: cartref teuluol Artemis, Plasty Gwarth.

PLASTY GWARTH, CAERFYRDDİN, CYႮRU

'Nawr, esbonia dy hun,' meddai Heulwen, unwaith roeddynt wedi hwylio Gwesyn yn ddiogel i'w wely.

Eisteddodd ar stepen isaf y grisiau mawreddog. Syllai cenedlaethau o Warthiaid i lawr arni o beintiadau olew ar y waliau. Dechreuodd y swyddog LEP feic ei helmed a rhoi'r uchelseinydd ymlaen.

'Cwiff, recordia hwn, wnei di? Mae gen i deimlad y byddwn ni eisiau gwrando arno eto.'

'Dechreuodd y cyfan yn ystod cyfarfod busnes y prynhawn yma,' dechreuodd Artemis.

'Dos yn dy flaen.'

'Roeddwn i'n cyfarfod Jon Spiro, dyn busnes o America.'

Clywodd Heulwen sŵn teipio yn ei chlust. Cwiff yn rhedeg gwiriad cefndir ar y Spiro hwn, mae'n siŵr.

'Jon Spiro,' meddai'r gŵr-farch, bron yn syth bin. 'Dyn amheus iawn, hyd yn oed yn ôl safonau dynol. Mae asiantaethau diogelwch Dynion y Mwd wedi bod yn ceisio dal hwn ers deng mlynedd ar hugain. Mae ei gwmnïau yn drychinebau ecolegol. A dim ond crib y mynydd rhew yw hyn: ysbïwriaeth ddiwydiannol, herwgipio, llwgrwobrwyo, cysylltiadau Mob. Enwa dy drosedd, mae e wedi bod yn rhan ohoni. Ond mae wedi llwyddo i ddianc bob tro.'

'Dyna'r dyn,' meddai Artemis. 'Felly, trefnais gyfarfod gyda Mister Spiro.'

Torrodd Cwiff ar ei draws. 'Beth roeddet ti'n ei werthu? Dyw dyn fel Spiro ddim yn croesi'r Atlantig i gael te a chacen gri.'

Gwgodd Artemis. 'Doeddwn i ddim yn gwerthu dim byd iddo, mewn gwirionedd. Ond mi wnes i gynnig atal technoleg chwyldroadol, am bris, wrth gwrs.'

Trodd llais Cwiff yn oer. 'Pa dechnoleg chwyldroadol?'

Oedodd Artemis am un curiad. 'Wyt ti'n cofio'r helmedau gipiodd Gwesyn oddi ar y Sgwad Adfer?'

Ochneidiodd Heulwen. 'O na.'

'Mi wnes i ddiactifadu mecanwaith hunanddinistriol yr helmedau a chreu Llygad o'r synwyryddion a'r sglodion: Llygad y Dydd, cyfrifiadur pitw. Mater syml oedd gosod atalydd ffibr-opteg fel na allai neb reoli'r Llygad petaen nhw'n dod ar ei draws.'

'Rwyt ti wedi rhoi technoleg tylwyth teg yn nwylo cymeriad fel Jon Spiro?'

'Wel, yn amlwg, wnes i ddim ei roi e iddo,' brathodd Artemis. 'Ei gipio fe wnaeth e.'

Pwyntiodd Heulwen ei bys at y bachgen. 'Paid â gwastraffu amser yn chware rhan bachgen bach diniwed, Artemis. Dyw hi ddim yn dy siwtio di. Beth ddaeth drosot ti? Roedd y Jon Spiro yna yn mynd i gipio technoleg a allai ei wneud yn fwy cyfoethog na neb ar wyneb daear.'

'Felly dy gyfrifiadur di wnaeth ein pingio ni?' meddai Cwiff.

'Ie,' cyfaddefodd Artemis. 'Yn anfwriadol. Gofynnodd Spiro am sgan gwyliadwriaeth, a darganfu cylchedau tylwyth teg y Llygad belydrau lloeren LEP.'

'Allwn ni ddim atal stilwyr o hyn allan?' gofynnodd y capten LEP.

'Bydd gwirwyr Hafan yn ddiwerth yn erbyn ein technoleg ein hunain. Yn hwyr neu'n hwyrach bydd Spiro'n darganfod bodolaeth y Tylwyth. Ac os digwydd hynny, alla i ddim gweld dyn fel fe yn gadael i ni fyw mewn heddwch.'

Syllodd Heulwen ar Artemis.

'Ydy e'n dy atgoffa di o rywun?'

'Dydw i ddim byd tebyg i Spiro,' cwynodd y bachgen. 'Mae e'n lladdwr mewn gwaed oer!'

'Ac o fewn ychydig flynyddoedd,' meddai Heulwen, 'dyna fyddi di.'

Ochneidiodd Cwiff. Rhowch Artemis Gwarth a Heulwen Pwyll mewn ystafell gyda'i gilydd ac o fewn tipyn bach bydd ffrae.

'Ocê, Heulwen,' meddai'r gŵr-farch. 'Beth am i ni ymddwyn yn broffesiynol. Cam un: diddymu'r cload mawr. Ein blaenoriaeth nesaf fydd nôl y Llygad cyn bod Spiro'n gallu agor ei gyfrinachau.'

☽ ß · ⚕ · ⌗ ⚕ ✧ ♀ ⚘ ☽ · ⚚ ⑤ ♋ ⚘ ☉

'Mae peth amser 'da ni,' meddai Artemis. 'Mae'r Llygad wedi ei amgodio.'

'Wedi ei amgodio, faint?'

'Rydw i wedi adeiladu Côd Tragwyddoldeb i mewn i'r gyriant caled.'

'Côd Tragwyddoldeb,' meddai Cwiff. 'Gwych iawn ti.'

'Doedd hi ddim mor anodd â hynny. Dyfeisiais iaith sylfaenol newydd, felly ni fydd gan Spiro ddim byd i selio ei ymchwil arno. Dim unlle i gychwyn.'

Roedd Heulwen yn teimlo fel petai'n cael ei hanwybyddu. 'A pha mor hir fydd hi, cyn iddo gracio'r Côd Tragwyddoldeb yma?'

Allai Artemis ddim ei atal ei hunan rhag codi un ael. 'Tragwyddoldeb,' meddai. 'Mewn theori, ond gydag adnoddau Spiro, ychydig yn llai.'

Anwybyddodd Heulwen ei dôn. 'Ocê, rydym ni'n ddiogel. Does dim angen hela Spiro os mai'r cwbl sydd ganddo yw bocs yn llawn cylchedau diwerth.'

'Dim diwerth. Dim o gwbl,' aeth Artemis yn ei flaen. 'Fe allai dyluniad y sglodyn yn unig arwain ei dîm Ymchwil a Datblygiad ar lwybrau diddorol iawn. Ond rwyt ti'n gywir yn un peth, Heulwen, does diben mynd i hela Spiro. Unwaith y bydd e'n deall 'mod i'n fyw o hyd, fe ddaw e i chwilio amdanaf i. Wedi'r cwbl, fi yw'r unig un all ddatgloi potensial llawn Llygad y Dydd.'

Gollyngodd Heulwen ei phen i'w dwylo. 'Felly, unrhyw funud nawr, gall tîm o leiddiaid ddod trwy'r drws, i chwilio am yr allwedd i dy Gôd Tragwyddoldeb. Ar adegau fel hyn mae angen rhywun fel Gwesyn.'

Cipiodd Artemis y ffôn o'i grud ar y wal.

'Mae mwy nag un Gwesyn yn y teulu,' meddai.

Pennod 4: RHEDEG YN Y TEULU

SFAX, TIWNISIA, GOGLEDD AFFRICA

Ar ei phen-blwydd yn ddeunaw oed, roedd Gwen Gwesyn wedi gofyn am ac wedi cael fest gwrthdaro Jiwdo, dwy gyllell daflu drom a fideo Gêm Ymaflyd Codwm Rhyngwladol – eitemau nad oeddynt fel arfer yn ymddangos ar restr dymuniadau merch yn ei harddegau. Eto, nid merch gyffredin oedd Gwen Gwesyn.

Merch hynod oedd Gwen mewn sawl ffordd. Yn un peth, gallai gadw llygad barcud ar unrhyw darged symudol, a'i saethu'n berffaith. A gallai hefyd daflu'r rhan fwyaf o bobl mor bell oddi wrthi, fel eu bod yn hedfan glust wrth glust â barcutiaid.

Wrth gwrs, nid wrth wylio fideos ymladd y dysgodd hi hyn. Dechreuodd hyfforddiant Gwen pan oedd hi'n flwydd oed. Bob dydd ar ôl ysgol feithrin, byddai Domovoi Gwesyn yn arwain ei chwaer i *dojo* Ystad

Gwarth, lle byddai e'n ei dysgu mewn dulliau celfyddyd filwrol. Erbyn ei bod yn wyth oed, roedd Gwen yn drydedd radd gwregys du mewn saith disgyblaeth. Erbyn iddi fod yn un ar ddeg, roedd hi y tu hwnt i unrhyw wregys.

Yn draddodiadol, roedd pob Gwesyn gwrywol yn cofrestru yn Academi Diogelwch Personol Madame Ko ar ei ddegfed pen-blwydd, gan dreulio chwe mis o bob blwyddyn yn dysgu crefft gwarchod, a'r chwech arall yn gwarchod pennaeth perygl-isel. Roedd pob un Gwesyn benywaidd fel arfer yn mynd i wasanaethu teuluoedd cyfoethog ledled y byd. Er hyn, penderfynodd Gwen ei bod am gyfuno'r ddwy rôl, gan dreulio hanner y flwyddyn gyda Siân Gwarth, a'r hanner arall yn perffeithio ei sgiliau celfyddyd filwrol o dan adain Madame Ko. Hi oedd y ferch gyntaf o blith y teulu i gofrestru yn yr Academi, a dim ond pedair o'i blaen a oedd wedi llwyddo i basio'r prawf corfforol. Ni fyddai'r gwersyll yn aros yn yr un wlad am fwy na phum mlynedd. Roedd Gwesyn wedi cwblhau ei hyfforddiant yn y Swistir ac yn Israel, ond roedd ei chwaer fach wedi bod yn ucheldiroedd Utsukushigahara yn Siapan.

Roedd ystafell gysgu Madame Ko yn fyd gwahanol i lety moethus Plasty Gwarth. Yn Siapan, roedd Gwen yn cysgu ar fat gwellt. Doedd hi'n berchen ar ddim ond dwy ffrog gotwm garw, a doedd hi'n bwyta dim ond reis, pysgod ac ysgytlaeth protein.

Roedd y diwrnod yn dechrau am hanner awr wedi pump pan oedd Gwen a'r acolitiaid eraill yn rhedeg pedair milltir i'r nant agosaf, lle y byddent yn dal pysgod â'u dwylo. Wedi coginio'r pysgod a'u cyflwyno i'w sensei, roedd yr acolitiaid yn clymu bareli ugain galwyn gwag wrth eu cefnau ac yn dringo i'r llinell eira. Wedi llenwi'r faril ag eira, roedd yr acolit yn ei rholio'n ôl i'r gampfa, ac yna'n camu ar yr eira â'i thraed noeth nes bod yr eira'n meddalu yn barod i'w ddefnyddio fel dŵr bath i'r sensei. Yna, roedd y diwrnod hyfforddiant yn dechrau.

Roedd y gwersi'n cynnwys *Cos Ta'pa,* celfyddyd filwrol wedi'i datblygu gan Madame Ko ei hunan, wedi ei chreu yn arbennig ar gyfer gwarchodwyr oedd yn ystyried diogelwch y pennaeth fel eu prif amcan yn hytrach na'u diogelwch personol. Roedd yr acolitiaid hefyd yn astudio arfau datblygedig, technoleg gwybodaeth, cynnal a chadw cerbydau a thechnegau trafod mewn sefyllfa pan oedd rhai yn wystlon.

Erbyn ei phen-blwydd yn ddeunaw oed, gallai Gwen ddatgymalu ac ailosod naw deg y cant o arfau'r byd, a hynny gyda mwgwd ar ei llygaid; gallai drin unrhyw gerbyd; gwisgo ei cholur mewn llai na phedwar munud ac, er ei genynnau Ewropeaidd ac Asiad cymysg, gallai ddiflannu mewn torf fel brodor. Roedd ei brawd mawr yn falch iawn ohoni.

Y cam olaf yn ei hyfforddiant oedd efelychiad maes mewn amgylchedd dieithr. Petai hi'n pasio'r prawf hwn, fe fyddai Madame Ko yn rhoi tatŵ diemwnt glas ar ysgwydd Gwen. Roedd y tatŵ – fel yr un ar ysgwydd Gwesyn – yn symboleiddio nid yn unig pa mor galed oedd y person graddedig, ond hefyd natur amryddawn ei hyfforddiant. Yn y cylchoedd diogelwch personol, nid oedd angen geirda pellach ar warchodwr os oedd ganddo'r diemwnt glas.

Roedd Madame Ko wedi dewis dinas Sfax yn Tiwnisia ar gyfer prawf olaf Gwen. Ei thasg oedd arwain y pennaeth drwy farchnad neu medina'r ddinas dymhestlog. Fel arfer, fe fyddai gwarchodwr yn cynghori ei bennaeth i beidio â mynd ar gyfyl ardal mor llawn o bobl, ond fel roedd Madame Ko'n ei ddweud, anaml y byddai penaethiaid yn gwrando ar gyngor, felly rhaid oedd bod yn barod ar gyfer unrhyw amgylchiad. Ac, fel petai Gwen ddim o dan ddigon o bwysau fel yr oedd hi, penderfynodd Madame Ko ei hunan chwarae ran y pennaeth.

Roedd hi'n arbennig o boeth yng Ngogledd Affrica. Roedd llygaid Gwen yn fain drwy ei sbectol haul, a chanolbwyntiai ar ddilyn y ddynes fechan oedd yn nyddu trwy'r dorf o'i blaen.

'Brysia,' brathodd Madame Ko. 'Mi fyddi di yn fy ngholli i.'

'Byth bythoedd, Madame,' atebodd Gwen, yn hamddenol. Dim ond ceisio tynnu ei sylw oddi ar y gorchwyl roedd Madame Ko, drwy sgwrsio. Ac roedd digon o bethau i dynnu ei sylw yn yr ardal, yn barod.

Roedd aur yn hongian o raffau gloyw o stondinau amrywiol; carpedi yn steil Tiwnisia yn hongian o ffrâmiau pren, lle perffaith i guddio asasin. Roedd brodorion yn cerdded yn anghyfforddus o agos, yn awyddus i edrych ar y fenyw ddeniadol yma, ac roedd y dirwedd yn beryglus – un cam gwag a hawdd fyddai torri ei ffêr a methu'n llwyr.

Prosesodd Gwen yr holl wybodaeth yn awtomatig, a'i hystyried wrth gymryd pob cam. Rhoddodd law gadarn ar frest plentyn oedd yn gwenu arni, sgipio dros bwll olewog oedd yn adlewyrchu patrymau enfys a dilynodd Madame Ko i lawr lôn fach arall yn nrysfa ddiddiwedd y medina. Yn sydyn, ymddangosodd dyn, fodfedd o flaen ei thrwyn. Un o fasnachwyr y farchnad.

'Mae gen i garpedi da,' meddai mewn Ffrangeg bratiog. 'Dewch da fi. Fe gewch weld.'

Aeth Madame Ko yn ei blaen. Ceisiodd Gwen ei dilyn ond roedd y dyn yn sefyll yn ei ffordd.

'Na, dim diolch. Does dim diddordeb gen i. Rydw i'n byw y tu fas.'

'Doniol iawn, *mademoiselle*. Chi'n gwneud jôc dda. Nawr, dewch i weld carpedi Ahmed.'

Dechreuodd y dorf sylwi, gan droi i'w hwynebu, fel tendriliau organeb anferth. Roedd Madame Ko yn symud ymhellach i ffwrdd ac roedd Gwen yn colli ei phennaeth.

'Na, ddwedais i. Nawr, camwch yn ôl, Mister Carped, ddyn. Peidiwch â gwneud i mi dorri ewin.'

Nid oedd y Tiwnisiad wedi arfer derbyn gorchmynion gan fenyw, a nawr roedd ei gyfeillion yn gwylio.

'Bargeinion da gen i,' aeth yn ei flaen, gan bwyntio at ei stondin. 'Carpedi gorau Sfax.'

Camodd Gwen i'r naill ochr, ond symudodd y dorf i'w gwahardd.

Dyma pryd y collodd Ahmed unrhyw gydymdeimlad roedd Gwen wedi ei deimlo tuag ato. Tan y foment hon, dyn diniwed lleol oedd e, yn digwydd bod yn y lle anghywir ar yr amser anghywir. Ond nawr . . .

'Bant â ni,' meddai'r Tiwnisiad, gan roi ei fraich yn dynn am wasg y ferch bryd golau. Fyddai e ddim yn ystyried hynny fel un o'i syniadau gorau, yn y dyfodol.

'O, cam gwag, ddyn carpedi!'

Cyn i Ahmed sylweddoli beth oedd yn digwydd iddo, roedd wedi ei lapio mewn carped cyfagos ac roedd Gwen wedi diflannu. Nid oedd syniad gan neb beth oedd wedi digwydd, nes iddynt chwarae'r digwyddiad yn ôl ar gamera fideo Kamal, y dyn ieir. Wedi arafu'r fideo, roedd yn amlwg fod y ferch Ewrasaidd wedi tynnu Ahmed gerfydd ei wddf a'i wregys, a'i daflu'n un swmp i mewn i stondin garped. Symudiad roedd y masnachwyr aur yn ei adnabod fel Saethdafl, symudiad oedd wedi ei wneud yn boblogaidd gan yr ymgodymwr Americanaidd, Papa Hog. Chwarddodd y masnachwyr cymaint nes bod nifer ohonynt yn sâl o angen diod. Dyna'r peth mwyaf doniol a ddigwyddodd ers blynyddoedd. Enillodd y clip wobr ar fersiwn Tiwnisia o raglen *Fideos Mwyaf Doniol*, hyd yn oed. Tair wythnos yn ddiweddarach, symudodd Ahmed i'r Aifft.

Yn ôl at Gwen. Rhedodd y gwarchodwr-dan-hyfforddiant fel rhedwr proffesiynol allan o'r blociau, gan neidio o gwmpas masnachwyr syn a throi yn sydyn i'r dde, i lawr lôn arall. Allai Madame Ko ddim bod wedi mynd yn bell iawn. Gallai Gwen gyflawni ei thasg, eto.

Roedd Gwen yn gandryll â hi ei hun. Dyma'r union beth roedd ei brawd wedi ei rhybuddio amdano.

'Gwylia di'r Madame Ko yna,' roedd wedi ei chynghori. 'Dwyt ti byth yn gwybod beth wneith hi ei gonsurio ar gyfer dy aseiniad maes. Mi glywais ei bod hi wedi anfon gyrr o eliffantod i mewn i Calcutta un tro, er mwyn tynnu sylw acolit.'

Y broblem oedd, na wyddech chi ddim o sicrwydd. Fe allai'r masnachwr carpedi fod wedi ei gyflogi gan Madame Ko, neu fe allai fod yn ddinesydd diniwed, yn digwydd teimlo'n fusneslyd.

Culhaodd y lôn nes bod y traffig dynol yn un ffrwd. Roedd leiniau dillad dros-dro yn hongian ar lefel pen pobl yn y dorf; *gutras* a *abayas* yn hongian yn llac ac yn stemio yn y gwres. Dowciodd Gwen y tu ôl i'r dillad, a dowcio y tu ôl i siopwyr araf. Neidiodd twrcwn ofnus o'i ffordd, mor bell ag oedd eu tennyn yn caniatáu iddynt wneud.

Ac yn sydyn, roedd mewn llecyn agored. Sgwâr mwll wedi ei amgylchynu â thai tri llawr. Roedd dynion yn gorwedd ar y lloriau uchaf, yn pwffian ar getynau blas ffrwythau. O dan draed roedd mosäig drudfawr ac ambell sgwâr wedi torri, yn dangos golygfa o faddon Rhufeinig.

Yng nghanol y sgwâr, yn gorwedd a'i phengliniau wedi'u tynnu at ei brest yn dynn roedd Madame Ko. Roedd tri dyn yn ymosod arni. Nid masnachwyr lleol mo'r rhain. Roedd y tri yn gwisgo du lluoedd-arbennig, ac roeddynt yn ymosod gyda hyder a manylder dynion proffesiynol wedi eu hyfforddi'n drylwyr. Nid prawf mo hwn. Roedd y dynion hyn yn wir yn ceisio lladd ei sensei.

Nid oedd arf gan Gwen; dyna un o'r rheolau. Fe fyddai smyglo arfau i mewn i wlad Affricanaidd yn golygu carchar am oes petaent yn cael eu dal yn gwneud hynny. Yn ffodus, roedd yn ymddangos fel petai ei gwrthwynebwyr hefyd heb arfau, er bod eu traed a'u dwylo'n amlwg yn ddigon ·da ar gyfer y swydd o'u blaen.

Ymateb byrfyfyr oedd ei angen yma. Nid oedd diben mynd benben â'r ymosodwyr. Os oedd y tri wedi darostwng Madame Ko, fe fyddent yn fwy nag abl i wneud hynny iddi hi hefyd mewn brwydr arferol. Roedd yr achlysur yn galw am rywbeth mwy anarferol.

Llamodd Gwen wrth iddi redeg gan gipio lein ddillad ar ei ffordd. Am eiliad, cydiodd honno yn ystyfnig wrth y wal, cyn neidio allan o'r plaster sych. Hedfanodd y tu ôl iddi, a'r lein yn sigo o dan bwysau'r carpedi a'r sgarffiau. Aeth Gwen i'r chwith, mor bell ag y gallai gan barhau i gydio yn y lein, yna swingio tua'r dynion.

'Hei, bois!' gwaeddodd, nid o ymffrost ond oherwydd y byddai hyn yn gweithio'n well a hwythau'n ei hwynebu.

Edrychodd y dynion i fyny, mewn pryd i dderbyn llond wyneb o flew camel gwlyb. Lapiodd y carpedi a'r dillad am eu cyrff wrth iddynt ddyrnu, a daliodd y cebl neilon hwy o dan eu genau. Mewn llai nag eiliad, roedd y tri ar y llawr. A gwnaeth Gwen yn siŵr eu bod yn aros ar y llawr drwy binsio'r clwstwr nerfau ym môn eu gyddfau.

'Madame Ko!' gwaeddodd, gan chwilio'r dillad am ei sensei. Roedd yr hen ddynes yn gorwedd gan grynu mewn ffrog werdd olewydd a sgarff blaen yn gorchuddio ei hwyneb.

Estynnodd Gwen law iddi godi ar ei thraed eto.

'Welsoch chi'r symudiad yna, Madame? Mi wnes i lorio'r hurtiaid 'na. Mae'n siŵr na welson nhw'r ffasiwn beth erioed o'r blaen. Byrfyfyr. Dywedodd Gwesyn mai dyna'r allwedd, bob amser. Wyddoch chi, rydw i'n siŵr fod colur fy llygaid wedi tynnu eu sylw nhw. Gwyrdd llewyrch. Mae'n llwyddo'n ddi-ffael . . .'

Rhoddodd Gwen y gorau i siarad gan fod cyllell wrth ei gwddf. Madame Ko ei hun oedd yn dal y gyllell, ond nid Madame Ko mohoni o gwbl, ond rhyw ddynes ddwyreiniol fechan arall mewn ffrog werdd olewydd. Abwyd.

'Rwyt ti'n farw,' meddai'r ddynes.

'Wyt,' cytunodd Madame Ko, gan gamu o'r cysgodion.

'Ac os wyt ti'n farw, wedyn mae dy bennaeth yn farw. Ac rwyt ti wedi methu'r prawf.'

Moesymgrymodd Gwen yn isel, gan uno'i dwylo.

'Tric sâl, Madame,' meddai, gan geisio cadw tôn barchus.

Chwarddodd ei sensei. 'Wrth gwrs. Dyna natur bywyd. Beth roeddet yn ei ddisgwyl?'

'Ond y tri asasin yna; mi wnes i gicio eu p–; mi drechais i nhw, yn gyfan gwbl.'

Gwrthododd Madame Ko y syniad gydag un chwifiad o'i llaw. 'Lwc. Yn lwcus i ti, nid oedd yr un ohonynt yn asasin, dim ond tri graddedig o'r Academi. Beth oedd y nonsens yna gyda'r lein?'

'Tric ymgodymu,' meddai Gwen. 'Y lein ddillad yw ei enw e.'

'Annibynadwy,' meddai'r fenyw Siapaneaidd. 'Fe lwyddaist ti am fod lwc ar dy ochr. Dyw lwc ddim yn ddigon yn ein busnes ni.'

'Nid fy mai i oedd hi,' protestiodd Gwen. 'Roedd y boi 'ma yn y farchnad. Ei drwyn yn fy wyneb. Roedd rhaid i mi ei roi i gysgu am sbel.'

Tapiodd Madame Ko Gwen rhwng ei llygaid. 'Tawel, ferch. Meddylia, am unwaith. Beth ddylet ti fod wedi ei wneud?'

Moesymgrymodd Gwen yn is. 'Dylwn i fod wedi llorio'r dyn yn syth bin.'

'Yn union. Dyw ei fywyd e'n golygu dim. Diwerth, o'i gymharu â diogelwch y pennaeth.'

'Fedra i ddim lladd pobl ddieuog,' protestiodd Gwen.

Ochneidiodd Madame Ko. 'Rydw i'n gwybod, ferch. A dyna pam nad wyt ti'n barod. Mae gen ti'r sgiliau, ond mae diffyg ffocws a phenderfyniad gennyt ti. Y flwyddyn nesaf, efallai.'

Plymiodd calon Gwen. Roedd ei brawd wedi ennill y diemwnt glas yn ddeunaw oed. Yr ieuengaf i raddio o'r Academi, erioed. Roedd wedi gobeithio llwyddo cystal ag ef. A nawr, roedd yn rhaid iddi aros am flwyddyn. Nid oedd diben cwyno mwy. Nid oedd Madame Ko yn gwrthdroi penderfyniad, fyth.'

Daeth dynes ifanc mewn dillad acolit o'r lôn, yn dal ces bychan.

'Madame,' meddai, wrth foesymgrymu. 'Mae galwad ffôn i chi ar y ffôn lloeren.'

Cymerodd Madame Ko'r ffôn oddi arni a gwrando'n astud.

'Neges gan Artemis Gwarth,' meddai, yn y diwedd.

Roedd Gwen ar dân eisiau ymsythu, ond fe fyddai'n anfaddeuol torri'r protocol.

'Ie, Madame?'

'Y neges yw: mae ar Domovoi dy angen.'

'Mae ar Gwesyn fy angen i, rydych chi'n ei feddwl.'

'Na,' meddai Madame Ko, heb unrhyw arwydd o

emosiwn. 'Mae ar Domovoi dy angen di, rydw i'n ei feddwl. Ailadrodd y neges rydw i.'

Ac yn sydyn, teimlodd Gwen yr haul yn taro cefn ei gwddf a gallai glywed chwyrlïad mosgitos yn ei chlustiau fel dril deintydd, a'r cwbl roedd hi eisiau ei wneud oedd sefyll yn syth a rhedeg bob cam i'r maes awyr. Fyddai Gwesyn byth wedi datgelu ei enw wrth Artemis. Oni bai… Na, allai hi byth gredu'r peth. Allai hi ddim meddwl am y peth, hyd yn oed.

Daliodd Madame Ko hi gerfydd ei gên yn feddylgar. 'Dwyt ti ddim yn barod. Ddylwn i ddim gadael i ti fynd. Rwyt ti ynghlwm wrth y sefyllfa mewn ffordd rhy emosiynol o lawer i fod yn warchodwr effeithiol.'

'Plîs, Madame,' meddai Gwen.

Ystyriodd ei sensei y peth am eiliad.

'O'r gorau,' meddai. 'Dos.'

Roedd Gwen wedi mynd cyn i'r gair orffen tasgu fel carreg ateb o gwmpas y sgwâr, a Duw a helpo unrhyw fasnachwr carpedi a safai yn ei ffordd.

Pennod 5: Y DYN METEL A'R MWNCI

NODWYDD SPIRO, CHICAGO, ILLINOIS, UDA

 SEDD dosbarth cyntaf oedd gan Jon Spiro wrth iddo deithio o Heathrow i faes awyr rhyngwladol O'Hare yn Chicago. Aeth y limosín hir ag e i ganol y ddinas ac i Nodwydd Spiro, saeth ddur a gwydr yn codi wyth deg chwe llawr uwchben nenlinell Chicago. Roedd Diwydiannau Spiro wedi'u lleoli ar loriau pum deg hyd at wyth deg pump. Y llawr olaf yn deg oedd cartref personol Spiro, ac roedd modd ei gyrraedd un ai mewn lifft preifat neu hofrennydd.

Ni chysgodd Jon Spiro'r holl ffordd adref. Roedd wedi ei gynhyrfu ormod gan y Llygad y Dydd hwn oedd yn ei gas. Roedd ei bennaeth technoleg wedi ei gynhyrfu gymaint pan ddwedodd Spiro wrtho beth allai'r bocs diniwed ei gyflawni, fel y rhedodd ymaith i geisio darganfod cyfrinachau'r bocs ar ei union. Chwe awr yn ddiweddarach, rhedodd yn ôl i'r ystafell gynadledda i gael cyfarfod.

'Mae'n ddiwerth,' meddai'r gwyddonydd, yr Athro Pearson.

Trodd Spiro'r olewydd yn ei wydr Martini.

'Dwi ddim yn credu hynny, Pearson,' meddai. 'Mewn gwirionedd, rydw i'n gwybod fod y be-ti'n-galw 'na yn unrhyw beth ond diwerth. Dwi'n credu mai ti yw'r un diwerth yn yr achos yma.'

Roedd Spiro mewn hwyliau ofnadwy. Roedd Arno Brwnt newydd ffonio i ddweud wrtho fod Gwarth yn fyw. A phan fyddai Spiro mewn hwyliau tywyll, mae sôn fod pobl wedi diflannu oddi ar wyneb y ddaear, a hynny os oeddynt yn lwcus.

Teimlai Pearson lygadrythiad y trydydd person yn yr ystafell gynhadledd yn llosgi cefn ei ben. Llygaid dynes fyddai rhywun ddim eisiau ei gwylltio: petai Spiro yn penderfynu ei daflu trwy'r ffenestr gwyddai Pearson y byddai'r fenyw hon yn arwyddo'r affidafid yn tyngu mai neidio roedd e wedi ei wneud, a hynny heb feddwl ddwywaith.

Dewisodd Pearson ei eiriau'n ofalus. 'Y ddyfais –'

'Llygad y Dydd. Dyna'i enw. Fe ddwedais i hynny wrthyt ti. Nawr, defnyddia fe.'

Mae'r Llygad y Dydd hwn â photensial anferth, yn amlwg. Ond mae wedi ei amgodio.'

Taflodd Spiro'r olewydd at ben y gwyddonydd. Profiad oedd yn bychanu rhywun oedd wedi ennill gwobr Nobel.

'Felly, torra'r amgodiad. Pam 'mod i'n eich talu chi, bois?'

Teimlodd Pearson ei galon yn dechrau carlamu. 'Dyw pethau ddim mor syml â hynny. Y côd hwn. Does dim modd ei dorri.'

'Gad i mi weld a ydw i'n deall hyn yn iawn,' meddai Spiro, gan bwyso'n ôl yn ei gadair croen bustach. 'Rydw i'n buddsoddi dau gan miliwn y flwyddyn yn eich adran chi, a fedrwch chi ddim cracio un côd bach a gafodd ei greu gan fachgen ysgol?'

Ceisiodd Pearson ei orau i beidio dychmygu sŵn ei benglog yn cracio ar y pafin. Fe fyddai ei frawddeg nesaf yn ei ddamnio neu'n ei achub.

'Mae Llygad y Dydd yn cael ei actifadu gan lais, a hynny ynghlwm wrth batrymau llais Artemis Gwarth. All neb dorri'r côd. Dyw hi ddim yn bosib.'

Nid ymatebodd Spiro; roedd hyn yn arwydd iddo fynd yn ei flaen.

'Rydw i wedi clywed am y math hwn o beth. Rydym ni wyddonwyr yn trafod y peth. Côd Tragwyddoldeb yw'r enw sy'n cael ei ddefnyddio. Mae gan y côd filiynau o drynewidion posib ac, nid yn unig hynny, mae wedi ei seilio ar iaith anhysbys. Mae'n ymddangos fod y bachgen wedi creu iaith newydd, a bod neb yn ei siarad heblaw ef ei hun. Nid oes un syniad gennym ni sut mae'n cyfateb i'r Gymraeg na'r Saesneg. Ni ddylai côd fel hyn fodoli hyd yn oed. Os yw Gwarth wedi ei ladd, yna mae'n ddrwg gen i ddweud, Mister Spiro, ond mae Llygad y Dydd wedi marw gydag e.'

Gwthiodd Jon Spiro sigâr i gornel ei geg ond ni thaniodd hi. Roedd ei feddygon wedi ei wahardd. Yn garedig.

'Ac os yw Gwarth yn dal yn fyw?'

Roedd Pearson yn sylwi ar raff achub pan oedd un yn cael ei thaflu i'w gyfeiriad.

'Os hynny, fe fyddai'n llawer haws cracio Gwarth na Chôd Tragwyddoldeb.'

'Ocê, Doc,' meddai Spiro. 'Mi gei di fynd, nawr. Dwyt ti ddim eisiau clywed beth sy'n dod nesaf.'

Casglodd Pearson ei nodiadau a brysio at y drws. Ceisiodd beidio ag edrych ar wyneb y fenyw wrth y bwrdd. Pe na bai'n clywed beth oedd i ddod nesaf, gallai gogio bod ei gydwybod yn lân. A phe na bai'n gweld y ddynes wrth y bwrdd, fyddai e ddim yn medru ei hadnabod wrth i'r heddlu baratoi llinell adnabod chwaith.

'Mae'n ymddangos fod problem 'da ni,' meddai Spiro wrth y ddynes mewn siwt dywyll.

Cytunodd hi. Roedd popeth a wisgai'r fenyw yn ddu. Siwt bŵer ddu, blows ddu, stiletos du. Roedd hyd yn oed yr oriawr Radio ar ei harddwrn yn ddu.

'Oes. Ond fy math i o broblem.'

Carla Frazetti oedd merch fedydd Spatz Antonelli, oedd â gofal am redeg adran ganol y ddinas o deulu troseddol Antonelli. Roedd Carla'n gweithio fel cysylltydd rhwng Spiro ac Antonelli, y ddau ddyn mwyaf pwerus yn Chicago o bosib. Roedd Spiro wedi dysgu'n gynnar iawn yn ei yrfa fod busnesau oedd yn ymwneud â'r Mob yn tueddu i ffynnu.

Edrychodd Carla ar ei hewinedd perffaith.

'Mae'n ymddangos mai un opsiwn yn unig sydd gennyt: cipio'r sbrowt Gwarth a'i wasgu nes ei fod e'n rhannu'r côd 'da ti.'

Sugnodd Spiro ar ei sigâr heb ei chynnau, gan feddwl am y peth.

'Dyw hi ddim mor syml â hynny. Mae popeth dan reolaeth gadarn. Mae Plasty Gwarth fel caer.'

Gwenodd Carla. 'Bachgen tair ar ddeg oed yw hwn. Ie?'

'Pedair ar ddeg mewn chwe mis,' meddai Spiro gan geisio ei amddiffyn ei hunan. 'Beth bynnag, mae cymhlethdodau.'

'Megis?'

'Mae Arno wedi cael niwed. Rhywsut neu'i gilydd, chwythodd Gwarth ei ddannedd allan'

'Aw,' meddai Carla, gan wingo.

'All e ddim sefyll yn syth mewn awel fwyn, heb sôn am arwain prosiect fel hwn.'

'Biti.'

'I fod yn onest, mae'r bachgen wedi analluogi pob un o 'mhobl gorau i. Maen nhw ar raglen ddeintyddol hefyd. Mae'n mynd i gostio ffortiwn i mi. Na, rhaid cael cymorth o'r tu allan y tro hwn.'

'Wyt ti eisiau contractio'r job i ni?'

'Ydw. Ond rhaid cael y bobl iawn. Mae Cymru yn fath ar hen-fyd, braidd. Mae bois dinesig yn mynd i fod yn rhy amlwg. Rydw i angen rhywun wneith edrych fel brodor a rhywun all berswadio'r bachgen i ddod 'nôl yma gyda nhw. Arian hawdd.'

Winciodd Carla. 'Dwi'n deall, Mister Spiro.'

'Felly, mae gen ti fois fel 'na? Bois fedrith ofalu am y busnes hwn heb dynnu sylw atynt eu hunain?'

'Fel rydw i'n ei gweld hi, rwyt ti angen dyn metel a mwnci?'

Cytunodd Spiro, gan ei fod yn gyfarwydd â bratiaith Mob. Y dyn metel oedd yn cario gwn a'r mwnci oedd yn cyrraedd y llefydd anodd.

'Mae dau ddyn yn ffitio'r disgrifiad yna ar ein llyfrau ni. Gallaf addo na fydd y ddau yma'n tynnu'r math anghywir o sylw atynt eu hunain. Ond fydd hi ddim yn rhad.'

'Ydyn nhw'n dda?' gofynnodd Spiro.

Gwenodd Carla. Roedd rwbi pitw wedi ei ffitio yn un o'i blaenddannedd.

'O ydynt,' atebodd. 'Y bois yma yw'r rhai gorau.'

Y DYN METEL

PARLWR TATŴ INK BLOT,
CANOL DINAS CHICAGO

Roedd Loafers Lewis wrthi'n cael tatŵ. Penglog siâp rhaw, roedd wedi'i ddylunio ei hunan, ac roedd yn falch iawn ohono. Mor falch, mewn gwirionedd, nes ei fod wedi dymuno ei gael ar ei wddf. Llwyddodd Inci Burton, y dyn tatŵ, i berswadio Loafers i beidio â gwneud hynny, gan ddadlau fod tatŵ gwddf yn well na nod clust pan oedd y glas yn ceisio adnabod rhywun oedd yn cael ei ddrwgdybio. Ildiodd Loafers. 'Ocê,' meddai, 'ond rho fe ar fy elin.'

Roedd Loafers yn cael tatŵ ar ôl pob job. Nid oedd llawer o groen lliw gwreiddiol ar ôl ar ei gorff. Dyna pa mor dda oedd Loafers Lewis am wneud yr hyn roedd e'n ei wneud.

Enw cywir Loafers oedd Ludwig, ac roedd e'n dod o Grymych. Ef oedd wedi dewis yr enw ffug Loafers, gan ei fod yn credu bod hwnnw'n swnio'n fwy addas i'r Mob na Ludwig. Drwy gydol ei oes, roedd Loafers wedi dyheu am gael bod yn rhan o'r Mob, fel yn y ffilmiau mawr. Pan fethodd ei ymdrechion i ddechrau Maffia Celtaidd, daeth i Chicago.

Roedd Mob Chicago wedi ei groesawu'n gynnes. Mewn gwirionedd, roedd un o'u gorfodwyr wedi ei gofleidio fel arth. Ac anfonodd Loafers y dyn a chwech o'i ddynion i ysbyty Mother of Mercy, Chicago. Sioe weddol dda o ystyried mai pum troedfedd o daldra oedd e. Wyth awr ar ôl camu o'r awyren, roedd Loafers ar restr gyflogau'r Mob.

Dwy flynedd a sawl job yn ddiweddarach, dyma fe, prif ddyn cyfundrefn dynion metel y sefydliad. Ei arbenigedd oedd lladradau a chasglu dyled. Nid gwaith arferol ar gyfer dyn pum troedfedd. Ond eto, nid dyn pum troedfedd arferol mo Loafers, ychwaith.

Pwysodd Loafers yn ôl yng nghadair y dyn tatŵ.

'Wyt i'n hoffi'r esgidiau, Inci?'

Rhedodd chwys o lygaid Inci. Roedd yn rhaid bod yn ofalus â Loafers. Gallai'r cwestiwn mwyaf diniwed fod yn drap. Un cam gwag ac fe allech eich cael eich hunan yn adrodd eich esgusodion wrth Sant Pedr.

'Ydw, dwi'n eu hoffi nhw. Beth yw eu henw nhw 'te?'

'Loafers!' brathodd y corrach o ddrwgweithredwr. 'Loafers, y twpsyn. Nod masnachol personol.'

'O ie, Loafers. Anghofiais i. Cŵl, cael nod masnachol.'

Edrychodd Loafers ar y datblygiadau ar ei fraich.

'Wyt ti'n barod gyda'r nodwydd 'na eto?'

'Bron yn barod,' atebodd Inci. 'Rydw i'n gorffen peintio darnau ola'r amlinelliad. Nodwydd newydd ac wedyn mi fydda i'n barod.'

'Fydd e ddim yn brifo, na fydd?'

Siŵr iawn y bydd e, y ffwlbart, meddyliodd Inci. Rydw i'n procio dy fraich â nodwydd.

Ond yn uchel, dywedodd, 'Dim rhyw lawer. Rydw i wedi rhoi swab o anesthetig i dy fraich di.'

'Gwell iddo beidio â brifo,' rhybuddiodd Loafers. 'Neu ti fydd yn brifo ymhen ychydig.'

Nid oedd unrhyw un, heblaw Inci, yn meiddio bygwth Loafers Lewis. Inci oedd yn gwneud holl waith tatŵ'r Mob. Fe oedd y gorau yn y dalaith.

Gwthiodd Carla Frazetti drwy'r drws. Roedd ei gosgeiddrwydd du yn ddigon rhyfedd yn y twll budr hwn.

'Helô, bois,' meddai.

'Helô, Miss Carla,' meddai Inci, gan gochi ychydig. Nid oedd llawer o fenywod i'w gweld yn yr Ink Blot.

Neidiodd Loafers i'w draed. Roedd ef hyd yn oed yn parchu merch fedydd y bos.

'Miss Frazetti. Gallech fod wedi bipio. Doedd dim rhaid i chi ddod allan i'r dymp hwn.'

Dim amser i hynny. Mae hwn yn argyfwng. Rwyt ti'n gadael ar dy union.'

'Gadael? I ble?'

'Cymru. Mae dy Ewythr Twm yn sâl.'

Gwgodd Loafers.

'Ewythr Twm? Does gen i 'run Ewythr Twm.'

Tapiodd Carla flaen un stileto.

'Mae'n sâl, Loafers. Yn wirioneddol sâl, os wyt ti'n fy neall i.'

Deallodd Loafers, o'r diwedd.

'O, dwi'n gweld. Felly mae'n rhaid i mi fynd i ddweud helô a ta-ta, felly.'

'Yn union. Dyna pa mor sâl ydyw.'

Defnyddiodd Loafers glwt i sychu'r inc ar ei fraich.

'Ocê. Dwi'n barod. Ydyn ni'n mynd yn syth i'r maes awyr?'

Rhoddodd Carla ei braich am Loafers.

'Cyn hir, Loafers. Ond yn gyntaf, rhaid i ni nôl dy frawd.'

'Does gen i ddim brawd,' protestiodd Loafers.

'Siŵr iawn fod gen ti. Yr un sydd ag allweddi i dŷ Ewythr Twm. Mae e'n fwnci bach selog.'

'O,' meddai Loafers. 'Y brawd yna.'

Aeth Loafers a Carla i ochr ddwyreiniol y ddinas mewn limo. Roedd Loafers bob amser yn rhyfeddu at yr adeiladau anferth yn America. Roedd yn rhyw fath ar barchedig ofn. Doedd dim un adeilad yn uwch na thri llawr yng Nghrymych, ac roedd Loafers ei hunan wedi byw mewn byngalo maestrefol yn ystod ei fywyd cynnar. Ond ni fyddai byth yn cyfaddef hynny wrth ei gyfeillion yn y Mob. Er eu mwyn hwy, roedd wedi ail-greu ei fywyd fel plentyn amddifad, wedi treulio ei ieuenctid mewn amrywiaeth o gartrefi cadw.

'Pwy yw'r mwnci?' gofynnodd.

Roedd Carla Frazetti yn aildrefnu ei gwallt du du yn ei

drych bach. Roedd e'n gwta ac wedi ei dynnu'n ôl yn dynn.

'Boi newydd, Mo Twriwr. Mae e'n Gymro, fel ti. Mae hynny'n gwneud pethau'n hwylus. Dim fisa, dim papurau, dim stori clawr blaen. Dim ond dau foi byr yn mynd adref am wyliau bach.'

Roedd hynny'n codi gwrychyn Loafers.

'Beth rwyt ti'n ei feddwl, dau foi byr?'

Caeodd Carla ei drych bach.

'Hefo pwy rwyt ti'n siarad, Lewis? Does bosib dy fod ti'n siarad â fi. Nid gyda'r tôn llais yna.'

Gwelwodd Loafers. Ei fywyd yn gwibio heibio ei lygaid.

'Mae'n ddrwg gen i, Miss Frazetti. Y gair byr 'na sy'n fy nghythruddo. Rydw i wedi gorfod gwrando ar y math yna o beth erioed.'

'Beth rwyt ti eisiau i bobl dy alw di felly? Lolipop? Rwyt ti'n fyr, Loafers. Delia da'r peth. Dyna sy'n dy wneud di'n wahanol, yn arbennig. Roedd fy nhad bedydd yn dweud bob amser fod dim byd mwy peryglus na dyn byr hefo rhywbeth i'w brofi. Dyna pam rwyt ti wedi cael y gorchwyl.'

'Ie am wn i.'

Patiodd Carla fe ar ei ysgwydd.

'Coda dy galon, Loafers. I gymharu â'r boi nesa 'ma, rwyt ti'n gawr, wir.'

Llonnodd Loafers drwyddo. 'Wir? Pa mor fyr yw'r Mo Twriwr yma?'

'Mae e'n fyr,' meddai Carla. 'Dwn i ddim yr union gentimetrau, ond petai e'n fyrrach, mi fuaswn i'n paratoi clwt iddo fe ac yn ei wthio i lawr y lôn mewn pram.'

Gwenodd Loafers. Roedd e'n mynd i fwynhau'r dasg yma.

Y MWNCI

Roedd Mo Twriwr wedi gweld dyddiau gwell. Llai na phedwar mis yn ôl, roedd wedi bod yn byw bywyd bras mewn penty yn Los Angeles, a dros filiwn doler yn y banc. Ond erbyn hyn, roedd ei gyfrif banc wedi ei rewi gan yr Asiantaeth Troseddau Cyfundrefnol Difrifol ac roedd e'n gweithio i Mob Chicago ar sail gwaith comisiwn unigol. Nid oedd Spatz Antonelli yn enwog am garedigrwydd ei gomisiynau. Wrth gwrs, fe allai Mo adael Chicago a mynd yn ôl i LA, ond roedd heddlu'r ddinas wedi sefydlu cyrch 'Mo Twriwr' ac yn barod ar ei gyfer pe bai yn dychwelyd. I fod yn onest, nid oedd hafan i Mo uwchben daear nac oddi tano, oherwydd Mo Twriwr oedd Mwrc Twrddyn, corrach cleptomatig a ffoadur o'r LEP.

Roedd Mwrc yn gorrach twnnel, oedd wedi penderfynu nad oedd bywyd yn y twneli yn fywyd iddo ef, ac fe roddodd ei dalentau mwyngloddio at ddefnydd arall: yn benodol felly, amddifadu Dynion y Mwd o'u pethau gwerthfawr a'u gwerthu ar farchnad ddu'r tylwyth teg. Wrth gwrs, roedd mynd i gartref rhywun heb ganiatâd yn golygu fforffedu eich hud, ond nid oedd ots am hynny. Nid oedd llawer o hud gan gorachod beth bynnag, ac roedd swyngyfaredd yn gwneud iddo deimlo'n sâl.

Mae gan gorachod sawl nodwedd gorfforol all eu gwneud yn arbennig o addas ar gyfer lladradau. Gallant lacio eu gên, ac amlyncu sawl kilo o bridd mewn eiliad. Mae'r maeth a'r mwynau yn cael eu sugno a'r pridd yn cael ei fwrw allan y pen arall. Maent hefyd wedi datblygu'r gallu i yfed drwy fandyllau eu croen, nodwedd all fod yn ddefnyddiol iawn os bydd y tir yn dymchwel. Maent hefyd yn newid mandyllau'r croen i fod yn gwpanau sugno byw, teclyn hwylus i'w gael yn arfdy unrhyw leidr. Ac yn olaf, mae blew corrach mewn gwirionedd yn feinwe o deimlyddion byw, fel blewiach cath, sy'n gallu gwneud unrhyw beth: gallant ddal chwilen ac adlamu tonnau sonar oddi ar wal twnnel.

Roedd Mwrc wedi dod yn fwy a mwy o seren bob dydd, ym myd tanddaearol y tylwyth teg – tan i Gomander Julius Gwreiddyn gael gafael ar ei ffeil. Ers hynny, roedd wedi treulio dros dri chan mlynedd yn y naill garchar ar ôl y llall. Ar hyn o bryd, roedd ar ffo gan ei fod wedi dwyn sawl bar aur o gronfa pridwerth Heulwen Pwyll. Nid oedd hafan ddiogel o dan ddaear mwyach, hyd yn oed ymysg ei debyg. Felly roedd Mwrc wedi ei orfodi i fyw fel dyn, gan gymryd pa waith bynnag a fyddai'n cael ei gynnig iddo gan Mob Chicago.

Roedd peryglon wrth gogio bod yn ddyn. Wrth gwrs, roedd ei faint yn tynnu sylw pawb pe digwyddent edrych tuag i lawr. Ond darganfu Mwrc yn gyflym iawn bod gan Ddynion y Mwd reswm i amau pawb. Taldra, pwysau, lliw croen, crefydd. Bron nad oedd yn fwy diogel bod yn wahanol mewn rhyw ffordd.

Roedd yr haul yn fwy o broblem. Mae goleuni dydd yn effeithio ar y corachod a bydd eu crwyn yn dechrau llosgi ar ôl llai na thri munud. Yn lwcus, roedd swydd Mwrc yn cynnwys gwaith nos, gan amlaf, ond pan oedd gofyn iddo fynd tramor yn ystod oriau'r dydd, roedd y corrach yn gwneud yn siŵr fod pob centimetr o'i gorff wedi eu gorchuddio â hufen haul bywyd-hir.

Roedd Mwrc wedi llogi fflat llawr isaf mewn adeilad carreg frown nodweddiadol oedd wedi ei adeiladu'n gynnar yn yr ugeinfed ganrif. Roedd angen atgyweirio'r lle, braidd, ond roedd yn addas iawn ar gyfer y corrach. Tynnodd y lloriau o'r llofftydd a dympio dwy dunnell o uwchbridd a gwrtaith ar y sylfeini oedd wedi pydru. Roedd llwydni a lleithder yn glynu wrth y waliau yn barod felly nid oedd rhaid newid dim yn y fan honno. O fewn oriau roedd pryfaid yn ffynnu yn yr ystafell. Fe fyddai Mwrc yn gorwedd yn ôl yn ei bydew ac yn cipio chwilen ddu â'i farf. Doedd unlle yn debyg i gartref. Nid yn unig roedd y fflat yn dechrau edrych fel twnnel ogof, ond petai'r LEP yn dod i chwilio amdano yno, gallai Mwrc fod hanner can metr o dan ddaear o fewn chwinciad chwannen.

Yn y dyddiau nesaf, fe fyddai Mwrc yn dechrau difaru peidio â dilyn y trywydd hwnnw'r eiliad y clywodd guro ar y drws.

Roedd cnoc ar y drws. Daeth Mwrc allan o'i dwnnel ar ei bedwar ac edrych ar fideo cloch y drws. Carla Frazetti oedd yno, yn rhoi ei gwallt yn ei le wrth edrych yn nolen efydd y drws.

Merch fedydd y bos? Yn bersonol. Mae'n rhaid bod hon yn job fawr. Hwyrach y gallai'r arian fod yn ddigon iddo ymsefydlu mewn talaith arall. Roedd wedi bod yn Chicago bron am dri mis bellach, a dim ond mater o amser fyddai hi nes i'r LEP ddeall lle'r oedd e. Fyddai e byth yn gadael yr UD ychwaith. Os oedd rhaid bod uwchben daear, waeth iddo fod yn rhywle gyda theledu cebl a llond lle o bobl gyfoethog i ddwyn oddi arnynt.

Pwysodd Mwrc y botwm intercom.

'Dim ond eiliad, Miss Frazetti, rydw i'n gwisgo.'

'Brysia, Mo,' brathodd Carla, a'i llais yn cracio trwy'r seinydd rhad. 'Rydw i'n heneiddio ar ris y drws yma.'

Taflodd Mwrc ŵn amdano. Rhywbeth roedd wedi ei wneud o sachau tatws. Roedd wedi canfod fod gwead y defnydd yn debyg i byjamas carchar Hafan, ac yn od o gyffyrddus. Cribodd ei farf yn gyflym, er mwyn rhyddhau unrhyw chwilod caeth, ac atebodd y drws.

Chwipiodd Carla Frazetti heibio iddo a chamu i mewn i'r lolfa, gan eistedd yn unig gadair yr ystafell. Roedd person arall ar riniog y drws, wedi ei guddio o olwg y camera. Gwnaeth Mwrc nodyn meddyliol. Rhaid arallgyfeirio lens y teledu CC. Gallai tylwythyn sleifio oddi tano, hyd yn oed pe na bai ef neu hi wedi tarianu.

Edrychodd y dyn ar Mwrc â llygaid mân milain. Ymddygiad Mob arferol. Nid oedd bod yn ddihirod a llofruddion yn golygu fod yn rhaid i'r bobl hyn fod yn anghwrtais.

'Does gen ti 'run gadair arall?' gofynnodd y dyn bychan, gan ddilyn Miss Frazetti i'r lolfa.

Caeodd Mwrc y drws. 'Dydw i ddim yn derbyn llawer o ymwelwyr. I fod yn onest, chi yw'r cyntaf. Fel arfer, mae Bruno'n rhoi bip i mi ac rydw i'n mynd i mewn i'r siop.'

Bruno'r Caws oedd goruchwyliwr lleol y Mob. Roedd yn rhedeg ei fusnes o warws ceir-poeth lleol. Yn ôl yr hanes, doedd e ddim wedi gadael ei ddesg yn ystod oriau gwaith er pymtheng mlynedd.

'Tipyn o steil gen ti yma,' meddai Loafers yn wawdlyd. 'Llwydni a phryfed lludw. Braf iawn.'

Rhedodd Mwrc fys dros yr wyneb llaith, yn fodlon. 'Roedd y lleithder 'na tu ôl i'r papur wal pan symudais i mewn. Mae'n hynod yr hyn mae pobl yn ei guddio.'

Tynnodd Carla Frazetti botel o bersawr Petalau Gwynion o'i bag a chwistrellu'r awyr o'i chwmpas.

'Iawn, digon o fân siarad. Mae gen i job arbennig i ti, Mo.'

Gorfododd Mo ei hunan i gadw ei bwyll. Roedd hwn

yn gyfle mawr. Efallai y byddai modd darganfod twll braf llaith a setlo yno am ychydig.

'Ai dyma'r math o waith lle mae taliad swmpus os ydy e'n cael ei wneud yn iawn?'

'Na,' atebodd Carla. 'Dyma'r math o waith lle bydd 'na daliad poenus os wyt ti'n ei wneud yn anghywir.'

Ochneidiodd Mwrc. Oedd rhywun yn rhywle yn gallu siarad yn garedig mwyach?

'Felly pam fi?' gofynnodd.

Gwenodd Carla Frazetti, a disgleiriodd ei rhuddem yn y tywyllwch.

'Rydw i am ateb y cwestiwn yna, Mo, er 'mod i ddim wedi arfer gorfod fy esbonio fy hunan i'm cyflogai o bawb. Yn enwedig mwnci fel ti.'

Llyncodd Mwrc. Weithiau roedd yn anghofio pa mor greulon y gallai'r bobl hyn fod. Ond byth am amser hir.

'Rwyt ti wedi cael dy ddewis ar gyfer yr aseiniad, Mo, oherwydd y gwaith gwych wnest ti hefo'r lluniau Van Gogh.'

Gwenodd Mwrc yn wylaidd. Roedd larwm yr amgueddfa wedi bod yn chwarae plant. Doedd dim cŵn yno, hyd yn oed.

'Ond hefyd oherwydd bod gen ti basbort sy'n golygu y medri di fynd i Gymru heb drafferth.'

Roedd ffoadur o gorrach oedd yn cuddio yn Efrog Newydd wedi rhoi papurau ffug iddo oedd wedi'u gwneud ar gopïwr LEP oedd wedi ei ddwyn. Y Cymry

oedd hoff bobl Mwrc felly roedd wedi penderfynu bod yn
un ohonynt. Dylai fod wedi sylweddoli y byddai hynny'n
arwain at drafferth.

'Mae'r swydd arbennig hon yng Nghymru. Ac fe fyddai
hynny'n broblem fel arfer, ond i chi'ch dau fe fydd e fel
gwyliau ar gyflog.'

Nodiodd Mwrc at Loafers. 'Pwy yw'r pwtyn?'

Culhaodd llygaid Loafers. Gwyddai Mwrc, petai Miss
Frazetti yn rhoi'r gair, y byddai'r dyn hwn yn ei ladd, yn
y fan a'r lle.

'Y pwtyn hwn yw Loafers Lewis, dy bartner. Mae e'n
ddyn metel. Tasg dwy-reng yw hon. Ti yn agor y drysau.
Loafers yn hebrwng y marc yn ôl yma.'

Hebrwng y marc. Roedd Mwrc yn deall y term, ond
nid oedd am fod yn rhan o'r cyrch. Dwyn oedd ei beth
ef; roedd herwgipio'n beth hollol wahanol. Gwyddai
Mwrc na allai wrthod yr aseiniad ychwaith. Beth allai ei
wneud fyddai dympio'r dyn metel, ar y cyfle cyntaf posib,
a'i heglu hi i un o daleithiau'r de. Mae'n debyg fod
corsydd hyfryd yn Florida.

'Felly, pwy yw'r marc?' meddai Mwrc, gan gogio fod
hynny o bwys.

'Fe gei di wybod hynny pan fydd yn hollol angen-
rheidiol, a dim cynt,' meddai Loafers.

'Ac mae'n debyg fod dim rhaid i mi wybod, nawr.'

Tynnodd Carla Frazetti lun o boced ei chot.

'Y lleiaf rwyt ti'n ei wybod, y lleiaf fydd rhaid i ti

deimlo'n euog. Dyma'r oll rwyt ti ei angen: y tŷ. Y llun yw'r unig beth sydd gennym ni ar hyn o bryd; bydd rhaid i ti gael golwg ar y lle ar ôl cyrraedd.'

Cymerodd Mwrc y llun. A phan welodd beth oedd arno, daeth syndod drosto fel ymosodiad nwy. Plasty Gwarth oedd yno. Felly Artemis oedd y targed. Roedd y seicopath yn cael ei anfon i gipio Artemis.

Sylwodd Frazetti ar ei anesmwythder. 'Rhywbeth o'i le Mo?'

Paid â gadael i ddim ddangos ar dy wyneb, meddyliodd Mwrc. Paid â gadael iddynt weld.

'Na. Mae'n . . . ym . . . dipyn o le. Mae bocsys larwm a sbotiau allanol. Fydd hi ddim yn hawdd.'

'Petai hi'n hawdd, mi fyddwn i'n gwneud y peth fy hunan,' meddai Carla.

Camodd Loafers ymlaen, gan edrych i lawr ar Mwrc. 'Beth sydd o'i le, ddyn bach? Rhy anodd i ti?'

Roedd rhaid i Mwrc feddwl ar ei draed. Os oedd Carla Frazetti yn meddwl nad oedd e'n abl i wneud y gwaith, fe fyddai rhywun arall yn cael ei anfon. Rhywun na fyddai'n gweld dim o'i le ar arwain y Mob yn syth at ddrws Artemis. Roedd Mwrc yn synnu nad oedd e'n awyddus i hynny ddigwydd. Roedd y Cymro bach wedi achub ei fywyd yn ystod chwyldro'r coblynnod, ac ef oedd y peth tebycaf i gyfaill oedd ganddo – ac roedd hynny'n eithaf pathetig, o feddwl. Roedd yn rhaid iddo gymryd y gwaith, petai ond i sicrhau nad oedd pethau'n mynd yn unol â'r cynllun.

'Hei, paid â phoeni amdanaf i. Nid oes adeilad wedi ei adeiladu na all Mo Twriwr ei gracio. Dim ond gobeithio fod Loafers yn ddigon o ddyn ar gyfer y gwaith.'

Cipiodd Loafers y corrach gerfydd ei goler. 'Beth mae hynny'n ei olygu, Twriwr?'

Roedd Mwrc fel arfer yn osgoi tramgwyddo pobl oedd yn debygol o'i ladd, ond efallai mai gwell oedd delweddu Loafers fel penboethyn, o'r dechrau. Yn enwedig os oedd e'n mynd i feio Loafers am wneud cawlach o'r cynllun yn nes ymlaen.

'Un peth yw bod yn fwnci pitw, ond dyn metel corachlyd? Pa mor dda fedri di fod mewn brwydr glos?'

Gollyngodd Loafers y corrach a rhwygo ei grys yn agored i ddangos brest yn dapestri o datŵs.

'Dyma pa mor dda ydw i, Twriwr. Cyfra'r tatŵs. Cyfra nhw.'

Edrychodd Mwrc ar Miss Frazetti. Roedd ei olwg yn dweud: mae gennych chi ffydd yn y boi yma?

'Dyna ddigon!' meddai Carla. 'Mae'r testosteron yma yn dechrau drewi'n waeth na'r waliau. Mae hon yn dasg bwysig. Os na allwch chi'ch dau mo'i chyflawni, fe gaf i dîm arall i wneud y gwaith.'

Caeodd Loafers ei grys. 'Ocê, Miss Frazetti. Gallwn wneud y gwaith. Mae'r job cystal â bod wedi ei chyflawni'n barod.'

Safodd Carla, gan frwsio dwy neidr gantroed o hem ei sgert. Nid oedd gwyfynod yn ei phoeni'n ormodol. Roedd wedi gweld llawer gwaeth yn ei phum mlynedd ar hugain.

'Balch o glywed hynny. Mo, rho ddillad amdanat a chipia dy daclau mwnci. Fe fyddwn ni yn y limo.'

Prociodd Loafers Mwrc yn ei frest. 'Pum munud. Yna rydym ni'n dod i dy nôl di.'

Roedd Mwrc am iddynt adael. Hwn oedd ei gyfle olaf i ddianc. Gallai gnoi trwy sylfeini ei ystafell wely a bod ar y trên i'r de cyn i Carla Frazetti wybod ei fod wedi mynd.

Meddyliodd am y posibiliadau, o ddifrif. Roedd y math yma o beth yn groes i'r graen. Nid nad oedd e'n dylwythyn drwg, ond doedd e ddim wedi arfer helpu pobl eraill. Os nad oedd cyfle iddo ef ei hunan elwa. Roedd penderfynu helpu Artemis Gwarth yn weithred hollol anhunanol. Crynodd Mwrc. Y peth olaf roedd ei angen arno nawr oedd cydwybod. Cyn bo hir, fe fyddai'n cynnal stondin cacennau cri ar ran Mudiad yr Urdd.

PENNOD 6: YMOSODIAD AR BLASTY GWARTH

DYFYNIAD O DDYDDIADUR ARTEMIS GWARTH. DISG 2. WEDI EI AMGODIO.

 ROEDD fy nhad wedi deffro, o'r diwedd. Rhyddhad, wrth gwrs, ond roedd y geiriau ddwedodd e wrtha i'r diwrnod hwnnw'n chwarae mig yn fy meddwl i.

'Nid aur yw popeth, Arti,' meddai. 'Na phŵer ychwaith. Mae gennym ni bopeth sydd ei angen, yma o flaen ein trwynau. Y tri ohonom ni.'

Oedd hi'n bosib fod yr hud wedi trawsnewid fy nhad? Rhaid oedd gwybod. Ac roedd yn rhaid i mi siarad ag ef ar fy mhen fy hun. Felly, am dri o'r gloch y bore canlynol, gorchmynnais i Gwesyn fynd â fi yn ôl i Ysbyty Prifysgol Helsinki yn y Mercedes oedd wedi'i logi.

Roedd Dad yn dal yn effro, ac yn darllen Wythnos Yng Nghymru Fydd yng ngolau lamp.

'Dim llawer o chwerthin yn hwn,' dwedodd. Mwy o jôcs. Triais wenu ond nid oedd fy wyneb yn awyddus i wneud hynny.

Caeodd fy nhad y llyfr. 'Rydw i wedi bod yn dy ddisgwyl, Arti. Rhaid i ni siarad. Mae un neu ddau beth sydd angen eu trafod.'

Sefais yn syth wrth droed y gwely. 'Oes, fy nhad. Rydw i'n cytuno.'

Roedd rhyw wawl trist i wên fy nhad. 'Mor ffurfiol. Rydw i'n cofio bod yr un fath yn union gyda 'nhad innau. Bydda i weithiau'n meddwl nad oedd e'n fy adnabod i o gwbl, ac rydw i'n poeni y gallai'r un peth ddigwydd i ni. Felly rydw i am i ni siarad, fab, nid am gyfrifon banc. Nid am stociau a chyfranddaliadau. Nid am feddiannu cwmnïau. Nid siarad busnes o unrhyw fath ond siarad amdanat ti.'

Roeddwn i wedi bod yn ofni hyn. 'Fi? Chi ydy'r un pwysig yma, fy nhad.'

'Efallai, ond alla i ddim bod yn hapus hyd nes bod dy fam yn gwbl dawel ei meddwl hefyd.'

'Tawel ei meddwl?' gofynnais, fel pe na bai gennyf syniad lle'r oedd y sgwrs hon yn arwain.

'Paid ag esgus dy fod yn ddiniwed, Artemis. Rydw i wedi ffonio un neu ddau o'm cysylltiadau ymysg yr heddlu ledled Ewrop. Mae'n ymddangos dy fod ti wedi bod yn brysur yn f'absenoldeb i. Yn brysur iawn.'

Codais f'ysgwyddau, heb fod yn siŵr a oeddwn i'n cael fy nwrdio neu'n cael fy nghanmol.

⬡⬡ ✿⬡ · ✿✿✿ · ⬡✿✿✿ · ✿✿⬡

'*Beth amser yn ôl, buaswn i wedi bod yn falch iawn ohonot ti. Y ffasiwn hyfdra a thithau mor ifanc. Ond nawr, dy dad sy'n siarad, a rhaid i bethau newid, Arti. Rhaid i ti wneud defnydd o dy blentyndod. Dyna beth yw fy nymuniadau i, a dy fam, dy fod yn mynd yn ôl i'r ysgol ar ôl y gwyliau ac yn gadael busnes y teulu i mi.*'

'*Ond, Dad!*'

'*Rho dy ffydd ynof fi, Arti. Rydw i wedi bod yn y busnes lawer hirach na thi. Rydw i wedi addo i dy fam fod y Gwarthiaid yn dilyn llythyren y gyfraith o hyn allan. Pob un Gwarth. Mae gen i gyfle arall, a dydw i ddim am ei wastraffu trwy fod yn farus. Rydym ni'n deulu nawr. Un iawn. O hyn allan, bydd yr enw Gwarth yn cael ei gysylltu â pharch a gonestrwydd. Wyt ti'n cytuno?*'

'*Cytuno*,' dywedais i, gan ddal ei law yn dynn.

Ond beth am fy nghyfarfod â Jon Sprio, Chicago? Penderfynais fynd ymlaen â'r cynllun gwreiddiol. Un antur olaf – yna gallai'r Gwarthiaid fod yn deulu iawn. Wedi'r cwbl, roedd Gwesyn yn mynd i fod gyda mi. Beth allai fynd o'i le?

PLASTY GWARTH

Agorodd Gwesyn ei lygaid. Roedd e adref. Roedd Artemis yn cysgu yn y gadair esmwyth wrth y gwely. Roedd y bachgen yn edrych yn gan mlwydd oed. Doedd hynny ddim yn syndod o ystyried yr hyn roedd e wedi bod trwyddo. Ond roedd y bywyd hwnnw drosodd bellach. Y cwbl ohono.

'Oes rhywun adref?' gofynnodd y gwas.

Deffrodd Artemis ar ei union.

'Gwesyn, rwyt ti wedi dod yn ôl atom ni.'

Gwthiodd Gwesyn ei hunan i fyny ar ei benelinoedd, â thrafferth. Cryn drafferth.

'Mae'n syndod i mi. Feddyliais i erioed y byddwn i'n dy weld di eto, na neb arall, ychwaith.'

Tywalltodd Artemis wydraid o ddŵr o'r jwg ger y gwely.

'Dyma ti, 'rhen gyfaill. Ymlacia.'

Yfodd Gwesyn yn araf. Roedd wedi blino ond roedd y teimlad yn wahanol y tro hwn. Roedd wedi teimlo blinder brwydr o'r blaen, ond roedd y blinder hwn yn ddwysach.

'Artemis, beth ddigwyddodd? Ddylwn i ddim bod yn fyw o gwbl. Ac os ydw i'n derbyn y ffaith 'mod i'n fyw, yna dylwn i fod mewn poen aruthrol ar hyn o bryd.'

Aeth Artemis at y ffenestr, gan edrych allan dros yr ystad.

'Saethodd Brwnt ti. Roedd yn glwyf marwol ac nid oedd Heulwen o gwmpas i helpu, felly mi rewais i ti nes iddi gyrraedd.'

Ysgydwodd Gwesyn ei ben. 'Cryogeneg? Dim ond Artemis Gwarth. Gan ddefnyddio'r rhewgell bysgod, dwi'n cymryd?'

Cytunodd Artemis.

'Rydw i'n cymryd nad un rhan Gwesyn ac un rhan brithyll ydw i erbyn hyn, e?'

Trodd Artemis i wynebu ei gyfaill, ond nid oedd gwên ar ei wyneb.

'Roedd anawsterau.'

'Anawsterau?'

Anadlodd Artemis yn ddwfn. 'Roedd hi'n wellhad anodd – dim ffordd o ddarogan beth fyddai'n digwydd. Siarsiodd Cwiff y gallai fod yn ormod i dy system di, ond roeddwn i'n benderfynol o drio.'

Eisteddodd Gwesyn i fyny. 'Artemis. Mae popeth yn iawn. Rydw i'n fyw. Mae unrhyw beth yn well na'r opsiwn arall.'

Nid oedd Artemis wedi'i ddarbwyllo. Tynnodd ddrych bychan â charn perl iddo o'r cwpwrdd bach.

'Dylet ti dy baratoi dy hun. Ac edrych.'

Anadlodd Gwesyn yn ddwfn ac edrych. Estynnodd ei ên a phinsio'r croen llac o dan ei lygaid.

'Pa mor hir roeddwn i allan ohoni, yn union?' gofynnodd.

BOEING TRAWSATLANTIG 747

Roedd Mwrc wedi penderfynu mai'r ffordd orau o danseilio'r ymgyrch oedd poenydio Loafers nes ei fod e'n mynd yn wallgof. Cynddeiriogi pobl oedd arbenigedd

Mwrc. Wel, un ohonynt. Ac un nad oedd yn ei ymarfer yn ddigon aml.

Roedd y ddau ffigwr bychan yn eistedd ochr yn ochr mewn 747, yn gwylio'r cymylau'n saethu heibio oddi tanynt. Dosbarth cyntaf: un o fanteision gweithio i deulu'r Antonelli.

Yfodd Mwrc yn ysgafn o wydr siampên.

'Felly, Slipar . . .'

'Loafers, diolch.'

'O, ie, Loafers. Beth yw hanes yr holl datŵs?'

Torchodd Loafers ei lawes gan ddangos neidr wyrddlas â llygaid gwaedlyd. Un arall o'i ddyluniadau ei hunan.

'Rydw i'n cael un newydd bob tro y bydda i'n gorffen job.'

'O,' meddai Mwrc. 'Felly os wyt ti'n peintio cegin, rwyt ti'n cael tatŵ?'

'Nid y math yna o job, y twpsyn.'

'Pa fath o job, felly?'

Rhinciodd Loafers ei ddannedd. 'Oes rhaid i mi ddweud popeth yn blwmp ac yn blaen?'

Cipiodd Mwrc lond llaw o gnau o'r drol oedd yn mynd heibio.

'Dim pwynt. Es i ddim i'r ysgol 'sti. Bydd Cymraeg syml yn gwneud y tro'n iawn.'

'Fedri di ddim bod mor dwp â hyn! Dyw Spatz Antonelli ddim yn cyflogi ffyliaid.'

Winciodd Mwrc yn seimllyd. 'Wyt ti'n siŵr o hynny, wyt ti?'

Patiodd Loafers ei grys, gan obeithio ffeindio arf o ryw fath yno.

'Arhosa di nes bydd hyn drosodd, y cyw gor-glyfar. Ac wedyn gallwn ni'n dau ddod i delerau.'

'Dal di i ddweud hynny wrthyt ti dy hun, Bŵts.'

'Loafers!'

'Beth bynnag.'

Cuddiodd Mwrc y tu ôl i gylchgrawn y cwmni hedfan. Roedd hyn yn rhy hawdd. Roedd dyn y Mob yn hanner gwallgof yn barod. Dylai awr neu ddwy arall yng nghwmni Mwrc beri i Loafers Lewis lafoerio fel gwallgofddyn.

MAES AWYR CAERDYDD, CYMRU

Aeth Mwrc a Loafers drwy dollfa Cymru heb ryw helynt mawr. Wedi'r cwbl, dim ond dau ddyn bach yn dod adref am wyliau oedden nhw. Doedd bosib eu bod yn ddynion Mob neu unrhyw un allai swcro drwg. Sut allai hynny fod? Pwy glywodd am ddynion bychain yn gysylltiedig â throseddu cyfundrefnol? Neb. Ond efallai fod hynny am eu bod yn arbennig o dda.

Rhoddodd y dollfa basbort gyfle arall i Mwrc fynd ar nerfau ei bartner.

Roedd y swyddog yn gwneud ei orau glas i beidio sylwi ar daldra Mwrc, neu ddiffyg taldra Mwrc.

'Felly, Mister Twriwr, dod adref rydych chi, i ymweld â'ch teulu?'

Cytunodd Mwrc. 'Dyna ni. Mae tylwyth Mam o Gaerfyrddin.'

'O! Wel, wel!'

'Nage, Owen, i fod yn onest. Ond beth yw ambell gytsain rhwng ffrindiau?'

'Da iawn. Dylech chi fod ar lwyfan.'

'Rhyfedd i chi sôn am hynny –'

Ochneidiodd y swyddog pasbort. Deng munud arall ac fe fyddai ei shifft yn dod i ben.

'Bod yn goeglyd roeddwn i, i fod yn onest . . .' mwmialodd.

'– achos, mae fy ffrind Mister Lewis a minnau hefyd yn gwneud gìg bach yn y pantomeim Nadolig. *Eira Wen*. Fi yw Siriol a fe yw Sarrug.'

Gorfododd y swyddog pasbort ei hunan i ffugio gwên wan. 'Da iawn. Nesaf.'

Siaradodd Mwrc yn ddigon uchel fel bod y ciw cyfan yn gallu ei glywed.

'Wrth gwrs, roedd Mister Lewis, yma, wedi ei eni i chwarae Sarrug, os ydych chi'n deall be' dwi'n ei feddwl.'

Collodd Loafers ei dymer y munud hwnnw.

'Y rhacsyn bach!' gwaeddodd 'Mi ladda i ti! Ti fydd y tatŵ nesaf. Ti fydd e!'

'Twt, twt,' meddai Mwrc wrth i Loafers ddiflannu o dan hanner dwsin o ddynion diogelwch.

'Actorion,' meddai. 'Maen nhw'n cynhyrfu mor rhwydd.'

Cafodd Loafers ei ryddhau dair awr yn ddiweddarach ar ôl cael ei archwilio'n drwyadl ac ar ôl sawl galwad ffôn i'r offeiriad plwyf yn ei dref enedigol. Roedd Mwrc yn aros yn y car a logwyd ar eu cyfer. Roedd wedi ei addasu'n arbennig gyda phedal cyflymu a phedalau brêc uwch.

'Mae dy dymer yn peryglu'r ymgyrch,' meddai'r corrach, â'i wyneb yn hollol ddifrifol. 'Bydd rhaid i mi ffonio Miss Frazetti os nad wyt ti'n bihafio.'

'Dreifia,' meddai'r dyn metel yn gryg. 'Gad i ni wneud hyn yn reit handi.'

'Ocê 'te. Ond dyma dy gyfle olaf. Un helynt bach fel'na eto ac mi fydd rhaid i mi chwalu dy ben di rhwng fy nannedd.'

Sylwodd Loafers ar ddannedd ei bartner am y tro cyntaf. Roeddynt bob un yn sgwâr, siâp carreg fedd o enamel, ac roedd nifer fawr iawn ohonyn nhw. Oedd hi'n bosib y gallai Twriwr wneud yr hyn roedd e'n ei fygwth? Na, penderfynodd Loafers. Roedd e wedi dychryn ychydig ar ôl cael ei groesholi yn y dollfa, dyna'r oll. Ond eto, roedd rhywbeth am wên y corrach. Rhyw awgrym o dalentau cyfrinachol a dychrynllyd. Talentau y byddai'n well gan ddyn y metel pe na baent yn cael eu darganfod byth.

Canolbwyntiodd Mwrc ar yrru'r car tra bod Loafers yn gwneud ambell alwad ffôn ar ei ffôn symudol. Mater syml oedd cysylltu ag ambell hen gyswllt i drefnu arfau, distawr a dwy set radio pen i'w gadael mewn bag dyffl tu ôl i'r arwydd ar y ffordd i Blasty Gwarth. Roedd dynion Loafers yn derbyn cardiau credyd hyd yn oed, felly nid oedd angen yr holl ffwdan a'r bargeinio garw oedd fel arfer yn angenrheidiol wrth brynu ar y farchnad ddu.

Gwnaeth Loafers yn siŵr fod gweithrediad a syllyddion yr arfau'n gweithio, wrth deithio yn y car. Teimlai fod yr awenau yn ei ddwylo unwaith eto.

'Felly, Twrddyn,' meddai Loafers, 'oes gen ti gynllun eto?'

Ni chymerodd Mwrc ei lygaid oddi ar y ffordd. 'Na. Roeddwn i'n meddwl mai ti oedd y pen mawr, yma. Dy le di ydy llunio cynllun. Dim ond torri i mewn y bydda i.'

'Ie, rwyt ti'n iawn. Fi ydy'r pen mawr, a choelia fi, bydd Meistr Gwarth yn deall hynny hefyd, wedi i mi orffen ag e.'

'*Meistr* Gwarth?' meddai Mwrc yn ddiniwed. 'Rydym ni yma i nôl rhyw fachgen ysgol?'

'Nid unrhyw fachgen,' meddai Loafers, gan fradychu'r cyfarwyddiadau a roddwyd iddo. 'Artemis Gwarth. Etifedd ymerodraeth droseddol Gwarth. Mae ganddo rywbeth yn ei ben mae ar Miss Frazetti ei eisiau. Felly, rhaid i ni gyfleu i'r bwbach bachgen pa mor bwysig ydyw ei fod e'n dod hefo ni, ac yn siarad.'

᠃᠃⚬ ⊙ ⊙ ⚬᠄ ⊕ · ᠄⚬ ᠄ · ⊙ ᠄ ᠄

Tynhaodd Mwrc ei afael yn yr olwyn lywio. Dylai e fod wedi gwneud rhywbeth cyn hyn. Ond nid cael gwared â Loafers oedd y tric. Perswadio Carla Frazetti i beidio ag anfon tîm arall oedd y gamp.

Fe fyddai Artemis yn gwybod beth i'w wneud. Roedd yn rhaid i Mwrc gyrraedd y bachgen cyn Loafers. Taith i'r lle chwech oedd yr unig beth roedd ef ei angen, a ffôn symudol. Piti nad oedd erioed wedi ffwdanu prynu un, ond doedd neb i'w ffonio, cyn hynny. Beth bynnag, allech chi byth fod yn rhy ofalus hefo Cwiff. Gallai'r gŵr-farch hwnnw dreiangiwleiddio criciedyn yn trydar.

'Dylem ni stopio i gael cyflenwadau,' meddai Loafers. 'Gall gymryd dyddiau i gymryd golwg go iawn ar y lle hwn.'

'Does dim angen. Rydw i'n gyfarwydd â chynllun y lle. Rydw i wedi torri mewn i'r lle 'ma o'r blaen, pan oeddwn yn fachgen. Hawdd dros ben.'

'A wnest ti ddim sôn cyn hyn oherwydd . . .'

Gwnaeth Mwrc arwydd digywilydd ar yrrwr lori oedd yn llenwi dwy lôn.

'Rwyt ti'n gwybod sut mae hi. Rydw i'n gweithio ar gomisiwn. A hwnnw'n cael ei gyfrifo yn ôl pa mor anodd ydy'r job. Y munud y buaswn i wedi agor fy ngheg i ddweud 'mod i wedi bod yno o'r blaen, fe fyddai deg mil wedi ei dorri o'r ffi.'

Allai Loafers ddim dadlau â hynny. Roedd hi'n wir. Byddai rhywun bob amser yn chwyddo ac yn gorliwio pa mor anodd oedd tasg. Unrhyw beth i wasgu mwy o arian o fachau'r cyflogwr.

'Felly rwyt ti'n mynd i fedru cael y ddau ohonom ni i mewn?'

'Mi fedra *i* fynd i mewn. Wedyn, mi fydda i'n dod yn ôl allan i dy nôl di.'

Roedd Loafers yn amheus. 'Pam na alla i ddod i mewn gyda ti? Fyddai hynny cymaint haws na stelcian y tu allan yng ngolau dydd.'

'Yn gyntaf, fydda i ddim yn mynd nes bydd hi'n nos. Ac yn ail, mae croeso i ti ddod gyda fi, os wyt ti ddim yn meindio cropian drwy danc septig a hyd at naw metr o bibell carthffosiaeth.'

Gorfu i Loafers agor ffenestr wrth feddwl am y posibilrwydd.

'Iawn. Dere di i'm nôl i. Ond rydym ni'n cadw mewn cysylltiad trwy'r setiau radio pen. Os oes rhywbeth yn mynd o'i le, rwyt ti'n dweud wrthyf.'

'Iawn, syr, bos,' meddai Mwrc, gan wthio darn clust i mewn i'w glust blewog a chlipio meic wrth ei siaced. 'Fyddwn i ddim eisiau i ti golli dy apwyntiad a cholli dy gyfle i ddychryn enaid y bachgen bach.'

Gwnaeth y dychan rhyw sŵn gwichian wrth iddo chwipio heibio pen Loafers.

'Dyna ni,' meddai'r dyn o Grymych. 'Fi *ydy'r* bos. A dydw i *ddim* am i ti fy ngwneud i'n hwyr ar gyfer yr apwyntiad.'

⌁ ⌂ ♋ ⚶ ⬡ · ⚼ · ⌁ ▣ ▷ · ⚭ ⚮ · ⚼ ▷

Roedd yn rhaid i Mwrc ganolbwyntio rhag i flew ei farf gyrlio. Mae blew corrach yn sensitif iawn, yn enwedig mewn sefyllfa o elyniaeth, ac roedd gelyniaeth yn tywallt allan o bob mandwll yn y dyn hwn. Nid oedd blew Mwrc wedi camddeall sefyllfa eto. Ni fyddai'r bartneriaeth fach hon yn gorffen yn dda.

Parciodd Mwrc yng nghysgod wal allanol Plasty Gwarth.

'Rwyt ti'n siŵr mai hwn ydy e?' gofynnodd Loafers.

Pwyntiodd Mwrc fys bach tew at y giât haearn ffansi.

'Wyt ti'n gweld yn fan'cw lle mae'n dweud Plasty Gwarth?'

'Ydw.'

'Fyddwn i'n dweud mai hwn yw'r lle, mwy na thebyg.'

Allai hyd yn oed Loafers ddim methu deall pryfocio fel yna.

'Mae'n well i ti wneud yn siŵr fy mod yn gallu mynd i mewn, Twriwr, neu . . .'

Dangosodd Mwrc ei ddannedd. 'Neu beth?'

'Neu mi fydd Miss Frazetti'n arbennig o grac,' gorffennodd Loafers ei frawddeg yn wan, gan wybod yn iawn ei fod e'n colli'r ddadl. Penderfynodd Loafers ddysgu gwers i Mo Twriwr cyn gynted ag y gallai.

'Fyddem ni ddim eisiau gwylltio Miss Frazetti,' meddai Mwrc. Dringodd o'r sedd uchel a nôl y bag offer o'r bŵt. Roedd ambell declyn torri-i-mewn annisgwyl yno, wedi eu darparu gan y cysylltiadau Tylwyth oedd ganddo yn

Efrog Newydd. Gobeithio na fyddai angen yr un ohonynt. Nid o ystyried y ffordd roedd ef yn bwriadu torri i mewn i'r plasty.

Cnociodd Mwrc ar ffenestr ochr teithiwr y car ac agorodd Loafers hi.

'Beth?'

'Cofia, rwyt ti'n aros yma nes i mi ddod i dy nôl.'

'Mae hynna'n swnio fel gorchymyn, Twriwr. Wyt ti'n rhoi gorchmynion i mi, nawr?'

'Fi?' meddai Mwrc, gan ddangos ystod eang ei ddannedd. 'Yn rhoi gorchmynion? Fyddwn i ddim yn breuddwydio gwneud y ffasiwn beth.'

Caeodd Loafers y ffenestr.

'Gwell i ti beidio,' meddai cyn gynted ag roedd haen dew o wydr wedi'i gryfhau rhyngddo ef a'r dannedd yna.

Y tu mewn i Blasty Gwarth, roedd Gwesyn newydd orffen eillio a thacluso. Roedd e'n dechrau edrych fel ef ei hunan eto. Ef ei hunan, hŷn.

'Kevlar, wyt ti'n dweud?' ailadroddodd, gan archwilio'r croen tywyllach ar ei frest.

Cytunodd Artemis. 'Mae'n debyg fod rhai ffibrau wedi bod yn gaeth yn y clwyf. A chopïodd yr hud nhw. Yn ôl Cwiff, fe fydd y feinwe newydd yn cyfyngu ar dy anadlu di, ond nid yw'n ddigon trwchus i fod yn wrth-fwled, oni bai ei bod yn fwled calibr bach.'

Caeodd Gwesyn ei grys. 'Mae popeth yn wahanol, Artemis. Fedra i ddim dy warchod nawr.'

'Fydd dim angen gwarchod arna i. Roedd Heulwen yn iawn. Mae fy nghynlluniau mawr fel arfer yn peri bod pobl yn cael eu hanafu. Cyn gynted ag y byddwn ni wedi delio â Spiro, rydw i'n bwriadu canolbwyntio ar f'addysg.'

'Cyn gynted ag y byddwn ni wedi delio â Spiro? Rwyt ti'n gwneud i'r peth swnio fel petai'r penderfyniad wedi ei wneud yn barod. Mae Jon Spiro'n ddyn peryglus iawn, Artemis. Roeddwn i'n meddwl y byddet ti wedi dysgu hynny.'

'Rydw i wedi, hen gyfaill. Coelia di fi, rydw i'n gwerthfawrogi'n llawn pa mor beryglus ydyw. Ac wedi dechrau creu cynllun yn barod. Dylem fedru cipio Llygad y Dydd a niwtraleiddio Mister Spiro, os bydd Heulwen yn cytuno i'n helpu.'

'Lle mae Heulwen? Rydw i angen diolch iddi. Eto.'

Edrychodd Artemis allan drwy'r ffenestr. 'Mae hi wedi mynd i gyflawni'r Ddefod. Gelli di ddyfalu lle.'

Amneidiodd Gwesyn. Cofiodd y tro cyntaf iddynt gyfarfod â Heulwen mewn lleoliad oedd yn gysegredig i'r Tylwyth yn y de-ddwyrain a hithau yn cwblhau'r Ddefod adfer-pŵer. Er nad 'cyfarfod' oedd y gair a ddefnyddiodd Heulwen. Roedd 'cipio' yn nes at y gwir.

'Dylai hi fod yn ôl o fewn yr awr. Rydw i'n cynnig dy fod yn gorffwys tan hynny.'

Ysgydwodd Gwesyn ei ben. 'Gallaf orffwys yn nes ymlaen. Nawr, rhaid i mi gymryd cipolwg ar y tir o'n cwmpas ni. Mae'n annhebygol y gallai Spiro roi tîm at ei gilydd mor gyflym. Ond wyddost ti ddim.'

Croesodd y gwarchodwr at y panel wal oedd yn cysylltu ei ystafell â bwth rheoli'r system ddiogelwch. Gallai Artemis weld fod pob un cam yn ymdrech. Gyda meinwe newydd brest Gwesyn, fe fyddai dringo'r grisiau'n farathon hyd yn oed.

Rhannodd Gwesyn ei sgrin yn ddwy fel ei fod yn medru gweld pob un teledu CC ar yr un pryd. Roedd un sgrin o fwy o ddiddordeb iddo na'r lleill, felly pwysodd i gael ei gweld ar y monitor.

'Wel, wel,' chwarddodd. 'Edrych pwy sydd wedi galw heibio i ddweud helô.'

Croesodd Artemis at y panel diogelwch. Roedd dyn bychan iawn yn gwneud ystumiau anweddus at gamera drws y gegin.

'Mwrc Twrddyn,' meddai Artemis. 'Yr union gorrach yr hoffwn ei weld.'

Trosglwyddodd Gwesyn lun Mwrc i'r brif sgrin.

'Efallai. Ond pam ei fod e am dy weld di?'

Yr un mor felodramataidd ag arfer, mynnodd y corrach gael brechdan cyn esbonio'r sefyllfa. Yn anffodus i Mwrc, Artemis wirfoddolodd i wneud y frechdan iddo. Daeth allan o'r pantri â rhywbeth oedd yn edrych fel ffrwydrad ar blât.

'Mae'n anoddach nag y byddech chi'n ei feddwl,' esboniodd y bachgen.

Llaciodd Mwrc ei ên anferth a thywallt y cwbl i lawr mewn un llowciad. Ar ôl treulio sawl munud yn cnoi, rhoddodd ei law gyfan yn ei geg a rhyddhau darn o dwrci.

'Ychydig o fwstard y tro nesaf,' meddai, gan frwsio briwsion oddi ar ei grys ac, yn y broses, rhoi'r meic ymlaen yn ddiarwybod.

'Croeso i ti,' meddai Artemis.

'Dylet ti ddiolch i mi, Fachgen y Mwd,' meddai Mwrc. 'Rydw i wedi dod yr holl ffordd o Chicago i achub dy groen. Siawns fod hynny'n werth brechdan? A phan dwi'n dweud brechdan, dwi'n golygu hynny yn y ffordd fwyaf llac.'

'Chicago? Ydi Jon Spiro wedi dy anfon?'

Ysgydwodd y corrach ei ben. 'Efallai, ond nid yn uniongyrchol. Rydw i'n gweithio i'r teulu Antonelli. Wrth gwrs, nid oes syniad ganddyn nhw mai corrach Tylwyth ydw i; maen nhw'n meddwl mai fi yw'r gore yn y busnes, dyna'r cwbl.'

'Mae Atwrnai Dosbarth Chicago wedi cysylltu'r teulu Antonelli â Spiro yn y gorffennol. Neu o leiaf wedi ceisio gwneud hynny.'

'Beth bynnag. Y cynllun yw, torri i mewn i'r lle 'ma, ac

wedyn bydd fy mhartner i yn dy annog i ddod gyda ni i Chicago.

Roedd Gwesyn yn pwyso yn erbyn y bwrdd. 'A lle mae dy bartner nawr, Mwrc?'

'Y tu allan i'r giatiau. Fe yw'r un bach blin. Balch gweld dy fod yn fyw gyda llaw, ddyn mawr. Roedd si ar led yn yr isfyd dy fod wedi marw.'

'Roedd hynny'n ffaith,' meddai Gwesyn, gan anelu at y bwth diogelwch. 'Ond rydw i'n well nawr.'

Tynnodd Loafers lyfr nodiadau o boced frest ei siaced. Ynddo, roedd wedi nodi unrhyw sylwadau ffraeth roedd e'n teimlo oedd wedi bod yn arbennig o effeithiol mewn sefyllfaoedd peryglus. Deialog fachog, dyna farc troseddwr o fri – yn ôl y ffilmiau o leiaf. Brysiodd trwy'r tudalennau gan wenu'n hoffus.

'Mae'n hen bryd i ti gau dy gyfrif – yn barhaol.' – Larry Ferrigamo. Bancwr oedd yn enwog am ei ddwylo blewog. 9fed o Awst.

'Mae'n ddrwg 'da fi ond mae dy gof caled newydd gael ei gipio.' – David Spinski. Haciwr cyfrifiaduron. 23ain Medi.

'Sticia di hefo mi, ac fe gei di weld boi, aur fydd popeth melyn!' – Morti, masnachwr celf y farchnad ddu, 17eg o Orffennaf.

Roedd y cyfan yn ddeunydd da. Efallai y byddai'n ysgrifennu ei atgofion un dydd.

Roedd Loafers yn dal i chwerthin pan glywodd lais Mo

yn siarad yn ei ddarn clust. I gychwyn, roedd yn credu fod y mwnci'n siarad ag ef, ond yna sylweddolodd fod ei bartner honedig yn rhannu'r holl gyfrinachau.

'Dylet ti ddiolch i mi Fachgen y Mwd,' meddai Mwrc. 'Rydw i wedi dod yr holl ffordd o Chicago i achub dy groen.'

I achub ei groen! Roedd Mo yn gweithio i'r ochr arall ac roedd y ffŵl wedi anghofio am y meic.

Aeth Loafers allan o'r car, gan wneud yn siŵr ei fod yn ei gloi. Fe fyddai'n colli'r blaendal petai'n colli'r car ac fe fyddai Miss Frazetti yn tynnu'r gost allan o'i gomisiwn. Roedd mynedfa droed fechan yn y wal ger y brif giât. Roedd Mo Twriwr wedi ei gadael yn agored. Aeth Loafers heibio'n frysiog ac i lawr y lôn, gan gadw'n agos at gysgod y coed.

Yn ei glust, roedd Mo yn parhau i barablu. Esboniodd yr holl gynllun wrth y bachgen Gwarth, heb neb yn bygwth ei arteithio. Roedd e'n datgelu'r cyfan o'i wirfodd. Rhywsut roedd Mo wedi bod yn gweithio i'r bachgen o Gymro'r holl amser. Ac yn fwy fyth, nid Mo oedd Mo, ond Mwrc. Sut fath o enw oedd hwnnw? Mwrc, oedd yn gorrach Tylwyth, mae'n debyg. Roedd hwn yn mynd yn fwyfwy od o hyd. Efallai fod y corachod Tylwyth yn rhyw fath o gang. Ond enw tila oedd e fel enw gang. Prin fod y *corachod Tylwyth* yn mynd i anfon ofn i galonnau'r gelyn.

Carlamodd Loafers ar hyd y lôn, heibio'r bedw arian

urddasol a maes chwarae croce go iawn. Roedd dau baen yn torsythu ger y ffynnon ddŵr. Chwyrnodd Loafers. Ffynnon ddŵr! Yn y dyddiau cyn rhaglenni teledu am arddio, nid ffynnon ddŵr fyddai'r enw ond pwll dŵr.

Roedd Loafers yn chwilio am y mynediad nwyddau pan welodd e'r arwydd: 'Nwyddau i'r cefn.' Diolch yn fawr. Gwnaeth yn siŵr fod ei dawelydd a'i lwyth bwledi yn iawn unwaith eto a cherdded ar flaen ei draed dros y graean.

Aroglodd Artemis yr awyr. 'Beth yw'r arogl yna?'

Edrychodd Mwrc heibio drws yr oergell.

'Fi, mae gen i ofn,' mwmialodd, gyda swmp anferth o fwyd yn chwyrlio yn ei geg. 'Hylif haul. Afiach, dwi'n gwybod, ond fe fyddwn i'n arogli'n waeth hebddo. Meddylia: stribedi bacwn ar garreg wastad yn anialwch *DeathValley*.'

'Delwedd hyfryd.'

'Creaduriaid tanddaearol yw'r corachod,' meddai Mwrc. 'Hyd yn oed yn ystod Ymerodraeth Ffagan roeddem ni'n byw o dan ddaear . . .'

Ffagan oedd brenin cyntaf yr ellyllon. Yn ystod ei deyrnasiad ef, roedd y tylwyth teg a phobl wedi rhannu arwyneb y ddaear.

'. . . Mae bod yn olausensitif yn gwneud byw ymysg pobl yn beth anodd. I fod yn onest, rydw i wedi cael hen ddigon ar y bywyd yma.'

'Fel y dymunwch chi,' meddai llais. Loafers oedd e. Roedd e'n sefyll yn nrws y gegin, ac yn cario gwn mawr iawn.

O ran tegwch i Mwrc, daeth at ei goed yn gyflym.

'Roeddwn i'n meddwl 'mod i wedi dweud wrthyt ti am aros y tu allan.'

'Gwir, fe wnest. Ond fe benderfynais i ddod i mewn beth bynnag. A dyfala beth? Dim tanc septig a dim pibell garthffosiaeth. Roedd y drws cefn yn agored.'

Roedd Mwrc yn tueddu i rygnu ei ddannedd pan fyddai'n meddwl. Roedd yn union fel sŵn ewinedd yn crafu ar hyd bwrdd du.

'A . . . ie. Tamaid o lwc yn y fan yna. Ac fe gymerais i fantais o'r peth ond yn anffodus, daeth y bachgen o hyd i mi. Roeddwn i newydd ennill ei ymddiriedaeth pan welais i ti yn y fan yna.'

'Paid â ffwdanu,' meddai Loafers. 'Mae'r meic ymlaen. Rydw i wedi clywed popeth, Mo. Neu a ddylwn i ddweud Mwrc, y corrach Tylwyth?'

Llowciodd Mwrc y llond ceg roedd e wedi hanner ei gnoi. Unwaith eto, roedd ei geg fawr wedi creu picil – ond efallai y gallai ei geg sicrhau llwybr ymwared. Roedd yn bosib, hei lwc, y gallai lacio ei ên a llowcio'r dyn bach yn un darn. Roedd e wedi bwyta pethau mwy. Ac fe fyddai un chwythiad o nwy corrach yn ddigon i'w wthio o un ochr yr ystafell i'r llall. Ond roedd rhaid gobeithio na fyddai'r gwn yn cael ei danio yn y cyfamser.

Gwelodd Loafers yr olwg yn llygaid Mwrc.

'Dyna ni, ddyn bach,' meddai, gan roi ei fys ar gliced ei bistol. 'Rho gynnig arni ac fe gawn ni weld pa mor bell yr ei di.'

Roedd Artemis yn meddwl hefyd. Roedd e'n gwybod ei fod yn ddiogel am eiliad. Ni fyddai'r dyn diarth yn ei anafu a mynd yn erbyn y gorchmynion a roddwyd iddo. Ond roedd amser Mwrc yn brin ac nid oedd amser i'w achub. Roedd Gwesyn yn rhy wan i ymyrryd hyd yn oed petai e wedi bod yno. Roedd Heulwen allan yn adfer y Ddefod. Ac nid oedd Artemis ei hunan mewn cyflwr corfforol gwych. Fe fyddai'n gorfod trafod.

'Rydw i'n gwybod beth rydych chi wedi dod yma i'w nôl,' dechreuodd. 'Cyfrinachau'r Llygad. Mi wna i siarad, ond nid os caiff fy ffrind ei anafu.'

Chwifiodd Loafers farel y gwn. 'Fe wnei di beth bynnag y gofynnaf i, a hynny pan fydda i'n gofyn. Ac efallai y gwnei di grio fel merch fach hefyd. Mae hynny'n digwydd weithiau.'

'O'r gorau. Mi ddweda i bopeth rydw i'n gwybod. Ond peidiwch â saethu neb.'

Llyncodd Loafers wên. 'Siŵr iawn. Mae hynny'n iawn. Fe wnei di ddod gyda mi yn dawel ac yn ufudd a wna i ddim brifo enaid byw. Rwy'n rhoi fy ngair i ti.'

Daeth Gwesyn i mewn i'r gegin. Roedd ei wyneb yn haen o chwys a'i anadl yn fân ac yn fuan.

'Rydw i wedi edrych ar y monitor,' meddai. 'Mae'r car yn wag, mae'n rhaid bod y dyn arall . . .'

'Yma,' meddai Loafers. 'Hen newyddion i bawb ond chi, taid. Nawr, dim symudiadau cyflym neu fe gewch chi drawiad ar y galon.'

Gwelodd Artemis lygaid Gwesyn yn gwibio o naill ochr yr ystafell i'r llall. Roedd e'n chwilio am syniad. Rhyw ffordd o'u hachub. Efallai y byddai'r hen Gwesyn wedi medru gwneud hyn, ond roedd Gwesyn heddiw bymtheng mlynedd yn hŷn a heb gryfhau yn dilyn y llawdriniaeth eto. Roedd y sefyllfa'n anobeithiol.

'Gallech chi glymu'r gweddill,' mentrodd Artemis. 'Yna gallem ni adael gyda'n gilydd.'

Trawodd Loafers ei hunan ar ei ben. 'Syniad campus! Yna efallai y gallwn i gytuno ar ryw gynllun arall i arafu popeth, gan mai amatur ydw i.'

Teimlodd Loafers gysgod yn disgyn ar ei gefn. Trodd i weld merch yn sefyll yn y drws. Tyst arall. Fe fyddai Carla Frazetti'n cael y bil am yr holl dasgau ychwanegol hyn. Roedd y job cyfan wedi ei gamliwio o'r dechrau.

'Ocê, Miss,' meddai Loafers. 'Dos at y gweddill. A phaid â rhoi cynnig ar wneud rhywbeth dwl.'

Gwthiodd y ferch ei gwallt dros ei hysgwydd.

'Fydda i ddim yn gwneud pethau dwl,' meddai. Yna trawodd ei llaw yn ysgafn yn erbyn arf Loafers gan gipio llithren siambr y pistol a'i thynnu allan yn gelfydd o garn y pistol. Roedd y gwn, nawr, yn dda i ddim ond i'w ddefnyddio fel morthwyl.

Neidiodd Loafers yn ôl. 'Hei, hei. Gwylia di. Dydw i ddim eisiau dy anafu'n ddamweiniol. Gallai'r gwn yma danio.'

Dyna beth roedd e'n ei feddwl.

Aeth Loafers yn ei flaen i chwifio'r gwn diwerth.

'Cama'n ôl ferch fach. Wna i ddim dweud eto.'

Chwifiodd Gwen y llithren siambr o dan ei drwyn. 'Neu beth? Fe wnei di ddefnyddio hwn i fy saethu?'

Syllodd Loafers â llygaid croes ar y darn metel.

'Hei mae hwnna'n edrych yn union fel . . .'

Yna hitiodd Gwen ef ar ei frest, mor galed nes iddo dasgu trwy'r bar brecwast.

Syllodd Mwrc ar y dyn Mob diymadferth, yna ar y ferch yn y drws.

'Hei, Gwesyn. Dim ond dyfalu'r ydw i ond mi fuaswn i'n dweud ei bod hi'n chwaer i ti.'

'Rwyt ti'n iawn,' meddai'r gwas, gan gofleidio Gwen yn dynn. 'Sut wnest ti ddyfalu'r fath beth?'

PLASTY GWARTH

Roedd hi'n bryd ymgynghori. Y noson honno, eisteddodd y grŵp yn ystafell gynhadledd y plasty, gan wynebu dau fonitor roedd Gwen wedi eu cludo o'r bwth diogelwch. Roedd Cwiff wedi herwgipio tonfedd y monitorau ac roedd e'n darlledu delweddau byw ohono ef ei hunan a Chomander Gwreiddyn.

Er siom a thristwch i Mwrc, roedd e'n dal yno. Roedd yn ceisio cael Artemis i roi rhyw fath o wobr iddo pan ddychwelodd Heulwen a defnyddio cyffion i'w glymu wrth gadair.

Roedd mwg sigâr Gwreiddyn yn creu cymylau o flaen y sgrin. 'Mae'n edrych fel petai'r gang i gyd yma,' meddai, gan ddefnyddio talent y Tylwyth o siarad ieithoedd er mwyn cyfathrebu yn y Gymraeg. 'A dwi ddim yn hoffi gangiau.'

Roedd Heulwen wedi gosod ei set radio pen ar ganol y bwrdd cynhadledd, fel bod llais pawb yn cael ei godi.

'Gallaf esbonio, Comander.'

'O, does gen i ddim amheuaeth am hynny. Ond dyma sy'n rhyfedd. Fe gefais ryw fath ar ragrybudd am hyn, a bydd dy fathodyn di gennyf i, yn fy nrôr erbyn diwedd dy shifft.'

Ceisiodd Artemis ymyrryd. 'Nawr, Comander. Yma oherwydd fy mod i wedi'i thwyllo mae Heulwen – Capten Pwyll.'

'Wir? Ac felly, dywed wrtha i, pam ei bod hi'n dal yno? Ydy hi'n aros am ginio?'

'Nid dyma'r amser i fod yn ffraeth, Comander. Mae gennym ni sefyllfa ddifrifol yma. Trychinebus o bosib.'

Anadlodd Gwreiddyn gwmwl mawr gwyrdd allan. 'Eich busnes chi ydy'r hyn rydych chi ddynion yn ei wneud i'ch gilydd. Nid eich heddlu personol chi ydym ni, Gwarth.'

Cliriodd Cwiff ei wddf. 'Rydym ni'n rhan o hyn p'run ai rydym ni'n hoffi'r peth ai peidio: Artemis oedd yr un a wnaeth ein pingio ni. Ac nid dyna'r peth gwaethaf, Julius.'

Edrychodd Gwreiddyn at y gŵr-farch. Roedd Cwiff wedi'i alw yn ôl ei enw cyntaf. Mae'n rhaid bod pethau'n ddifrifol.

'O'r gorau, Capten,' meddai. 'Dos yn dy flaen â'r briff.'

Agorodd Heulwen adroddiad ar ei chyfrifiadur llaw.

'Ddoe, ymatebais i recordiad o system rybudd y

Gwyliwr. Artemis Gwarth anfonodd yr alwad, Dyn y
Mwd sy'n enwog ymysg swyddogion LEP am ei ran yng
ngwrthryfel y B'wa Kell. Roedd cydymaith Gwarth,
Gwesyn, wedi cael anaf marwol ar orchymyn Dyn y Mwd
arall, Jon Spiro, a gofynnodd Gwarth am fy nghymorth
gyda'r gwella.'

'Ac fe wrthodaist ti, ac yna gofyn am gefnogaeth
dechnegol ychwanegol i gipio'r cof, yn ôl y rheolau.'

Gallai Heulwen daeru fod y sgrin yn poethi.

'Na. O ystyried cymorth sylweddol Gwesyn yn ystod
chwyldro'r coblynnod, es ati i'w wella, wedyn cludais ef
a Gwarth yn ôl i'w cartref.'

'Dwed wrtha i na wnest ti eu hedfan nhw . . ?'

'Nid oedd yr un opsiwn arall. Roedd y ddau wedi eu
lapio mewn ffoil cuddliw.'

Rhwbiodd Gwreiddyn ei dalcen. 'Un droed. Petai dim
ond un droed yn gwthio allan, fe allem ni fod ar hyd y we
yfory. Heulwen, pam rwyt ti'n gwneud hyn i mi?'

Nid atebodd Heulwen. Beth allai hi ei ddweud?

'Mae mwy. Rydym ni wedi caethiwo un o ddynion
Spiro. Hen gythraul brwnt.'

'Welodd e ti?'

'Naddo. Ond clywodd Mwrc yn dweud ei fod yn
gorrach Tylwyth.'

'Dim problem,' meddai Cwiff. 'Cipiwch ei gof mewn
un bloc, a'i anfon adref.'

'Dyw pethau ddim mor syml â hynny. Asasin yw'r dyn.

Fe allai gael ei anfon yn ôl i orffen y job. Rydw i'n meddwl fod rhaid ei adleoli. Coeliwch fi. Fydd neb yn gweld ei golli yma.'

'Ocê,' meddai Cwiff. 'Tawelwch e, cipiwch ei gof fel na all unrhyw beth brocio ei atgofion. Yna anfonwch e i rywle allan o'r ffordd, digon pell fel na all e swcro drwg.'

Cymerodd y comander sawl pwff i'w dawelu ei hunan.

'Iawn. Siaradwch am y pingiad, nesaf. Ac os mai Artemis sy'n gyfrifol, ydy'r argyfwng ar ben?'

'Na. Mae'r dyn busnes, Jon Spiro, wedi dwyn technoleg y Tylwyth oddi ar Artemis.'

'Y dechnoleg y gwnaeth Artemis ei dwyn oddi wrthym ni,' meddai Cwiff.

'Mae'r cymeriad Spiro hwn yn benderfynol o ddeall cyfrinachau'r dechnoleg, a dydy e'n poeni dim beth fydd yn rhaid iddo ei wneud i sicrhau hynny,' meddai Heulwen.

'A phwy sy'n gwybod y gyfrinach?' meddai Gwreiddyn.

'Artemis ydy'r unig un all weithredu Llygad y Dydd.'

'Rydw i eisiau gwybod beth yw Llygad y Dydd?'

Cydiodd Cwiff yn y stori. 'Mae Artemis wedi ailwampio cyfrifiadur micro o hen dechnoleg LEP. Mae'r rhan fwyaf ohono'n ddiwerth o dan ddaear ond, yn ôl safonau dynol, mae e tua hanner can mlynedd o flaen pob rhaglen a datblygiad arall.'

'Ac felly yn werth ffortiwn,' aeth y comander yn ei flaen.

'Ac felly yn werth ffortiwn a hanner,' cytunodd Cwiff.

Yn sydyn roedd Mwrc yn gwrando. 'Ffortiwn? Faint o ffortiwn yn union?'

Roedd Gwreiddyn wrth ei fodd fod ganddo rywun i weiddi arno. 'Cau dy geg, y troseddwr. Nid oes gan hyn ddim i'w wneud â thi. Canolbwyntia di ar fwynhau dy eiliadau olaf yn anadlu awyr iach. Yr amser yma fory, mi fyddi di'n ysgwyd llaw â'th gyd-garcharor yn y gell, a does ond gobeithio mai trol fydd e.'

Chafodd hyn ddim effaith ar Mwrc. 'Rhowch gyfle i mi, Julius. Pob tro mae sefyllfa'n codi gyda Gwarth, fi ydy'r un sy'n achub eich pen-ôl. Does gen i 'run amheuaeth y bydd pa gynllun bynnag y bydd Artemis yn ei lunio yn fy nghynnwys i. Mwy na thebyg mewn modd chwerthinllyd o beryglus.'

Newidiodd gwedd binc Gwreiddyn yn goch tanbaid. 'Wel, Artemis? Wyt ti'n bwriadu defnyddio'r troseddwr?'

'Mae'n dibynnu.'

'Ar beth?'

'Ar p'run ai ydych chi'n rhoi Heulwen i mi ai peidio.'

Diflannodd wyneb Gwreiddyn y tu ôl i niwl mwg sigâr, a'r blaen coch yn gloywi. Edrychai fel trên stêm yn dod o dwnnel. Roedd peth o'r mwg yn hofran heibio sgrin Cwiff.

'Dyw hyn ddim yn edrych yn dda,' meddai'r comander wrth y gŵr-farch.

Cyn bo hir, tawelodd Gwreiddyn ddigon i siarad.

'Rhoi Heulwen i ti? Mae eisiau gras ac amynedd, yma!

Oes gen ti syniad faint o fân-reolau rydw i'n eu hanwybyddu er mwyn cynnal y cyfarfod yma'n unig?'

'Llawer iawn, rydw i'n siŵr.'

'Mynydd o reolau Artemis. Mynydd. Ac oni bai am y peth B'wa Kell, fyddwn i ddim hyd yn oed yn siarad â thi. Petai sôn am hyn yn mynd allan, cyfarwyddo llongau trin carthffosiaeth Atlantes fuaswn i.'

Winciodd Mwrc at y sgrin. 'Mae'n debyg na ddylwn i fod wedi clywed hynna.'

Anwybyddodd y comander ef. 'Mae gen ti ddeg eiliad ar hugain, Artemis. Gwertha'r syniad i mi.'

Cododd Artemis gan sefyll yn union o flaen y sgrin.

'Mae gan Spiro dechnoleg y Tylwyth. Mae'n annhebygol iawn y gall e fyth ei defnyddio. Ond, fe wneith roi ei wyddonwyr ar drywydd technoleg ïon. Mae'r dyn yn fegalomaniac, a does ganddo ddim parch at fywyd na'r amgylchfyd. Pwy a ŵyr pa fath o beiriant dychrynllyd y gwnaiff ei greu o dechnoleg y Tylwyth? Mae posibilrwydd cryf hefyd y bydd ei dechnoleg newydd yn ei arwain at ddarganfod Hafan ei hun, ac os digwydd hynny, bydd bywyd pob creadur ar, ac o dan y blaned, yn y fantol.'

Rholiodd Gwreiddyn ei gadair oddi wrth y camera cyn ailymddangos ar sgrin Cwiff. Pwysodd yn agos at glust y gŵr-farch, gan sibrwd yn isel.

'Dyw hyn ddim yn edrych yn dda,' meddai Heulwen. 'Gallwn i fod ar y wennol nesaf adref.'

Drymiodd Artemis ei fysedd ar y ford. Roedd yn anodd gweld sut y gallai wynebu Spiro heb hud y Tylwyth.

Ymhen rhai eiliadau, daeth y comander yn ôl at ei sgrin ei hun.

'Mae hyn yn ddifrifol. Fedrwn ni ddim cymryd siawns na fydd y cymeriad Spiro 'ma yn actifadu pingiad arall. Er mor fychan yw'r posibilrwydd, gall e wneud hyn. Bydd yn rhaid i mi baratoi tîm mewniad. Popeth: Tîm Adfer wedi'i arfogi'n llawn.

'Tîm llawn?' protestiodd Heulwen. 'Mewn ardal ddinesig? Comander, rydych chi'n gwybod pa fath o beth yw Adfer. Gallai'r cyfan fod yn drychineb. Gadewch i mi roi tro arni fy hun.'

Ystyriodd Gwreiddyn yr awgrym. 'Bydd hi'n cymryd pedwar deg wyth awr i drefnu ymgyrch, felly dyna faint o amser sydd gen ti. Gallaf brynu deuddydd o ryddid i ti. Alla i ddim gadael i ti gael Cwiff. Bydd e'n ddigon prysur yn cydlynu'r ymgyrch. Ond fe gaiff Twrddyn helpu os ydy e'n mynnu; mae e'n rhydd i ddewis. Efallai y gwna i anghofio am un neu ddau o'r cyhuddiadau byrgleriaeth sy'n ei erbyn, ond mae e'n dal i wynebu rhwng pum a deng mlynedd o garchar am ladrata'r aur. Dyna'r cwbl fedra i ei wneud. Os gwnei di fethu, yna bydd y Tîm Adfer yn barod i fynd i mewn ar eu hunion.'

Meddyliodd Artemis yn ddwys. 'Iawn,' meddai.

Anadlodd Gwreiddyn. 'Mae un amod.'

'Oes siŵr,' meddai Artemis. 'Rydych chi eisiau cipiad cof, oes?'

'Oes, Artemis. Rwyt ti'n datblygu'n dipyn o gur pen i'r Tylwyth. Os ydym ni'n dy gynorthwyo yn y mater hwn, yna bydd rhaid i ti a dy staff ildio i gipiad cof.'

'Ac os na wnawn ni?'

'Cynllun B, yn syth bin. Ac rwyt ti'n cael cipiad cof beth bynnag.'

'Gyda phob parch, Comander, ond mater technegol yw hwn . . .'

Camodd Cwiff i mewn. 'Mae dau fath o gipiad cof. Cipiad bloc, sy'n cymryd popeth allan o'r cyfnod a ddewiswyd. Fe allai Heulwen wneud hynny gyda'r teclynnau yn ei bag. A chipiad tiwnio manwl, sydd ddim ond yn dileu atgofion arbennig. Mae hwn yn ddull gweithredu mwy soffistigedig, ond mae llai o beryg y bydd gostyngiad yn yr IQ. Tiwnio manwl gewch chi. Dileu unrhyw atgof a chysylltiad â'r Tylwyth yn awtomatig. Hefyd, bydd rhaid cael caniatâd i chwilio'r tŷ rhag ofn fod unrhyw geriach yno wneith brocio cof. Yn ymarferol, byddwch chi'n deffro'r bore ar ôl y llawdriniaeth heb unrhyw atgof o'r Tylwyth.'

'Rydych chi'n siarad am bron i ddwy flynedd o atgofion.'

'Wnei di ddim eu colli nhw. Fe wneith dy ymennydd ddychmygu rhywbeth i ddisodli'r hen rai a llenwi'r bylchau.'

Roedd hwn yn benderfyniad anodd. Ar un llaw, roedd gwybodaeth am y Tylwyth yn rhan sylweddol o wneuthuriad seicolegol Artemis erbyn hyn. Ar y llaw arall, ni allai barhau i roi bywydau'r Tylwyth yn y fantol.

'O'r gorau,' meddai'r bachgen. 'Rydw i'n derbyn y telerau.'

Taflodd Gwreiddyn ei sigâr i'r llosgwr agosaf. 'Ocê, felly. Mae gennym ddêl. Capten Pwyll, cadwa sianel yn agored drwy gydol yr amser.'

'Iawn, syr.'

'Heulwen.'

'Comander?'

'Bydd yn ofalus y tro hwn. Wneith dy yrfa di ddim goroesi ergyd arall.'

'Deall, syr,' meddai Heulwen.

'O, a'r troseddwr?'

Ochneidiodd Mwrc. 'Fi yw hwnnw, dwi'n cymryd, Julius?'

Gwgodd Gwreiddyn. 'Mae hyn ar ben, Mwrc. Wnei di ddim dianc eto, felly dylet baratoi dy ymennydd ar gyfer bwyd oer a waliau caled.'

Safodd Mwrc gan bwyso'i gefn yn erbyn y sgrin. Rhywsut, agorodd fflap pen-ôl ei drowsus twnelu, gan gyflwyno golygfa arbennig o'i ben-ôl i'r comander. Ym myd y corachod, roedd dangos eich pen-ôl yn sarhad o'r mwyaf, fel y mae e yn y rhan fwyaf o ddiwylliannau.

Diffoddodd Comander Gwreiddyn y linc. Wedi'r cwbl, nid oedd modd cyfaddawdu, ar ôl amarch fel yna.

I'R GORLLEWIN O WAJIR, KENYA, DWYRAIN AFFRICA

Deffrodd Loafers Lewis â bwystfil o gur pen, mor boenus nes iddo deimlo rheidrwydd i geisio disgrifio'r cyflwr, rhag ofn y byddai'n rhaid iddo ei esbonio'n ddiweddarach. Penderfynodd fod ei ben yn teimlo fel petai draenog blin yn cropian o gwmpas ynddo. Disgrifiad da, meddyliodd. Dylwn roi hwn mewn llyfr.

Yna, meddyliodd, beth yw llyfr? Ei feddwl nesaf oedd, pwy ydw i? Esgidiau, rhywbeth i'w wneud ag esgidiau.

Fel hyn mae hi bob tro, pan fydd pobl sydd wedi derbyn mewnblaniad cof yn dod atynt eu hunain am y tro cyntaf. Mae'r hen hunan yn loetran yno am eiliad neu ddau, gan geisio tynnu sylw ato'i hun, hyd nes i ysgogiadau allanol ei drechu.

Eisteddodd Loafers i fyny ac aeth y draenog yn wallgof, gan wthio nodwyddau i bob modfedd o'i ymennydd meddal.

'O,' griddfanodd Loafers, gan siglo ei benglog poenus yn ei ddwylo. Beth oedd ystyr hyn i gyd? Lle'r oedd e? A sut gyrhaeddodd ef yma?

Edrychodd Loafers ar ei freichiau. Am eiliad, roedd ei

ymennydd yn taflegru tatŵs ar y croen, ond diflannodd y delweddau'n gyflym. Nid oedd un marc ar ei groen. Rholiodd golau haul dros ei freichiau fel taranau gwyn.

O'i amgylch roedd tir prysg, dim ond tir prysg. Pridd teracota yn ymestyn ymhell bell i ffwrdd at y bryniau indigo yn y pellter. Roedd haul aur perffaith yn llosgi craciau i mewn i'r ddaear. A dau ffigwr yn rhedeg trwy donnau'r gwres, mor osgeiddig â dau lewpart.

Cewri oedd y dynion. Saith troedfedd, yn hawdd, yn cario tarianau hirgrwn, gwaywffyn tenau a ffôn symudol yr un. Roedd eu gwallt, eu gyddfau a'u clustiau wedi eu haddurno â gleiniau o bob lliw.

Neidiodd Loafers ar ei draed. Traed oedd, sylwodd, mewn sandalau lledr. Roedd y dynion yn gwisgo esgidiau Nike.

'Help,' meddai. 'Helpwch fi!'

Trodd y dynion ac anelu at y dyn Mob oedd wedi drysu.

'*Jambo,* frawd. Wyt ti ar goll?' gofynnodd un.

'Mae'n ddrwg gen i,' meddai Loafers, mewn Swahili perffaith. 'Nid ydw i'n siarad Swahili.'

Syllodd y dyn at ei bartner.

'Rydw i'n gweld. A beth yw d'enw di?'

'Loafers,' meddai'r ymennydd. 'Nuru,' meddai ei geg.

'Wel, Nuru. *Unatoka wapi?* O ble rwyt ti'n dod?'

Roedd y geiriau wedi eu hynganu cyn i Loafers sylweddoli.

'Does gen i'm syniad o ble rydw i'n dod, ond rydw i eisiau dod gyda chi. I'ch pentref chi. Dyna lle dylwn i fod.'

Syllodd y rhyfelwyr o anialdir Kenya i lawr ar y dyn bach dieithr od. Roedd e'r lliw anghywir, roedd hynny'n wir, ond roedd e'n ymddangos yn ddigon call.

Estynnodd y dyn talaf am ei ffôn symudol oedd wedi ei glipio wrth ei wregys croen llewpard. Deialodd rif y pennaeth.

'Jambo, Bennaeth, Bobi sy 'ma. Mae ysbrydion y ddaear wedi gadael un arall i ni.'

Chwarddodd Bobi, gan edrych ar Loafers o'i gorun i'w sawdl.

'Ydi, mae'n bitw, ond mae'n edrych yn ddigon cryf ac mae gwên fwy llydan na banana wedi'i philio ganddo.'

Lledaenodd Loafers ei wên, rhag ofn fod hynny'n ffactor. Am ryw reswm, yr unig beth roedd e am ei wneud yn y byd hwn oedd mynd i'r pentref a byw bywyd defnyddiol.

'Ocê, Bennaeth, mi ddo' i â fe. Fe gaiff e gwt yr hen genhadwr.'

Clipiodd Bobi'r ffôn yn ôl wrth ei wregys.

'O'r gorau, frawd Nuru. Rwyt ti gyda ni. Dilyna ni, a thrïa ddal i fyny.'

Aeth y rhyfelwyr yn eu blaenau gan redeg. Aeth Loafers – oedd i'w alw'n Nuru o hyn ymlaen – ar eu holau gan rasio, ei sandalau lledr yn fflapio o dan ei draed. Fe fyddai'n rhaid iddo wneud rhywbeth i drio cael ei grafangau ar bâr o esgidiau Nike.

Can troedfedd a hanner uwch eu pennau, roedd Capten Heulwen Pwyll yn hofran, wedi ei tharianu o'r golwg, yn cofnodi'r cwbl.

'Adleoli wedi ei gwblhau,' meddai i mewn i'r meic yn ei helmed. 'Mae'r gwrthrych wedi ei fabwysiadu'n llwyddiannus. Dim arwydd o'i gyn-bersonoliaeth. Ond fe gaiff ei arolygu bob mis, rhag ofn.'

Roedd Cwiff ar yr ochr arall.

'Gwych, Capten. Dos yn ôl i borthladd gwennol E77 ar dy union. Os agori di'r sbardun, efallai y gwnei di gyrraedd y wennol hwyr. Fe fyddi di yn ôl yng Nghymru mewn ychydig oriau.'

Nid oedd yn rhaid dweud ddwywaith wrth Heulwen. Nid yn aml roedd hi'n cael ei chlirio ar gyfer hediad cyflym. Rhoddodd ei radar ymlaen rhag ofn y byddai'r adar yn amharu arni a gosododd ei stop wats ar ei fisor.

'Nawr,' meddai. 'Beth am i ni weld os medri di dorri record cyflymder hediad drwy aer.'

Record roedd Julius Gwreiddyn wedi ei gosod wyth deg o flynyddoedd ynghynt.

RHAN 2:

Pennod 8: DROS EI BEN A'I GLUSTIAU

DYFYNIAD O DDYDDIADUR ARTEMIS GWARTH, DISG 2. WEDI EI AMGODIO.

 HEDDIW, cafodd fy nhad ei ffitio â choes prosthetig. Roedd e'n adrodd jôcs, un ar ôl y llall, drwy gydol y broses, yn union fel petai'n cael siwt newydd yn Grafton Street. Rhaid i mi gyfaddef, roedd ei hwyliau da yn heintus, a chefais fy hunan yn gwneud esgusodion dim ond er mwyn eistedd yng nghornel ystafell yr ysbyty i fwynhau ei bresenoldeb.

Nid fel yma roedd pethau. Yn y gorffennol, roedd rhaid cael rheswm dilys i ymweld â 'nhad. Wrth gwrs, nid oedd e ar gael bob amser, a hyd yn oed pan oedd e ar gael, roedd ei amser yn brin. Ond nawr rydw i'n teimlo fod croeso i mi wrth ei ochr. Mae'n deimlad braf.

Mae fy nhad wedi mwynhau rhannu ei ddoethineb erioed, ond nawr mae'n fwy athronyddol yn hytrach nag ariannol. Yn yr hen ddyddiau, fe fyddai'n fy nghyfeirio at brisiau diweddaraf cyfranddaliadau yn y Financial Times.

'Artemis,' byddai'n dweud. 'Os yw popeth arall yn dy dwyllo di, mae aur yn cadw ei werth. Ac mae hynny'n digwydd gan nad oes digon ohono. A fydd yna byth. Pryna aur, fachgen, a chadwa fe'n ddiogel.'

Roeddwn i wrth fy modd yn gwrando ar ei berlau doeth, ond nawr maen nhw'n anoddach eu deall.

Tridiau ar ôl iddo ddeffro, cwympais i gysgu ar wely'r ysbyty tra oedd fy nhad yn gwneud ei ymarferion cerdded. Deffroais i'w weld yn edrych arnaf yn feddylgar.

'Gaf i ddweud rhywbeth wrthyt ti, Arti?' meddai.

Cytunais, heb unrhyw syniad beth roedd ar fin ei ddweud.

'Tra 'mod i'n garcharor, mi fûm i'n meddwl am fy mywyd, a sut y bu i mi ei wastraffu drwy gasglu cyfoeth, heb ystyried beth oedd y gost i'm teulu a phawb o'm cwmpas i. Ychydig iawn o gyfleoedd mae dyn yn eu cael yn ei fywyd i wneud gwahaniaeth. I wneud y peth iawn. I fod yn arwr, os mynni. Rydw i'n bwriadu ymwneud â'r frwydr honno.'

Nid dyma'r math o ddoethineb roeddwn i'n arfer ei glywed gan fy nhad. Ai ei bersonoliaeth naturiol ef neu hud y Tylwyth oedd hyn? Neu gyfuniad o'r ddau?

'Wnes i erioed ymwneud â hyn o'r blaen. Rydw i o hyd wedi credu ei bod hi'n amhosib newid y byd.'

Roedd Dad yn syllu'n daer, yn fy llosgi i ag angerdd.

'Ond mae pethau'n wahanol nawr. Mae fy mlaenoriaethau wedi newid. Rydw i'n bwriadu rhoi cynnig arni, bod yr arwr fel y dylai pob tad fod.'

Eisteddodd ar y gwely wrth f'ochr.

'A beth amdanat ti, Arti? Wnei di ddod gyda mi ar y daith? Pan ddaw'r foment, wnei di gymryd y cyfle i fod yn arwr?'

Allwn i ddim ateb. Wyddwn i ddim beth i'w ddweud. A does gen i ddim syniad, hyd at y dydd heddiw.

PLASTY GWARTH

Am ddwy awr, caeodd Artemis ei hun yn ei stydi, gan eistedd fel teiliwr mewn osgo myfyrdod fel roedd Gwesyn wedi ei ddysgu. Yn awr ac yn y man fe fyddai'n dweud syniad, yn uchel, fel bod y recordiwr llais awtomatig ar y llawr o'i flaen yn ei godi. Roedd Gwesyn a Gwen yn ddigon doeth i beidio ag amharu ar broses gynllunio Artemis. Roedd y broses hon yn angenrheidiol i lwyddiant eu hymgyrch. Roedd gan Artemis y gallu i greu llun o sefyllfa ddamcaniaethol yn ei ben a phwyso a mesur y canlyniadau gwahanol. Roedd fel pe bai mewn breuddwyd, ac fe allai unrhyw ymyrraeth anfon llif ei feddyliau ar chwâl, ac yn ddiwerth.

O'r diwedd, ymddangosodd Artemis, wedi blino ond wedi ei fodloni. Roedd yn dal tair disg CD yn ei law dde.

'Rydw i am i ti astudio'r ffeiliau hyn,' meddai. 'Maen nhw'n cynnwys manylion dy aseiniad. Pan wyt ti wedi dysgu'r cynnwys, dylet ti ddifa'r disgiau.'

Cymerodd Heulwen y disgiau.

'CD. Hynod o beth. Mae gennym ni rai fel hyn yn ein hamgueddfeydd.'

'Mae sawl cyfrifiadur yn y stydi,' meddai Artemis. 'Defnyddia unrhyw un ohonynt.'

Nid oedd dim gan Gwesyn yn ei ddwylo ef.

'Dim byd i mi, Artemis?' gofynnodd.

Arhosodd Artemis nes bod y gweddill wedi gadael.

'Roeddwn i am roi cyfarwyddiadau i ti, wyneb yn wyneb,' meddai. 'Heb roi cyfle i Cwiff godi dim o'r cyfrifiadur.'

Ochneidiodd Gwesyn yn ddwfn, gan suddo i mewn i gadair feddal ger y lle tân.

'Gaf fi ddim dod gyda thi, na chaf?'

Eisteddodd Artemis ar fraich y gadair. 'Na, 'r hen ffrind. Ond mae gen i dasg bwysig i ti.'

'Wir, Artemis,' meddai. 'Rydw i wedi hedfan drwy argyfwng canol-oed. Does dim rhaid i ti ddyfeisio swydd i mi, dim ond i wneud i mi deimlo'n ddefnyddiol.'

'Na, Gwesyn. Mae hyn yn hynod bwysig. Mae'n ymwneud â'r cipio cof. Os gweith fy nghynllun lwyddo, fydd dim rhaid i ni ildio iddyn nhw. Fedra i ddim gweld ffordd o ddifrodi'r broses ei hun, felly rhaid i mi wneud rhywbeth sy'n goroesi chwiliadau Cwiff. Rhywbeth wneith ein hatgoffa ni o'r Tylwyth. Fe ddwedodd Cwiff, un tro, y gallai atgof sy'n ddigon cryf ddod â'r cof cyfan yn ei ôl.'

Gwingodd Gwesyn yn ei gadair. Roedd ei frest yn dal i'w boeni. Nid oedd hynny'n syndod, i fod yn onest. Dim ond deuddydd roedd wedi bod yn fyw.

'Unrhyw syniad?'

'Mae angen i ni osod ambell drywydd ffug. Bydd Cwiff yn disgwyl hynny.'

'Wrth gwrs. Ffeil gudd ar y gweinyddwr. Gallwn anfon e-bost atom ein hunain, ond peidio â'i ddarllen. Yna'r tro cyntaf y byddwn ni'n troi at ein e-byst, fe fydd yr holl wybodaeth yn dod gyda fe.'

Rhoddodd Artemis ddarn papur A4 i'r gwarchodwr.

'Heb os nac oni bai – fe gawn ni ein mesmereiddio a'n holi. Yn y gorffennol rydym ni wedi cuddio rhag y *mesmer* y tu ôl i sbectol haul ddrych. Ond allwn ni ddim gwneud hynny'r tro hwn. Felly, rhaid i ni feddwl am rywbeth arall. Dyma'r cyfarwyddiadau.'

Astudiodd Gwesyn y cynlluniau.

'Mae'n bosib. Rydw i'n adnabod rhywun yn Abertawe. Y dyn gorau yn y wlad am y math yma o waith.'

'Gwych,' meddai Artemis. 'Ar ôl hynny, rhaid i ti roi popeth sydd gennym ni o ran gwybodaeth am y Tylwyth, ar ddisgen. Dogfennau, fideos, cynlluniau. Popeth.

A phaid ag anghofio fy nyddiadur. Mae'r stori gyfan yn y fan honno.'

'A lle y byddwn ni'n cuddio'r ddisgen?' gofynnodd Gwesyn.

Datglymodd Artemis dlws crog y Tylwyth oedd yn hongian am ei wddf.

'Fe fyddwn i'n dweud fod hwn tua'r un maint â'r ddisgen, dwyt ti ddim yn meddwl?'

Rhoddodd Gwesyn y medaliwn bychan ym mhoced ei siaced.

'Fe fydd, cyn hir,' meddai.

Paratôdd Gwesyn bryd o fwyd. Dim byd ffansi. Crempog lysieuol, yna risotto madarch gyda crème caramel i orffen. Dewisodd Mwrc fwcedaid o fwydod a chwilod wedi'u ciwbio a'u coginio'n ysgafn mewn dŵr glaw a vinaigrette mwswgl.

'A yw pawb wedi astudio'u ffeiliau?' gofynnodd Artemis pan aeth y grŵp i'r llyfrgell wedyn.

'Do,' meddai Heulwen, 'Ond mae ambell beth allweddol ar goll.'

'Nid oes yr un ohonoch chi wedi cael y cynllun llawn. Dim ond y darnau sy'n ymwneud â chi. Rydw i'n meddwl ei bod hi'n fwy diogel fel hyn. Oes gennym ni'r teclynnau y gofynnais i amdanynt?'

Gwagiodd Heulwen gynnwys ei phac ar y carped.

'Cit gwyliadwriaeth LEP llawn, gan gynnwys y ffoil cuddliw, meiciau, clipiau fideo a bocs cymorth cyntaf.'

'Yn ogystal â hynny mae gennym ni ddwy helmed LEP a thri gwn laser ar ôl, ers y gwarchae,' meddai Gwesyn. 'Ac, wrth gwrs, prototeip o'r Llygad, o'r lab.'

Estynnodd Artemis y ffôn diwifr at Mwrc.

'O'r gorau, 'te. Waeth i ni gychwyn arni, ddim.'

NODWYDD SPÍRO

Roedd Jon Spiro yn eistedd yn ei swyddfa foethus, gan syllu'n ddiflas ar Lygad y Dydd ar ei ddesg. Roedd pobl yn meddwl bod ei fywyd e'n hawdd. Ychydig iawn roeddynt yn ei wybod. Po fwyaf o arian oedd gan rywun, y mwyaf hefyd oedd y pwysau arno. Roedd ganddo wyth can cyflogai yn yr adeilad hwnnw'n unig, pob un yn dibynnu arno ef i dalu eu cyflog. Roeddynt eisiau adolygiadau cyflog blynyddol, cynlluniau meddygol, canolfannau gofal plant, egwyl o'r gwaith yn aml, taliadau dwbl am weithio goramser a hyd yn oed opsiwn stoc, er mwyn y mawredd. Weithiau byddai Spiro'n gweld eisiau'r cyfnod pan fyddai gweithiwr trafferthus yn cael ei daflu allan o ffenestr uchel, a dyna ddiwedd ar ei stori. Ond petai e'n taflu rhywun allan o ffenestr heddiw, fe fyddai'r dyn yn ffonio ei gyfreithiwr, hanner ffordd i lawr.

Ond gallai'r Llygad hwn fod yn ateb i'w weddïau. Cyfle, unwaith mewn bywyd, y fodrwy efydd. Petai e ond yn llwyddo i gael y gismo bach od hwn i weithio, byddai'r cyfleon yn ddi-ben-draw. Yn llythrennol. Byddai lloerenni'r byd yn ateb i'w orchmynion ef. Fe fyddai'n medru rheoli'r holl loerennau sbïo, laserau'r fyddin, y rhwydweithiau cyfathrebu ac, yn bwysicach fyth, y teledu. Gallai, o fewn rheswm, reoli'r byd.

Daeth galwad oddi wrth ei ysgrifenyddes yn y dderbynfa.

'Mister Brwnt i'ch gweld chi, syr.'

Trawodd Spiro'r botwm intercom.

'Ocê Marlene, anfona fe i mewn. A dywed wrtho ei bod hi'n well iddo fe edrych fel petai'n ddrwg iawn ganddo.'

Roedd Brwnt yn edrych fel petai'n ddrwg iawn ganddo pan wthiodd drwy'r drysau dwbl. Roedd y drysau eu hunain bron yn ormod iddo. Roedd Spiro wedi trefnu iddynt gael eu dwyn o ddawnsfa'r *Titanic* ar ôl iddi suddo. Enghraifft berffaith o bŵer wedi mynd ar gyfeiliorn.

Nid oedd Arno Brwnt mor ffroenuchel ag roedd e wedi bod yn Llundain. Eto, mae'n anodd iawn edrych yn falch pan fo eich talcen yn llawn cleisiau a'ch ceg yn ddeintgig a dim byd arall.

Gwingodd Spiro wrth weld golwg ei fochau pantiog.

'Sawl dant gollaist ti?'

Cyffyrddodd Brwnt ei ên yn ofalus.

'Pob un wan jac. Dendish yn dweud fod y gwreiddiau'n chwdrel.'

'Dwyt ti ddim yn haeddu dim arall,' meddai Spiro yn blwmp ac yn blaen. 'Beth alla i ei wneud, Arno? Rydw i'n rhoi Artemis Gwarth i ti ar blât ac rwyt ti'n gwneud smonach o'r peth. Beth ddigwyddodd? A dydw i ddim eisiau clywed gair am ddaeargryn. Y gwir rydw i eisiau.'

Roedd Arno'n glafoerio. Sychodd gornel ei geg.

'Does dim modd deall y peth. Maff o ffrwydrad oedd yna. Does wybod be' oedd e. Gwn o ryw faff. Ond mae un peff yn shicr, mae Gwesyn wedi marw. Mi saethesh i e, yn ei galon. Dim gobaith iddo fe godi ar 'i draed nawr.'

'O, cau dy geg!' brathodd Spiro. 'Rwyt ti'n rhoi cur pen i mi. Gorau po gyntaf y cei di ddannedd newydd.'

'Dim lod o amsher i arosh nawr. Erbyn pnawn 'ma, bydd fy ngheg i wedi gwella digon.'

'Roeddwn i'n meddwl 'mod i wedi dweud cau dy geg?'

'Shori, bosh.'

'Rwyt ti'n fy rhoi i mewn lle anodd, Arno. Oherwydd dy dwpdra di, rydw i wedi gorfod llogi tîm gan deulu'r Antonelli. Mae Carla'n ferch smart; gallai benderfynu eu bod yn haeddu canran. Fe all gostio biliynau i mi.'

Gwnaeth Arno ei orau glas i edrych yn edifeiriol.

'Paid â ffwdanu gyda'r llygaid mawr truenus, Brwnt. Wneith e ddim gweithio arna i. Os ydy'r ddêl yma'n mynd i'r gwellt, mi fyddi di'n colli tipyn mwy nag ambell ddant.'

Penderfynodd Arno newid y pwnc.

'Felly, ydy boish y lab wedi cael y Llygad i weiffio?'

'Na,' meddai Spiro, gan chwarae gyda'i freichled hunaniaeth aur. 'Mae Gwarth wedi ei selio'n dynn. Côd Tragwyddoldeb, neu rywbeth o'r math yna. Doedd yr idiot, Pearson, yna'n methu cael bw allan o'r peth.'

A'r foment honno, yn ddramatig, daeth llais o leisydd micro Llygad y Dydd.

'Mister Spiro?' meddai'r llais. 'Dyma Gymru'n galw. Ydych chi'n darllen, Mister Spiro?'

Nid oedd Jon Spiro'n ddyn oedd yn dychryn yn hawdd. Nid oedd un ffilm arswyd eto wedi gwneud iddo neidio o'i gadair. Ond, bron i'r llais o'r Llygad ei daro'n lân allan o'i gadair. Roedd safon y llais yn anhygoel. Petaech chi'n cau eich llygaid, roedd fel petai'r person yn sefyll yn union o'ch blaen.

'Ydych chi eisiau i mi ateb hwnna?'

'Dwedais i wrthyt ti am gau dy geg! Beth bynnag, does gen i ddim syniad sut i ateb y peth 'ma.'

'Gallaf glywed pob gair, Mister Spiro,' meddai'r llais. 'Does dim rhaid i chi wneud dim byd ond dweud eich dweud. Mae'r bocs yn gwneud y gweddill.'

Sylwodd Spiro fod mesurydd pelydr digidol wedi ymddangos ar sgrin y Llygad. Pan oedd e'n siarad, roedd hwnnw'n ymateb.

'Ocê felly. Mae gennym gysylltiad. Nawr, pwy ar

wyneb y ddaear ych chi? A sut wnaethoch chi wneud i'r bocs yma weithio?'

'F'enw yw Mo Twriwr, Mister Spiro. Fi yw'r mwnci o dîm Carla Frazetti. Does dim syniad gen i sut fath o focs sydd gennych chi ar yr ochr yna; dim ond hen ffôn arferol sydd gen i.'

'Wel, pwy ddeialodd y rhif hwn, felly?'

'Bachgen bach rydw i'n ei ddal gerfydd ei war. Fe wnes i'n siŵr ei fod e'n deall pa mor bwysig oedd hi fy mod yn siarad â chi.'

'A sut roeddech chi'n gwybod fod angen siarad â mi. Pwy roddodd f'enw i i chi?'

'Eto, y bachgen. Roedd e'n fodlon iawn dweud popeth wrtha i ar ôl gweld beth wnes i i'r dyn metel.'

Ochneidiodd Spiro. Os oedd y dyn metel wedi ei anafu, fe fyddai'n rhaid iddo dalu ffi i deulu Antonelli.

'Beth wnaethoch chi i'r dyn metel?'

'Dim byd parhaol. Ond fydd e ddim yn anelu gwn at blant ifanc yn y dyfodol agos.'

'A pham eich bod chi wedi penderfynu anafu'ch partner, Twriwr?'

Roedd oedi ar yr ochr arall tra bo Mwrc yn ceisio rhoi trefn ar ddigwyddiadau'r stori ffug yn ei ben.

'Fel hyn roedd hi, Mister Spiro. Ein cyfarwyddiadau oedd dod â'r bachgen drosodd i America. Ond aeth Loafers yn wallgof a dechrau chwifio'i wn. Roeddwn i'n amau mai dyma'r ffordd anghywir o fynd o'i chwmpas hi, felly fe rois stop arno. Beth bynnag, roedd y bachgen wedi'i ddychryn ac fe ddechreuodd ddweud popeth wrtho i. A dyma fi, yn cael sgwrs gyda chi.'

Rhwbiodd Spiro ei ddwylo â'i gilydd. 'Fe wnaethost ti'r peth iawn, Twriwr. Bydd bonws i ti. Fe wnaf i'n siŵr o hynny.'

'Diolch, Mister Spiro. Coeliwch fi, roedd hi'n bleser.'

'Ydy'r bachgen Gwarth yna?'

'Wrth f'ochr, yma. Ychydig yn welw, ond dim gwaeth.'

'Rho fe ar y lein,' gorchmynnodd Spiro, a phob arwydd o iselder wedi diflannu.

'Spiro, fi sydd yma.' Roedd llais Artemis yn bell, ond roedd cryndod yn amlwg ynddo.

Gwasgodd Spiro'r aer fel pe bai yn gwasgu gwddf Artemis.

'Ddim mor sicr ohonot dy hun nawr fachgen? Fel roeddwn i'n ei ddweud wrthyt ti, does gen ti mo'r stumog ar gyfer y job yma. Fi, ar y llaw arall, os na fydda i'n cael beth rydw i eisiau, fe gaiff Mo dy roi allan o'r ffordd. Ydym ni'n deall ein gilydd?'

'Ydym, syr. Yn hollol glir.'

'Da fachgen,' meddai Spiro, wrth glampio sigâr Ciwba anferth rhwng ei ddannedd. Fe fyddai'n cael ei chnoi nes ei bod yn llipa, ond nid ei thanio. 'Nawr, siarada. Beth sydd rhaid i mi ei wneud i gael y Llygad i weithio?'

Roedd llais Artemis yn crynu hyd yn oed yn fwy nag o'r blaen. 'Dyw hi ddim mor syml â hynny, Mister Spiro.

Mae'r Llygad wedi ei ysgrifennu â chôd. Rhywbeth o'r enw Côd Tragwyddoldeb. Gallaf gael mynediad i rai darnau syml o bell: y ffôn, chwaraewr MP3 ac yn y blaen, ond i anablu'r côd yn gyfan gwbl, a datgloi potensial y Llygad, rhaid iddo fod o'm blaen i, yma. Petaech chi'n dod â'r Llygad yma . . .'

Poerodd Spiro'r sigâr o'i enau.

'Aros di'n union lle'r wyt ti, Gwarth. Pa mor dwp rwyt ti'n meddwl ydw i? Wyt ti'n meddwl y byddwn i'n dod â'r dechnoleg ddrudfawr yma yn ôl i Ewrop? Anghofia'r peth! Os wyt ti'n mynd i anablu'r llygad, rwyt ti'n mynd i wneud hynny yma. Yn Nodwydd Spiro!'

'Ond fy nheclynnau? Fy lab?'

'Mae gen i declynnau yma. A lab. Y gorau yn y byd. Fe wnei di'r peth yma.'

'Iawn. Beth bynnag fynnwch chi.'

'Dyna ni, fachgen. Beth bynnag fynnaf fi. Rydw i am i ti gychwyn yr awyren Lear yna dwi'n gwybod sydd gen ti, a dod drosodd i faes awyr O'Hare. Mi fydd gennyf hofrennydd yn aros amdanat ti yno.'

'Oes dewis gen i?'

'Dim o gwbl, fachgen. Ond os gwnei di hyn yn iawn, efallai y cei di fynd yn rhydd. Wnest ti ddeall hynna i gyd, Twriwr?'

'Yn hollol glir, Mister Spiro.'

'Da iawn. Rydw i'n dibynnu arnat ti i ddod â'r bachgen yma'n ddiogel.'

'Ystyriwch y job wedi'i gwneud.'

Aeth y llinell yn fud.

Chwarddodd Spiro.

'Rydw i'n meddwl y gwna i ddathlu,' meddai, gan bwyso'r botwm intercom. 'Marlene, anfona botyn o goffi i mewn, a dim sothach gyda phrin ddim caffein. Rydw i eisiau'r peth iawn.'

'Ond, Mister Spiro, dywedodd eich meddygon . . .'

Arhosodd Spiro nes bod yr ysgrifenyddes yn deall gyda phwy roedd hi'n dadlau.

'Mae'n ddrwg gen i, syr. Ar f'union.'

Ymestynnodd Spiro yn ôl yn ddwfn yn ei gadair, gan blethu'i fysedd yn dynn y tu ôl i'w ben.

'Wyt ti'n gweld, Brwnt. Mae hyn yn mynd i fod yn iawn, er gwaethaf dy lanast di. Mae'r bachgen yna'n union lle'r ydw i angen iddo fe fod.'

'Ydi shyr. Meishtrolgar iawn, shyr.'

Llyfodd Spiro ei wefusau, gan ddisgwyl ei goffi.

'I feddwl fod y bachgen yn athrylith, mae e'n hygoelus iawn. Os gwnei di hyn yn iawn, efallai y cei di fynd yn rhydd? Fe lowciodd y peth, a disgyn i'r trap heb gwestiwn! Dros ei ben a'i glustiau.'

Ceisiodd Brwnt wenu. Nid oedd hynny'n olygfa bert.

'Ie, Mishdy Shprio. Ei lowcio, heb gweshiwn! Drosh ei ben a'i glushiau.'

PLASTY GWARTH

Rhoddodd Artemis y ffôn i lawr, ei wyneb yn goch gan wefr y sgwrs.

'Beth rwyt ti'n ei feddwl?' meddai.

'Rydw i'n meddwl ei fod wedi disgyn i'r trap,' meddai Gwesyn

'Dros ei ben a'i glustiau,' meddai Mwrc. 'Mae gen ti awyren? Dwi'n cymryd fod cegin arni?'

Gyrrodd Gwesyn hwy i faes awyr Caerdydd yn y Bentley. Dyna fyddai ei gyfraniad olaf yn yr antur arbennig hon. Roedd Heulwen a Mwrc yn swatio yn y cefn, yn falch o'r gwydr tywyll.

Roedd y brawd a'r chwaer yn eistedd yn y blaen, yn gwisgo siwtiau Armani tebyg i'w gilydd. Roedd Gwen wedi ychwanegu tipyn bach o liw at ei dillad hi, gyda chrafat pinc a cholur llewyrch. Roedd tebygrwydd aelodau'r teulu'n glir: yr un trwyn main a'r un gwefusau llawn. Yr un llygaid, yn neidio fel peli roulette yn eu lle. Yn gwylio, yn gwylio o hyd.

'Fyddi di ddim angen gwn traddodiadol ar y trip hwn,' meddai Gwesyn. 'Defnyddia saethwr LEP. Does dim angen eu hail-lenwi, maen nhw'n saethu mewn llinell syth am byth, a ddim yn lladd. Rydw i wedi rhoi ambell un o blith fy nghasgliad i Heulwen.'

'Iawn, Dom.'

Aeth Gwesyn tuag at allanfa'r maes awyr.

'Dom. Does neb wedi 'ngalw fi'n hynny ers amser maith. Mae bod yn warchodwr yn llenwi dy fywyd di. Rwyt ti'n anghofio fod gen ti fywyd. Wyt ti'n siŵr mai dyna beth rwyt ti am ei wneud?'

Roedd Gwen yn troelli ei gwallt mewn plethiad tyn. Ar ben y blethen roedd modrwy addurniadol jâd. Addurniadol a pheryglus.

'Lle arall fyddwn i'n cael cyfle i lambastio pobl y tu allan i gêm ymaflyd codwm. Mae bod yn warchodwr yn gweddu i'r dim, am nawr.'

Gostyngodd Gwesyn ei lais. 'Siŵr iawn, mae bod yn warchodwr i Artemis yn erbyn y rheolau. Mae e'n gwybod dy enw cyntaf di'n barod, ac i fod yn onest, dwi'n amau ei fod e'n hoff ohonot ti.'

Trawodd Gwen ei modrwy jâd yn erbyn cledr ei law.

'Dros dro yw hyn. Dydw i ddim yn warchodwr i neb eto. Dyw Madame Ko ddim yn hapus gyda fy steil i.'

'A dyw hynny ddim yn fy synnu i,' meddai Gwesyn, gan bwyntio at y fodrwy jâd. 'O ble gest ti honna?'

Gwenodd Gwen. 'Fy syniad i. Syrpreis bach neis i unrhyw un sy'n tanbrisio merched.'

Safodd y cerbyd yn y man gollwng.

'Gwranda arna i, Gwen,' meddai, gan ddal llaw ei chwaer. 'Mae Spiro'n beryglus. Edrych beth ddigwyddodd i mi. Rydw i'n dweud hyn yn y ffordd fwyaf gwylaidd: fi oedd y gorau. Pe na bai'r ymgyrch yma mor hanfodol i ddynoliaeth ac i'r Tylwyth, fyddwn i byth yn gadael i ti fynd.'

Cyffyrddodd Gwen wyneb ei brawd.

'Mi wna i fy ngorau i fod yn ofalus.'

Camodd y ddau i'r palmant. Roedd Heulwen yn hofran, wedi ei tharianu, uwchben pennau teithwyr busnes a thwristiaid. Roedd Mwrc wedi rhoi haen arall o hufen haul arno, ac roedd yr arogl yn atgas i bawb oedd yn ddigon anlwcus i'w arogli.

Cyffyrddodd Gwesyn ysgwydd Artemis.

'Fyddi di'n iawn?'

Cododd Artemis ei ysgwyddau. 'Alla i wir ddim dweud. Hebot ti wrth f'ochr, rydw i'n teimlo fel bod rhan o 'nghorff fy hunan ar goll.'

'Fe wnaiff Gwen yn siŵr dy fod yn ddiogel. Mae ganddi steil anghyffredin, ond Gwesyn yw hi wedi'r cwbl.'

'Un ymgyrch yw hi, hen ffrind. Ar ôl hyn, fydd dim angen gwarchodwr.'

'Piti fod Heulwen ddim wedi medru mesmereiddio Spiro trwy'r Llygad.'

Ysgydwodd Artemis ei ben.

'Fyddai hynny byth wedi gweithio. Hyd yn oed pe baem wedi llwyddo i wneud cysylltiad. Mae tylwythen angen cyswllt llygad wrth lygad i fesmereiddio meddwl cryf fel un Spiro. Allaf i ddim cymryd siawns gyda'r dyn yma. Rhaid cael gwared ohono. Hyd yn oed os bydd y Tylwyth yn ei adleoli, fe all wneud drwg mawr.'

'Beth am dy gynllun?' gofynnodd Gwesyn. 'O'r hyn rwyt ti wedi ei ddweud, mae'n weddol gymhleth. Wyt ti'n siŵr y bydd e'n gweithio?'

Winciodd Artemis – ymddygiad ysgafn ar y naw, i Artemis.

'Rydw i'n siŵr,' meddai. 'Rhaid i ti fod â ffydd ynof fi. Rydw i'n athrylith.'

Gwen oedd peilot y Lear. Eisteddodd Heulwen yn sedd y cyd-beilot, gan edmygu'r caledwedd.

'Aderyn del,' meddai.

'Ddim yn ddrwg, ferch y tylwyth teg,' meddai Gwen, gan wasgu'r botwm hunanlywio. 'Dim byd i'w gymharu â pheiriant Tylwyth, dwi'n siŵr.'

'Dyw'r LEP ddim yn credu mewn moethusrwydd,' meddai Heulwen. 'Does prin digon o le mewn gwennol LEP i chwifio mwydyn drewllyd.'

'Petai rhywun wir eisiau chwifio mwydyn drewllyd.'

'Gwir.' Astudiodd Heulwen y peilot. 'Rwyt ti wedi tyfu tipyn mewn dwy flynedd. Dim ond merch fach oeddet ti pan welais i ti ddiwethaf.'

Gwenodd Gwen. 'Gall llawer ddigwydd mewn dwy flynedd. Rydw i wedi treulio llawer o'r amser yn ymladd dynion mawr blewog.'

'Dylet ti weld ymaflyd codwm y Tylwyth. Dau gorrach blonegog yn mynd am ei gilydd mewn siambr G sero. Ddim yn bert o gwbl. Mi anfona i ddisgen fideo atat ti.'

☿ ⊕ ▢ · ✧ ♋ ⚲ ⚲ · ♋ · ▷ ⑂ ♋ ⚭ ▷

'Na wnei.'

Cofiodd Heulwen am y glanhawyr cof.

'Rwyt ti'n iawn,' meddai. 'Na wnaf.'

Yn rhan teithwyr y jet Lear, roedd Mwrc yn hel atgofion am y dyddiau da.

'Hei, Artemis,' meddai, drwy lond ceg o gafiar. 'Cofio'r tro wnes i bron chwythu pen Gwesyn i ffwrdd gyda chwythiad nwy?'

Nid oedd Artemis yn gwenu. 'Rydw i'n cofio, Mwrc. Ti oedd y broblem mewn sefyllfa oedd bron yn berffaith.'

'I fod yn onest, damwain oedd hi. Roeddwn i'n nerfus, dyna'r cwbl. Doeddwn i ddim hyd yn oed wedi sylwi fod y dyn mawr yno.'

'Mae hynny'n gwneud i mi deimlo'n well. Wedi ein rhwystro gan broblem yn dy berfedd.'

'Ac wyt ti'n cofio'r tro y gwnes i achub dy benglog yn Labordai Coboi? Oni bai amdanaf fi, byddet ti wedi dy gloi yng Nghopa'r Udwr erbyn hyn. Fedri di ddim gwneud dim byd hebddo i?'

Yfodd Artemis ddŵr mwyn yn araf o wydr siampên.

'Mae'n ymddangos na alla i. Ond un dydd ar y tro yw hi yn fy achos i.'

Gwnaeth Heulwen ei ffordd i'r cefn.

'Mae'n well i ni wneud yn siŵr fod gen ti'r cit i gyd, Artemis. Rydym ni'n glanio mewn hanner awr.'

'Syniad da.'

Gwagiodd Heulwen ei bag ar y bwrdd oedd yn y canol.

'Ocê, beth sydd ei angen arnom am y tro? Y meic corn gwddf a chamera cannwyll-y-llygad.'

Dewisodd y capten LEP rywbeth oedd yn edrych fel rhwymyn stici wedi ei rolio'n grwn o'r bwndel oedd yno. Tynnodd yr haen ludiog i ffwrdd a gludo'r defnydd wrth wddf Artemis. Trodd yr un lliw â chroen Artemis ar ei union.

'Latecs â chof,' meddai Heulwen. 'Mae bron yn anweledig. Efallai y byddai morgrugyn yn cropian i fyny dy wddf yn sylwi ei fod yno, ond ar wahân i hynny . . . Mae'r deunydd hefyd yn wrth-belydr-X, felly ni all y meic mo'i ganfod. Fe wneith godi beth bynnag sy'n cael ei ddweud o fewn radiws o ddeg metr, ac fe fydda i'n ei recordio yn y sglodyn yn fy helmed. Yn anffodus, allwn ni ddim mentro defnyddio darn clust – mae'n rhy weladwy. Felly fe fyddwn ni'n medru dy glywed di ond fyddi di ddim yn ein clywed ni.'

Llyncodd Artemis – roedd y meic yn gwasgu'n dynn.

'A'r camera?'

'Dyma ni.'

Tynnodd Heulwen lens cyffwrdd o jar o hylif.

'Mae'r peth yma'n rhyfeddod. Mae gennym ni un safon uchel, safon ddigidol, llun y gellir ei recordio gyda sawl opsiwn ffilter, gan gynnwys chwyddiad a thermal.'

Roedd Mwrc yn sugno asgwrn cyw iâr nes ei fod yn sych.

'Rwyt ti wedi dechrau swnio fel Cwiff.'

Syllodd Artemis ar y lens.

'Rhyfeddod technolegol, efallai, ond mae e'n frown.'

'Siŵr iawn ei fod e'n frown. Dyna liw fy llygaid i.'

'Rydw i'n falch clywed hynny, Heulwen. Ond mae fy llygaid i'n las, fel rwyt ti'n gwybod yn iawn. Wneith y camera cannwyll-y-llygad hwn mo'r tro.'

'Paid ag edrych arna i fel'na, Fachgen y Mwd. Ti ydy'r athrylith.'

'Alla i ddim mynd i mewn gydag un llygad las ac un llygad brown. Mae Spiro'n siŵr o sylwi.'

'Wel, dylet ti fod wedi meddwl am hynny tra oeddet ti'n myfyrio. Mae hi braidd yn hwyr, nawr.'

Pinsiodd Artemis bont ei drwyn. 'Rwyt ti'n iawn, wrth gwrs. Fi ydy'r ymennydd mawr yma. Fy nghyfrifoldeb i ydy meddwl, nid ti.'

Syllodd Heulwen â llygaid croes amheus. 'Wyt ti'n fy sarhau i, Fachgen y Mwd?'

Poerodd Mwrc asgwrn y cyw iâr i'r bin gerllaw.

'Mae'n rhaid i mi ddweud, Arti, dyw llanast mor gynnar â hyn yn y cynllun ddim yn fy llenwi â hyder. Gobeithio dy fod mor glyfar ag rwyt ti'n ei ddweud.'

'Fydda i byth yn dweud wrth bobl *yn union* pa mor glyfar rydw i. Fe fyddai hynny'n ysgogi gormod o ofn. O'r gorau, bydd rhaid i ni fentro'r camera cannwyll-y-llygad brown. Gyda lwc, wneith Spiro ddim sylwi. Os gwneith e sylwi, fe wna i feddwl am ryw esgus.'

Gosododd Heulwen y camera ar flaen ei bys, a llithro'r lens dros lygad Artemis.

'Dy benderfyniad di ydy e, Artemis,' meddai. Dim ond gobeithio nad yw Spiro lawn cystal â thi.'

11 Y.P., MAES AWYR O'HARE, CHÍCAGO

Roedd Spiro yn aros amdanynt yn hangyr preifat O'Hare. Roedd yn gwisgo côt ffwr dros ei siwt wen arferol. Roedd golau lampau halogen yn taro'r tarmac, ac roedd y gwrthwynt o lafnau'r hofrennydd yn codi cynffonau ei gôt. Roedd y cyfan yn sinematig dros ben.

Yr unig beth sydd ei angen nawr yw cerddoriaeth yn y cefndir, meddyliodd Artemis wrth iddo ddod i lawr y grisiau symudol.

Yn unol â'r cyfarwyddiadau, roedd Mwrc yn chwarae rhan y gangster.

'Symud, fachgen,' brathodd, gan argyhoeddi'n llwyr. 'Dydw i ddim am gadw Mister Spiro yn aros.'

Roedd Artemis ar fin ymateb pan gofiodd mai fe oedd y 'bachgen ofnus'. Nid oedd hynny'n mynd i fod yn hawdd. Nid oedd bod yn ddiymhongar yn rhan o gymeriad Artemis Gwarth.

'Symud, ddwedais i!' meddai'r corrach eto, ac ategwyd y gorchymyn gan bwniad.

Baglodd Artemis yr ychydig gamau olaf, nes disgyn

bron ar Arno Brwnt oedd yn sefyll yno'n gwenu fel giât. Ac nid gwên arferol oedd hon. Roedd dannedd Brwnt wedi eu cyfnewid am set borslen wedi ei llunio'n arbennig ar ei gyfer ef. Ac roedd blaen pob un wedi ei awchu'n bwynt pigog. Roedd y gwarchodwr yn edrych fel hybrid siarc dynol.

Sylwodd Brwnt ar sylliad Artemis.

'Rwyt ti'n eu hoffi nhw, e? Mae gen i setiau eraill hefyd. Mae un yn wastad i gyd. Ar gyfer gwasgu pethau.'

Roedd gwên goeglyd yn codi ar wyneb Artemis cyn iddo gofio ei rôl, a chyfnewid ei wên am gryndod gwefus. Roedd yn seilio ei berfformiad ar yr effaith roedd Gwesyn fel arfer yn ei chael ar bobl.

Nid oedd hynny'n creu argraff ar Spiro.

'Actio da iawn, boi. Ond dwi'n amau'n fawr a yw'r Artemis Gwarth gwych yn dadfeilio mor hawdd. Arno, chwilia'r awyren.'

Cytunodd Brwnt yn swta, a chamu i mewn i'r jet preifat. Roedd Gwen yn gwisgo iwnifform hedfan ac yn sythu gorchuddion y seddi. Er ei holl allu athletig, roedd hi'n ei chael hi'n anodd peidio â baglu yn ei hesgidiau sodlau uchel.

'Lle mae'r peilot?' chwyrnodd Brwnt, yn union fel y byddech chi'n disgwyl i rywun ag enw fel yna ei wneud.

'Mistar Artemis sy'n hedfan yr awyren,' atebodd Gwen. 'Mae e wedi bod yn hedfan ers ei fod yn un ar ddeg oed.'

'O, wir? Ydi hynny'n gyfreithlon?'

Edrychodd Gwen mor ddiniwed â phosibl. 'Dwn i ddim am fod yn gyfreithlon, Mister. Dim ond gweini diodydd fydda i.'

Chwyrnodd Brwnt eto, mor swynol ag erioed, ac edrych o'i gwmpas. Yn y diwedd, penderfynodd dderbyn y ferch ar ei gair. A lwcus iddo fe wneud hynny, oherwydd byddai dau beth wedi digwydd petai wedi penderfynu dadlau. Yn gyntaf, fe fyddai Gwen wedi ei daro â'i modrwy jâd. Ac yn ail, fe fyddai Heulwen, oedd yn gorwedd wedi ei tharianu mewn locer uwchben, wedi ei chwythu'n ddiymadferth gyda'i Neutrino 2000. Wrth gwrs, fe fyddai Heulwen wedi medru mesmereiddio'r gwarchodwr, heb ddim trafferth o gwbl, ond wedi'r hyn wnaeth e i Gwesyn, mwy addas fyddai ei daro'n ddiymadferth.

Edrychodd Brwnt allan.

'Neb yno ond gweinyddes dwp.'

Nid oedd Spiro wedi ei synnu.

'Doeddwn i ddim yn meddwl y byddai neb yno. Ond maen nhw yma, yn rhywle. Coelia fi neu beidio, Twriwr, chafodd Artemis Gwarth mo'i dwyllo gan lembo fel ti. Mae e yma am ei fod eisiau bod yma.'

Chafodd Artemis mo'i synnu pan glywodd hyn. Roedd hi'n naturiol bod Spiro yn ei amau.

'Does gen i ddim syniad beth rydych chi'n ei feddwl,' meddai. 'Rydw i yma gan fod y dyn bach atgas yma wedi bygwth brathu a chwalu fy mhenglog i. Pam fyddwn i wedi cytuno i ddod? Mae Llygad y Dydd yn ddiwerth i chi, ac fe allwn i wneud un arall yn hawdd.'

Nid oedd Spiro hyd yn oed yn gwrando.

'Ie, ie, beth bynnag rwyt ti'n ei ddweud, fachgen. Ond gad i mi ddweud rhywbeth wrthyt ti. Roedd dy lygad di'n fwy na dy fol di, pan gytunaist ti i ddod yma. Mae gan Nodwydd Spiro'r system ddiogelwch orau ar y blaned. Mae stwff gyda ni nad oes gan y fyddin, hyd yn oed. Unwaith y bydd y drysau yna'n cau y tu ôl i ti, byddi di ar dy ben dy hunan. Ddaw neb i dy achub di. Neb. Wyt ti'n deall?'

Cytunodd Artemis. Roedd e'n deall Spiro. Ond nid oedd hynny'n golygu ei fod yn cytuno ag ef. Efallai'n wir fod gan Spiro *stwff* nad oedd gan y fyddin, ond roedd gan Artemis Gwarth *stwff* nad oedd dynion y ddaear erioed wedi ei weld.

Aeth hofrennydd busnes Sikorsky â nhw i'r ddinas, ac i Nodwydd Spiro. Glaniodd ar y maes hofrenyddion ar do'r nendwr. Roedd Artemis yn gyfarwydd â rheolaeth hofrennydd, ac yn deall i'r dim pa mor anodd oedd glanio yng nghanol gwynt y Ddinas Wyntog.

'Mae'n rhaid bod cyflymder y gwynt yn frawychus mor uchel a hyn,' meddai'n hamddenol. Gallai Heulwen recordio'r wybodaeth ar ei sglodyn helmed.

'Rwyt ti'n dweud wrtha i,' gwaeddodd y peilot dros sŵn aruthrol y llafnau. 'Mae hi'n medru bod dros chwe deg milltir yr awr ar ben y Nodwydd. Ac mae'r helipad yn medru siglo hyd at ddeng metr mewn tywydd drwg.'

Griddfanodd Spiro, gan amneidio at Brwnt. Pwysodd Arno ymlaen a tharo'r helmed oedd ar ben y peilot.

'Cau dy geg, y ffŵl!' brathodd Spiro. 'Pam na wnei di roi glasbrint yr adeilad iddo tra dy fod ti wrthi?' Trodd at Artemis. 'A rhag ofn dy fod yn meddwl, Arti, does dim glasbrintiau ar gael. Bydd unrhyw un sy'n mynd i chwilio yn Neuadd y Ddinas yn gweld fod y ffeil honno, fel mae'n digwydd, wedi diflannu. Gen i mae'r unig set sy'n bod, felly paid â ffwdanu anfon un o'th gyfeillion i chwilio'r we.'

Dim syndod yn hynny. Roedd Artemis eisoes wedi bod yn chwilio, er nad oedd e wir wedi disgwyl i Spiro fod mor ddiofal â hynny.

Dringodd pawb i lawr o'r Sikorsky. Cymerodd Artemis ofal i bwyntio'r camera cannwyll-y-llygad at unrhyw nodwedd ddiogelwch allai fod yn ddefnyddiol yn ddiweddarach. Roedd Gwesyn wedi dweud wrtho sawl gwaith fod manylion a ymddangosai'n ddibwys, fel y nifer o gamau mewn grisiau, yn medru bod yn hanfodol wrth gynllunio ymgyrch.

Aeth lifft â hwy i lawr o'r maes hofrennydd at ddrws a chôd arno. Roedd camerâu cylch-cyfyng wedi eu gosod yn strategol i orchuddio'r to i gyd. Aeth Spiro yn ei flaen at y pad côd. Teimlodd Artemis losg bychan yn ei lygad ac yn sydyn, chwyddodd ei olwg bedair gwaith. Er gwaethaf y cysgod a'r pellter, gallai weld y côd mynediad yn hawdd.

'Gobeithio'ch bod chi wedi cael hynna,' mwmialodd, gan deimlo'r meic yn crynu ar ei wddf.

Plygodd Arno Brwnt i'w bengliniau, fel bod ei ddannedd anhygoel gentimetr yn unig o drwyn Artemis.

'Wyt ti'n siarad â rhywun?'

'Fi?' meddai Artemis. 'Gyda phwy fyddwn i'n siarad? Rydym ni wyth deg llawr i fyny, rhag ofn dy fod heb sylwi.'

Cydiodd Brwnt yn y bachgen gerfydd ei lapel, a'i godi'n glir o'r tarmac.

'Efallai dy fod di'n gwisgo weiren. Efallai fod rhywun yn gwrando arnom ni, nawr.'

'Sut allwn i fod yn gwisgo weiren, y llabwst mawr? Wnaeth eich dyn bach caled chi ddim fy ngadael allan o'i olwg drwy gydol y daith. Ddim hyd yn oed i fynd i'r tŷ bach.'

Cliriodd Spiro ei wddf, yn swnllyd.

'Hei Mister Rhaid-i-Mi-Wneud-fy-Mhwynt, os ydy'r bachgen yna'n llithro dros ochr yr adeilad, waeth i ti dy daflu dy hunan drosodd hefyd. Mae e'n werth mwy i mi na byddin o warchodwyr.'

Rhoddodd Brwnt Artemis i lawr.

'Fyddi di ddim yn werthfawr am byth, Gwarth,' sibrydodd yn fygythiol. 'A phan fydd dy stoc di'n disgyn, mi fydda i'n disgwyl.'

Aethant mewn lifft drych nes cyrraedd llawr wyth deg pump, lle'r oedd yr Athro Pearson yn disgwyl amdanynt, gyda dau ofalwr cyhyrog arall. Fe allai Artemis ddweud, o'r olwg yn eu llygaid, nad llawfeddygon ymennydd mohonynt. Mewn gwirionedd, roeddynt yn debycach i gŵn Rottweiler â dwy goes. Roedd hi'n gyfleus, mae'n debyg, eu cael nhw o gwmpas y lle, i dorri pethau a pheidio â gofyn cwestiynau.

Galwodd Spiro un ohonynt draw.

'Pecs, wyt ti'n gwybod faint mae'r teulu Antonelli'n ei godi os wyt ti'n colli eu staff?'

Roedd rhaid i Pecs ystyried am funud. Symudodd ei wefus wrth iddo feddwl.

'Ydw, ie, aros funud. Ugain mil am ddyn metel a phymtheg mil am fwnci.'

'Yn farw, ie?'

'Marw neu wedi ei ananan . . . analluogi . . . wedi ei dorri.'

'Ocê,' meddai Spiro. 'Rydw i am i ti a Chips fynd at Carla Frazetti a dweud wrthi fod arna i dri deg-pum mil iddi am y tîm. Mi wna i ei anfon e draw i'w chyfrif Cayman hi yn y bore.'

Roedd Mwrc yn chwilfrydig, ac yn bryderus, a dweud y lleiaf.

'Esgusodwch fi? Tri deg pum mil? Ond rydw i'n dal yn fyw. Dim ond ugain mil sydd arnoch chi iddi am Loafers, os nad ydy'r pymtheg mil arall yn fonws i mi?'

Ochneidiodd Spiro fel petai bron iawn yn wirioneddol edifeiriol.

'Dyma sut mae pethau'n mynd, Mo,' meddai, gan bwnio Mwrc yn chwareus yn ei ysgwydd. 'Mae'r ddêl yma'n anferth. Mamoth. Rydym ni'n sôn am rifau ffôn. Alla i ddim fforddio gadael pethau'n flêr. Efallai dy fod di'n gwybod rhywbeth, efallai nad wyt ti. Ond alla i ddim mentro gadael i ti fynd, rhag ofn i ti roi tip i Phonetix neu un o'm cystadleuwyr eraill. Rydw i'n siŵr dy fod yn deall.'

Estynnodd Mwrc ei wefus gan ddangos ei res o ddannedd cerrig beddau.

'Rydw i'n deall yn iawn, Spiro. Rydych chi'n sarff. Rydych chi'n fradwr. Ydych chi'n gwybod fod y bachgen wedi cynnig dwy fil i mi am ei ryddhau?'

'Dylet ti fod wedi cymryd ei arian e,' meddai Arno Brwnt, gan wthio Mwrc i freichiau anferth Pecs.

Cerddodd y corrach yn ei flaen gan siarad, hyd yn oed wrth iddo gael ei lusgo ar hyd y coridor.

'Mae'n well i ti fy nghladdu i'n ddwfn, Spiro. Mae'n well i ti fy nghladdu i'n ddwfn.'

Trodd llygaid Spiro'n ddau hollt tenau.

'Fe glywsoch chi'r dyn, bois. Cyn i chi fynd i le Frazetti, claddwch e'n ddwfn.'

Arweiniodd yr Athro Pearson y grŵp i mewn i'r ystafell gromgell. Roedd yn rhaid iddynt fynd trwy'r rhagsiambr yn gyntaf, cyn cyrraedd y prif fan diogelwch.

'Aros ar y pad sganio os gweli di'n dda,' meddai Pearson. 'Dydyn ni ddim eisiau unrhyw byg yma. Yn enwedig rhai o'r math electronig.'

Safodd Artemis ar y mat. Suddodd fel sbwng o dan ei draed, gan chwythu jetiau o ewyn dros ei esgidiau.

'Ewyn di-haint,' esboniodd Pearson. 'Yn lladd unrhyw firws allet ti fod wedi ei godi. Rydym ni'n cadw arbrofion technoleg bio yn y gromgell ar hyn o bryd. Agored iawn i ddal afiechyd. Ac mae gan yr ewyn fantais ychwanegol: saethu dyfeisiadau gwyliadwriaeth i mewn i esgidiau.'

Uwchben, roedd sganiwr yn gorchuddio Artemis mewn golau piws.

'Un o'm dyfeisiau fy hun,' meddai Pearson. 'Sganiwr cyfunol. Rydw i wedi cyfuno thermal, pelydr-X, a phelydrau canfod-metel. Mae'r peiriant yn rhannu dy gorff yn wahanol ddarnau ac yn eu dangos ar y sgrin, yma.'

Gwelodd Artemis replica 3D o'i gorff yn cael ei amlinellu ar y sgrin plasma bychan. Daliodd ei anadl, gan obeithio fod technoleg Cwiff mor glyfar ag roedd e'n credu.

Ar y sgrin, curodd golau coch ar siaced Artemis.

'Aha,' meddai'r Athro Pearson, gan blycio botwm i ffwrdd. 'Beth sydd gennym ni yma?' Holltodd y botwm gan ddatguddio sglodyn bychan, meic a tharddiad pŵer.

'Clyfar iawn. Byg-micro. Roedd ein ffrind bach yn ceisio ysbïo arnom, Mister Spiro.'

Nid oedd Jon Spiro'n flin. I fod yn onest, roedd e wrth ei fodd ei fod yn cael cyfle i'w ganmol ei hun.'

'Weli di, fachgen. Efallai wir dy fod di'n rhyw fath o athrylith, ond gwyliadwriaeth ac ysbïo yw fy musnes i. Does dim yn llithro heibio heb i mi ei weld. A chyn gynted ag y byddi di'n sylweddoli hynny, y cyflymaf y gallwn ni orffen y busnes hwn.'

Camodd Artemis oddi ar y pad. Roedd yr abwyd wedi gweithio, ac nid oedd y gwir fygs wedi achosi unrhyw fath o blip yn y system. Roedd Pearson yn smart, ond roedd Cwiff yn smartiach.

Gwnaeth Artemis yn siŵr ei fod yn edrych yn fanwl o gwmpas y rhagsiambr. Roedd mwy i'w weld yma. Pob centimetr o'r arwyneb metel â dyfais ddiogelwch neu wyliadwriaeth. O'r hyn y gallai Artemis ei weld, fe fyddai morgrugyn anweledig yn ei chael yn anodd dod i mewn yn ddirgel. Heb sôn am ddau ddyn, ellyllen a chorrach – gan gymryd fod y corrach yn mynd i fyw i weld golau dydd ar ôl bod yng ngafael Pecs a Chips.

Roedd drws y gromgell ei hunan yn creu argraff. Roedd y rhan fwyaf o gromgelloedd busnes yn creu argraff, digon o gromiwm a phadiau côd, ond dim ond creu argraff ar gyfranddalwyr a wnâi hynny. Yng nghromgell Spiro, nid oedd yr un peth allan o'i le. Sylweddolodd Artemis ar glo cyfrifiadurol o'r math mwyaf diweddar ar wyneb y drysau titaniwm. Gwasgodd Spiro res o rifau cymhleth eraill ac agorodd y drysau metr o drwch gan ddatgelu rhwystr arall. Yr ail ddrws.

'Dychmyga dy fod yn lleidr,' meddai Spiro, fel actor yn cyflwyno drama, 'a rhywsut neu'i gilydd, rwyt ti'n llwyddo i ddod i mewn i'r adeilad, heibio'r llygaid electronig a'r drysau clo. Yna dychmyga dy fod rywsut yn twyllo'r laserau, y pad synhwyro a chôd y drws, ac yn agor drws cyntaf y gromgell — camp amhosib gyda llaw. Ac wrth i ni ddychmygu hyn i gyd, gad i ni gogio dy fod ti'n analluogi'r hanner dwsin o gamerâu, a hyd yn oed wedyn, ar ôl hynny i gyd, fyddet ti'n medru gwneud hyn?'

Safodd Spiro ar blât bach coch ar y llawr o flaen y drws. Gosododd fawd ar sganiwr print gel, dal ei lygad chwith yn agored ac ynganu'n glir.

'Jon Spiro. Fi yw'r bos felly agorwch ar eich union.'

Digwyddodd pedwar peth. Daeth sganiwr cannwyll llygad i ffilmio ei lygad chwith a bwydo'r ddelwedd i mewn i'r cyfrifiadur. Sganiodd plât brint o'i fawd de ac archwiliodd dadansoddwr llais, acen, ansawdd a thôn ei lais. Unwaith yr oedd y cyfrifiadur wedi gwirio'r holl wybodaeth, cafodd pob un larwm ei anactifadu a llithrodd yr ail ddrws yn agored gan ddangos cromgell foethus.

Yn y canol yn union, mewn colofn ddur bwrpasol, roedd Llygad y Dydd. Roedd mewn cas persbecs, a chwe chamera o leiaf yn anelu ato. Roedd dau ddyn anferth yn sefyll gefn wrth gefn, gan greu barier dynol o flaen technoleg y Tylwyth.

Allai Spiro ddim ei atal ei hun rhag gwawdio. 'Yn wahanol i ti,' meddai, 'rydw i'n edrych ar ôl fy nhechnoleg. Dyma'r unig gromgell o'i bath yn y byd.'

'Gwyliadwriaeth fyw mewn ystafell aerdyn. Diddorol.'

'Mae'r dynion hyn wedi'u hyfforddi'n drwyadl. Mae'r gwylwyr yn cael eu newid ar yr awr, bob awr, ac mae pob un ohonynt yn cario silindrau ocsigen i'w cynnal. Beth roeddet ti'n ei feddwl? 'Mod i'n mynd i roi agorfeydd aer mewn cell?'

Gwgodd Artemis. 'Does dim angen brolio, Spiro. Rydw i yma; rydych chi wedi ennill. Felly, gawn ni fynd ati?'

Gwasgodd Spiro res arall o rifau ar y pad côd yn y golofn a gwahanodd y paenau persbecs. Cymerodd y Llygad o'i nyth ewyn.

'Gorwneud pethau, ydych chi ddim yn meddwl?' meddai Artemis. 'Does dim eisiau hyn i gyd.'

'Wyddost ti byth. Fe allai dyn busnes anonest geisio cipio'r wobr.'

Mentrodd Artemis ychydig o wawd gofalus.

'Wir, Spiro. Oeddech chi'n meddwl y byddwn i'n ceisio torri i mewn? Efallai eich bod wedi meddwl y byddwn i'n hedfan i mewn gyda fy ffrindiau, y tylwyth teg, a defnyddio hud i wneud i'ch bocs ddiflannu.'

Chwarddodd Spiro. 'Croeso i ti ddod â chymaint o dy ffrindiau tylwyth teg ag yr hoffet ti, Arti bach. Oni bai dy fod yn medru gwneud gwyrthiau, mae'r Llygad yn aros yn union lle mae e.'

Dinesydd Americanaidd oedd Gwen, er bod ei brawd wedi ei eni ar ochr arall y byd. Roedd hi'n falch o fod yn ôl yn ei gwlad ei hunan. Roedd anghytgord traffig Chicago a chorws parhaol lleisiau aml-ddiwylliant yn gwneud iddi deimlo'n gartrefol. Roedd hi wrth ei bodd yng nghanol y nendyrau a'r awyrellau stêm a gwawdio hoffus y gwerthwyr stryd. Petai hi byth yn cael y cyfle i setlo, America fyddai ei dewis. Ond ar yr arfordir gorllewinol, lle byddai digon o haul.

Roedd Gwen a Heulwen yn amgylchynu Nodwydd Spiro mewn fan a chanddi ffenestri du. Roedd Heulwen yn eistedd yn y cefn, yn gwylio'r fideo byw o gamera cannwyll-y-llygad Artemis ar ei fisor helmed.

Unwaith, pwniodd yr aer yn fuddugoliaethus.

Stopiodd Gwen wrth olau coch. 'Sut mae pethau'n mynd?'

'Ddim yn rhy ddrwg,' meddai'r dylwythen, gan godi'r fisor. 'Maen nhw'n mynd â Mwrc i'w gladdu.'

'Cŵl. Yn union fel roedd Artemis wedi dweud y bydden nhw.'

'Ac mae Spiro newydd wahodd holl ffrindiau Artemis o blith y Tylwyth i'r adeilad.'

Roedd hyn yn ddatblygiad pwysig. Roedd y Llyfr yn gwahardd y Tylwyth rhag mynd i mewn i adeilad dynol heb gael gwahoddiad. Nawr, roedd Heulwen yn rhydd i dorri i mewn ac achosi hafoc heb amharchu athrawiaeth y Tylwyth.

'Gwych,' meddai Gwen. 'Rydym ni ar ein ffordd. Mi ga i roi clep ymaflyd codwm i'r dyn saethodd fy mrawd.'

'Ddim mor gyflym. Mae'r system wyliadwriaeth mwyaf soffistigedig welais i erioed gan Ddynion y Mwd yn yr adeilad hwn. Mae gan Spiro ambell dric na welais i erioed o'r blaen.'

O'r diwedd, cafodd Gwen hyd i le parcio'r ochr arall i brif ddrysau'r Nodwydd.

'Dim problem i'r dyn bach ceffylog, siawns.'

'Na, ond dyw Cwiff ddim i fod i roi cymorth.'

Cyfeiriodd Gwen ei hysbienddrych at y drws. 'Rydw i'n gwybod, ond mae hynny'n dibynnu'n llwyr ar sut rwyt ti'n gofyn. Dyn smart fel Cwiff – yr hyn sydd ei angen arno yw sialens.'

Daeth tri dyn allan o'r Nodwydd. Dau ddyn mawr mewn du ac un llai, nerfus yr olwg. Roedd traed Mwrc yn troedio aer mor gyflym nes ei fod yn edrych fel petai'n gwneud dawns y glocsen. Nid fod ganddo unrhyw obaith dianc. Roedd wedi'i ddal yng nghrafangau Pecs a Chips yn dynnach na dau fochyn daear yn ymladd am asgwrn.

'Dyma Mwrc nawr. Mae'n well i ni roi cymorth iddo, rhag ofn.'

Gwisgodd Heulwen ei harnais mecanyddol, gan ledaenu ei hadenydd gydag un cyffyrddiad botwm.

'Mi wna i eu dilyn nhw, drwy hedfan. Cadw di lygad ar Artemis.'

Trefnodd Gwen gyswllt fideo o gyfrifiadur llaw un o'r

helmedau sbâr. Daeth y cyfan a welai Artemis yn fyw ar y sgrin.

'Wyt ti wir yn meddwl fod angen help ar Mwrc?' gofynnodd hi.

Sïodd Heulwen allan o'i golwg. 'Help? Mynd i wneud yn siŵr na fydd yn anafu'r ddau Ddyn y Mwd arall rydw i.'

Yn y gromgell, roedd Spiro wedi rhoi'r gorau i chwarae rôl y gwesteiwr hynaws.

'Beth am ddweud stori fach wrthyt ti, Arti,' meddai, gan roi mwythau i Lygad y Dydd yn hoffus. 'Roedd bachgen bach o Gymru yn meddwl ei fod e'n barod ar gyfer y byd mawr. Felly aeth e ati i chwarae gyda dyn busnes profiadol.'

Peidiwch â'm galw i'n Arti, meddyliodd Artemis. Fy nhad sy'n fy ngalw i'n Arti.

'Nid oedd y dyn busnes hwn yn gwerthfawrogi bod y bachgen yn ceisio chwarae'r gêm, ac felly fe ddechreuodd yntau daro 'nôl, ac fe gafodd y bachgen hwn ei lusgo, yn cicio ac yn sgrechian, i mewn i'r byd mawr. Felly, nawr mae'n rhaid i'r bachgen bach wneud dewis: Ydy e'n dweud wrth y dyn busnes beth mae e am ei wybod, neu ydy e'n ei roi ei hunan a'i deulu mewn peryg? Wel, Arti, pa un fydd hi?'

Roedd Spiro yn gwneud camgymeriad difrifol drwy chwarae ag Artemis Gwarth. Fedrai oedolion ddim dirnad bod y bachgen tair ar ddeg oed, y llipryn llwyd hwn, wir yn medru bod yn fygythiad. Roedd Artemis wedi ceisio manteisio ar hyn drwy wisgo dillad pob dydd yn hytrach na'r siwt ddrud fyddai e'n ei ffafrio fel arfer. Hefyd, pan oedd ar y jet, roedd wedi bod yn ymarfer gwneud wep diniwed, gan ryfeddu at y byd a'i bethau. Ond nid oedd cogio agor eich llygaid yn syniad doeth pan oedd lliw'r ddwy yn wahanol.

Rhoddodd Brwnt broc i Artemis rhwng ei ysgwyddau.

'Gofynnodd Mister Spiro gwestiwn.' Roedd ei ddannedd newydd yn clicio wrth iddo siarad.

'Wel dw i yma, on'd ydw i?' atebodd Artemis. 'Mi wna i beth bynnag rydych chi eisiau.'

Gosododd Spiro'r Llygad ar ford hir ddur oedd yn ymestyn ar hyd canol y gromgell.

'Beth rydw i'n dymuno, ydy dy fod ti'n actifadu'r Côd Tragwyddoldeb, ac yn gwneud i'r Llygad yma weithio, eto, y munud yma.'

Fe fyddai Artemis wedi hoffi medru chwysu, er mwyn gwneud i'w bryder edrych yn ddilys.

'Y munud yma? Ond dydy'r peth ddim mor syml â hynny.'

Cydiodd Spiro yn Artemis gerfydd ei ysgwyddau, a syllu'n ddwfn i'w lygaid.

'A pham fod hynny ddim mor syml? Pwnia'r côd i mewn ac i ffwrdd â ni.'

Anelodd Artemis ei olwg, a'i lygaid o ddau liw gwahanol, at y llawr.

'Does dim un gair syml i'r côd. Mae Côd

Tragwyddoldeb wedi ei adeiladu fel na ellir ei wrthdroi. Rhaid i mi adeiladu iaith hollol newydd. Gall gymryd dyddiau.'

'Does gen ti ddim nodiadau?'

'Oes. Ar ddisg. Yng Nghymru. Wnaeth eich mwnci ddim gadael i mi ddod â dim byd gyda fi rhag ofn fod trap ynddo.'

'Allwn ni ddim mynd i mewn i dy galedwedd trwy'r we?'

'Gallwch. Ond fydda i byth yn cadw fy nodiadau ar ddim byd ond disgen. Gallwn hedfan yn ôl i Gymru. Deunaw awr, yno ac yn ôl.'

Nid oedd Spiro'n fodlon ystyried hynny hyd yn oed. 'Anghofia'r peth. Cyn belled â dy fod ti yma gyda fi, fi sydd yn rheoli'r sefyllfa. Pwy a ŵyr pa fath o dderbyniad sy'n aros amdanaf i yng Nghymru? Fe wnawn ni'r peth yma. Waeth pa mor hir fyddwn ni.'

Ochneidiodd Artemis. 'O'r gorau.'

Rhoddodd Spiro'r Llygad yn ôl yn y cas persbecs.

'Gwna di'n siŵr dy fod yn cael noson dda o gwsg, fachgen. Yfory, mi fyddi di'n pilio'r gismo yma'n agored fel nionyn. Ac os na wnei di, fe fydd ffawd Mo Twriwr yn dy aros dithau hefyd.'

Nid oedd Artemis yn poeni gormod am y bygythiad hwnnw. Doedd e ddim yn credu fod Mwrc mewn unrhyw beryg. Mewn gwirionedd, os oedd unrhyw un mewn peryg, y ddau ddyn mawr yna, Pecs a Chips oeddynt.

Pennod 9: YSBRYDION YN Y PEIRIANT

SAFLE GWAG, YSTAD DDIWYDIANNOL MALTHOUSE, DE CHICAGO

 Nid oherwydd eu gallu i ddadlau roedd Pecs a Chips wedi eu cyflogi gan Jon Spiro. Yn y cyfweliad am y swydd, dim ond un dasg oedd wedi ei gosod. Roedd can ymgeisydd wedi derbyn cneuen Ffrengig a chyfarwyddyd i'w chwalu, mewn unrhyw fodd posib. Dim ond dau lwyddodd. Pecs, drwy weiddi ar y gneuen am funud neu ddau, cyn ei chwalu rhwng dwy gledr llaw. A Chips, yn dewis dull mwy anghyffredin. Rhoddodd y gneuen ar y ford, cipio'r dyn oedd yn cynnal y cyfweliadau a defnyddio ei dalcen ef i chwalu'r gneuen. Cafodd y ddau eu cyflogi yn y fan a'r lle. Cyn pen dim, roedd y ddau wedi gwneud enw iddynt eu hunain fel llaw dde a llaw chwith

Arno Brwnt pan oedd angen rhoi trefn ar y tŷ. Nid oedd eu gollwng allan o Chicago yn ddoeth gan y gallai hynny olygu gorfod defnyddio sgiliau darllen map – rhywbeth nad oedd yn dod yn hawdd i Pecs a Chips.

Y foment honno, roedd Pecs a Chips yn dod i adnabod ei gilydd yn well o dan leuad llawn tra oedd Mwrc yn tyllu twll maint corrach yn y clai sych y tu ôl i ffatri sment wag.

'Wyt ti eisiau dyfalu pam eu bod nhw'n fy ngalw i'n Pecs?' gofynnodd Pecs, gan ysgwyd cyhyrau ei frest fel rhyw awgrym i'w ffrind.

'Agorodd Chips becyn creision o'r math roedd e byth a hefyd yn eu bwyta.

'Wn i ddim. Falle ei fod e'n rhan o enw hirach?'

'Fel beth?'

'Wn i ddim,' meddai Chips. Roedd e'n defnyddio'r geiriau hynny'n aml. 'Francis?'

Roedd hyn yn swnio'n ddwl, hyd yn oed i Pecs. 'Francis? Sut all Pecs fod yn air cwta o Francis?'

Cododd Chips ei ysgwyddau. 'Hei. Roedd gen i Ewythr Robert ac roedd pawb yn ei alw'n Bobi. Does dim sens yn hynny chwaith.'

Rholiodd Pecs ei lygaid. 'Pec-tor-als, yw e, idiot! Pecs yn gwta am Pectorals, achos fy nghyhyrau anferth i.'

Yn y twll, griddfanodd Mwrc. Roedd gwrando ar y malu awyr hwn bron yn waeth na gorfod tyllu â rhaw. Bron iddo gael ei demtio i anghofio'r cynllun a neidio i mewn i'r pridd. Ond nid oedd Artemis eisiau dangos gallu hud y Tylwyth, mor gynnar yn y cynllun. Petai ef yn neidio i mewn, a'r ddau lembo yn dianc heb gael eu mesmereiddio, fe fyddai paranoia Spiro y tu hwnt i bob rheolaeth.

Yn ôl ar yr arwyneb, roedd Chips yn awyddus i barhau'r gêm.

'Pam 'mod i'n cael fy ngalw'n Chips 'te?' meddai, gan guddio'r bag creision y tu ôl i'w gefn.

Rhwbiodd Pecs ei dalcen. Roedd e'n gwybod hyn.

'Paid â dweud wrtho i,' meddai. 'Mi wna i ei weithio fe allan.'

Edrychodd Mwrc allan o'r twll. 'Am ei fod e'n bwyta'r pethau, y ffŵl. Chips yn bwyta Chips, fel rydych chi'r Americanwyr yn galw creision. Chi'ch dau yw'r Dynion y Mwd mwyaf twp welais i erioed. Pam na wnewch chi ddim fy lladd i? O leiaf wedyn, fydd dim rhaid i mi wrando ar yr holl sothach.'

Roedd Pecs a Chips wedi eu synnu. Gyda'r holl ymarfer meddyliol, roeddynt bron wedi anghofio am y dyn bach oedd yn tyllu yn y twll. Ac ar wahân i hynny, doeddynt ddim yn gyfarwydd â chlywed carcharorion yn dweud dim byd ond, 'O na, plîs, o Dduw, na.'

Pwysodd Pecs dros ochr y bedd. 'Beth rwyt ti'n ei feddwl, *sothach?*'

'Yr holl beth *Pecs a Chips* 'na.'

Ysgydwodd Pecs ei ben. 'Na, beth yw ystyr *sothach,* dyna dw i am wybod. Chlywais i erioed . . .'

Roedd Mwrc wrth ei fodd yn cael esbonio. 'Mae'n

golygu, rwtsh, sbwriel, nonsens, lol. Ydy hynny'n ddigon clir i ti?'

Roedd Chips yn adnabod yr un olaf. 'Lol? Hei, mae hynny'n gas! Wyt ti'n ceisio bod yn gas, ddyn bach, wyt ti'n fy sarhau i?'

Daliodd Mwrc ei ddwylo fel dyn yn cymryd arno ei fod yn gweddïo. 'O'r diwedd, rydw i wedi torri trwodd.'

Nid oedd y dynion cyhyrog yn siŵr sut i ymateb i sarhad. Dim ond dau berson ar wyneb daear oedd yn eu sarhau'n rheolaidd: Arno Brwnt a Jon Spiro. Ond roedd hynny'n rhan o'r swydd-ddisgrifiad – troi'r gerddoriaeth yn uwch yn eich pen ac anwybyddu'r hyn oedd yn cael ei wneud. Dyna'r cyfan roedd yn rhaid ei wneud.

'Oes rhaid i ni wrando ar ei siarad clyfar?' gofynnodd Pecs i'w bartner.

'Dwi ddim yn credu. Efallai y dylwn i ffonio Mister Brwnt.'

Griddfanodd Mwrc. Petai bod yn ddwlali'n drosedd, y ddau yma fyddai gelynion rhif un a dau'r cyhoedd.

'Beth ddylech chi wneud yw fy lladd i. Dyna oedd y syniad, ie? Pam na wnewch chi hynny a gorffen y job?'

'Beth rwyt ti'n ei feddwl, Chips? Ddylem ni jest ei ladd e?'

Roedd Chips yn cnoi dyrnaid o Ruffles blas barbeciw. 'Ie. Siŵr. Ordors yw ordors.'

'Ond fyddwn i ddim *jest* yn fy lladd i,' ychwanegodd Mwrc.

'Fyddet ti ddim?'

'O na. Ar ôl i mi ddweud y pethau sarhaus 'na am eich ymennydd chi, rydw i'n haeddu rhywbeth sbesial.'

Bron na allech chi weld y stêm yn dod allan o glustiau Pecs wrth i'w ymennydd orboethi.

'Ti'n hollol gywir, boi bach. Ddaru neb erioed ein trin ni mor frwnt ag y gwnest ti, neb!'

'Rwyt ti'n iawn. Mae gen i geg fawr ac rydw i'n haeddu beth bynnag wnewch chi.'

Yna, bu tawelwch am eiliad wrth i Pecs a Chips geisio meddwl am rywbeth gwaeth na'r saethu arferol.

Rhoddodd Mwrc funud iddynt, cyn cynnig syniad, yn foesgar.

'Petawn i'n chi, fe fyddwn i'n fy nghladdu i'n fyw.'

Roedd Chips yn arswydo.

'Dy gladdu'n fyw? Mae hynny'n ofnadwy! Fe fyddet ti'n sgrechian ac yn cnoi baw. A finnau'n cael hunllefau.'

'Rydw i'n addo gorwedd yn llonydd. Beth bynnag, rydw i'n haeddu hyn. Mi wnes i'ch galw chi'n bâr o ddynion Cro-Magnon ungell wedi gorgwcio.'

'Mi wnest ti?'

'Wel, rydw i wedi, nawr.'

Pecs oedd yr un mwyaf byrbwyll o'r ddau. 'Ocê, Mister Twriwr. Wyt ti'n gwybod beth rydym ni'n mynd i'w wneud? Rydym ni'n mynd i dy gladdu di'n fyw.'

Clapiodd Mwrc ei ddwy law yn erbyn ei ddwy foch. 'O'r arswyd!'

'Ti ofynnodd am y peth, ffrind.'

'Ie, yntê?'

Cipiodd Pecs raw arall o fŵt y car. 'Does neb yn fy ngalw'n Cro-Magnon ungell wedi gorgwcio.'

Gorweddodd Mwrc yn ei fedd, yn fachgen da. 'Wel, na. Rydw i'n siŵr bod neb yn gwneud hynny.'

Aeth Pecs ati gyda'i raw yn ffyrnig, â'i gyhyrau cryf a fagwyd yn y gampfa yn tynnu ar ddefnydd siaced ei siwt. O fewn munudau, nid oedd golwg o Mwrc.

Roedd Chips yn teimlo fymryn yn sâl. 'Roedd hynna'n afiach. Afiach. Y boi bach druan.'

Roedd Pecs yn anedifeiriol. 'Ie, wel, roedd e'n gofyn amdani. Yn ein galw ni'n . . . y pethau 'na i gyd.'

'Ond ei gladdu'n fyw? Mae hynny fel y ffilm arswyd 'na. Wyt ti'n gwybod, yr un yna â'r holl arswyd.'

'Dwi'n meddwl 'mod i'n gwybod pa ffilm rwyt ti'n cyfeirio ati. Yr un gyda'r geiriau'n mynd i fyny ar y diwedd?'

'Ie, hwnnw. I fod yn onest, roedd y geiriau'n sbwylio'r ffilm i mi.'

Neidiodd Pecs i fyny ac i lawr ar y pridd llac. 'Paid â phoeni, fy ffrind. Does dim geiriau yn y ffilm yma.'

Dringodd y ddau i mewn i'r car Chevrolet, Chips yn dal ychydig yn ypset.

'Wyt ti'n gwybod, mae hyn yn lot mwy byw na ffilm pan mae e'n digwydd mewn bywyd go iawn.'

Anwybyddodd Pecs arwydd dim mynediad a gyrru ar

y draffordd. 'Yr arogl yw e. Fedri di ddim gwynto pethau mewn ffilm.'

Sniffiodd Chips yn emosiynol. 'Mae'n rhaid bod Twriwr yn ypset fan'na, ar y diwedd.'

'Dwi ddim yn synnu.'

'Achos, roeddwn i'n gallu ei weld e'n crio. Roedd ei ysgwyddau e'n crynu, fel petai e'n chwerthin. Ond crio roedd e, mae'n rhaid. Achos, pa fath o wallgofddyn fyddai'n chwerthin wrth gael ei gladdu'n fyw?'

'Crio, dyna beth oedd e'n ei wneud, siŵr i ti.'

Agorodd Chips fag o gyrlau bacwn wedi'u mygu.

'Ie, mae'n rhaid.'

Roedd Mwrc yn chwerthin cymaint fel bu bron iddo dagu ar y llond ceg gyntaf o bridd. Am bar o glowniaid! Eto, lwcus iddyn nhw mai dau glown oeddynt neu'n mae'n bosib y byddent wedi dewis eu dull eu hunain o'i ladd.

Ar ôl llacio'i ên, aeth Mwrc ati i dwnelu'n syth i lawr am bum metr ac yna tua'r gogledd ac anelu at ddiogelwch hen warws wag lle câi guddio. Roedd ei farf wedi anfon signalau sonar i bob cyfeiriad. Nid oedd modd bod yn rhy ofalus mewn ardaloedd llawn adeiladau. Roedd yno ryw fywyd gwyllt neu'i gilydd byth a hefyd, ac roedd gan Ddynion y Mwd arferiad o gladdu pethau yn y llefydd mwyaf annisgwyl. Yn ei amser, roedd wedi brathu pibellau, tanciau septig a bareli o wastraff diwydiannol heb yn wybod iddo. A does dim byd gwaeth na chanfod rhywbeth annisgwyl yn eich ceg, yn enwedig os yw e'n gwingo.

Teimlad braf oedd tyllu eto. Dyma bwrpas bywyd corrach. Roedd y ddaear yn teimlo'n iawn yn ei lle, rhwng ei fysedd, ac felly, cyn hir, roedd yn symud fel bys cloc. Codi baw rhwng ei ddannedd, ei falurio, anadlu drwy ddwy hollt ei ffroenau, gwaredu gwastraff yr ochr arall.

Nid oedd teimlyddion blew Mwrc yn synhwyro unrhyw gryndod ar yr arwyneb felly ciciodd ar i fyny gan ddefnyddio ychydig o nwy corrach i'w wthio o'i dwll.

Daliodd Heulwen ef fetr o'r llawr.

'O, mam annwyl,' meddai.

'Beth alla i ei ddweud?' meddai Mwrc, heb arwydd o ymddiheuro. 'Grym natur ydw i. Oeddet ti i fyny 'na'r holl amser?'

'Oeddwn, rhag ofn i bethau fynd yn drech na thi. Ond fe roist ti sioe dda iawn.'

Rhwbiodd Mwrc y clai oddi ar ei ddillad. 'Fe fyddai saeth Neutrino neu ddwy wedi fy arbed rhag gorfod tyllu llawer.'

Gwenodd Heulwen mewn ffordd ddychrynllyd o debyg i Artemis. 'Nid yw hynny yn *y cynllun*. Ac mae'n rhaid i ni lynu at *y cynllun*, nawr, on'd oes?'

Gorchuddiodd ysgwyddau Mwrc â ffoil cuddliw a'i fachu wrth ei Lleuad-wregys.

'Dos gan bwyll, nawr, wnei di?' meddai Mwrc yn

bryderus. 'Creaduriaid y pridd yw corachod. Dydyn ni ddim yn hoff o hedfan, nac o neidio'n rhy uchel.'

Agorodd Heulwen y sbardun ar ei hadenydd ac anelu'n ôl am ganol y ddinas.

'Mi fydda i'r un mor ystyriol o'th deimladau ag rwyt ti o rai'r LEP.'

Gwelwodd Mwrc. Rhyfedd, sut y gallai'r ellyllen fach bitw hon fod yn fwy dychrynllyd na dau ddyn caled chwe throedfedd o daldra.

'Heulwen, os gwnes i erioed unrhyw beth i dy frifo di, rydw i'n ymddi –'

Orffennodd ef erioed y frawddeg arbennig honno, gan fod eu cyflymder sydyn wedi rhewi'r geiriau yng nghefn ei gorn gwddf.

NODWYDD SPİRO

Aeth Arno Brwnt ag Artemis i'w gell. Lle digon cyffyrddus, gydag ystafell ymolchi a system adloniant. Roedd un neu ddau o bethau ar goll: ffenestri a dolen drws.

Rhoddodd Brwnt ei law ar ben Artemis.

'Does gen i ddim syniad beth ddigwyddodd yn y bwyty yna yn Llundain ond os gwnei di drio gwneud rhywbeth tebyg yma, mi wna i dy droi di'r tu chwith allan a bwyta dy du mewn di.' Crensiodd ei ddannedd miniog yn erbyn ei gilydd i'w argyhoeddi, a phwyso'n agos at glust

Artemis, gan sibrwd. Gallai Artemis glywed clic y dannedd gyda phob sillaf.

'Does dim ots beth mae'r bos yn ei ddweud, fyddi di ddim yn ddefnyddiol am byth, felly petawn i'n ti, mi fyddwn i'n arbennig o neis tuag ata i!'

'Petait ti'n fi,' atebodd Artemis, 'Yna fi fyddet ti, a phetawn i'n ti, mi fuaswn i'n cuddio yn rhywle ymhell bell i ffwrdd.'

'O, wir? A pham fyddwn i'n gwneud hynny?'

Oedodd Artemis er mwyn rhoi mwy o rym i'w eiriau.

'Gan fod Gwesyn ar d'ôl di. Ac mae e'n flin, flin, iawn.'

Camodd Brwnt yn ôl. 'Na, na, boi bach. Fe welais i e'n syrthio. Fe welais i'r gwaed.'

Gwenodd Artemis. 'Ddwedais i ddim ei fod e'n fyw. Dim ond dweud ei fod e ar ei ffordd.'

'Rwyt ti'n chware gyda fy mhen i fachgen. Fe wnaeth Mister Spiro fy siarsio i am hyn.'

Ciliodd Brwnt trwy'r drws, heb gymryd ei lygaid oddi ar Artemis.

'Paid â phoeni, Brwnt. Dydy e ddim yn fy mhoced i yma. Mae gen ti oriau, efallai dyddiau, cyn i'r amser gyrraedd.'

Caeodd Arno Brwnt y drws mor galed nes bod y ffrâm yn ysgwyd. Lledaenodd gwên Artemis. Roedd ymyl arian i bob cwmwl du.

⊕) ♋ ◦ · 🦀 ▷ · ∪ ✂ ♀ ☽ · ✂) ▷ ♋

Camodd Artemis i'r gawod, gan adael i jet o ddŵr poeth ei daro. Mewn gwirionedd, roedd e'n teimlo ychydig bach yn betrus. Un peth oedd creu cynllun yn niogelwch eich cartref eich hun. Peth cwbl wahanol oedd byw'r cynllun, a hynny yn gaeth yn ffau'r llew ei hun. Ac er na fyddai byth yn cyfaddef hynny, roedd ei hyder wedi ei sigo yn y dyddiau diwethaf. Roedd Spiro wedi cael y gorau arno yn Llundain, a hynny heb fawr o ymdrech. Roedd wedi cerdded yn hamddenol yn syth i mewn i fagl yr entrepreneur, mor naïf â thwrist yn mynd i lawr lôn gefn.

Roedd Artemis yn hollol ymwybodol o'i dalentau. Roedd e'n gynlluniwr, yn gynllwyniwr, yn drefnwr gweithrediadau llechwraidd. Ac nid oedd gwefr debyg i'r un oedd e'n ei theimlo wrth weld darnau cynllun perffaith yn disgyn i'w lle. Ond yn ddiweddar roedd ei lwyddiannau wedi eu lliwio ag euogrwydd, yn enwedig euogrwydd am yr hyn oedd wedi digwydd i Gwesyn. Roedd Artemis wedi dod mor agos at golli ei hen ffrind nes ei fod yn teimlo'n sâl wrth feddwl am hynny.

Roedd yn rhaid i bethau newid. Fe fyddai ei dad yn ei wylio cyn hir, ac yn gobeithio fod Artemis yn gwneud y penderfyniadau iawn. A phetai e ddim, fe fyddai Gwarth ap Gwarthus, siŵr o fod, yn fodlon cymryd y gallu i wneud penderfyniadau oddi wrtho. Roedd e'n cofio geiriau ei dad. *'A beth amdanat ti, Arti? Wnei di ddod gyda mi ar y daith? Pan ddaw'r foment, wnei di gymryd y cyfle i fod yn arwr?'*

Nid oedd gan Artemis yr ateb i'r cwestiwn hwnnw.

Lapiodd Artemis ŵn tywel amdano, un oedd yn nodi llythrennau cyntaf enw ei ddaliwr. Nid yn unig roedd Spiro'n atgoffa Artemis o'i bresenoldeb drwy'r llythrennau aur, ond hefyd drwy'r camera cylch-cyfyng sensitif i symudiad oedd yn ei ddilyn o amgylch yr ystafell.

Canolbwyntiodd Artemis ar y dasg anodd o dorri i mewn i gromgell Spiro a dwyn Llygad y Dydd. Roedd wedi rhagweld sawl un o fesuriadau diogelwch Spiro ac wedi pacio ar eu cyfer. Er bod rhai yn annisgwyl ac yn weddol ddyfeisgar, roedd gan Artemis hud y Tylwyth ar ei ochr, a Cwiff hefyd, gobeithio. Roedd y gŵr-farch wedi ei orchymyn i beidio â helpu, ond os byddai Heulwen yn cyflwyno'r torri-i-mewn fel prawf ar ei allu, roedd Artemis yn siŵr na allai'r gŵr-farch wrthsefyll y demtasiwn.

Eisteddodd ar y gwely, gan grafu ei wddf yn ofalus. Roedd gorchudd latecs y meic wedi byw trwy'r gawod, fel roedd Heulwen wedi ei sicrhau. Cysur oedd gwybod nad oedd e ar ei ben ei hun yn ei garchar.

Gan fod y meic yn ymateb i ddirgryniad, nid oedd yn rhaid i Artemis siarad yn uchel er mwyn i'w gyfarwyddiadau gael eu clywed.

'Noswaith dda, ffrindiau,' sibrydodd, a'i gefn at y camera. 'Mae popeth yn mynd yn ei flaen yn ôl y cynllun, gan gymryd fod Mwrc wedi ei gwneud hi'n ôl yn fyw. Rhaid i mi eich rhybuddio chi. Rydych chi'n siŵr o dderbyn ymweliad gan lobs Spiro. Rydw i'n siŵr fod ei staff wedi bod yn monitro'r strydoedd, ac fe ddylai hynny wneud iddo deimlo'n ddiogel oherwydd bydd yn meddwl ei fod wedi dal pob un o'm pobl yn Chicago. Mae Mister Spiro wedi rhoi taith o amgylch y lle i mi, chware teg iddo, a gobeithio'ch bod wedi cofnodi popeth sydd ei angen arnom i gwblhau ein hymgyrch. Rydw i'n credu mai'r term lleol am y math yma o beth yw *heist*. Dyma beth rydw i eisiau i chi ei wneud.'

Sibrydodd Artemis yn araf, gan ynganu pob pwynt yn glir. Roedd yn hollol angenrheidiol fod aelodau ei dîm yn dilyn ei gyfarwyddiadau i'r llythyren. Petaen nhw ddim yn gwneud hynny, fe allai'r plot cyfan chwythu fel llosgfynydd byw. Ac ar y foment honno, roedd e'n eistedd ar frig crater y llosgfynydd.

Roedd Pecs a Chips mewn hwyliau da. Wedi iddynt ddychwelyd i'r Nodwydd, nid yn unig roedd Mister Brwnt wedi rhoi eu bonws o bum mil iddynt am job Mo Twriwr, ond roedd hefyd wedi rhoi aseiniad arall iddynt. Roedd camerâu allanol y Nodwydd wedi dangos bod fan ddu wedi ei pharcio'r tu allan i'r prif ddrysau. Roedd wedi bod yno am dros dair awr, nawr, ac roedd adolygiad o'r tapiau'n dangos y cerbyd yn mynd o gwmpas yr adeilad mewn cylch am awr gyfan yn chwilio am le. Roedd Mister Spiro wedi dweud wrthynt am fod yn wyliadwrus pe byddai unrhyw gerbydau yn gwneud pethau rhyfedd, ac roedd hyn, yn sicr, yn rhyfedd.

'Ewch i lawr yna,' roedd Brwnt wedi gorchymyn o'i

gadair yn niogelwch y swyddfa. 'Ac os oes unrhyw beth yn anadlu yno, gofynnwch iddyn nhw pam eu bod nhw'n anadlu y tu allan i'm hadeilad i.'

Dyma'r math o gyfarwyddyd roedd Pecs a Chips yn ei ddeall. Dim gofyn cwestiynau, dim rheoli peirianwaith cymhleth. Dim ond agor drws, dychryn popeth ac unrhyw beth, cau'r drws. Hawdd. Yn y lifft ar y ffordd i lawr, roedd y ddau mewn hwyliau arbennig o dda, roeddynt yn gwneud dwli yn wirion, a'r naill yn pwnio ysgwydd y llall nes bod eu breichiau'n ddiymadferth.

'Fe allem wneud llond gwlad o arian heno, partner,' meddai Pecs, gan roi mwythau i'w gyhyrau deupen er mwyn adfer y cylchrediad.

'Gallem, wir,' meddai Chips yn frwd, gan feddwl am yr holl DVDs *Barney* roedd e am eu prynu. 'Mae'n siŵr y bydd bonws arall am hyn. Pum mil o leiaf. Gyda'i gilydd mae hynny'n gwneud . . .'

Aeth popeth yn dawel am funud wrth i'r ddau gyfrif ar eu bysedd.

'Lot,' meddai Pecs, yn y diwedd.

'Lot fawr o bres,' meddai Chips.

Roedd ysbienddrych Gwen wedi ei gyfeirio at ddrws tro'r Nodwydd. Fe fyddai wedi bod yn haws defnyddio'r Opteg ar helmed y Tylwyth ond yn anffodus, roedd ei phen wedi tyfu'n rhy fawr yn y blynyddoedd diwethaf. Nid dyna'r unig beth oedd wedi newid. Roedd Gwen wedi newid o fod yn ferch letchwith i fod yn athletwraig â chyhyrau tyn. Doedd hi ddim yn ddeunydd gwarchodwr perffaith eto, dyna'r unig beth; roedd angen cywiro ambell beth yn gyntaf. Rhai pethau o ran personoliaeth.

Roedd Gwen Gwesyn yn greadures llawn hwyl; allai hi ddim ei hatal ei hun. Roedd y syniad o sefyll wrth ysgwydd rhyw wleidydd hunandybus gan gadw ei hwyneb yn hollol surbwch yn wrthun iddi. Fe fyddai'n gwallgofi o ddiflastod – oni bai bod Artemis yn gofyn iddi aros yno, i'w warchod. Allai person byth ddiflasu wrth ochr Artemis Gwarth. Ond nid oedd hynny'n debygol o ddigwydd. Roedd Artemis wedi sicrhau pawb mai hon oedd ei job olaf. Ar ôl Chicago, roedd e'n mynd i fod yn fachgen da. Os oedd ffasiwn beth ag 'ar ôl Chicago'.

Roedd y busnes goruchwyliaeth yma'n ddiflas hefyd. Nid oedd eistedd yn dawel yn rhan o natur Gwen. Roedd wedi methu mwy nag un dosbarth yn Academi Madame Ko oherwydd ei bod yn oractif.

'Bydd mewn heddwch â thi dy hun, ferch,' dyna roedd yr athrawes Siapaneaidd yn ei ddweud. 'Rhaid canfod y man tawel yn y canol a phreswylio yno.'

Fel arfer, roedd rhaid i Gwen fygu'r ysfa i ddylyfu ei gên pan oedd Madame Ko yn dechrau ar y doethinebu kung fu. Roedd Gwesyn, ar y llaw arall, yn ei lowcio. Roedd e byth a hefyd yn canfod ei *fan tawel* ac yn preswylio yno. Mewn gwirionedd, nid oedd yn dod allan o'r *man tawel* ond pan fyddai eisiau gwasgu rhywun yn bwlp am fygwth Artemis. Efallai mai dyna pam gafodd ef y tatŵ diemwnt glas a hithau yn methu.

Daeth dau ffigwr mawr allan o'r Nodwydd. Roeddynt yn lledwenu a'r naill yn pwnio ysgwydd y llall.

'Capten Pwyll, bant â ni,' meddai Gwen yn y *walkie-talkie* oedd wedi ei diwnio i donfedd Heulwen.

'Deall,' atebodd Heulwen o'i safle ar frig Nodwydd Spiro. 'Sawl un?'

'Dau. Mawr a thwp.'

'Angen cymorth wrth gefn?'

'Negyddol. Gallaf ddelio â'r ddau yma. Fe gei di air ar ôl dod yn ôl.'

'Ocê. Mi fydda i lawr mewn pump, ar ôl cael gair â Cwiff. A, Gwen, paid â rhoi marc arnyn nhw.'

'Deall.'

Diffoddodd Gwen y radio, a dringo i gefn y fan. Gwthiodd swmp o declynnau goruchwylio o dan y sêt, rhag ofn i'r ddau trwm lwyddo i'w hanalluogi hi. Annhebygol, ond fe fyddai ei brawd wedi cuddio unrhyw dystiolaeth fyddai'n gallu cyhuddo, rhag ofn. Diosgodd Gwen ei siaced a gosod cap pêl fas ar ei phen, tuag yn ôl. Yna, agorodd ddrws cefn y fan a dringo allan i'r ffordd.

Croesodd Pecs a Chips y stryd, tuag at y fan amheus. Ac roedd hi yn amheus, heb os, gyda'i ffenestri du, ond nid oedd gormod o ofn ar y ddau ddyn. Roedd gan bob bachgen yn eu blwyddyn gyntaf yn y brifysgol ffenestri du y dyddiau hyn.

'Be' ti'n feddwl?' gofynnodd Pecs i'w bartner.

Cwrliodd Chips ei fysedd yn ddyrnau. 'Dwi'n meddwl . . . dim pwynt cnocio.'

Cytunodd Pecs. Dyma'r cynllun, fel arfer. Fe fyddai Chips wedi mynd ati i rwygo'r drws oddi ar y cerbyd, pe na bai'r ddynes ifanc wedi ymddangos o ochr arall y fonet.

'Ydych chi'ch dau'n edrych am Dad?' meddai hi mewn acen MTV perffaith. 'Mae pobl, wel, wastad yn chwilio amdano. A dydy e byth yma. Byth, bythoedd yma. A dwi'n golygu hynny mewn ffordd ysbrydol.'

Winciodd Pecs a Chips ar ei gilydd yr un pryd, sef iaith fyd-eang am *'Eh?'* Roedd y ferch hon yn hynod o bert ac o dras Asiaidd a Chawcasaidd. Ond waeth iddi fod wedi bod yn siarad Groeg, o ran faint roedd y ddau ddyn diogelwch wedi ei ddeall. Roedd gan 'ysbrydol' dair sillaf, er mwyn Duw!

'Ti bia'r fan?' gofynnodd Chips, yn flin.

Chwaraeodd y ferch â'i gwallt. 'Cymaint ag y gall unrhyw un fod yn berchen ar unrhyw beth. Un byd, un bobl, ie *man*? Mae perchnogaeth, fel y gwyddoch, fel rhith. Efallai nad ydym yn berchen ar ein cyrff ein hunain hyd yn oed. Gallem ni fod, fel y gwyddoch, yn ffurf ar freuddwydion rhyw ysbryd sy'n fwy na ni.'

Craciodd Pecs.

'Ai ti bia'r fan?' gwaeddodd, gan lapio'i fawd a'i fys am ei gwddf.

Nodiodd y ferch. Dim digon o aer yn ei chorn gwddf i siarad.

'Dyna welliant. Rhywun tu mewn?'

Ysgydwodd ei phen y tro hwn.

Llaciodd Pecs ei afael, fymryn.

'Faint mwy sydd yn y teulu?'

Sibrydodd y ferch yr ateb, gan ddefnyddio cyn lleied o anadl ag y gallai.

'Saith. Dad, Mam, dau daid, a'r tripledi: Beau, Mo a Joe. Maen nhw wedi mynd am sushi.'

Cododd calon Pecs. Tripledi a dau daid. Nid oedd hynny'n swnio fel problem.

'Ocê. Rydym ni am aros. Agor y fan, ferch.'

'Sushi?' meddai Chips. 'Pysgod amrwd yw hynny. Ti erioed wedi ei drio fe, boi?'

Gafaelodd Pecs yn y ferch gerfydd ei gwddf wrth iddi chwarae â'r allwedd.

'Do. Mi ges i beth o'r siop un tro.'

'Oedd e'n dda?'

'Oedd. Mi daflais i e i'r ffrïwr saim dwfn am ddeng munud. Ddim yn ddrwg.'

Llithrodd y ferch y drws cefn yn agored a neidio i mewn. Aeth Pecs a Chips ar ei hôl, gan wylio rhag taro eu pen ar do'r fan. Er mwyn camu i mewn, gollyngodd Chips y ferch am eiliad. A dyna ei gamgymeriad. Fyddai milwr preifat oedd wedi ei hyfforddi'n iawn byth wedi gadael i garcharor rhydd arwain y ffordd i mewn i'r cerbyd.

Baglodd y ferch yn ddamweiniol, gan syrthio ar ei gliniau ar y carped.

'Sushi,' meddai Pecs. 'Mae'n dda gyda sglodion.'

Yna chwipiodd troed y ferch yn ôl, a'i ddal yn ei frest. Cwympodd y dyn cyhyrog gan ochneidio.

'Wps,' meddai'r ferch, gan sythu. 'Damwain.'

Roedd Chips yn meddwl ei fod yn cael rhyw fath o freuddwyd, oherwydd nad oedd un modd y gallai tywysoges fach bop lorio naw deg cilogram o agwedd chwyrn a chyhyr.

'Ti . . . ti newydd . . .' dwedodd. 'Amhosib. Na, byth bythoedd.'

'Posib,' meddai Gwen, gan droelli fel balerina. Chwyr-liodd y fodrwy jâd yn ei gwallt, gyda grym allgyrchol. Cafodd Chips ei daro rhwng ei lygaid fel carreg o ffon dafl. Camodd yn ôl gam, a glanio'n swmp ar y soffa ledr.

Y tu ôl iddi, roedd anadl Pecs yn dychwelyd.Rhoddodd ei lygaid y gorau i droelli'n wyllt a glaniodd ei olwg ar ei ymosodwr.

'Haia,' meddai Gwen, gan blygu drosto. 'Ti'n gwybod beth.'

'Beth?' meddai Pecs.

'Ddim ffrio sushi rwyt ti i fod i'w wneud,' meddai'r ferch, gan daro'r asasin ar ei dalcen, gyda'i dwy law. Roedd e'n ddiymadferth ar ei union.

Daeth Mwrc o'r ystafell ymolchi, gan gau botymau ei fflap pen-ôl.

'Beth gollais i?' gofynnodd.

*

Roedd Heulwen yn hofran gan troedfedd a hanner uwchben canol dinas Chicago – y rhan sy'n cael ei galw'n *Loop* yn lleol oherwydd y gromlin o lwybrau uchel sy'n amgáu'r ardal. Roedd hi yno am ddau reswm. Yn gyntaf, roeddynt angen sgan pelydr-X o Nodwydd Spiro er mwyn creu glasbrint 3D. Ac yn ail, roedd hi eisiau siarad â Cwiff ar ei phen ei hun.

Sylwodd ar eryr carreg yn clwydo ar do bloc o fflatiau o ddechrau'r ugeinfed ganrif, a glaniodd ar ei ben. Fe fyddai'n rhaid iddi newid ei chlwyd ar ôl munud neu ddau neu fe fyddai dirgryniad ei tharian yn dechrau chwalu'r garreg.

Daeth llais Gwen yn ei chlust.

'Capten Pwyll, bant â ni.'

'Deall,' atebodd Heulwen. 'Sawl un anghyfeillgar?'

'Dau. Mawr a thwp.'

'Angen cymorth wrth gefn?'

'Negyddol. Gallaf ddelio â'r ddau yma. Fe gei di air ar ôl dod yn ôl.'

'Ocê. Mi fydda i lawr mewn pump, ar ôl cael gair â Cwiff. A, Gwen, paid â rhoi marc arnyn nhw.'

'Deall.'

Gwenodd Heulwen. Roedd Gwen yn ferch a hanner. Yn fesen gref o deulu Gwesyn. Ond roedd hi'n wyllt. Hyd yn oed ar ymgyrch goruchwyliaeth allai hi ddim peidio â chlebran am fwy na deg eiliad. Dim o ddisgyblaeth ei brawd. Merch hapus yn ei harddegau. Plentyn. Ddylai hi ddim bod yn y busnes hwn. Doedd gan Artemis ddim busnes yn ei llusgo i ganol ei gynllwyn gwallgof. Ond roedd rhywbeth am y Cymro ifanc yma oedd yn gwneud i chi anghofio'ch amheuon. Yn y misoedd diwethaf roedd hi wedi ymladd trol ar ei ran, wedi gwella'i deulu cyfan, wedi deifio i Fôr yr Arctig a nawr roedd hi'n paratoi i anufuddhau i orchymyn uniongyrchol oddi wrth Comander Gwreiddyn.

Agorodd sianel i adran Gweithrediadau LEP.

'Cwiff, wyt ti'n gwrando?'

Dim byd am rai eiliadau, yna llais y gŵr-farch yn byrstio trwy leisydd micro'r helmed.

'Heulwen. Dal dy ddŵr. Rwyt ti'n swnio braidd yn niwlog; rydw i am addasu'r donfedd. Siarada. Dyweda rhywbeth.'

'Prawf: un dau. Un dau. Mae troliau'n creu trafferth mewn tafarn.'

'Ocê, dyna ti. Yn berffaith glir. Sut mae pethau ym myd y Mwd?'

Syllodd Heulwen i lawr ar y byd oddi tani.

'Dim mwd yma. Dim ond gwydr, dur a chyfrifiaduron. Fe fyddet ti'n fodlon dy fyd yma.'

'O na, nid fi. Dynion y Mwd yw Dynion y Mwd, hyd yn oed os ydyn nhw'n gwisgo siwtiau yn hytrach na chlytiau o groen anifail am eu tinau! Yr unig beth da am ddynion yw eu teledu. Yr unig beth ar S4T yw hen raglenni'n cael eu hailddangos. Rydw i bron yn flin fod prawf cadfridogion y coblynnod ar ben. Euog o bob un cyhuddiad, diolch i ti. Dedfrydu y mis nesaf.'

Llaciodd yr ofn ei afael ar stumog Heulwen. 'Euog, diolch i'r drefn. Gall pethau fod yn normal ac yn dawel unwaith eto.'

Chwarddodd Cwiff dan ei wynt. 'Normal? Rwyt ti yn y swydd anghywir os mai tawelwch a normalrwydd rwyt ti eisiau. Ac fe gei di gusanu ta-ta i dawelwch os na chawn ni gismo Artemis yn ôl gan Spiro.'

Roedd y gŵr-farch yn iawn. Nid oedd ei bywyd wedi bod yn dawel ers iddi gael dyrchafiad i Recon o'r Sgwad puteiniaeth. Ond, oedd hi wir am fywyd tawel? Onid dyna'r rheswm ei bod wedi trosglwyddo o'r sgwad yn y lle cyntaf?

'Felly, pam rwyt ti'n galw?' gofynnodd Cwiff. 'Teimlo hiraeth, wyt ti?'

'Na,' atebodd Heulwen. Ac roedd hynny'n wir. Nid oedd hi'n teimlo gronyn o hiraeth nac wedi meddwl am Hafan unwaith ers i Artemis ei chlymu hi yn ei gynllwyn diweddaraf. 'Rydw i angen dy gyngor.'

'Cyngor? O, wir? Ffordd arall o ofyn am help efallai? Dwi'n credu mai geiriau Comander Gwreiddyn oedd "Fe gefaist ti'r union yr hyn a ddymunaist." Rheolau yw rheolau, Heulwen.'

Ochneidiodd Heulwen. 'Ie, Cwiff. Rheolau yw rheolau. Julius sy'n gwybod orau.'

'Dyna ni. Julius sy'n gwybod orau,' meddai Cwiff, ond nid oedd ei lais yn llawn argyhoeddiad.

'Mae'n siŵr na allet ti helpu beth bynnag. Mae system ddiogelwch Spiro'n eithaf datblygedig.'

Snwffian a wnaeth Cwiff. Ac mae sŵn a hanner pan fydd gŵr-farch yn snwffian.

'Ydy, siŵr. Beth sydd ganddo fe? Ci bach ac ychydig o duniau gweigion? O, ofnus.'

'Lwc fyddai hynny! Ond na, mae stwff yn yr adeilad hwn na welais i erioed mohono o'r blaen. Stwff clyfar.'

Ymddangosodd sgrin fechan hylif-grisial yng nghornel fisor Heulwen. Roedd Cwiff yn darlledu o Sgwâr yr Heddlu. Yn dechnegol, nid rhywbeth ddylai e fod yn ei wneud ar gyfer ymgyrch answyddogol. Roedd y gŵr-farch yn chwilfrydig.

'Rydw i'n gwybod yn iawn beth rwyt ti'n trio'i wneud, gyda llaw,' meddai Cwiff, gan ysgwyd ei fys.

'Does gen i ddim syniad beth rwyt ti'n ei feddwl,' meddai Heulwen yn ddiniwed.

'*Mae'n siŵr na allet ti helpu beth bynnag. Mae system ddiogelwch Spiro'n eithaf datblygedig,*' meddai'r gŵr-farch, gan ei dynwared. 'Rwyt ti'n trio cynnau cenfigen ac ego. Dydw i ddim yn dwp, Heulwen.'

'Ocê. Efallai 'mod i. Wyt ti eisiau'r gwir yn blwmp ac yn blaen?'

'O, rwyt ti'n mynd i ddweud y gwir, nawr, wyt ti? Tacteg ddiddorol i rywun o'r LEP.'

'Mae Nodwydd Spiro'n gaer gref. Does dim un ffordd i mewn hebot ti. Mae hyd yn oed Artemis yn cyfaddef hynny. Nid technoleg ychwanegol na mwy o hud sydd ei angen. Dim ond cyngor dros y donfedd, ychydig mwy o waith camera efallai. Cadwa'r llinell yn agored. Dyna'r unig beth rydw i'n ei ofyn.'

Crafodd Cwiff ei ên. 'Dim un ffordd i mewn, e? Hyd yn oed Artemis yn cyfaddef?'

'"Allwn ni ddim gwneud hyn heb Cwiff." Ei eiriau ef ei hun.'

Roedd y gŵr-farch yn ymdrechu i gadw'r bodlon-rwydd o'i wyneb.

'Oes gennych chi unrhyw fideo?'

Estynnodd Heulwen gyfrifiadur llaw o'i gwregys.

'Mae Artemis wedi bod yn ffilmio y tu mewn i'r Nodwydd. Mae'r fideo ar ei ffordd atat ti nawr.'

'Rydw i angen glasbrint o'r adeilad.'

Edrychodd Heulwen i'r dde ac i'r chwith er mwyn i Cwiff weld lle'r oedd hi.

'Dyna pam 'mod i fyny yma. I wneud sgan pelydr-X. Fe fydd e yn dy brif ffrâm mewn deng munud.'

Clywodd Heulwen gloch yn canu yn ei lleisydd. Rhybudd cyfrifiadurol oedd e. Roedd ei phost wedi cyrraedd Sgwâr yr Heddlu. Roedd Cwiff wedi agor y ffeil.

'Y rhifau côd. Ocê. Camerâu. Dim problem. Aros nes i mi ddangos i ti beth rydw i wedi ei ddatblygu ar gyfer camerâu CC. Rydw i'n gwibio trwy'r coridorau. Dym-di-dym-di-dym. Aha, cromgell. Ar lawr wyth deg pump. Padiau gwasgedd, matiau antibiotig. Synhwyrwyr symudiad. Laserau sensitif i dymheredd. Camerâu thermal. Synhwyrwyr llais, cannwyll-llygad, sganiwr gel print bawd.' Oedodd. 'Clyfar, i Ddyn y Mwd.'

'Rwyt ti'n dweud wrtha i,' cytunodd Heulwen. 'Ychydig mwy na chi bach a thuniau gweigion.'

'Mae Gwarth yn iawn. Hebof fi, does dim gobaith gennych chi.'

'Felly, wnei di helpu?'

Roedd yn rhaid i Cwiff odro'r fuwch nes y byddai'n hesb. 'Wna i ddim addo dim, ond . . .'

'Ie?'

'Mi gadwa i sgrin yn agored i chi. Ond os bydd rhywbeth arall yn codi . . .'

'Deall yn iawn.'

'Addo dim.'

'Addo dim. Mae arna i garton o foron i ti.'

'Dau garton. A bocs o sudd chwilen.'

'Dêl.'

Roedd wyneb y gŵr-farch yn goch oherwydd y sialens o'i flaen.

'Fyddi di yn ei golli fe, Heulwen?' gofynnodd yn sydyn.

Daeth y cwestiwn hwnnw o unlle, i Heulwen.

'Colli pwy?' meddai, er ei bod yn gwybod pwy, yn barod.

'Y bachgen Gwarth, wrth gwrs. Os aiff popeth yn ôl y cynllun, byddwn ni'n cael ein golchi o'i feddwl. Dim cynllwynion gwyllt, dim anturiaethau penboeth. Bywyd tawel, diantur fyddwn i'n ei ddweud.'

Ceisiodd Heulwen osgoi edrych i fyw wyneb Cwiff, er mai camera safbwynt oedd yn yr helmed ac nid oedd Cwiff yn medru ei gweld hi beth bynnag.

'Na,' meddai. 'Fydda i ddim yn ei golli.'

Ond roedd y gwir yn ei llygaid.

Hedfanodd Heulwen o amgylch y Nodwydd sawl gwaith, ar uchder gwahanol bob tro, nes bod y sgan pelydr-X wedi casglu digon o ddata i greu model 3D. Anfonodd gopi o'r ffeil i Cwiff yn Sgwâr yr Heddlu ac aeth yn ôl i'r fan.

'Roeddwn i'n meddwl i mi ddweud wrthyt ti am beidio â gadael marc arnyn nhw,' meddai, gan blygu dros y bwndel dynion.

Cododd Gwen ei hysgwyddau. 'Hei, does dim ots, dylwythen fach. Mi gollais i'n limpyn yng ngwres y frwydr. Rho ychydig o wreichion glas iddyn nhw a'u hanfon nhw ar eu ffordd.'

𓀀 𓆓 𓃀 · 𓀁 𓂀 𓆜 𓆑𓊃 · 𓂝 · 𓆑𓏏𓈖𓆑𓊃 𓆄

Dilynodd Heulwen siâp perffaith crwn y clais ar dalcen Chip, â'i bys.

'Dylet ti fod wedi 'ngweld i,' meddai Gwen. 'Bang, bang, ac roedd y ddau ar y llawr. Dim hanner cyfle ganddyn nhw.'

Anfonodd Heulwen un wreichionen ar hyd ei bys; sychodd y clais i ffwrdd fel clwt yn clirio staen coffi.

'Fe allet ti fod wedi defnyddio'r Neutrino, rwyt ti'n gwybod.'

'Y Neutrino? Pa hwyl sydd yn hynny?'

Diosgodd Capten Pwyll ei helmed, a syllu i fyny at y ferch ddynol.

'Nid amser chwarae ydy hwn, Gwen. Nid gêm. Roeddwn i'n meddwl dy fod yn sylweddoli hynny, o ystyried beth ddigwyddodd i Gwesyn.'

Diflannodd gwên Gwen. 'Rydw i'n gwybod nad gêm ydy hi, Capten. Efallai mai dyma fy ffordd i o ddelio â phethau.'

Daliodd Heulwen i syllu arni. 'Wel, efallai dy fod ti yn y swydd anghywir felly.'

'Neu efallai dy fod ti wedi bod yn y swydd yn rhy hir,' dadleuodd Gwen. 'Yn ôl Gwesyn, roeddet ti hefyd yn arfer bod yn un fyrbwyll.'

Daeth Mwrc o'r ystafell ymolchi. Y tro hwn, roedd wedi bod yn ei orchuddio ei hunan â haen o hylif haul. Roedd hi bellach yn ganol nos, ond nid oedd y corrach am fentro. Petai'r torri-i-mewn yn mynd yn llanast, fel y byddai'n siŵr o wneud, fe allai fod yn alltud erbyn bore.

'Beth yw'r broblem, foneddigesau?' Os ydych chi'n dadlau drosof fi, peidiwch â ffwdanu. Rydw i'n gwneud pwynt o beidio â chanlyn neb y tu allan i'm rhywogaeth fy hun.'

Diflannodd y tensiwn fel balŵn wedi ei fyrstio.

'Dal di i freuddwydio, y belen wallt,' meddai Heulwen.

'Hunllef, debyg,' meddai Gwen. 'Rydw *i'n* gwneud pwynt o beidio â chanlyn unrhyw un sy'n byw mewn pentwr tail.'

Nid oedd hynny'n poeni Mwrc. 'Rydych chi'ch dwy yn gwadu'r gwir. Dyna'r dylanwad sydd gen i ar ferched.'

'Dydw i ddim yn amau,' meddai Heulwen, gan wenu.

Cododd y capten LEP fwrdd bychan er mwyn gosod ei helmed arno. Rhoddodd yr helmed ymlaen ar daflegru, ac agor cynllun 3D Nodwydd Spiro. Troellodd hwnnw yn yr awyr, mewn llinellau gwyrdd-neon.

'Ocê, bawb. Dyma'r cynllun. Mae Tîm Un yn torri i mewn trwy wal llawr 85. Mae Tîm Dau yn mynd i mewn drwy ddrws yr helipad. Yma.'

Marciodd Heulwen y ddwy fynedfa drwy dapio'r safle ar sgrin ei chyfrifiadur llaw. Ymddangosodd marc oren ar y cynllun gwyrdd.

'Mae Cwiff wedi cytuno i'n helpu, felly fe fydd e gyda ni dros y donfedd. Gwen, cymer di'r cyfrifiadur llaw yma. Fe elli di ei ddefnyddio i gyfathrebu â ni wrth i ni symud.

Anwybydda'r symbolau yn iaith y Coblynnod; mi wnawn ni anfon unrhyw ffeil bwysig atat ti er mwyn i ti eu gweld. Ond gwisga ddarn clust, er mwyn cael gwared â'r lleisydd.Y peth olaf rydym ni ei angen yw cyfrifiaduron yn blipio ar y foment dyngedfennol. Meic yw'r bwlch o dan y sgrin. Un digon da i ddeall sibrydiad, felly does dim rhaid gweiddi.'

Cliciodd Gwen y cyfrifiadur maint cerdyn-credyd wrth ei harddwrn.

'Beth yw'r timau a beth yw eu hamcanion?'

Camodd Heulwen i mewn i'r ddelwedd 3D. Roedd ei chorff wedi ei amgylchynu gan fflachiadau golau.

'Tîm Un yw'r un sy'n mynd ar ôl y botymau diogelwch a blychau ocsigen gwarchodwyr y gromgell. Mae Tîm Dau yn mynd ar ôl y bocs. Syml. Rydym ni'n mynd fesul dau. Ti a Mwrc. Artemis a fi.'

'O na,' meddai Gwen, gan ysgwyd ei phen. Rhaid i mi fynd gydag Artemis. Ef yw fy mhrif gorff. Fe fyddai fy mrawd yn glynu wrth Artemis, a dyna beth wna i hefyd.'

Camodd Heulwen allan o'r hologram. 'Wneith hynny ddim gweithio. Fedri di ddim hedfan na dringo waliau. Rhaid cael un tylwythyn ym mhob tîm. Os wyt ti ddim yn hoffi'r syniad, crybwylla'r peth wrth Artemis y tro nesaf fyddi di'n ei weld e.'

Gwgodd Gwen. Roedd y cyfan yn gwneud synnwyr. Wrth gwrs ei fod e. Roedd cynlluniau Artemis bob amser yn gwneud synnwyr. Roedd hi'n hollol amlwg, nawr, pam nad oedd Artemis wedi datgelu'r cynllun llawn yng Nghymru. Roedd e'n gwybod y byddai hi'n gwrthwynebu. Roedd hi'n ddigon anodd eu bod nhw wedi bod ar wahân yn ystod y chwe awr ddiwethaf. Ond roedd y rhan anoddaf o'r ymgyrch o'u blaenau, ac nid oedd Gwesyn yn mynd i fod wrth ysgwydd Artemis.

Camodd Heulwen yn ôl i'r hologram. 'Tîm Un, ti a Mwrc. Fe fyddwch chi'n dringo'r Nodwydd ac yn llosgi trwy lawr 85. O'r fan honno byddwch chi'n gosod y clip fideo hwn ar y cebl teledu CC.'

Dangosodd Heulwen rywbeth oedd yn edrych fel darn o weiren wedi ei droelli. 'Ffibr opteg wedi ei lwytho,' esboniodd. 'Yn galluogi herwgipio system fideo o bell. Gyda hwn yn ei le, gall Cwiff anfon pob signal o bob camera yn yr adeilad i'n helmedau. Gall hefyd anfon unrhyw signal at unrhyw ddyn mae e eisiau. Fe wnewch chi hefyd osod dau silindr o'n cymysgedd arbennig ni yn lle'r silindrau ocsigen.

Gosododd Gwen y clip fideo ym mhoced ei siaced.

'Fe af i i mewn o'r to,' aeth Heulwen yn ei blaen. 'Oddi yno, i ystafell Artemis. Cyn gynted ag y bydd Tîm Un wedi rhoi'r gair, fe awn ni ar ôl Llygad y Dydd.'

'Rwyt ti'n gwneud iddo swnio mor hawdd,' meddai Gwen.

Chwarddodd Mwrc. 'Dyna mae hi'n ei wneud bob amser,' meddai. 'A dyw e byth yn hawdd!'

TÎM UN, GWAELOD NODWYDD SPIRO

Roedd Gwen Gwesyn wedi derbyn hyfforddiant mewn sawl disgyblaeth celfyddyd filwrol. Roedd hi wedi dysgu anwybyddu poen a diffyg cwsg. Gallai wrthsefyll artaith gorfforol a meddyliol. Ond nid oedd dim byd wedi ei pharatoi ar gyfer yr hyn roedd hi'n mynd i orfod ei ddioddef er mwyn mynd i mewn i'r adeilad hwn.

Nid oedd un ochr ddall i'r Nodwydd, gan fod gweithgaredd ar bob arwyneb trwy'r dydd bob dydd, felly roedd yn rhaid iddynt gychwyn dringo, o'r palmant. Gyrrodd Gwen y fan yno, gan barcio mor agos at y wal ag y gallai. Aethant allan drwy ffenestr y to, a haen ffoil cuddliw Heulwen drostynt. Roedd hi hefyd wedi ei chlipio wrth y Lleuad-wregys am wasg Mwrc.

Curodd ar helmed Mwrc. 'Rwyt ti'n drewi.'

Daeth ateb Mwrc drwy'r trawsyrrydd silindrog yng nghlust Gwen.

'I ti, efallai. Ond i gorrach benywaidd, rydw i'n gwynto'n berffaith iach. Ti ydy'r unig un sy'n drewi, Ferch y Mwd. I mi, rwyt ti'n drewi'n waeth na drewgi mewn sanau dau fis oed.'

Rhoddodd Heulwen ei phen drwy ffenestr y nenfwd.

'Tawelwch!' meddai. 'Y ddau ohonoch chi! Mae'r amserlen yn dynn, os nad ydych chi wedi anghofio. Gwen, mae dy brif gorff bach gwerthfawr yn gaeth mewn ystafell i fyny yn y fan yna, ac yn aros i mi gyrraedd. Mae hi'n bum munud wedi pedwar yn barod. Mae'r gwarchodwyr i fod i newid mewn llai nag awr, ac mae angen i mi orffen mesmereiddio'r lobs yma. Mae gennym ni ffenestr o bum deg pum munud, yma. Beth am beidio â'i gwastraffu'n dadlau?'

'Pam na fedri di ein hedfan ni i'r silff?'

'Tactegau milwrol sylfaenol. Os ydym ni'n gwahanu, yna efallai bydd un tîm yn llwyddo. Os ydym ni gyda'n gilydd, a bod un yn methu, mae pawb yn methu. Rhannwch a gorchfygwch.'

Sobrodd Gwen ar ôl clywed ei geiriau. Roedd merch y Tylwyth yn iawn; a dylai hi fod wedi sylweddoli hynny. Rocdd yn digwydd eto – roedd hi'n colli'r gallu i ganolbwyntio pan oedd hi ei angen fwyaf.

'Ocê. I ffwrdd â ni. Fe wnaf i ddal f'anadl.'

Rhoddodd Mwrc ei ddwy law yn ei geg, a sugno yr ychydig o leithder o fandyllau ei groen.

'Arhoswch eiliad,' meddai, gan dynnu ei ddwylo allan o'i geg. 'Iawn.'

Plygodd y corrach ei goesau cryf a llamu fetr a hanner at Nodwydd Spiro. Llusgodd Gwen y tu ôl iddo, nes ei bod yn teimlo fel petai hi o dan ddŵr. Dyna broblem marchogaeth y Lleuad-wregys. Roeddech chi'n ysgafn ond hefyd roeddech chi'n colli'r gallu i gydsymud eich corff ac yn teimlo salwch gofod hefyd weithiau. Roedd y

Lleuad-wregys wedi ei ddylunio i gario gwrthrychau, nid pethau byw, ac yn sicr nid Dynion y Mwd.

Nid oedd Mwrc wedi yfed ers oriau, felly roedd mandyllau ei groen corrach wedi agor nes eu bod cymaint â thyllau pin. Roeddynt yn sugno'n swnllyd a glynu wrth arwyneb llyfn Nodwydd Spiro. Roedd y corrach yn osgoi'r ffenestri tywyll, gan aros ar yr hytrawstiau metel. Er bod y ddau wedi eu gorchuddio mewn ffoil cuddliw, roedd digon o ddarnau o'u cyrff yn dangos. Nid oedd ffoil cuddliw yn gwneud person yn hollol anweledig. Roedd miloedd o synhwyrwyr-micro oedd wedi'u gwau yn rhan o'r defnydd yn dadansoddi ac yn adlewyrchu'r awyrgylch, ond fe allai un gawod o law ddifetha'r cwbl.

Dringodd Mwrc yn gyflym, ac yn llyfn. Roedd ei fysedd a'i fodiau deugymalog yn cwrlo i afael yn y tyllau mwyaf bychain. A phan nad oedd twll, roedd mandyllau ei groen yn glynu wrth yr arwyneb. Roedd blew ei farf yn lledaenu y tu allan i fisor yr helmed, ac yn archwilio arwyneb yr adeilad.

Roedd yn rhaid i Gwen ofyn. 'Dy farf? Mae e braidd yn od. Beth mae e'n ei wneud? Chwilio am graciau?'

'Dirgryniadau,' griddfanodd Mwrc. 'Synhwyrwyr, cerrynt, dynion cynnal a chadw.' Yn amlwg, nid oedd e'n mynd i wastraffu egni ar frawddegau llawn. 'Synhwyrwyr symudiad yn ein codi – ta-ta arnom ni. Ffoil neu beidio.'

Nid oedd Gwen yn beio ei phartner am arbed ei anadl. Roedd tipyn o ffordd o'u blaenau. Yn syth i fyny.

Wedi mynd heibio cysgod yr adeilad drws-nesaf, roedd y gwynt yn eger. Cafodd traed Gwen eu cipio oddi tani wrth iddi chwifio o dan Mwrc, fel cynffon o'i wregys. Prin roedd hi wedi teimlo mor ddiwerth erioed. Roedd pethau allan o'i dwylo yn llwyr. Roedd hyfforddiant yn dda i ddim mewn sefyllfa fel hon. Roedd ei bywyd yn nwylo Mwrc, yn llythrennol.

Aeth y lloriau heibio ar garlam – gwydr a dur. Roedd y gwynt yn eu tynnu gyda'i fysedd penderfynol, gan fygwth anfon y ddau fel chwrligwgan i'r nos.

'Mae lot o leithder i fyny yma, oherwydd y gwynt,' meddai'r corrach gan anadlu'n ddwfn. 'Alla i ddim dal llawer yn fwy.'

Pwysodd Gwen ymlaen, gan redeg ei bysedd ar hyd y wal allanol. Roedd hi'n slic ac wedi ei gorchuddio â dafnau bychain o wlith. Roedd gwreichion yn tasgu ar hyd y ffoil cuddliw wrth i'r gwynt llaith chwalu'r synhwyrwyr-micro. Diflannodd darnau o'r ffoil yn gyfan gwbl. Gadawyd blociau o gylchedau electroneg nes eu bod yn hongian yn y nos. Roedd yr holl adeilad yn symud hefyd – digon efallai i ysgwyd corrach bychan a'i deithiwr i ffwrdd, yn gyfan gwbl.

O'r diwedd, daeth bysedd y corrach i orffwys ar silff llawr wyth deg pump. Dringodd Mwrc ar y wefus denau ac anelu ei fisor i mewn i'r adeilad.

'Wneith yr ystafell yma mo'r tro,' meddai. 'Mae fy fisor

yn gweld dau synhwyrydd symudiad a synhwyrydd laser. Rhaid i ni symud.'

Aeth Mwrc yn ei flaen gan gropian yn sicr ei droed ar hyd y silff. Dyna ei fusnes, wedi'r cwbl. Nid oedd corachod yn cwympo. Oni bai fod rhywun yn eu gwthio. Dilynodd Gwen ef yn ofalus. Allai hyd yn oed Academi Madame Ko ddim fod wedi ei pharatoi at hyn.

O'r diwedd, cyrhaeddodd Mwrc ffenestr oedd yn ei fodloni.

'Ocê,' meddai, ei lais i'w glywed yn narn clust Gwen. 'Mae gennym ni synhwyrydd â batri wedi marw, yma.'

Glynodd blew ei farf wrth wydr y ffenestr. 'Fedra i ddim teimlo dirgryniad i mewn yna. Dim peiriant trydanol yn rhedeg a dim sgwrsio. Mae'n rhaid ei bod yn ddiogel.'

Rhoddodd Mwrc ambell ddiferyn o bolish craig y corachod ar y gwydr oedd wedi'i gryfhau. Toddodd y gwydr ar ei union, gan adael pwll o hylif twrgid ar y carped. Gyda lwc, fyddai neb yn gweld y twll dros y penwythnos.

'O,' meddai Gwen. 'Mae hwnna'n drewi bron gymaint â thi.'

Wnaeth Mwrc ddim ffwdanu ateb y sarhad ei hunan, gan ddewis, yn hytrach, neidio i mewn i'r adeilad ac i ddiogelwch.

Edrychodd ar y lloerometr yn ei fisor.

'Ugain munud wedi pedwar. Amser dynol. Rydym ni'n rhedeg ar ei hôl hi. Gad i ni fynd.'

Neidiodd Gwen drwy'r twll yn y ffenestr.

'Yn union fel y byddwn i'n disgwyl gan Ferch y Mwd,' meddai Mwrc. 'Mae Spiro yn gwario miliynau ar system ddiogelwch, ac mae'r cyfan yn ddiwerth oherwydd un batri.'

Tynnodd Gwen Neutrino 2000 LEP ati. Ffliciodd y cap diogelwch a phwyso'r botwm pŵer. Newidiodd y golau gwyrdd yn goch.

'Ond dydyn ni ddim i mewn eto,' meddai, gan fynd tuag at y drws.

'Aros!' meddai Mwrc, gan hisian, a chipio ei braich. 'Y camera!' Rhewodd Gwen. Roedd wedi anghofio am y camera. Prin roedd y ddau wedi bod yn yr adeilad am funud llawn ac roedd hi'n gwneud camgymeriadau'n barod. Canolbwyntia, ferch, canolbwyntia.

Anelodd Mwrc ei fisor at y camera CC. Roedd ffilter ïon y fisor yn dangos arch cyrhaeddiad y camera mewn llwybr euraidd gloyw. Nid oedd un ffordd heibio'r camera.

'Dim un man dall,' meddai. 'A chebl y camera tu ôl i'r bocs.'

'Bydd yn rhaid i ni fynd ar ein cwrcwd tu ôl i'r ffoil cam,' meddai Gwen, ei gwefus yn cwrlo wrth iddi feddwl am y peth.

Dangosodd wyneb Cwiff ar y sgrin gyfrifiadurol ar ei

harddwrn. 'Fe allet ti wneud hynny. Ond yn anffodus, nid yw ffoil cuddliw yn gweithio ar sgrin.'

'Pam?'

'Mae gan gamerâu lygaid gwell na dynion. Welaist ti erioed lun teledu ar y teledu? Mae'r camera yn torri'r picseli. Os ei di ar hyd y coridor yna y tu ôl i'r ffoil, mi fyddi di'n edrych fel dau berson y tu ôl i sgrin warchodol.'

Syllodd Gwen ar y monitor. 'Unrhyw beth arall, Cwiff? Efallai fod y llawr ar fin toddi'n bwll o asid?'

'Dwi'n amau hynny. Mae Spiro yn dda, ond nid fi yw e.'

'Fedri di dwyllo'r fideo ferlen-ddyn?' meddai Gwen ym meic y cyfrifiadur. 'Anfon signal ffug am funud?'

Rhinciodd Cwiff ei ddannedd. 'Oes rhywun yn fy ngwerthfawrogi i, tybed? Na, alla i ddim gwneud hynny, ddim heb fod yna, ar y safle, fel y gwnes i yn ystod y gwarchae ar Gwarth. Dyna beth yw pwrpas clip fideo. Mae gen i ofn eich bod chi ar eich pennau eich hunain i fyny yn y fan yna.'

'Mi chwala i e, felly.'

'Na wnei. Gall un chwythiad gan Neutrino ddifa'r camera, a phob un arall o bosibl ar hyd y rhwydwaith cyfan. Fe fyddai hynny cystal â dawnsio jig fach i Arno Brwnt.'

Ciciodd Gwen y bwrdd sgyrtin yn ei rhwystredigaeth. Roedd hi'n disgyn ar y glwyd gyntaf. Fe fyddai ei brawd yn gwybod beth i'w wneud, ond roedd ef ar ochr arall yr

Atlantig. Roedd pitw chwe metr o goridor rhyngddynt a'r camera, ond waeth iddo fod yn fil metr o wydr wedi torri ddim.

Sylwodd fod Mwrc yn agor botymau ei fflap pen-ôl.

'O, gwych. Nawr mae'r dyn bach eisiau mynd i'r tŷ bach. 'Prin mai dyma'r amser priodol.'

'Mi wna i anwybyddu hynna,' meddai Mwrc, gan orwedd yn fflat ar y llawr. 'Oherwydd rydw i'n gwybod beth all Spiro ei wneud i bobl dydy e ddim yn eu hoffi.'

Plygodd Gwen ar ei gliniau wrth ei ochr. Ddim yn rhy agos.

'Rydw i'n gobeithio bod dy frawddeg nesaf di'n mynd i gychwyn â, "mae gen i gynllun".'

Ymddangosai fel pe bai y corrach yn anelu ei ben-ôl.

'I fod yn onest . . .'

'Dwyt ti ddim o ddifrif.'

'Hollol o ddifrif. Mae gen i gryn dipyn o nerth handi i lawr fan hyn.'

Allai Gwen ddim ei hatal ei hunan rhag gwenu. Roedd e'n gorrach wrth fodd ei chalon hi. Mewn ffordd drosiadol. Roedd e'n ymaddasu i'r sefyllfa o'i flaen, fel y byddai hi'n ei wneud.

'Yr unig beth sydd rhaid i ni ei wneud yw symud y camera tuag ugain gradd yn ei safle, ac fe fydd digon o le i ni redeg heibio at y cebl.'

'Ac rwyt ti'n mynd i wneud hynny â . . . phŵer gwynt?'

'Yn union.'

'Beth am y swˆn?'

Winciodd Mwrc. 'Dim swˆn. Ond pwˆer marwol. Rydw i'n broffesiynol y tu hwnt. Yr unig beth sydd rhaid i ti ei wneud ydy gwasgu fy mawd bach i pan fydda i'n dweud.'

Er yr holl hyfforddiant llafurus yn y mannau mwyaf anodd yn y byd, prin fod Gwen yn barod ar gyfer ymosodiad gwynt.

'Oes rhaid i mi gymryd rhan? Mae'n ymddangos yn job un-dyn i mi.'

Edrychodd Mwrc ar y nod â'i lygaid croes, gan anelu ei ben-ôl yn ofalus.

'Chwythiad tra chywir sydd ei angen. Rydw i angen i rywun saethu, fel tynnu'r glicied ar wn, fel 'mod i'n cael canolbwyntio ar yr anelu. Mae adweitheg yn wyddoniaeth bwysig ymysg y corachod. Mae pob rhan o'r droed wedi eu cysylltu â rhan o'r corff. Ac fel mae'n digwydd, mae'r bawd bach chwith wedi ei gysylltu â . . .'

'Ocê,' meddai Gwen ar frys. 'Dwi'n deall yn iawn.'

'Beth am fynd ati, felly?'

Diosgodd Gwen esgid Mwrc. Roedd y sanau'n rhai troed-agored, ac roedd pum bawd blewog yn gwingo yn fwy gwyllt nag roedd rhai dynol yn medru ei wneud.

'Dyma'r unig ffordd?'

'Os nad oes gen ti syniad gwahanol.'

Cipiodd Gwen y bawd yn ofalus, a'i flew du yn gwahanu'n ufudd i wneud lle iddi afael yn dynn.

'Nawr?'

'Aros.' Llyfodd y corrach ei fys, gan brofi'r aer. 'Dim gwynt.'

'Dim eto,' mwmialodd Gwen.

Perffeithiodd Mwrc ei aneliad. 'Ocê. Gwasga.'

Daliodd Gwen ei hanadl, a gwasgu. Ac er mwyn gwneud iawn â'r foment, rhaid esbonio pob manylder.

Teimlodd Gwen ei bysedd yn tynhau am y bawd. Aeth y gwasgedd drwy goes Mwrc mewn cyfres o ysgytwadau. Roedd y corrach yn ymladd i gadw ei aneliad yn union, er y cryndod. Cynyddodd y pwysedd yn ei abdomen a chwythu trwy ei fflap pen-ôl gyda dyrniad caled. Yr unig beth allai Gwen ei feddwl oedd bod hyn braidd fel bod ar ei chwrcwd ger mortar. Aeth saeth o aer tyn ar draws yr ystafell, a tharth gwres yn ei amgylchynu fel tonnau dŵr.

'Gormod o droelliad,' griddfanodd Mwrc. 'Fe es i dros ben llestri.'

Chwyrlïodd y belen aer tuag at y nenfwd, gan ddiosg haenau fel nionyn.

'Iawn,' meddai Mwrc. 'Ychydig i'r dde.'

Aeth y saeth nesaf yn erbyn y wal, fetr yn uwch na'r targed. Yn lwcus, clipiodd focs y camera nes ei fod yn troelli fel plât ar bolyn. Arhosodd y ddau iddo setlo, gan ddal eu hanadl. Arafodd, yn y diwedd, ar ôl troelli tua dwsin o weithiau.

'Wel,' gofynnodd Gwen.

Eisteddodd Mwrc i fyny, gan gymryd cipolwg ar lwybr ïon y camera drwy ei fisor.

'Lwcus,' meddai. 'Lwcus iawn. Mae gennym ni lwybr clir, yr holl ffordd heibio.' Rhoddodd slap i'w fflap pen-ôl oedd yn gollwng mwg. 'Dw i ddim wedi lansio torpido ers amser hir.'

Cymerodd Gwen y clip fideo o'i phoced a'i chwifio o flaen y cyfrifiadur garddwrn fel bod Cwiff yn ei weld.

'Felly, mae angen i mi weindio hwn am unrhyw gebl ie?'

'Na, Forwyn y Mwd,' meddai Cwiff, yn gyffyrddus iawn yn ei rôl fel athronydd heb ei werthfawrogi. 'Mae hwnna'n ddarn o dechnoleg nano cymhleth dros ben, gyda ffilmiau micro sy'n ymddwyn fel derbynwyr, darlledwyr a chlampiau. Yn naturiol, mae e fel gelen, yn sugno egni o system Dynion y Mwd eu hunain.'

'Yn naturiol,' meddai Mwrc, gan geisio cadw ei lygaid yn agored.

'Rwyt ti angen gwneud yn siŵr ei fod wedi ei glampio'n gadarn wrth un o'r ceblau fideo. Wrth lwc, nid oes rhaid i'r aml-synhwyrydd fod mewn cysylltiad â phob weiren, dim ond un.'

'A pha rai yw'r ceblau fideo?'

'Wel . . . pob un.'

Ochneidiodd Gwen. 'Felly'r cyfan sydd eisiau i mi ei wneud yw ei weindio e am unrhyw un o'r ceblau?'

'Am wn i,' cyfaddefodd y gŵr-farch. 'Ond ei weindio'n dynn. Rhaid i bob ffilament gysylltu.'

Estynnodd Gwen, gan ddewis weiren, unrhyw weiren, a chlymu'r clip wrthi.

'Ocê?'

Roedd tawelwch wrth i Cwiff aros am dderbyniad. O dan yr arwyneb, roedd sgriniau llun-o-fewn-llun yn ymddangos ar sgrin plasma'r gŵr-farch.

'Perffaith. Mae gennym ni lygaid a chlustiau.'

'I ffwrdd â ni felly,' meddai Gwen yn ddiamynedd. 'Cychwynna'r lŵp.'

Gwastraffodd Cwiff funud yn rhoi araith arall. 'Mae hyn yn llawer mwy na lŵp, ferch ifanc. Rydw i ar fin golchi delweddau symudol yn lân o'r cofnod gwyliadwriaeth. Mewn geiriau eraill, fe fydd y lluniau yn y bwth gwyliadwriaeth yn union gywir, ond hebot ti ynddyn nhw. Jest gwna'n siŵr dy fod ti ddim yn sefyll yn llonydd neu fe fyddi di'n weladwy. Gwna'n siŵr fod rhywbeth yn symud, hyd yn oed os mai dim ond dy fys bach fydd e!'

Edrychodd Gwen ar wyneb y cloc digidol ar y cyfrifiadur. 'Hanner awr wedi pedwar. Rhaid i ni frysio.'

'Ocê. Mae'r ganolfan ddiogelwch un coridor i ffwrdd. Fe awn ni'r ffordd gyflymaf.'

Taflegrodd Gwen y sgematig i'r awyr. 'Ar hyd y coridor yma, yn y fan yma, dau dro i'r dde ac mi fyddwn ni yno.'

Aeth Mwrc heibio iddi at y wal.

'Y ffordd gyflymaf ddywedais i, Ferch y Mwd. Meddylia ar letraws.'

Swît prif swyddog oedd y swyddfa, a golygfa o'r ddinas a llyfrgell silffoedd pîn o'r llawr i'r nenfwd. Symudodd Mwrc ran gwaith pîn i'r naill ochr a chnocio ar y wal y tu ôl iddo.

'Bwrdd plastr,' meddai. 'Dim problem.'

Caeodd Gwen y panel y tu ôl iddynt. 'Dim malurion, gorrach. Roedd Artemis yn hollol glir: dim ôl o unrhyw fath.'

'Paid â phoeni. Fydda i byth yn bwyta'n flêr.'

Agorodd Mwrc ei ên, lledaenu gwagle ei geg nes ei fod cymaint â phêl-droed a chyfled â chan saith deg gradd. A brathodd i mewn i'r wal. Aeth y rheng o ddannedd cerrig beddau drwy'r wal a'i throi'n llwch o fewn dim.

''Chydig yn sych,' meddai. 'Anodd 'yncu.'

Tri brathiad arall ac roeddynt wedi cyrraedd yr ochr draw. Camodd Mwrc i mewn i'r swyddfa ar yr ochr arall, heb friwsionyn hyd yn oed yn disgyn o'i wefus. Dilynodd Gwen gan dynnu'r silffoedd pîn yn ôl dros y twll.

Nid oedd y swyddfa hon mor smart: twll du is-lywydd. Dim golygfa a'r silffoedd yn rhai metel plaen. Ailosododd Gwen y silffoedd dros y fynedfa newydd. Plygodd Mwrc ger y drws, a blew ei farf yn glynu wrth y pren.

'Dirgryniad y tu allan. Y cywasgydd, mwy na thebyg. Dim byd anghyffredin; felly dim sgwrsio. Fe ddywedwn i ein bod ni'n ddiogel.'

'Fe allet ti ofyn i mi,' meddai Cwiff, yn narn clust ei helmed. 'Mae gen i olwg ffilm o bob camera yn yr adeilad. Dros ddau gan camera, os yw hynny o ddiddordeb i ti.'

'Diolch am y diweddariad yna. Wel, ydy'r ffordd yn glir?'

'Ydy. Hynod o glir. Neb hyd yn oed yn agos, ond am warchodwr ar y ddesg yn y cyntedd.'

Cymerodd Gwen ddau dun llwyd o'i bag cefn. 'Ocê. Dyma lle rwy'n ennill fy nghyflog. Arhosa di yma. Wneith hyn ddim cymryd mwy na munud.'

Aeth Gwen trwy'r drws, gan gripio ar hyd y coridor yn ei hesgidiau rwber. Roedd golau stribed fel man glanio awyren wedi ei osod yn y carped; heblaw am hynny, roedd yr unig olau yn dod o'r bocsys allanfa uwchben y drysau tân.

Roedd y sgematig ar ei harddwrn yn dweud wrthi fod ugain metr o'i blaen cyn cyrraedd y swyddfa ddiogelwch. Ar ôl hynny, gallai ond gobeithio fod y rhestl ocsigen heb ei gloi. A pham fyddai wedi'i gloi? Prin fod caniau ocsigen yn cael eu hystyried yn beryglus. O leiaf fe fyddai hi'n cael digon o rybudd pe byddai unrhyw un yn digwydd bod ar eu cylch gwarchod.

Cripiodd Gwen yn ei blaen fel panther, ar hyd y coridor, â sŵn ei thraed yn cael ei lyncu gan y carped. Wrth y gornel olaf, gorweddodd ar ei hyd ac estyn ei thrwyn heibio'r gornel.

Gallai weld gorsaf ddiogelwch y llawr hwnnw. Yn union fel roedd Pecs wedi ei ddatgelu o dan y *mesmer*, roedd tuniau ocsigen y gwarchodwyr mewn rhestl o flaen y ddesg.

Dim ond un gwarchodwr oedd ar ddyletswydd, ac roedd e'n brysur yn gwylio pêl fas ar deledu llaw. Symudodd Gwen yn ei blaen ar ei stumog nes ei bod hi'n union o dan y rhestl. Roedd cefn y gwarchodwr tuag ati, yn canolbwyntio ar y gêm.

'Beth uffern?' gwaeddodd y dyn diogelwch, oedd tua'r un maint â rhewgell. Roedd wedi sylwi ar rywbeth ar y monitor diogelwch.

'Symuda!' hisiodd Cwiff yng nghlust Gwen.

'Beth?'

'Symuda! Rwyt ti'n dangos ar y monitorau!'

Gwingodd Gwen fys bawd ei throed. Roedd wedi anghofio dal i symud. Fyddai Gwesyn byth wedi gwneud hynny.

Uwch ei phen, dechreuodd y gwarchodwr ar y dull traddodiadol o drwsio rhywbeth ar frys: taro cas plastig y monitor. Diflannodd y llun niwlog.

'Ymyrraeth,' mwmialodd. 'Teledu lloeren, ddiawl.'

Teimlodd Gwen ddafn o chwys yn rhedeg ar hyd pont ei thrwyn. Estynnodd y Gwesyn ifanc i fyny yn araf a gwthio dau dun ocsigen ffug i'r rhestl. Roedd eu galw'n 'duniau ocsigen' braidd yn gamarweiniol gan nad ocsigen oedd ynddynt.

Edrychodd ar ei horiawr. Efallai ei bod hi'n rhy hwyr yn barod.

TÎM DAU, UWCHBEN NODWYDD SPÍRO

Roedd Heulwen yn hofran chwe metr uwchben y Nodwydd, gan aros am y golau gwyrdd. Nid oedd hi'n fodlon â'r ymgyrch o gwbl. Roedd gormod o elfennau newidiol. Pe bai'r ymgyrch heb fod mor hanfodol i ddyfodol gwareiddiad y tylwyth teg, fyddai hi wedi gwrthod bod yn rhan ohoni yn gyfan gwbl.

Nid oedd ei hwyliau yn gwella wrth i'r noson fynd yn ei blaen. Roedd Tîm Un yn arbennig o amhroffesiynol, ac yn cweryla fel pâr o blant ysgol. Ond wedi dweud hynny, ac i fod yn deg â Gwen, prin ei bod hi heibio'i harddegau. Ond fyddai Mwrc, ar y llaw arall, ddim yn gallu dod â'i blentyndod i gof, hyd yn oed gyda chymorth gwyddoniadur.

Dilynodd Capten Pwyll eu taith ar fisor ei helmed, gan weld pob datblygiad newydd. O'r diwedd, a phopeth fel petai yn ei herbyn, llwyddodd Gwen i gyfnewid y tuniau.

'Dos, meddai Mwrc, gan wneud ei orau i swnio'n filwrol. 'Rydw i'n dweud eto. I ffwrdd â ni â'r fenter ddu, y peth côd coch hwn.'

Diffoddodd Heulwen y cysylltiad tra oedd Mwrc ar ganol chwerthin llond ei fol. Fe allai Cwiff agor sgrin yn ei fisor os oedd argyfwng o unrhyw fath.

Oddi tani, roedd Nodwydd Spiro yn pwyntio tua'r gofod fel roced fwya'r byd. Roedd niwl isel yn casglu am ei gwaelod, yn ychwanegu at y ddelwedd. Gosododd Heulwen ei hadenydd yn barod i ddisgyn, a gwneud hynny'n araf tuag at fan glanio'r hofrenyddion. Adferodd y ffeil fideo o Artemis yn mynd i mewn i'r Nodwydd ar ei fisor a'i arafu pan ddaeth at y fan lle'r oedd Spiro'n pwyso'r côd mynediad i fynd i mewn drwy ddrws y to.

'Diolch Spiro,' meddai gan wenu wrth iddi bwnio'r un côd.

Agorodd y drws. Roedd goleuadau awtomatig ar hyd y grisiau. Roedd camera fesul chwe cham. Dim mannau dall. Nid fod hynny'n gwneud gwahaniaeth i Heulwen, gan fod camerâu dynol ddim yn medru gweld tylwythen wedi ei tharianu – os nad oedd ganddynt nifer arbennig o uchel o raddfa ffram-yr-eiliad. A hyd yn oed wedyn, roedd rhaid i'r fframiau gael eu gweld fel lluniau llonydd i gael cipolwg ar y tylwyth teg. Dim ond un person dynol oedd wedi llwyddo i wneud hynny. Cymro, oedd yn ddeuddeg oed ar y pryd.

Aeth Heulwen ar hyd y grisiau, gan hofran, yna dechreuodd ei ffilter laser Argon yn ei fisor. Fe allai'r adeilad cyfan hwn fod wedi ei ddiogelu gan laserau cris-croes a fyddai hi ddim yn gwybod hynny nes ei bod hi yn eu canol a'r larwm rhybudd yn canu. Roedd gan darian y Tylwyth hyd yn oed ddigon o fâs i atal laser rhag cyrraedd ei synhwyrydd, os mai dim ond am fili-eiliad fyddai hynny. Trodd yr olygfa o'i blaen yn niwl piws, ond nid oedd taflegrau. Roedd hi'n siŵr na fyddai'r sefyllfa'r mor syml yn y gromgell.

Daliodd Heulwen i hedfan tuag at ddrysau'r lifft dur. 'Mae Artemis ar lawr wyth-deg-pedwar,' meddai Cwiff. 'Mae'r gromgell ar lawr wyth deg pump; penty Spiro ar lawr wyth deg chwech, lle'r ydym ni nawr.'

'Sut mae'r waliau?'

'Yn ôl y spectromedr, plastr a phren yw'r rhan fwyaf o'r canolfuriau. Ond am yr ystafelloedd allweddol, crwn, sydd wedi eu hatgyfnerthu â dur.'

'Gad i mi ddyfalu: ystafell Artemis, y gromgell a phenty Spiro.'

'Rwyt ti yn llygad dy le, Capten. Ond paid â digalonni. Rydw i wedi cynllunio'r llwybr haws. Mae ar ei ffordd i dy helmed nawr.'

Arhosodd Heulwen am eiliad nes i'r eicon cwilsyn ymddangos yng nghornel ei fisor, gan dynnu ei sylw at y ffaith fod ganddi bost.

'Agor y post,' meddai ym meic yr helmed, gan ynganu'n glir. Ymddangosodd cyfres o linellau gwyrdd o flaen ei llygaid. Gwelodd ei llwybr wedi'i farcio mewn llinell dew goch.

'Dilyna'r laser, Heulwen. Difethiant, wir, i ffŵl, hyd yn oed. Mae'n ddrwg gen i.'

'Popeth yn iawn, am nawr. Ond os yw hwn ddim yn gweithio, mi fydd yn wir ddrwg gennyt ti.'

Aeth y laser coch yn syth i mewn i grombil y lifft. Aeth

Heulwen i mewn a hofran i lawr wyth deg pump.
Arweiniodd y golau coch hi allan o'r lifft ac ar hyd y
coridor.

Ceisiodd agor drws y swyddfa ar y chwith. Wedi cloi.
Dim syndod.

Bydd rhaid i mi ddiosg y darian i bigo'r clo yma. Wyt
ti'n siŵr fod fy siâp i wedi ei sgwrio o'r fideo?'

'Wrth gwrs,' meddai Cwiff.

Fe allai Heulwen ddychmygu ei wefus yn pwdu. Dad-
darianodd ac estynnodd am y Teclyn Aml Bwrpas yn ei
gwregys. Roedd synhwyrydd y Teclyn Aml Bwrpas yn
medru anfon pelydr-X o'r clo a'i elfennau gweithredol i
sglodyn ac yna dewis y darn cywir. Fe fyddai hyd yn oed
yn gwneud y gwaith troi. Wrth gwrs, nid oedd y Teclyn
Aml Bwrpas yn gweithio ar bob clo, dim ond rhai tyllau-
clo, oedd, er yn annibynadwy, yn dal i gael eu defnyddio
gan Ddynion y Mwd.

O fewn llai na phum eiliad roedd y drws yn agored o'i
blaen hi. 'Pum eiliad,' meddai Heulwen. 'Mae'r peth yma
angen batri newydd.'

Rhedodd y llinell goch yn ei fisor i ganol y swyddfa, ac
yna trodd yn syth ar i waered, trwy'r llawr.

'Gad i mi ddyfalu. Mae Artemis i lawr yna?'

'Ydy. Yn cysgu, o'r lluniau sy'n dod o'r camera
cannwyll-y-llygad.'

'Fe ddwedaist ti fod y gell wedi ei leinio â dur
atgyfnerthol?'

'Ydy. Ond dim synhwyrwyr symudiad yn y waliau na'r nenfwd. Felly'r unig beth sydd rhaid i ti ei wneud yw llosgi trwyddo.'

Estynnodd Heulwen ei Neutrino 2000. 'O, dim byd arall?'

Dewisodd fan gyferbyn â'r tymherwr aer ar y wal a philio'r carped yn ôl. Oddi tano, roedd y llawr yn ddwl ac yn fetelig.

'Dim olion, wyt ti'n cofio?' meddai Cwiff yn ei chlust. 'Mae'n hanfodol.'

'Mi wna i boeni am hynny wedyn,' meddai Heulwen, gan addasu'r tymherwr aer yn berffaith. 'Am y tro, rhaid i mi ganolbwyntio ar ei gael e allan. Mae amser o'n plaid.'

Addasodd Heulwen allbwn y Neutrino, gan ganolbwyntio ei thaflegrydd nes ei fod yn torri trwy'r llawr metel. Cododd mwg chwerw o'r twll tawdd, a chodi'n syth allan, wedyn, i nos Chicago, drwy'r tymherwr aer.

'Nid Artemis yw'r unig un ag ymennydd yn y lle hwn,' meddai Heulwen, a chwys yn diferu ar hyd ei hwyneb er gwaethaf rheolydd hinsawdd ei helmed.

'Mae'r tymherwr aer yn rhwystro'r larwm tân rhag cychwyn. Da iawn.'

'Ydy e wedi deffro?' gofynnodd Heulwen, gan adael y centimetr a hanner olaf o sgwâr heb ei dorri.

'Yn hollol effro ac yn barod i fynd ar garlam, i ddefnyddio delwedd y gwŷr-feirch. Os oes laser yn torri trwy'r nenfwd, mae pobl yn dueddol o ddeffro.'

'Da iawn,' meddai Capten Pwyll, gan dorri drwy'r darn olaf. Trodd y sgwâr metel a throelli ar ddarn olaf o ddur.

'Wneith hwnna ddim gwneud sŵn aruthrol?' gofynnodd Cwiff.

Gwyliodd Heulwen y sgwâr yn disgyn.

'Rydw i'n amau hynny,' meddai.

CELL ARTEMIS GWARTH, NODWYDD SPÏRO

ROEDD Artemis yn myfyrio pan ddaeth taniad cyntaf y laser trwy'r nenfwd. Cododd o'i safle eistedd lotws, gwisgo ei siwmper a threfnu clustogau ar y llawr. Munudau wedyn, disgynnodd sgwâr o fetel i'r llawr, ei gwymp yn cael ei dawelu gan y clustogau. Ymddangosodd wyneb Heulwen yn y twll.

Pwyntiodd Artemis at y clustogau. 'Fe wnest ti ragweld beth fyddwn i'n ei wneud.'

Cytunodd capten y LEP. 'Do. Dwyt ti ond yn dair ar ddeg oed ond rwyt ti'n Siôn 'run shwt yn barod.'

'Rydw i'n cymryd dy fod wedi defnyddio'r tymherwr aer i gael gwared â'r mwg?'

'Yn union. Rydw i'n amau'n bod ni'n dod i adnabod ein gilydd yn llawer rhy dda.'

Gostyngodd Heulwen linell piton o'i gwregys drwy'r twll.

'Gwna ddolen ym mhen y clamp a rho dy droed ynddi. Mi wnaf i dy godi i fyny.'

Gwnaeth Artemis fel y gofynnodd hi ac, o fewn eiliadau, roedd e'n bustachu dringo trwy'r twll.

'Oes gennym ni gymorth Mister Cwiff?' gofynnodd.

Rhoddodd Heulwen ddarn clust bychan i Artemis. 'Gofynna iddo fe, dy hunan.'

Rhoddodd Artemis y wyrth fechan o dechnoleg-nano yn ei glust ar ei union. 'Wel, Cwiff. Synna fi.'

Oddi tano, yn Ninas Hafan, roedd y gŵr-farch yn rhwbio'i garnau, ar ben ei ddigon. Artemis oedd yr unig un oedd wir yn deall ei areithiau.

'Rwyt ti'n mynd i fod wrth dy fodd 'da hyn, Fachgen y Mwd. Nid yn unig rydw i wedi dy sgwrio di o'r fideo, nid yn unig rydw i wedi dileu'r nenfwd yn disgyn, ond rydw i wedi creu Artemis ffug.'

Roedd gan Artemis ddiddordeb. 'Un ffug? Wir? Sut, yn union?'

'Hawdd, i fod yn onest,' meddai Cwiff yn ddiymhongar. 'Mae gen i gannoedd o ffilmiau dynol ar fy ffeil. Rydw i wedi benthyg golygfa caethiwo Steve McQueen yn y ffilm *The Great Escape*, ac wedi newid ei ddillad.'

'Beth am yr wyneb?'

'Roedd gen i fideo digidol o'r holiad gefaist ti'r tro diwethaf yn Hafan. Fe rois y ddau gyda'i gilydd a *voilà*. Fe all ein Hartemis ffug wneud beth bynnag rydw i'n gofyn iddo fe, pryd bynnag fydda i'n dweud. Ar hyn o bryd mae'r un ffug yn cysgu ond, mewn hanner awr, efallai bydda i'n rhoi gorchymyn iddo fe fynd i'r lle chwech.'

Tynnodd Heulwen ei chord piton tuag ati. 'Gwyrth gwyddoniaeth fodern. Mae'r LEP yn tywallt miloedd i mewn i dy adran, Cwiff, a'r unig beth y medri di ei wneud ydy anfon Bechgyn y Mwd i'r toiled.'

'Dylet ti fod yn llawer mwy caredig na hynna 'da fi, Heulwen. Rydw i'n gwneud ffafr anferth â chi. Petai Julius yn gwybod 'mod i'n eich helpu chi, fe fyddai'n gandryll.'

'A dyna'n union pam rwyt ti'n helpu.'

Symudodd Heulwen yn dawel tuag at y drws, a'i gilagor. Roedd y coridor yn glir ac yn dawel ond am rwnan y camerâu'n troi a'r golau llachar yn hymian. Roedd un darn o fisor Heulwen yn dangos lluniau pitw o gamerâu diogelwch Spiro. Roedd chwe gwarchodwr yn cerdded o gwmpas ar lawr Spiro.

'Ocê. Bant â ni. Rhaid i ni gyrraedd Spiro cyn i'r gwarchodwyr gael eu newid.'

Gosododd Artemis garped dros y twll yn y llawr. 'Ydych chi wedi canfod ei gartref?'

'Yn union uwch ein pennau. Rhaid i ni fynd yno a sganio cannwyll ei lygad a marc ei fawd.'

Fflachiodd syndod dros wyneb Artemis. Dim ond am eiliad.

'Sganio. Ie. Gorau po gyntaf.'

Nid oedd Heulwen wedi gweld yr olwg honno yn llygaid y bachgen o'r blaen. Euogrwydd? Oedd hynny'n bosib?

'Oes yna rywbeth rwyt ti'n ei gelu?' gorchmynnodd.

Diflannodd yr olwg, a dychwelodd yr un hen olwg ddi-emosiwn arferol.

'Na, Capten Pwyll. Dim. Ac wyt ti'n meddwl mai nawr yw'r amser ar gyfer cwestiynau lu?'

Cododd ei bys. 'Artemis. Os wyt ti'n chwarae gemau â mi nawr, yng nghanol ymgyrch, wna i ddim anghofio.'

'Paid â phoeni,' meddai Artemis yn goeglyd. 'Fe fyddai *i'n* anghofio.'

Roedd fflat Spiro ddau lawr yn union uwchben cell Artemis. Roedd atgyfnerthu'r un bloc yn gwneud synnwyr. Yn anffodus, nid oedd Jon Spiro'n hoffi'r syniad o rywun yn ysbio arno, felly nid oedd camerâu yn ei ddarn ef o'r adeilad.

'Fel y byddech chi'n ei ddisgwyl,' mwmialodd Cwiff. 'Ni fydd pobl sydd wedi gwallgofi ar bŵer byth yn hoffi'r syniad o rywun yn gwybod eu cyfrinachau bach budr hwy eu hunain.'

'Mae gan rhywun rywbeth i'w guddio,' meddai Heulwen, gan anelu pelydrau'r Neutrino at y nenfwd.

Toddodd darn o'r nenfwd fel rhew mewn tegell, gan ddatgelu'r dur uwch eu pennau. Disgynnodd dafnau metel ar y carped wrth i'r laser dorri drwy'r llawr. Pan oedd y twll yn ddigon mawr, diffoddodd Heulwen y Neutrino a rhoi camera ei helmed drwy'r twll.

Newidiodd mo'r sgrin.

'Isgoch, nesaf.'

Ymddangosodd rhestl o siwtiau. Efallai mai gwyn oeddynt.

'Y wardrob. Rydym ni yn y wardrob.'

'Perffaith,' meddai Cwiff. 'Rho fe i gysgu.'

'Mae e'n cysgu. Mae hi'n ddeg munud i bump y bore.'

'Wel, gwna'n siŵr nad ydy e'n deffro, felly.'

Ailosododd Heulwen ei chamera. Tynnodd gapsiwl bach arian o'i gwregys a'i roi yn y twll.

Rhoddodd Cwiff sylwebaeth fyw i Artemis.

'Cysgwr Trymach yw'r capsiwl, rhag ofn dy fod ti eisiau gwybod.'

'Nwy?'

'Na, taflegriadau ymennydd.'

Roedd Artemis eisiau gwybod mwy. 'Dos yn dy flaen.'

'Yn syml, mae'n sganio am batrymau ymennydd, yna'n eu hail-greu. Mae unrhyw un sydd yn agos ato yn aros yn y cyflwr hwnnw nes i'r capsiwl doddi.'

'Heb adael yr un marc?'

'Dim un. A dim ôl-effeithiau. Beth bynnag maen nhw'n fy nhalu i, dydy e ddim yn ddigon.'

Cyfrifodd Heulwen funud ar gloc ei fisor.

'Ocê. Mae e'n dawel, cyn belled â'i fod e ddim yn effro pan gyrhaeddodd y Cysgwr Trymach. I ffwrdd â ni.'

Roedd ystafell Spiro mor wyn â'i siwtiau, ond am y twll llosg yn y wardrob. Dringodd Artemis a Heulwen trwyddo i wardrob pren gwyn a charped blewog gwyn. Aethant trwy'r drysau ac i mewn i ystafell oedd yn disgleirio yn y tywyllwch. Dodrefn y dyfodol – gwyn, wrth gwrs. Goleuadau cylch gwyn a llenni gwyn.

Am eiliad arhosodd Heulwen i astudio peintiad anferth oedd ar un wal.

'O, Nefi Wen! Beth nesaf?' meddai.

Peintiad olew oedd e. Yn hollol wyn. Roedd plac pres oddi tano, a'r enw, 'Ysbryd Eira'.

Roedd Spiro'n gorwedd yng nghanol ffwton anferth, ar goll mewn twyni sidan gwyn. Tynnodd Heulwen y gorchudd yn ôl, a'i rolio ar ei gefn. Hyd yn oed yn ei gwsg, roedd wyneb y dyn hwn yn faleisus, fel petai ei freuddwydion, bob tamaid, mor ffiaidd â'i feddyliau pan fyddai'n effro.

'Dyn neis,' meddai Heulwen, gan ddefnyddio ei bawd i godi amrant Spiro. Sganiodd camera ei helmed y llygad a chadw'r wybodaeth ar sglodyn. Mater syml fyddai taflunio'r ffeil ar sganiwr y gromgell a thwyllo'r cyfrifiadur diogelwch.

Ni fyddai'r sgan bawd mor syml. Gan mai gel oedd yn y ddyfais sganio, fe fyddai'r synwyryddion pitw yn chwilio am yr union farciau a'r cylchoedd ym mawd Spiro. Fyddai taflunio ddim yn gwneud y tro. Rhaid oedd iddo fod yn 3D. Meddyliodd Artemis am ddefnyddio rhwymyn latecs â chof, rhywbeth cyffredin mewn unrhyw focs cymorth cyntaf LEP – a'r un latecs a ddefnyddiwyd i ludo'r meic wrth ei wddf. Yr unig beth roedd yn rhaid ei wneud oedd lapio bawd Spiro yn y latecs am ychydig ac fe fyddai ganddynt fowld o'r bawd. Rhwygodd Heulwen ddarn pymtheg centimetr o'r rhwymyn o'i gwregys.

'Wneith e ddim gweithio,' meddai Artemis.

Suddodd calon Heulwen. Dyma ni. Y peth roedd Artemis heb ei ddatgelu.

'Pam?'

'Y rhwymyn latecs â chof. Wneith e ddim twyllo'r gel sganio.'

Dringodd Heulwen o'r ffwton. 'Does dim amser gen i i hyn, Artemis. Does gennym *ni* ddim amser i hyn. Fe wneith y latecs â chof gopi perffaith, i lawr i'r moleciwl olaf.'

Roedd llygaid Artemis yn wynebu'r llawr. 'Model perffaith, mae hynny'n wir, ond wedi ei wrthdroi. Fel negatif llun. Felly'r gwrthwyneb i'r hyn rydym ei angen.'

'D'Arvit!' rhegodd Heulwen. Roedd Bachgen y Mwd yn iawn. Siŵr iawn ei fod e. Fe fyddai'r sganiwr yn darllen y latecs fel marc hollol anghywir. Gloywodd ei bochau y tu ôl i'r fisor.

'Roeddet ti'n gwybod hyn, Fachgen y Mwd. Yn gwybod hyn yr holl amser.'

Nid oedd Artemis yn ceisio gwadu.

'Rydw i'n synnu fod neb wedi sylwi ar y broblem.'

'Felly pam dweud y celwydd?'

Cerddodd Artemis at ochr bella'r gwely, gan afael yn llaw dde Spiro.

'Gan fod dim ffordd o dwyllo'r gel sganio, rhaid iddo weld y bawd hwn.'

Chwyrnodd Heulwen. 'Beth rwyt ti am i mi ei wneud? Ei dorri a mynd â fe gyda ni?'

Roedd tawelwch Artemis yn ddigon o ateb.

'Beth? Rwyt ti eisiau i mi dorri ei fawd e? Wyt ti'n wallgof?'

Arhosodd Artemis yn amyneddgar i'r ffrwydrad ddod i ben.

'Gwranda, Capten. Dim ond mesur dros dro fydd e. Gallai'r bawd gael ei roi yn ôl. Gwir?'

Cododd Heulwen ei dwylo. 'Jest cau dy geg, Artemis. Jest cau dy geg. Ac roeddwn i'n meddwl dy fod wedi newid. Roedd y comander yn iawn. Does dim modd newid y natur ddynol.'

'Pedwar munud,' mynnodd Artemis. 'Mae gennym ni bedwar munud i gracio'r gromgell a dod â fe'n ôl. Fydd Spiro ddim yn teimlo dim byd.'

Pedwar munud oedd yr amser oedd wedi ei bennu ar gyfer gwellhad, yn ôl y gwerslyfr. Ar ôl hynny, nid oedd sicrwydd y byddai'r bawd yn cydio. Fe fyddai'r croen yn rhwymo, ond fe fyddai'r cyhyr a'r nerfau'n gwrthod.

Roedd Heulwen yn teimlo bod ei helmed yn crebachu am ei phen.

'Artemis, fe wna i dy syfrdanu di â'r Neutrino, gwnaf wir.'

'Meddylia, Heulwen. Nid oedd dewis gen i ond dweud y celwydd am hyn. Fyddet ti wedi cytuno pe bawn i wedi dweud ynghynt?'

'Na, dim ffiars o beryg. A dydw i ddim yn cytuno nawr, ychwaith!'

Gloywodd wyneb Artemis mor welw â'r waliau. 'Mae'n rhaid i ti, Capten. Does dim un ffordd arall.'

Chwifiodd Heulwen ei llaw, fel petai Artemis yn ddim ond pry poenus, a siaradodd yn ei meic.

'Cwiff, wyt ti'n gwrando ar y gwallgofrwydd hwn?'

'Mae'n swnio'n wallgof, Heulwen, ond os na wnei di gael y dechnoleg yma'n ôl, fe allem ni golli llawer mwy na bawd.'

'Alla i ddim coelio'r peth. Ar ochr pwy rwyt ti, Cwiff? Dydw i ddim eisiau meddwl hyd yn oed am oblygiadau cyfreithiol hyn.'

Chwarddodd Cwiff o dan ei anadl. 'Goblygiadau cyfreithiol? Rydym ni wedi mynd fymryn ymhellach na systemau'r llys yn barod, Capten. Mae hon yn ymgyrch gyfrinachol. Dim record. Dim cliriad. Petai hyn yn dod yn hysbys, fe fyddem ni i gyd yn colli'n swyddi.

Fydd bawd yma ac acw ddim yn gwneud unrhyw wahaniaeth.'

Trodd Heulwen y rheolydd hinsawdd yn ei helmed yn uwch, gan anfon chwythiad o wynt oer at ei thalcen.

'Wyt ti'n siŵr y gallwn ni wneud hyn, Artemis?'

Meddyliodd Artemis yn ddwys am rai eiliadau. 'Gallwn. Rydw i'n siŵr. A beth bynnag, does dim opsiwn ond rhoi cynnig arni.'

Croesodd Heulwen i ochr arall y ffwton.

'Alla i ddim coelio 'mod i hyd yn oed yn ystyried hyn.' Cododd law Spiro yn ofalus. Nid oedd yn ymateb, dim hyd yn oed mwmial cwsg. Y tu ôl i beli ei lygaid, roedd llygaid Spiro'n fflachio mewn cwsg REM.

Tynnodd Heulwen arf allan. Wrth gwrs, mewn theori, roedd hi'n berffaith bosib tynnu bys neu fawd i ffwrdd ac yna ei roi yn ôl gyda hud. Fyddai dim niwed yn cael ei wneud, ac mae'n siŵr y byddai ychydig o hud yn cael gwared â'r smotiau iau yna oedd ar law Spiro. Ond nid dyna'r pwynt. Nid dyma sut roedd hud i gael ei ddefnyddio. Roedd Artemis yn manipiwleiddio'r Tylwyth ar gyfer ei anghenion ei hunan, eto.

'Pelydryn pymtheg centimetr,' meddai Cwiff yn ei chlust. 'Amledd uchel iawn. Rydym ni angen toriad glân. A rho ddos o hud iddo tra byddi wrthi. Efallai y gwneith hynny roi mwy o amser i chi.'

Am ryw reswm, roedd Artemis yn edrych y tu ôl i glustiau Spiro.

'Hmm,' meddai. 'Clyfar.'

'Beth?' hisiodd Heulwen. 'Beth nawr?'

Camodd Artemis yn ôl. 'Dim byd o bwys. Dos yn dy flaen.'

Gloywodd golau coch o fisor Heulwen wrth i laser cwta dwys chwythu o ffroenell ei Neutrino.

'Un toriad,' meddai Artemis. 'Glân.'

Syllodd Heulwen arno. 'Paid, Fachgen y Mwd. Dim gair. Ac yn enwedig, dim cyngor.'

Camodd Artemis yn ôl. Rhaid oedd encilio i ennill ambell frwydr.

Gan ddefnyddio'i bawd chwith a'i mynegfys, gwnaeth Heulwen gylch am fawd Spiro. Anfonodd bwls hud i mewn i'r llaw ddynol. Mewn mater o eiliadau, tynhaodd y croen, diflannodd y llinellau a chryfhaodd y cyhyr.

'Ffilter,' meddai yn ei meic. 'Pelydr-X.'

Disgynnodd y ffilter ac yn sydyn, roedd popeth yn dryloyw, gan gynnwys llaw Spiro. Roedd yr esgyrn a'r cymalau oll yn amlwg o dan y croen. Dim ond y marc bawd roedd ei angen felly fe fyddai Heulwen yn gwneud y toriad o dan y migwrn. Fe fyddai'n ddigon anodd ei roi yn ôl o dan bwysau heb orfod meddwl am gysylltu cymalau.

Daliodd Heulwen ei hanadl. Fe fyddai'r Cysgwr Trymach yn ymddwyn yn llawer gwell nag anaesthetig. Ni fyddai Spiro'n gwingo nac yn teimlo anghysur o unrhyw fath. Gwnaeth y toriad. Toriad esmwyth oedd yn selio wrth dorri. Dim diferyn o waed.

Lapiodd Artemis y bawd mewn hances o gwpwrdd Spiro.

'Gwaith da,' meddai. 'I ffwrdd â ni. Mae amser yn cerdded yn ei flaen yn barod.'

Aeth Artemis a Heulwen yn ôl trwy'r twll yn y wardrob i lawr wyth deg pump. Roedd bron milltir a hanner o goridor ar y llawr hwn, a chwe gwarchodwr ar batrôl, mewn deuoedd. Roedd eu llwybrau wedi eu cynllunio'n fanwl nes bod un ohonynt yn gweld drws y gromgell bob amser. Roedd coridor y gromgell yn gan metr o hyd ac yn cymryd wyth deg eiliad i'w groesi. Ar ben yr wyth deg eiliad, roedd y pâr nesaf o warchodwyr yn camu heibio'r gornel. Yn ffodus, roedd dau o'r gwarchodwyr yn gweld y byd drwy lygaid tra gwahanol y bore hwnnw.

Rhoddodd Cwiff y gair.

'Ocê. Mae ein bois ni'n mynd at eu cornel.'

'Rwyt ti'n siŵr mai nhw ydyn nhw? Mae'r gorilas yma i gyd yn edrych yn debyg. Pennau bach. Dim gyddfau.'

'Yn siŵr. Mae eu targedau'n dangos yn hollol glir.'

Roedd Heulwen wedi peintio Pecs a Chips â stamp oedd fel rheol yn cael ei ddefnyddio gan ddynion tollfa a mewnfudiad ar gyfer fisâu anweledig. Roedd y stamp yn gloywi'n oren wrth ei weld drwy ffilter isgoch.

Gwthiodd Heulwen Artemis trwy'r drws o'i blaen. 'Ocê. Dos. A dim malu awyr coeglyd.'

Nid oedd angen y rhybudd. Nid oedd hyd yn oed Artemis Gwarth ag awydd bod yn goeglyd ar foment mor dyngedfennol yn yr ymgyrch.

Rhedodd ar hyd y coridor, yn syth at y dynion gwyliadwriaeth anferth. Roedd siâp gynnau i'w weld yn glir o dan eu siacedi. Rhai mawr a hen ddigon o fwledi.

'Wyt ti'n siŵr eu bod nhw wedi eu mesmereiddio?' gofynnodd i Heulwen, oedd yn hofran uwch ei ben.

'Wrth gwrs. Mae eu meddyliau mor wag, roedd hi fel defnyddio sialc i ysgrifennu ar fwrdd du. Ond fe allem ni eu syfrdanu, pe byddai'n well gennyt ti.'

'Na,' meddai Artemis. 'Dim marc. Rhaid peidio â gadael marc.'

Roedd Pecs a Chips yn agosach nawr, yn trafod rhagoriaethau cymeriadau ffug gwahanol.

'Capten Hook sy'n wych,' meddai Pecs. 'Fe fyddai e'n cicio pen-ôl piws Barney ddeg gwaith allan o ddeg.'

Ochneidiodd Chips. 'Ti ddim yn deall pwynt Barney o gwbl. Gwerthoedd yw'r peth. Nid cicio pen-ôl yw'r pwynt.'

Cerddodd y ddau heibio i Artemis heb ei weld. A pham y byddent yn ei weld? Gan fod Heulwen wedi eu mesmereiddio i beidio â gweld unrhyw un anghyffredin ar y llawr hwn, pe na bai rhywun arall yn tynnu sylw atynt.

Roedd y bwth diogelwch allanol o'u blaenau, a thua phedwar deg eiliad ar ôl cyn i'r set nesaf o warchodwyr gyrraedd. Y set oedd heb eu mesmereiddio.

'Jest dros hanner munud, Heulwen. Rwyt ti'n gwybod beth i'w wneud.'

Trodd Heulwen y thermo coil yn ei siwt yn uwch fel eu bod yr un tymheredd yn union â'r ystafell. Fe fyddai hyn yn twyllo'r latis o laserau oedd yn mynd cris-croes dros fynedfa'r gromgell. Nesaf, gosododd ei hadenydd i hofran yn araf. Fe allai gormod o wynt yn symud ar i lawr actifadu'r pad pwysedd oddi tani. Tynnodd ei hunan ymlaen wrth ganfod gafael-bwyntiau ar hyd y wal lle'r oedd ei helmed yn dweud nad oedd synwyryddion wedi'u cuddio. Crynodd y pad pwysedd ond nid digon i actifadu'r synhwyrydd.

Gwyliodd Artemis yn ddiamynedd wrth i Heulwen fynd yn ei blaen.

'Brysia, Heulwen. Ugain eiliad.'

Rhochiodd Heulwen rywbeth na ellid ei argraffu, gan lusgo'i hunan o fewn lled braich i'r drws.

'Ffeil fideo, Spiro 3,' meddai, a rhedodd cyfrifiadur ei helmed drwy ffilmiau o Spiro yn pwnio côd drws y gromgell. Copïodd ei symudiadau, a symudodd chwe phiston wedi eu hatgyfnerthu yng nghrombil y drws dur, gan adael i bwysau'r drws symud ac agor yn llydan. Roedd pob un larwm mewnol wedi ei anactifadu'n awtomatig. Ac roedd yr ail ddrws yn sefyll yn gadarn, a thri golau coch yn gloywi ar ei banel. Dim ond tri rhwystr arall ar ôl, nawr. Y pad gel, y sgan cannwyll-y-llygad a'r actifadydd llais.

Roedd y math hwn o ymgyrch yn rhy gymhleth ar gyfer gorchmynion llais. Roedd cyfrifiaduron Cwiff wedi camddeall gorchmynion yn y gorffennol, er bod y gŵr-farch wedi mynnu mai nam-tylwyth oedd y broblem. Rhwygodd Heulwen y strap felcro oedd yn cuddio'r pad-gorchmynion helmed ar ei harddwn.

Yn gyntaf, tafluniodd lun 3D o gannwyll-llygad Spiro cyfuwch â phum troedfedd, chwe modfedd. Anfonodd y sganiwr cannwyll-llygad dafluniad troellog i ddarllen y cannwyll-llygad ffug. Dychwelodd i'w le, wedi ei fodloni mae'n rhaid, ac agorodd y clo cyntaf. Trodd golau coch yn wyrdd.

Y cam nesaf oedd galw i fyny'r ffeil llais addas i dwyllo'r gwiriwr llais. Roedd y dechnoleg yn soffistigedig dros ben, ac ni allai'r gel gael ei dwyllo gan recordiad. Recordiad dynol, hynny yw. Roedd meic Cwiff yn creu copi union o lais, ac nid oedd modd dweud y gwahaniaeth rhwng y copi a'r gwreiddiol. Fe fyddai hyd yn oed mwydod drewllyd, gyda'u cyrff llawn clustiau, yn cael eu twyllo gan hisian sŵn-cyplu mwydyn arall o beiriant recordio Cwiff. Roedd e'n trafod ag asiantaeth casglu-mwydod, oedd eisiau cael gafael ar y patent ar hyn o bryd.

Chwaraeodd Heulwen y ffeil drwy leiswyr yr helmed.

'Jon Spiro. Fi yw'r bos felly agorwch ar eich union.'

Larwm rhif dau wedi ei anactifadu. Golau gwyrdd arall.

'Esgusodwch fi, Capten,' meddai Artemis, mewn rhyw islais ofnus. 'Mae'r amser bron ar ben.'

Agorodd yr hances a chamu heibio i Heulwen, ar y plât llawr coch. Pwysodd y bawd i mewn i'r sganiwr. Gwasgodd gel gwyrdd i mewn i batrwm bys y bawd. Trodd golau'r larwm yn wyrdd. Roedd wedi gweithio. Wrth gwrs, ei fod e. Bawd y dyn cywir ydoedd e, wedi'r cwbl.

Ond ni ddigwyddodd dim byd pellach. Nid agorodd y drws.

Pwniodd Heulwen ysgwydd Artemis.

'Wel? Ydym ni i mewn?'

'Na, mae'n ymddangos nad ydym ni. A dyw'r pwnio ddim yn fy helpu fi i ganolbwyntio, gyda llaw.'

Syllodd Artemis ar y consol. Beth roedd e wedi ei fethu? Meddylia boi, meddylia. Rho'r celloedd ymennydd enwog yna ar waith. Pwysodd yn agosach at yr ail ddrws, gan symud ei bwysau oddi ar ei goes gefn. Oddi tano, gwichiodd y plât coch.

'Wrth gwrs!' ebychodd Artemis. Cipiodd Heulwen gan ddal ynddi yn dynn.

'Nid jest lliw coch ydy e,' meddai, ar frys. 'Mae'n sensitif i bwysau.'

Roedd Artemis yn gywir. Roedd pwysau'r ddau gyda'i gilydd yn ddigon tebyg i bwysau Spiro ac felly yn ddigon i dwyllo'r glorian. Yn amlwg, dyfais fecanyddol. Fyddai cyfrifiadur byth wedi cael ei dwyllo. Llithrodd yr ail ddrws i'r hollt ger eu traed.

Rhoddodd Artemis y bawd yn ôl i Heulwen.

'Dos,' meddai. 'Mae amser Spiro'n mynd yn brin. Fydda i ddim yn bell y tu ôl i ti.'

Cymerodd Heulwen y bawd. 'Ac os wyt ti ddim?'

'Felly bydd yn rhaid i ni fynd at Gynllun B.'

Cytunodd Heulwen gan amneidio'n araf. 'Gad i ni obeithio na fydd yn rhaid.'

'Ie, wir.'

Camodd Artemis i'r gromgell. Anwybyddodd y ffortiwn mewn gemwaith a bondiau, gan fynd yn syth at gell persbecs y Llygad. Roedd dau ddyn diogelwch fel teirw yn ei ffordd. Roedd masgiau ocsigen wedi eu strapio am wynebau'r ddau, ac roedd eu hwynebau'n annaturiol o lonydd.

'Esgusodwch fi, foneddigion. Fyddech chi'n meindio petawn i'n benthyg Llygad Mister Spiro?'

Ni ddaeth ateb gan y dynion. Dim amrantiad, hyd yn oed. Y nwy parlysu oedd yn eu tanciau ocsigen oedd yn gyfrifol am hyn yn ddiamau. Roedd hwnnw wedi'i gymysgu o wenwyn nyth o bryfaid genwair Periw. Roedd y nwy yn debyg iawn, yn ei gyfansoddiad cemegol, i eli a ddefnyddiwyd gan bobl frodorol De-America fel anaesthetig.

Rhoddodd Artemis y côd i mewn, wrth i Cwiff ei ailadrodd yn ei glust, a disgynnodd pedair ochr y persbecs i'r golofn ar foduron tawel, gan adael Llygad y Dydd heb unrhyw beth yn ei amddiffyn. Estynnodd amdano . . .

YSTAFELL WELY SPİRO

Dringodd Heulwen drwy'r twll yn y wardrob ac i mewn i ystafell wely Spiro. Roedd y dyn busnes yn gorwedd yn yr union siâp roedd hi wedi'i adael, ei anadlu yn gyson ac arferol. Roedd y stop-wats ar fisor Heulwen yn dweud 4.57 y.b. ac roedd yr amser yn prysur ddiflannu. Dim ond o fewn trwch blewyn roedd hi wedi dychwelyd mewn pryd.

Dadlapiodd y bawd yn ofalus, gan ei osod yn ei le, eto. Roedd llaw Spiro'n teimlo'n oer ac afiach wrth gyffwrdd â hi. Defnyddiodd y ffilter chwyddo yn ei fisor i chwyddo ei golwg o'r bawd toredig. Yn ofalus, ofalus, gosododd y bawd ar y llaw fel bod y ddau ddarn yn cyfarfod yn union fel roeddynt o'r blaen.

'Gwella,' meddai, ac aeth gwreichion hud o flaenau ei bysedd ac i ddau hanner bawd Spiro. Pwythodd edafedd o olau glas y croen a'r epidermis ynghyd, a thorrodd croen ffres trwy'r hen un i guddio'r toriad. Dechreuodd y bawd grynu a byrlymu. Daeth stêm o'r mandyllau yn y croen a chreu niwl am law Spiro. Ysgydwodd ei fraich yn ffyrnig, a theithiodd y sioc dros ei frest esgyrnog. Cododd cefn Spiro yn fwa nes bod Heulwen yn meddwl y byddai'n torri'n ddau, yna disgynnodd yn swp ar ei wely. Trwy gydol y broses, ni newidiodd curiad ei galon unwaith.

Sgipiodd un neu ddau o wreichion coll dros gorff Spiro fel cerrig mân dros bwll dŵr, gan dargedu'r mannau y tu ôl i'w ddau glust, yn union lle'r oedd Artemis wedi bod yn edrych yn gynharach. Rhyfedd. Tynnodd Heulwen un glust yn ôl i ddangos creithiau hanner-lleuad, yn prysur ddiflannu oherwydd yr hud. Roedd craith yr union 'run fath y tu ôl i'r glust arall.

Defnyddiodd Heulwen ei fisor i edrych yn fanylach ar y creithiau.

'Cwiff, beth rwyt ti'n ei wneud o'r rhain?'

'Llawdriniaeth,' atebodd y gŵr-farch. 'Efallai fod ein ffrind, Spiro, wedi cael triniaeth gosmetig. Neu efallai . . . '

'Neu efallai nad Spiro yw e,' gorffennodd Heulwen ei frawddeg, gan roi sianel Artemis ymlaen. 'Artemis. Nid Spiro yw e. Dwbwl yw e. Wyt ti'n fy nghlywed i? Ateb, Artemis.'

Ni atebodd Artemis. Am ei fod yn gwrthod neu yn methu â gwneud hynny?

Y GROMGELL

Estynnodd Artemis am y bocs ag un llaw, ac ar y gair symudodd un o'r waliau trwy rym awyr. Y tu ôl iddi roedd

Jon Spiro ac Arno Brwnt. Roedd gwên Spiro mor llydan nes y gallai fod wedi llyncu sleisen o ddyfrfelon cyfan.

Cymeradwyodd, â'i emwaith yn clecian. '*Bravo*, Mister Gwarth. Roedd ambell un ohonom yn amau y byddet ti'n cyrraedd mor bell â hyn.'

Cymerodd Brwnt fil can doler o'i waled a'i roi i Spiro.

'Diolch yn fawr iawn, Arno. Gobeithio y bydd hyn yn dy ddysgu i beidio â betio yn dy erbyn dy hunan.'

Nodiodd Artemis yn feddylgar. 'Yn yr ystafell wely. Dwbl oedd hwnnw.'

'Ie. Costa, fy nghefnder. Mae ei ben yr un siâp â 'mhen i. Toriad neu ddau ac fe allem ni'n dau fod yn efeilliaid.'

'Felly fe wnaethoch chi drefnu i'r sganiwr gel dderbyn ei farc bawd ef.'

'Am un noson yn unig. Roeddwn i am weld pa mor bell fyddet ti'n mynd. Rwyt ti'n rhyfeddod, fachgen. Lwyddodd neb i ddod i'r gromgell o'r blaen, ac fe fyddet ti'n synnu faint o bobl broffesiynol sydd wedi ceisio. Yn amlwg, mae ambell nam yn y system, rhywbeth y bydd fy mhobl diogelwch yn edrych arno yn fanwl, nawr. Sut lwyddaist ti, beth bynnag? Dyw Costa ddim gyda thi, rydw i'n gweld.'

'Cyfrinach y busnes.'

Camodd Spiro oddi ar ei lwyfan fechan. 'Ta waeth. Fe wnawn ni edrych ar y tapiau. Mae'n rhaid bod un neu ddau gamera y methaist ti â'u rigio. Mae un peth yn sicr; wnest ti mo'r peth heb gymorth. Chwilia am ddarn clust arno fe, Arno.'

Cymerodd lai na phum eiliad i Brwnt ganfod y darn clust. Tynnodd e allan yn fuddugoliaethus a chwalu'r silindr bach o dan ei droed.

Ochneidiodd Spiro. 'Does gen i ddim amheuaeth, Arno, fod y peth bach electronig yna'n werth mwy nag y byddet ti'n ei ennill yn dy fywyd. Pam 'mod i'n dy gadw di? Dwn i ddim, wir.'

Tynnodd Brwnt wyneb. Roedd ei set dannedd yn rhai persbecs y tro hwn, ac wedi eu hanner-llenwi ag olew glas. Peiriant tonnau erchyll.

'Sori, Mister Spiro.'

'Mi fyddi di'n fwy sori byth, fy nghyfaill di-ddant,' meddai Artemis, 'gan fod Gwesyn ar ei ffordd.'

Camodd Brwnt yn ôl, yn reddfol.

'Paid â meddwl fod y nonsens dwl yna'n fy nychryn i. Gwesyn, wir. Fe welais i e'n syrthio.'

'Syrthio, do. Ond welaist ti e'n marw? Os ydw i'n cofio'r rhestr o ddigwyddiadau'n gywir, ar ôl i ti saethu Gwesyn, fe saethodd e ti.'

Cyffyrddodd Brwnt y pwythau yn ei dalcen. 'Saethiad lwcus.'

'Lwcus? Mae Gwesyn yn saethwr penigamp. Fyddwn i ddim yn dweud hynny wrtho fe wyneb yn wyneb.'

Chwarddodd Spiro, wrth ei fodd. 'Mae'r bachgen yn chwarae gemau â thi, Arno. Tair ar ddeg oed ac yn dy chwarae di fel piano ar lwyfan Canolfan y Mileniwm. Ble mae dy asgwrn cefn di, ddyn; mae disgwyl i ti ymddwyn fel dyn proffesiynol.'

Ceisiodd Brwnt adfer ei hunan-barch, ond roedd ysbryd Gwesyn yn gysgod ar ei wyneb.

Cipiodd Spiro Lygad y Dydd o'i glustog. 'Dyma hwyl, Arti. Yr holl siarad budr a'r ffraethineb, ond does dim byd ynddo fe. Fi sydd yn ennill, eto; mae rhywun wedi ennill y blaen arnat ti. Dyna i ti beth oedd gêm fach dda. Difyrrwch. Mae dy antur fach di wedi bod yn addysgiadol y tu hwnt, os hefyd yn bathetig. Ond mae'n rhaid i ti dderbyn fod hyn ar ben nawr. Rwyt ti ar dy ben dy hunan, a does gen i ddim amser ar gyfer mwy o gemau!'

Ochneidiodd Artemis, yn bictiwr o rywun wedi ei orchfygu. 'Mae hon wedi bod yn wers, on'd yw hi? I ddangos i mi pwy oedd y bos?'

'Yn union. Mae'n cymryd mwy o amser i rai pobl ddysgu. Y clyfra yw'r gelyn, y mwya yw'r ego – dyna fydda i'n canfod. Roedd yn rhaid i ti sylweddoli nad oeddet ti cystal â mi, er mwyn i ti wneud beth roeddwn i am i ti ei wneud.' Gosododd Spiro law esgyrnog ar ysgwydd y Cymro ifanc. Gallai Artemis deimlo pwysau ei emwaith. 'Nawr, gwranda'n ofalus, fachgen. Rydw i am i ti ddatgloi'r Llygad. Dim mwy o giamocs. Chlywais i erioed am nerd cyfrifiadurol nad oedd wedi creu drws cefn iddo fe'i hunan. Agora'r babi hwn, nawr, neu bydda i'n dechrau colli fy limpyn, a choelia di fi, dwyt ti ddim eisiau gweld hynny.'

Cymerodd Artemis y Llygad coch yn ei ddwylo, a syllu ar ei sgrin fflat. Dyma'r cam anodd yn ei gynllun. Roedd yn rhaid i Spiro gredu ei fod, unwaith eto, wedi trechu Artemis Gwarth trwy ystryw.

'Gwna fe, Arti. Gwna fe nawr.'

Rhedodd Artemis ei fys ar hyd ei wefus sych.

'O'r gorau. Ond rydw i angen munud.'

Rhoddodd Spiro ei law ar ei ysgwydd. 'Rydw i'n ddyn clên. Cymer ddau.' Amneidiodd at Brwnt. 'Arhosa di'n agos, Arno. Nid wyf yn bwriadu rhoi cyfle i'n cyfaill bach osod mwy o drapiau!'

Eisteddodd Artemis wrth y bwrdd dur di-staen, gan agor y Llygad a dangos ei du mewn. Yn gyflym, manipiwleiddiodd gasgliad o ffibrau opteg, gan gymryd un allan yn gyfan gwbl. Yr atalwr LEP. Ar ôl llai na munud, ailseliodd y Llygad.

Roedd llygaid Spiro yn llydan agored ac roedd breuddwydion am gyfoeth diddiwedd yn llenwi ei ymennydd.

'Newyddion da, Arti. Does gen i ddim diddordeb mewn dim ond newyddion da.'

Roedd Artemis yn fwy tawel nawr ac yn is ei ysbryd, fel petai gwirionedd ei sefyllfa wedi bwyta trwy ei hyder talog.

'Rydw i wedi ailgychwyn y system. Mae'n gweithio. Ond . . .'

Chwifiodd Spiro ei ddwylo. Breichledau yn tincial fel

cloch cath. 'Ond! Gwell i hyn fod yn "ond" pitw pitw dim-byd-go-iawn!'

'Dyw e'n ddim. Ddim hyd yn oed yn werth sôn amdano. Roedd yn rhaid i mi droi'n ôl at fersiwn 1; roedd fersiwn 1.2 wedi ei raglennu ar batrymau fy llais i yn unig. Mae 1.0 yn llai diogel, os yn fwy anwadal.'

'Anwadal. Bocs wyt ti, nid nain, Giwb.'

'Nid bocs ydw i!' meddai Cwiff, llais newydd y Llygad, diolch i'r atalydd oedd wedi ei dynnu allan. 'Rydw i'n rhyfeddod o ddeallusrwydd artiffisial. Byw ydwyf, felly dysgu wnaf.'

'Gweld beth dwi'n ei feddwl?' meddai Artemis yn wan. Roedd y gŵr-farch yn mynd i chwalu hyn. Rhaid oedd peidio â chodi amheuon Spiro ar hyn o bryd.

Syllodd Spiro ar y Llygad, fel petai'n was bach.

'Wyt ti'n mynd i roi trafferth i mi, mister?'

Nid atebodd y Llygad.

'Rhaid i chi gyfeirio ato gan ddefnyddio ei enw,' esboniodd Artemis.

'Fel arall, fe fyddai e'n ateb pob cwestiwn o fewn cyrraedd clyw ei synwyryddion.'

'A beth yw ei enw?'

Roedd Gwen yn defnyddio'r term 'duh' yn aml. Fyddai Artemis ddim yn defnyddio'r math hwn o ymadrodd llafar ei hunan, ond fe fyddai'n addas ar gyfer y foment hon.

'Ei enw yw Llygad.'

'Ocê, Lygad. Wyt ti'n mynd i roi trafferth i mi?'

𝔉 𝒦 Ƀ Ƀ Ƨ 𝒦 ℛ · ❘ ◊ 𝒦 ☉ ⚹ ⊖ 𝒦 · ⚹

'Fe roddaf beth bynnag yw gallu fy mhroseswr i'w roi.'

Rhwbiodd Spiro ei ddwylo mewn llawenydd, ei emau'n gloywi fel crychion mewn môr a hithau'n machlud.

'Ocê, beth am drio'r babi hwn. Lygad, fedri di ddweud wrthyf fi – oes unrhyw loerennau yn monitro'r adeilad?'

Roedd Cwiff yn dawel am funud. Gallai Artemis ei ddychmygu'n galw'r rhestr Trywyddwr Lloeren ar ei sgrin.

'Dim ond un ar hyn o bryd, ond, o edrych ar y llwybrau ïon, mae'r adeilad hwn wedi ei daro â mwy o belydrau na'r *Millennium Falcon*.'

Edrychodd Spiro ar Artemis.

'Mae problem gyda'r sglodyn personoliaeth,' esboniodd y bachgen. 'Dyna pam 'mod i heb fynd ymlaen â'r cynllun. Gallwn gywiro hynny, unrhyw amser.'

Cytunodd Spiro. Nid oedd ef eisiau i'w fwgan technolegol feithrin personoliaeth fel gorila.

'Wel, beth am y grŵp hwnnw, y LEP, Giwb?' gofynnodd. 'Y rhai oedd yn fy monitro i yn Llundain. Ydyn nhw'n gwylio?'

'Y LEP? Rhwydwaith deledu o Libanus yw hwnnw,' meddai Cwiff, gan ddilyn cyfarwyddiadau Artemis. 'Rhaglenni cwis gan fwyaf. Nid ydynt yn gallu cyrraedd mor bell â hyn.'

'Ocê, anghofia amdanyn nhw, Giwb. Rydw i angen gwybod rhif cyfresol y lloeren yna.'

Edrychodd Cwiff ar ei sgrin.

'A . . . Gadewch i ni weld. Americanaidd, wedi ei chofrestru gan y llywodraeth ffederal. Rhif ST1147P.'

Caeodd Spiro ei ddyrnau. 'Ie! Cywir. Mae'r wybodaeth yna'n digwydd bod gen i fy hunan yn barod. Lygad, rwyt ti wedi pasio'r prawf.'

Dawnsiodd y biliwnydd o amgylch y labordy, wedi ei droi'n blentyn yn ei drachwant.

'Rydw i'n dweud wrthyt ti, Arti, rydw i flynyddoedd yn iau o achos hwn! Beth am wisgo siaced ginio a mynd i'r ddawns?'

'Yn wir.'

'Does gen i ddim syniad lle i gychwyn. Ddylwn i wneud mwy o arian? Neu gipio arian rhywun arall?'

Gorfododd Artemis wên. 'Mae'r byd yn eiddo i chi.'

Bodiodd Spiro'r Llygad yn ofalus. 'Yn union. Dyna'n union beth yw e. Ac rydw i am gymryd popeth sydd ganddo i'w gynnig.'

Daeth Pecs a Chips i'r gromgell, gan ddal eu gynnau.

'Mister Spiro! Meddai Pecs a'i lais yn crynu. 'Ai math o ymarfer yw hwn?'

Chwarddodd Spiro. 'O, edrychwch. Dyma'r achubwyr yn cyrraedd. Oesoedd yn rhy hwyr. Na, nid ymarfer. Ac fe fyddwn i wrth fy modd yn gwybod sut yr aeth Artemis bach, yma, heibio i chi.'

Syllodd y dynion mawr ar Artemis fel petai newydd ymddangos o unlle. Ac oherwydd bod eu hymennydd hwythau yn llawn mesmer, newydd ymddangos roedd e.

'Wyddom ni ddim, Mister Spiro. Welsom ni erioed mohono. Ydych chi am i ni fynd ag e allan i gael damwain fach?'

Chwarddodd Spiro, rhyw gyfarthiad bach blin. 'Mae gen i air newydd i chi'ch dau lembo. *Dianghenraid.* Dyna beth rydych chi ond nid hwn, ddim eto beth bynnag. Deall? Felly sefwch yn y fan yna, edrychwch yn beryglus neu fe wna i gael gwared ar y ddau ohonoch chi a phrynu dau gorila wedi eu heillio yn eich lle.'

Syllodd Spiro i mewn i sgrin y Llygad, fel petai neb arall yn yr ystafell. 'Dwi'n credu fod gen i ugain mlynedd ar ôl yn yr hen gorff yma. Ar ôl hynny, fe gaiff y byd bydru'n ddim cyn belled ag rydw i yn y cwestiwn. Does dim teulu gen i, dim etifedd. Dim angen adeiladu dyfodol. Mi wna i sugno'r blaned yma'n sych, a gyda'r Llygad hwn, gallaf wneud pa beth bynnag a fynnaf i bwy bynnag a fynnaf.'

'Rydw i'n gwybod beth fyddwn i'n ei wneud gyntaf,' meddai Pecs. Roedd ei lygaid fel petaent wedi eu synnu'n lân fod geiriau'n dod allan o'i geg.

Rhewodd Spiro. Nid oedd wedi arfer cael rhywun yn torri ar ei draws pan oedd ar ganol hefru.

'Beth fyddet ti'n ei wneud, lembo?' meddai. 'Prynu bwth i ti dy hunan yn Merv's Rib 'n' Roast?'

'Na,' meddai Pecs. 'Dial ar y bois Phonetix yna. Maen nhw wedi bod yn rhwbio trwyn diwydiannau Spiro yn y baw ers blynyddoedd.'

Roedd hon yn foment electrig. Nid yn unig gan fod Pecs wedi cael syniad, ond gan ei fod wedi bod yn syniad gwirioneddol dda.

Roedd y syniad yn goleuo llygaid Spiro.

'Phonetix. Fy mhrif elynion. Rydw i'n casáu'r bois yna. Fyddai dim byd yn rhoi mwy o foddhad i mi na dinistrio grŵp o fois ffôn eilradd a gwallgof. Ond sut?'

Tro Chips oedd hi nawr. 'Rydw i'n clywed eu bod nhw'n gweithio ar gyfathrebwr newydd. Gwaith cyfrinachol iawn. Batri heb ei ail, neu rywbeth.'

Ailymatebodd Spiro. Pecs yn gyntaf. Nawr Chips? Byddai'r ddau yn dechrau dysgu darllen nesaf! Er hynny . . .

'Lygad,' meddai Spiro. 'Rydw i am i ti fynd i mewn i fasdata Phonetix. Copïa'r sgematig ar gyfer pob un prosiect sy'n cael ei ddatblygu ar hyn o bryd.'

'Amhosib, ddyn, bos. Mae Phonetix yn gweithredu ar system gaeedig. Dim cysylltiad â'r we yn unrhyw le yn eu hadran Y a D. Rhaid i mi fod ar y safle.'

Diflannodd ewfforia Spiro. Dechreuodd droi at Artemis.

'Beth mae e'n ei ddweud?'

Pesychodd Artemis, gan glirio ei gorn gwddf. 'All y Llygad ddim sganio system sydd wedi'i gau os nad ydy'r holl-synhwyrydd yn cyffwrdd y cyfrifiadur, neu o leiaf yn agos. Mae Phonetix mor baranoid am bobl yn hacio i'r system nes bod y lab Ymchwil a Datblygiad yn hollol annibynnol, wedi ei gladdu o dan sawl haen o graig solet. Does dim e-bost, hyd yn oed. Rydw i'n gwybod oherwydd fe geisiais i hacio i mewn yno fy hun, sawl tro.'

'Ond fe sganiodd y Llygad y lloeren, do?'

'Mae'r lloeren yn darlledu. Ac os yw hi'n darlledu, mae'r Llygad yn medru ei chanfod.'

Roedd Spiro'n chwarae â darnau ei gadwyn adnabod. 'Felly, fe fydd yn rhaid i mi fynd i Phonetix.'

'Nid dyna fyddwn i'n ei gynghori,' meddai Artemis. 'Mae'n gryn dipyn i'w roi yn y fantol, er mwyn setlo hen gynnen bersonol.'

Camodd Brwnt ymlaen. 'Gadewch i mi fynd, Mister Spiro. Fe gaf i'r cynlluniau yna.'

Taflodd Spiro lond dyrnaid o dabledi fitamin, o gynhwysydd ar ei wregys, i'w geg, a chnoi.

'Mae'n syniad da, Arno. Gwaith da. Ond rydw i'n gyndyn o drosglwyddo rheolaeth y Llygad i neb. Pwy a ŵyr pa demtasiwn y gallant ildio iddo. Lygad, fedri di analluogi system larwm Phonetix?'

'All corrach chwythu twll yn ei drôns?'

'Beth yw hynny?'

'Y . . . Dim. Term technegol. Fyddech chi ddim yn deall. Rydw i wedi analluogi'r system yn Phonetix yn barod.'

'Beth am y gwarchodlu, Lygad? Fedri di analluogi'r rheiny?'

'Dim problem. Gallaf alluogi'r mesur diogelwch mewnol, o bell.'

'Beth yw hwnnw?'

'Tanciau anwedd oddi mewn i awyrellau aer. Nwy cysgu. Anghyfreithlon, gyda llaw, yn ôl Cyfraith Talaith Chicago. Ond clyfar. Dim ôl-effeithiau. Dim modd canfod ei darddiad . Ac mae'r ymwelydd digroeso yn dod ato'i hun mewn cell ddwy awr yn ddiweddarach.'

Chwarddodd Spiro. 'Y bois Phonetix paranoid yna. Dos yn dy flaen, Lygad. Gwna'r hyn sydd raid. Cnocia nhw nes byddant mewn trymgwsg.'

'Nos da,' meddai Cwiff, gyda llonder oedd yn swnio'n llawer rhy ddiffuant.

'Da iawn. Nawr, Lygad, yr unig beth sy rhyngom ni a glasbrintiau Phonetix, yw cyfrifiadur wedi ei amgodio.'

'Paid â gwneud i mi chwerthin. Nid oes uned o amser sy'n ddigon bach i ddisgrifio'r amser wneith hi gymryd i mi dorri i mewn i galedwedd Phonetix.'

Clipiodd Spiro'r Llygad wrth ei wregys. 'Wyt ti'n gwybod rhywbeth? Rydw i'n dechrau hoffi'r boi yma.'

Ceisiodd Artemis unwaith eto swnio'n ddiffuant i rwystro'r datblygiad. 'Mister Spiro, dwi ddim yn meddwl fod hynny'n syniad da.'

'Siŵr iawn dy fod ti ddim,' chwarddodd Jon Spiro, yn tincial tua'r drws. 'Dyna pam fy mod i'n mynd â thi gyda fi.'

LABORDAÍ ADRAN YMCHWÍL
A DATBLYGÍAD PHONETÍX,
SECTOR DDÍWYDÍANNOL CHÍCAGO

Dewisodd Spiro gar *Lincoln Town* o'i garej fawr bersonol. Model y nawdegau oedd e, gyda phlât rhif ffug. Roedd e'n ddigon hen i beidio â denu sylw a hyd yn oed petai'r heddlu'n llwyddo i nodi rhif y plât, fyddai hwnnw ddim yn eu harwain i unrhyw le nac at unrhyw un.

Parciodd Brwnt gyferbyn â phrif ddrws lab Y a D Phonetix. Roedd modd gweld gwarchodwr diogelwch y tu ôl i ddesg heibio i wydr y drws tro. Estynnodd Arno ysbienddrych plygu o'r blwch menig. Canolbwyntiodd ar y gwarchodwr.

'Cysgu fel babi,' meddai.

Trawodd Spiro ef ar ei ysgwydd.

'Gwych. Mae gennym fymryn o dan ddwy awr. Allwn ni ei wneud e?'

'Os yw'r Llygad mor dda ag y mae e'n dweud ei fod e, gallwn ni fod i mewn ac allan mewn pymtheng munud.'

'Peiriant yw e,' meddai Artemis yn oer. 'Nid un o'ch dynion wedi ei bwmpio â steroid.'

Edrychodd Brwnt dros ei ysgwydd. Roedd Artemis yn y sedd gefn, wedi ei wasgu rhwng Pecs a Chips.

'Rwyt ti'n ddewr iawn, yn sydyn reit.'

Cododd Artemis ei ysgwyddau. 'Beth sydd gen i i'w golli. Wedi'r cwbl, all pethau ddim gwaethygu.'

Roedd drws arferol ger y drws tro. Agorodd y Llygad y drws â swynyn actifadu-o-bell, gan adael i'r grŵp fynd i mewn i'r cyntedd. Ni chanodd y larwm, ac ni ddaeth platŵn o warchodlu diogelwch i'w caethiwo.

Camodd Spiro'n hyderus ar hyd y coridor, yn fwy hy nawr oherwydd ei ffrind technolegol newydd a'r syniad o chwalu busnes Phonetix o'r diwedd. Nid oedd y lifft diogelwch yn anoddach i'w oresgyn nag y byddai ffens bren i danc, a chyn hir roedd Spiro a'i dîm yn disgyn trwy'r wyth llawr i'r labordy isaf.

'Rydym ni'n mynd o dan y ddaear,' chwarddodd Pecs. 'I lawr i le mae esgyrn y deinosoriaid. Oeddech chi'n gwybod, bod tail deinosoriaid yn troi'n ddiamwntiau ar ôl miliwn biliwn o flynyddoedd?'

Byddai dweud rhywbeth fel yna, fel arfer, wedi cynddeiriogi Spiro, ond roedd e mewn hwyliau da.

'Na, doeddwn i ddim yn gwybod hynny, Pecs. Efallai y dylwn i dalu dy gyflog di mewn tail neu dom.'

Penderfynodd Pecs y byddai'n well i'w gyfrif banc petai e'n cau ei geg o hynny ymlaen.

Roedd y lab ei hun wedi'i amddiffyn gan sganiwr print bawd. Dim gel hyd yn oed. Mater hawdd iawn oedd hi i'r Llygad sganio'r print oedd ar y plât yn barod a'i daflunio yn ôl at y synhwyrydd. Nid oedd yno gôd allweddol fel mesur wrth gefn, hyd yn oed.

'Hawdd,' chwyrnodd Spiro. 'Dylwn i fod wedi gwneud hyn flynyddoedd yn ôl.'

'Fe fyddai ychydig o gydnabyddiaeth yn beth braf,' meddai Cwiff, gan fethu peidio â phryfocio. 'Wedi'r cwbl, fi wnaeth ein cael ni yma ac analluogi'r gwarchodlu.'

Daliodd Spiro'r bocs o'i flaen. 'Diolch rydw i, Giwb, drwy beidio â dy chwalu di, a thrwy beidio â dy wasgu'n fetel sgrap.'

'Croeso i ti,' grwgnachodd Cwiff.

Edrychodd Arno Brwnt ar y banc o fonitorau diogelwch eto. Ar hyd y lle, roedd gwarchodlu yn gorwedd yn ddiymadferth, un a chanddo hanner brechdan ryg yn ei geg.

'Rhaid i mi gyfaddef, Mister Spiro. Mae hyn yn hyfryd. Bydd yn rhaid i Phonetix dalu'r bil am y nwy cysgu hyd yn oed.'

Edrychodd Spiro tua'r nenfwd. Roedd sawl golau camera yn wincio'n goch yn y cysgodion.

'Lygad, ydym ni'n mynd i orfod ysbeilio'r ystafell fideo cyn gadael?'

'Na, fydd hynny ddim yn digwydd,' meddai Cwiff, fel actor. 'Rydw i wedi sychu eich patrymau o'r fideo.'

Roedd Artemis yn hongian gerfydd ei geseiliau rhwng Pecs a Chips.

'Y bradwr,' mwmialodd. 'Fe rois i fywyd i ti, Giwb. Fi yw dy grëwr di.'

'Ie, wel, efallai dy fod wedi fy ngwneud yn rhy debyg i ti, Gwarth. *Aurum potestas est.* Aur yw pŵer. Dim ond gwneud beth wyt ti wedi fy nysgu rydw i.'

Anwesodd Spiro'r Llygad yn hoffus. 'Rydw i'n caru'r boi yma. Mae e fel y brawd na chefais erioed.'

'Roeddwn i'n meddwl fod gennych chi frawd?' gofynnodd Chips, wedi drysu. Nid fod hynny'n beth anghyffredin.

'Ocê,' meddai Spiro. 'Mae e fel brawd dwi'n ei wirioneddol hoffi.'

Roedd gweinyddwr Phonetix yng nghanol y lab. Caledwedd monolithig, a cheblau fel nadroedd yn cwrlo i bob cyfeiriad at weithfannau gwahanol.

Dadglipiodd Spiro ei ffrind gorau newydd o'i wregys.

'Lle rwyt ti angen bod, Giwb?'

'Gollwng fi ar gaead y gweinyddwr, ac fe wneith fy holl-synhwyrydd y gwaith oll o'r fan honno.'

Gwnaeth Spiro hynny ac o fewn eiliadau, roedd cynlluniau sgematig yn chwipio dros sgrin fach Llygad y Dydd.

'Maen nhw gen i,' chwyrnodd Spiro, ei ddyrnau'n dynn mewn buddugoliaeth. 'Dyna'r e-bost gwawdlyd olaf gaf fi yn cynnwys ffigyrau stoc oddi wrth unrhyw snichyn o Phonetix.'

'Lawrlwythiad wedi ei gwblhau,' meddai Cwiff yn hunanfoddhaol. 'Mae gennym ni bob un wan jac o brosiectau Phonetix ar gyfer y deng mlynedd nesaf.'

Cofleidiodd Spiro'r Llygad.

'Hyfryd. Gallaf lansio ein fersiwn ni o ffôn Phonetix

cyn iddyn nhw wneud hynny, gan wneud ambell filiwn ychwanegol cyn i mi ryddhau'r Llygad.'

Roedd sylw Arno ar y monitorau diogelwch.

'Ym, Mister Spiro. Rydw i'n credu fod gennym ni sefyllfa, yma.'

'Sefyllfa?' brathodd Spiro. 'Beth mae hynny'n ei olygu? Nid sowldiwr wyt ti bellach, Brwnt. Siarada'n gall.'

Tapiodd y dyn mawr o Seland Newydd sgrin fel petai hynny'n mynd i wneud gwahaniaeth i'r hyn roedd e'n ei weld arno.

'Dwi'n golygu, mae gennym ni broblem. Problem fawr.'

Bachodd Spiro Artemis gerfydd ei ysgwyddau.

'Beth wyt ti wedi ei wneud, Gwarth? Ai math o . . ?'

Sychodd y cyhuddiad yn ei gorn gwddf cyn iddo fedru ei orffen. Roedd Spiro wedi sylwi ar rywbeth.

'Dy lygaid. Beth sy'n bod ar dy lygaid? Dydyn nhw ddim yr un fath â'i gilydd.'

Cafodd Artemis bob pleser wrth fflachio ei wên fampir orau.

'Gorau oll i'ch gweld chi, Spiro.'

Yng nghyntedd Phonetix, roedd y gwarchodwr diogelwch yn dod yn ôl at ei goed. Gwen oedd hi. Cymerodd un cip o dan ymyl yr het roedd hi wedi'i benthyca, i wneud yn siŵr nad oedd Spiro wedi gadael unrhyw un yn y coridor.

Wedi i Artemis gael ei ddal yng nghromgell Spiro,

roedd Heulwen wedi hedfan y ddau ohonynt i Phonetix, i roi cychwyn ar Gynllun B.

Wrth gwrs, nid oedd y fath beth â nwy cysgu. Ac i fod yn fanwl gywir, dim ond dau warchodwr oedd wedi bod yno. Un yn cymryd hoe i fynd i'r tŷ bach a'r llall yn cerdded o gwmpas y lloriau uchaf. Eto, ni fyddai Spiro'n gwybod hynny. Roedd e'n prysur wylio teulu Cwiff o ddynion diogelwch ffug yn cysgu o amgylch yr adeilad, diolch i'r clip fideo ar system Phonetix.

Cododd Gwen ffôn y ddesg a deialu tri rhif.

9 . . . 1 . . . 1

Pwyntiodd Spiro ddau fys tuag at lygaid Artemis yn ofalus, a phlycio'r camera cannwyll-y-llygad allan. Astudiodd e'n ofalus, gan nodi'r gylched drydanol micro ar yr ochr grom.

'Mae hwn yn electronig,' sibrydodd. 'Rhyfeddod. Beth yw e?'

Amrantodd Artemis ddeigryn o'i lygad. 'Dyw e'n ddim byd. Fuodd e ddim yma, erioed. Yn union fel na fûm i erioed yma.'

Crychodd wyneb Spiro mewn casineb llwyr. 'Roeddet ti yma, yn siŵr, Gwarth, ac ni wnei di byth adael y lle yma.'

Tapiodd Brwnt ei gyflogwr ar ei ysgwydd. Gweithred oedd yn anfaddeuol o gyfeillgar.

'Bos, Mister Spiro. Mae'n rhaid i chi weld hyn.'

*

Chwipiodd Gwen ei siaced Ddiogelwch Phonetix oddi arni. Oddi tani, roedd hi'n gwisgo gwisg tîm SWAT Adran Heddlu Chicago. Fe allai pethau fynd yn flêr i lawr yn y Lab Y a D, a'i swyddogaeth hi oedd gwneud yn siŵr nad oedd Artemis yn cael anaf. Cuddiodd y tu ôl i biler yn y cyntedd ac aros am y larwm.

Syllodd Spiro ar fonitorau diogelwch y lab. Roedd y lluniau wedi newid. Nid oedd y gwarchodlu'n gorwedd ar lawr y lle. Yn hytrach, roedd y sgrin yn chwarae tâp o Spiro a'i griw yn torri i mewn i Phonetix. Gydag un gwahaniaeth hanfodol: nid oedd 'run olwg o Artemis ar y sgrin.

'Beth sy'n digwydd, Giwb?' poerodd Spiro. 'Fe ddwedaist ti y byddem ni'n cael ein sychu o'r tapiau.'

'Celwydd oedd hynny. Y bersonoliaeth droseddol rydw i'n ei magu, mae'n rhaid.'

Chwalodd Spiro'r bocs yn erbyn y llawr. Ddigwyddodd dim iddo, roedd yn dal yn un darn.

'Polymer caled,' meddai Artemis, gan godi'r cyfrifiadur pitw. 'Bron yn amhosib ei dorri.'

'Yn wahanol i ti,' meddai Spiro.

Edrychai Artemis fel doli rhwng Pecs a Chips. 'Ydych chi ddim yn deall eto? Rydych chi i gyd ar y tâp. Roedd y Llygad yn gweithio i mi'r holl amser.'

'Pa ots. Felly rydym ni ar y tâp. Yr unig beth sy'n rhaid

i mi ei wneud yw ymweld â'r bwth diogelwch a dwyn y recordiad.'

'Nid yw mor syml â hynny.'

Roedd Spiro'n dal i gredu fod dihangfa.

'A pham ddim? Pwy sy'n mynd i geisio rhoi stop arna i? Ti, bach, ar dy ben dy hunan?'

Pwyntiodd Artemis at y sgrin. 'Na. Nhw, bach, ar eu pennau eu hunain.'

Daeth Adran Heddlu Chicago â phopeth oedd ganddynt wrth law, ac ambell beth arall roeddynt wedi gorfod ei fenthyca. Phonetix oedd cyflogwr mwya'r ddinas, heb sôn am y ffaith ei fod yn un o'r pum cyfrannwr mwyaf i Gronfa Les yr Heddlu. Pan ddaeth yr alwad 911, anfonodd y rhingyll oedd ar ddyletswydd neges i gasglu holl heddlu'r ddinas yno.

O fewn llai na phum munud roedd ugain dyn a thîm llawn SWAT yn curo wrth ddrysau Phonetix. Roedd dau hofrennydd yn hofran uwchben ac wyth cêl-saethwr ar doeau'r adeiladau cyfagos. Nid oedd un bod byw yn mynd i adael yr ardal, os nad oeddynt yn anweledig.

Roedd y gwarchodwr diogelwch wedi dychwelyd ar ôl bod yn archwilio'r lloriau uchaf ac wedi sylwi ar yr ymwelwyr ar y monitorau. Yn fuan ar ôl hynny roedd wedi sylwi ar grŵp o Adran Heddlu Chicago yn curo wrth y drws gyda barilau eu gynnau.

Gadawodd hwy i mewn. 'Roeddwn i ar fin eich galw chi, fois,' meddai. 'Mae criw o ymwelwyr yma, yn y gromgell. Wedi twnelu i mewn, neu rywbeth, mae'n rhaid, achos ddaeth neb heibio i mi.'

Roedd y gwarchodwr a fu yn y toiled wedi ei synnu fwy fyth. Roedd e wrthi'n gorffen darllen y rhan chwaraeon o'r *Herald Tribune* pan ddaeth dau ddyn difrifol iawn yr olwg i mewn i'r toiled ato.

'Cerdyn adnabod?' chwyrnodd un, heb amser i siarad mewn brawddegau llawn, yn amlwg.

Daliodd y gwarchodwr diogelwch ei gerdyn laminedig â llaw grynedig.

'Arhoswch yn yr unfan, syr,' cynghorodd y swyddog arall. Nid oedd rhaid dweud ddwywaith wrtho.

Llithrodd Gwen o'r tu ôl i'r piler gan ymuno â'r criw SWAT. Pwyntiodd ei gwn a rhuo cystal â phob un arall ohonynt, a chafodd ei llowcio yn rhan o'r tîm, heb i neb amau dim. Cafodd yr ymosodiad ei ohirio am ychydig oherwydd un broblem fechan. Dim ond un pwynt mynediad oedd i'r lab. Siafft y lifft.

Defnyddiodd dau swyddog drosolion i agor drysau'r lifft.

'Dyma'r drafferth,' meddai un. 'Os torrwn ni'r pŵer, yna fydd dim modd dod yn ôl i fyny yn y lifft. Os gwnawn ni alw'r lifft i fyny'n gyntaf, yna byddwn ni'n gadael i'r ymwelwyr wybod ein bod ar ein ffordd.'

Nid oedd y comander yn fodlon ystyried y peth. 'Na.

Rhy beryg. Fe fyddai'r ymwelwyr yn cael digon o amser i saethu i'r lifft ganwaith. Pwy wyt ti, beth bynnag?'

Cymerodd Gwen afaelwr bach o'i gwregys. Clipiodd hi fe wrth gebl y lifft a neidio i mewn i'r siafft.

'Rydw i'n newydd,' meddai, gan ddiflannu i'r tywyllwch.

*

Yn y labordy, roedd Spiro a'i griw wedi eu hypnoteiddio gan y monitorau. Roedd Cwiff wedi gadael i'r monitorau ddangos beth oedd yn digwydd ar y lefelau uwch, mewn gwirionedd.

'SWAT,' meddai Brwnt. 'Hofrenyddion. Arfogaeth drom. Sut ddigwyddodd hyn?'

Trawodd Spiro ei dalcen drosodd a throsodd.

'Trap. Yr holl beth. Trap. Mae'n debyg fod Mo Twrddyn yn gweithio i ti?'

'Ydy. Pecs a Chips hefyd, er bod dim syniad ganddyn nhw. Fyddech chi erioed wedi dod yma petawn i wedi cynnig y peth.'

'Ond sut? Sut wnest ti hyn? Dyw hi ddim yn bosib.'

Syllodd Artemis ar y monitorau. 'Yn amlwg, mae'n bosib. Roeddwn i'n gwybod y byddech chi'n aros amdanaf i yng nghromgell Nodwydd Spiro. Ar ôl hynny, yr unig beth roedd yn rhaid i mi ei wneud oedd defnyddio eich casineb chi tuag at Phonetix i'ch hudo chi yma, allan o'r amgylchedd rydych chi'n gyfarwydd ag ef.'

'Fe gaf fy ngharcharu am hyn, ac felly fe gei dy gosbi gyda mi.'

'Na wnaf. Fûm i erioed yma. Ac fe fydd y tapiau'n profi hynny.'

'Ond rwyt ti yma!' rhuodd Spiro, ei nerfau'n rhacs. Roedd ei holl gorff yn crynu ac roedd poer yn tasgu o'i wefusau mewn bwa anferth. 'Fe fydd dy gorff marw'n profi'r peth. Rho'r gwn i mi, Arno. Rydw i am ei saethu fe.'

Allai Brwnt ddim cuddio'i siom, ond gwnaeth fel roedd Spiro'n gofyn. Pwyntiodd Spiro'r arf â dwylo crynedig. Camodd Pecs a Chips i'r naill ochr yn gyflym. Nid oedd eu bos yn enwog am anelu'n syth.

'Rwyt ti wedi cymryd popeth oedd gen i,' gwaeddodd. 'Popeth.'

Roedd Artemis yn od o hawddgar. 'Dydych chi ddim yn deall, Jon. Mae'n union fel rwyf wedi dweud wrthych chi. Nid wyf i yma.' Oedodd i anadlu. 'A pheth arall. Ynglŷn â fy enw – Artemis – roeddech chi'n iawn. Yn aml, enw benywaidd yw e, fel rheol, ar ôl duwies saethyddiaeth yng ngwlad Groeg. Ond bob hyn a hyn mae dyn yn dod heibio sydd â thalent am hela ac mae'n ennill yr hawl i ddefnyddio'r enw. Fi yw'r dyn hwnnw. Artemis yr heliwr. Fe heliais i chi.'

Ac, ar hynny, diflannodd Artemis.

Roedd Heulwen wedi bod yn hofran uwchben Spiro a'i gwmni'r holl ffordd o Nodwydd Spiro i adeilad Phonetix. Roedd hi wedi cael caniatâd i gael mynediad i'r cyfleuster ychydig funudau'n gynharach pan oedd Gwen wedi galw i holi am deithiau i'r cyhoedd.

Roedd Gwen wedi mabwysiadu'r llais mwyaf ciwt wrth siarad â'r gwarchodwr diogelwch.

'Hei, mister, ydy hi'n ocê i mi ddod â fy ffrind anweledig?'

'Siŵr iawn, bach,' atebodd y tywysydd. 'Tyrd â dy blanci-blanci hefyd os ydy hynny'n dy wneud di'n hapus.'

Roeddynt i mewn.

Roedd Heulwen yn hofran ar lefel y nenfwd, gan ddilyn Artemis oddi tani. Roedd cynllun Bachgen y Mwd yn llawn perygl. Petai Spiro wedi penderfynu ei saethu yn y Nodwydd, yna fe fyddai'r cwbl wedi bod drosodd.

Ond na, yn union fel roedd Artemis wedi dweud, roedd Spiro wedi dewis brolio am gymaint o amser ag roedd bosib, a mwynhau rhagoriaeth ei athrylith wallgof. Ond, wrth gwrs, nid ei athrylith ef oedd hi, ond un Artemis. Y bachgen oedd wedi cynllunio'r cyfan, o'r dechrau. Ei syniad ef, hyd yn oed, oedd mesmereiddio Pecs a Chips. Roedd yn hanfodol bwysig eu bod yn plannu'r syniad o oresgyn Phonetix ym meddwl Spiro.

Roedd Heulwen yn barod pan agorodd drws y lifft. Roedd ei harf yn llawn a'r targedau wedi eu dethol. Ond allai hi ddim symud. Rhaid oedd aros am yr arwydd.

Roedd Artemis yn elwa i'r eithaf ar ei awr fawr. Melodramatig i'r eithaf. Ac yna, ar yr union adeg roedd Heulwen ar fin anwybyddu ei orchmynion a dechrau saethu, siaradodd Artemis.

'Fi yw'r dyn hwnnw. Artemis yr heliwr. Fe heliais i chi.'

Artemis yr heliwr. Yr arwydd.

Gwasgodd Heulwen y sbardun llaw ar ei rig adenydd gan ostwng a stopio prin fetr o'r llawr. Clipiodd Artemis wrth gortyn allai gael ei wrthdynnu'n ôl i'r Lleuadwregys, yna gollyngodd gynfas o ffoil cuddliw o'i flaen. I bawb yn yr ystafell, roedd yn ymddangos fel petai'r bachgen wedi diflannu.

'I fyny â ni,' meddai hi, er na allai Artemis ei chlywed, ac agorodd y sbardun mor llydan ag y medrai. Mewn llai nag eiliad, roeddynt yn swatio'n ddiogel ymysg y ceblau a redai ar hyd y nenfwd.

Oddi tanynt, collodd Jon Spiro'i ben.

Amrantodd Spiro. Roedd y bachgen wedi mynd! Allai hyn ddim bod! Jon Spiro oedd e. Nid oedd neb yn trechu Jon Spiro. Trodd at Pecs a Chips, gan ystumio'n wyllt gyda'i wn.

'Lle mae e?'

'Y?' meddai'r gwarchodwyr, fel côr. Heb orfod ymarfer.

'Lle mae Artemis Gwarth? Beth wnaethoch chi ag ef?'

'Dim byd, Mister Spiro. Dim ond sefyll yma roeddwn i, yn chwarae'r gêm ysgwyddau.'

'Fe ddwedodd Gwarth eich bod chi'n gweithio iddo fe. Felly, rhowch e'n ôl i mi.'

Roedd ymennydd Pecs yn corddi. Ymdrech aruthrol; gymaint â pheiriant cymysgu bwyd yn ceisio cymysgu concrit.

'Byddwch yn ofalus, Mister Spiro, mae gynnau'n beryglus. Yn enwedig y darn â'r twll.'

'Nid yw hyn ar ben, Artemis Gwarth,' rhuodd Spiro at y nenfwd. 'Fe wnaf i dy ganfod di. Wna i byth ildio. Rwy'n rhoi fy ngair i ti. Fy ngair i!'

Dechreuodd saethu i bob cyfeiriad, gan chwythu tyllau mewn monitorau, awyrellau a chwndidau. Aeth un o fewn metr i Artemis, hyd yn oed.

Nid oedd gan Pecs a Chips lawer o syniad beth oedd yn digwydd, ond penderfynodd y ddau ei bod yn syniad da ymuno yn yr hwyl. Tynnodd y ddau eu harfau a dechrau saethu'r lab yn ddarnau mân.

Nid ymunodd Brwnt. Roedd e'n ystyried bod ei gytundeb gwaith wedi dod i ben. Nid oedd dihangfa i Spiro – felly cyfrifoldeb pob dyn oedd gofalu amdano ei hunan. Croesodd at y paneli metel ar y wal a dechreuodd eu tynnu'n ddarnau â sgriwdreifer trydanol. Disgynnodd un darn allan o'i ffrâm. Y tu ôl iddo roedd pum centimetr ar gyfer ceblau. Y tu ôl i hwnnw, concrit. Roeddynt yn gaeth.

Y tu ôl iddo, canodd drws y lifft.

Roedd Gwen ar ei chwrcwd yn siafft y lifft.

'Rydym ni'n rhydd,' meddai Heulwen yn ei darn clust. 'Ond mae Spiro'n saethu'r lab.'

Gwgodd Gwen. Roedd ei phrif gorff mewn peryg. 'Diymadfertha nhw â'r Neutrino,'

'Alla i ddim. Os bydd Spiro'n ddiymadferth pan ddaw'r heddlu, gallai ddweud mai trap oedd y cyfan.'

'Ocê, rydw i ar fy ffordd.'

'Negyddol. Arhosa am SWAT.'

'Na. Cymer di'r arfau. Mi wna i ddelio â'r gweddill.'

Roedd Mwrc wedi rhoi potel o bolish craig y corachod i Gwen. Tywalltodd ychydig ohono ar do'r lifft ac fe doddodd fel braster mewn sosban ffrio. Neidiodd Gwen i'r lifft, gan gadw'n isel rhag ofn i Brwnt benderfynu saethu tua'r lifft.

'Ar dri.'

'Gwen.'

'Rydw i'n mynd ar dri.'

'Ocê.'

Estynnodd Gwen at y botwm agor y drws. 'Un.'

Tynnodd Heulwen ei Neutrino, a chloi'r pedwar targed ar system targedu'r fisor.

'Dau.' Dad-darianodd er mwyn bod yn fanwl gywir, gan y byddai'r dirgrynu'n amharu ar ffocws ei haneliad. Fe fyddai'n rhaid iddi guddio y tu ôl i Artemis a'i ffoil am rai eiliadau.

'Tri.'

Pwysodd Gwen y botwm.

Saethodd Heulwen bedair gwaith.

Roedd gan Artemis lai na munud i symud. Llai na munud tra oedd Heulwen yn targedu a diarfogi Spiro a'i gwmni. Doedd yr amgylchiadau ddim yn ddelfrydol, rhaid dweud – sgrechian, gynnau'n cael eu tanio a hafoc ym mhob man. Ond eto, yr amser delfrydol i fynd ymlaen a chwblhau camau olaf ei gynllun. Camau hynod bwysig.

Yr eiliad y dad-darianodd Heulwen er mwyn tanio, sgroliodd Artemis allweddell bersbecs o waelod Llygad y Dydd a dechrau teipio. O fewn eiliadau, roedd wedi hacio i mewn i gyfrifon banc Spiro – pob un wan jac o'r tri deg saith, mewn sefydliadau o Ynys Manaw i Ynysoedd y Cayman. Ymddangosodd manylion pob un o'i flaen. Roedd ganddo fynediad i bob un.

Rhedodd y Llygad gyfrifiad o'r cwbl, yn gyflym: 2.8 biliwn doler UDA, heb gynnwys amryw o focsys adnau diogel na allai mo'u cyrraedd dros y we. Hen ddigon i adfer statws Gwarth fel un o deuluoedd cyfoethocaf Cymru.

Pan oedd ar fin cwblhau trosglwyddo'r arian, cofiodd Artemis eiriau ei dad. Ei dad, oedd wedi ei adfer iddo gan y tylwyth teg . . .

'. . . A beth amdanat ti, Arti? Wnei di ddod gyda mi ar y daith? Pan ddaw'r foment, wnei di gymryd y cyfle i fod yn arwr . . ?'

Oedd e wir angen biliynau o ddoleri?

Wrth gwrs fy mod i eu hangen. *Aurum potestas est.* Aur yw pŵer.

Wir? Wnei di gymryd y cyfle i fod yn arwr? I wneud gwahaniaeth?

Gan na allai ochneidio'n uchel, rholiodd Artemis ei lygaid gan wasgu ei ddannedd at ei gilydd yn dynn. Wel, os oedd e'n mynd i fod yn arwr, fe fyddai'n un oedd yn cael ei dalu'n dda. Tynnodd ddeg y cant o ffi 'darganfyddwr' o'r 2.8 biliwn, ac yna anfon y gweddill i Amnest Rhyngwladol. Fe wnaeth y trosglwyddiad yn un na ellid ei wrthdroi, rhag ofn iddo gael traed oer yn ddiweddarach.

Nid oedd Artemis wedi gorffen eto, ychwaith. Roedd un tro da arall i'w wneud. Roedd llwyddiant yr antur yn dibynnu ar fethiant Cwiff a oedd yn rhy brysur yn gwylio'r sioe i sylwi ar Artemis yn hacio i mewn i'w system.

Cododd safle LEP ar y sgrin, a gwneud i'r cyfrifiadur ddechrau gweithio ar ganfod allweddair. Fe gymerodd ddeg eiliad prin i weithio ar bob llythyren, ond roedd Artemis yn gwibio o amgylch mannau-micro LEP cyn pen dim. Daeth Artemis ar draws yr hyn roedd ei angen ar y safle 'Proffiliau Troseddwyr'. Cofnod llawn am arestiad Mwrc. O'r fan honno mater syml oedd dilyn trywydd yr electron yn ôl at y warant chwilio wreiddiol ar gyfer cartref Mwrc. Newidiodd Artemis y dyddiad ar y warant i ddarllen y diwrnod *ar ôl* arestiad Mwrc. Roedd hynny'n golygu fod unrhyw arestiad neu gollfarn ar ôl hynny'n ddi-rym. Fe fyddai cyfreithiwr da yn ei gael e allan o'r carchar mewn dim.

'Dydw i ddim wedi gorffen â thi eto, Mwrc Twrddyn,' sibrydodd, gan allgofnodi a chlipio'r Llygad wrth wregys Heulwen.

Daeth Gwen drwy'r drws mor gyflym nes bod ei chorff yn aneglur. Dilynodd y fodrwy jâd y tu ôl iddi fel pluen ar flaen gwialen bysgota.

Gwyddai na fyddai Gwesyn byth yn cymryd risg fel hyn. Fe fyddai ganddo gynllun perffaith ymarferol, diogel — a dyna'n union pam fod tatŵ diemwnt glas ganddo fe, a pham nad oedd un ganddi hi. Efallai ei bod hi eisiau ei bywyd ei hunan.

Yn sydyn, asesodd y sefyllfa. Roedd aneliad Heulwen yn berffaith. Roedd y ddau gorila'n rhwbio eu dwylo llosg ac roedd Spiro'n stampio ei draed fel bachgen oedd wedi ei sbwylio. Dim ond Brwnt oedd ar y llawr, ac yntau'n estyn am ei wn.

Er bod y gwarchodwr ar ei liniau ar y llawr, roedd e bron ar yr un lefel â'i llygaid.

'Wyt ti'n mynd i roi cyfle i mi godi ar fy nhraed?' meddai.

'Na,' meddai Gwen, gan chwipio'r fodrwy jâd o gwmpas fel y garreg a gwympodd Goliath. Glaniodd ar bont trwyn Brwnt, ei gracio, a dallu Brwnt am funud neu ddau. Digon o amser i heddlu Chicago ddod i lawr y siafft.

Roedd Brwnt nawr allan ohoni. Roedd Gwen wedi disgwyl teimlo rhyw falchder, ond yr unig beth a deimlai oedd tristwch. Nid oedd gorfoledd mewn trais.

Roedd Pecs a Chips yn teimlo y dylent wneud rhywbeth. Efallai y byddai analluogi'r ferch yn ennill marciau iddynt gan Mister Spiro? Dechreuasant gerdded mewn cylchoedd o gwmpas Gwen, a'u dyrnau i fyny.

Ysgydwodd Gwen ei bys atynt. 'Sori, bois. Rhaid i chi fynd i gysgu.'

Anwybyddodd y gwarchodwyr hi, gan dynhau radiws eu cylch.

'Cysgu, meddwn i.'

Dim ateb, eto.

'Rhaid i ti ddefnyddio'r union eiriau y gwnes i eu defnyddio i'w mesmereiddio,' meddai Heulwen yn ei chlust.

Ochneidiodd Gwen. 'Os oes rhaid i mi. Ocê, foneddigion. Mae Barney'n dweud, cysgwch.'

Roedd Pecs a Chips yn chwyrnu cyn iddynt daro'r llawr.

Roedd hynny'n gadael neb ond Spiro, ac roedd e'n rhy brysur yn clebran i fod yn fygythiad. Roedd e'n dal i glebran pan ddaeth y tîm SWAT i roi cyffion arno.

'Mi gaf i air â thi yn ôl yn y swyddfa,' meddai capten y SWAT yn chwyrn wrth Gwen. 'Rwyt ti'n beryg bywyd i ti dy hunan ac i dy gymdeithion.'

'Iesyr,' meddai Gwen yn ufudd. 'Does gen i ddim syniad beth ddaeth drosta i, syr.'

Edrychodd i fyny. Roedd tarth gwres fel petai'n hofran tuag at siafft y lifft. Roedd y prif gorff yn ddiogel.

*

Rhoddodd Heulwen ei harf yn ei gwain, a dechreuodd ei tharian.

'Amser gadael,' meddai, a sŵn ei PA wedi ei droi mor isel ag roedd modd.

Lapiodd Heulwen y ffoil cuddliw mor dynn ag roedd bosib am Artemis, gan wneud yn siŵr fod dim braich na choes i'w gweld. Rhaid oedd gadael tra oedd y lifft yn wag. Unwaith y byddai'r tîm fforensig a'r wasg yno, byddai hyd yn oed y tamaid lleiaf o darth yn yr aer yn gallu cael ei weld ar ffilm.

Wrth iddynt hedfan ar hyd yr ystafell, roedd Spiro'n cael ei arwain o'r lab. Roedd wedi tawelu, o'r diwedd.

'Trap oedd e,' meddai yn ei lais mwyaf diniwed. 'Fe fydd fy nghyfreithwyr i'n eich rhwygo chi'n ddarnau.'

Allai Artemis ddim ei atal ei hun rhag dweud rhywbeth wrth hedfan heibio ei glust.

'Ffarwel, Jon,' sibrydodd. 'Paid byth â bocha gydag athrylith o fachgen.'

Udodd Spiro at y nenfwd fel blaidd gwallgof.

Roedd Mwrc yn aros ar ochr arall y stryd gyferbyn â lab Phonetix, gan refio modur y fan fel gyrrwr Grand Prix. Eisteddai y tu ôl i'r olwyn lywio ar gawell oren, a phlanc byr wedi ei dapio wrth ei droed. Roedd ochr arall y planc wedi ei dapio wrth y sbardun.

Astudiodd Gwen y system yn nerfus. 'Ddylet ti ddim datod dy droed rhag ofn y bydd angen i ti ddefnyddio'r brêc?'

'Brêc?' chwarddodd Mwrc. 'I beth fyddwn i angen brêc? Nid gwneud prawf gyrru rydw i yma.'

Yng nghefn y fan, gwisgodd Artemis a Heulwen eu gwregysau diogelwch.

PLASTY GWARTH

CYRHAEDDODD pawb yn ôl i Gymru heb unrhyw ddamwain, er bod Mwrc wedi ceisio dianc rhag gwarchodaeth Heulwen bymtheg o weithiau – gan gynnwys unwaith ar y jet Lear, lle cafodd ei ganfod yn yr ystafell ymolchi gyda pharasiwt a photel o bolish craig y corachod. Ni adawodd Heulwen ef allan o'i golwg wedi hynny.

Roedd Gwesyn yn aros amdanynt wrth brif ddrws Plasty Gwarth.

'Croeso'n ôl. Dwi'n falch o weld pawb yn un darn. Nawr, rhaid i mi fynd.'

Rhoddodd Artemis law ar ei fraich.

'Hen ffrind. Dwyt ti ddim ffit i fynd i unlle.'

Roedd Gwesyn yn benderfynol. 'Un antur olaf, Artemis.

Does gen i ddim dewis. Beth bynnag, rydw i wedi bod yn gwneud Pilates. Rydw i'n teimlo gymaint mwy ystwyth.'

'Brwnt?'

'Ie.'

'Ond mae e wedi ei garcharu,' protestiodd Gwen.

Ysgydwodd Gwesyn ei ben. 'Nac ydy, ddim erbyn hyn.'

Gwelodd Artemis fod dim modd perswadio ei warchodwr i aros.

'Cymer Heulwen gyda thi, o leiaf. Gallai hi fod o ddefnydd.'

Winciodd Gwesyn ar y dylwythen. 'Roeddwn i'n dibynnu ar hynny.'

Roedd heddlu Chicago wedi rhoi Arno Brwnt mewn fan, gyda dau swyddog. Roedd rheswm yn dweud y byddai dau yn ddigon, gan fod y troseddwr mewn cyffion. Newidiwyd y farn honno pan gafodd y fan ei chanfod chwe milltir i'r de o Chicago, y swyddogion wedi eu clymu a dim golwg o'r dyn drwg. I ddyfynnu adroddiad y Rhingyll Iggi Lebowski: '*Rhwygodd y dyn y cyffion yn ddarnau fel petai'n ddim ond cadwyn bapur. Daeth atom ni fel trên stêm. Doedd dim cyfle o unrhyw fath gennym ni.*'

Ond ni ddihangodd Arno Brwnt yn hollol groeniach. Roedd ei falchder wedi ei chwalu yn Nodwydd Spiro. A gwyddai y byddai'r newyddion am ei gywilydd yn cael eu lledaenu ledled y rhwydwaith gwarchodwyr o fewn dim. Fel y dywedodd Bola LaRue ar wefan Milwyr ar Log yn ddiweddarach: '*Arno wedi cael ei guro gan fachgen ifanc.*' Roedd Brwnt yn boenus ymwybodol y byddai'n rhaid iddo ddioddef chwerthin bob tro y byddai e'n cerdded i ystafell o ddynion cryf – oni bai iddo fedru dial ar Artemis am y sarhad.

Roedd y gwarchodwr yn gwybod mai dim ond munudau oedd ganddo cyn i Spiro ildio ei gyfeiriad i Adran Heddlu Chicago, felly paciodd set neu ddwy o ddannedd sbâr a mynd i Faes-awyr Rhyngwladol O'Hare.

Roedd Brwnt wrth ei fodd pan welodd nad oedd yr awdurdodau eto wedi rhewi ei gerdyn credyd busnes Spiro, a defnyddiodd ef i brynu tocyn dosbarth cyntaf British Airways i Heathrow, Llundain. O'r fan honno, fe fyddai'n mynd i Gymru ar y trên. Dim ond un ymysg llond lle o dwristiaid yn ymweld â gwlad y gân.

Nid oedd e'n gynllun cymhleth, ac fe fyddai wedi gweithio oni bai am un peth: John Jones oedd y swyddog pasbort yn Heathrow, fel roedd hi'n digwydd bod – cyn-Beret Gwyrdd oedd wedi gwasanaethu gyda Gwesyn fel gwarchodwr yn Monte Carlo. Yr eiliad yr agorodd Brwnt ei geg, canodd larwm ym meddwl Jones. Roedd y dyn oedd o'i flaen yn ffitio'r disgrifiad roedd Gwesyn wedi ei anfon ato, i'r dim. Hyd yn oed ei ddannedd od. Inc glas â dŵr, choeliech chi ddim! Pwysodd Jones fotwm o dan ei ddesg ac o fewn eiliadau roedd sgwad diogelwch yn cymryd pasbort Brwnt ac yn ei dywys i mewn i'r gell.

Yr eiliad roedd Brwnt o dan glo, cododd y pennaeth diogelwch ei ffôn symudol a galw rhif yng Nghymru. Canodd ddwywaith.

'Cartref Gwarth.'

'Gwesyn? John Jones yn galw, o Heathrow. Daeth dyn yma heddiw – efallai fod gen ti ddiddordeb ynddo fe. Dannedd doniol, tatŵ ar ei wddf. Acen Seland Newydd. Anfonodd Ditectif Arolygydd Hywel Cadog ddisgrifiad o Scotland Yard ychydig ddyddiau yn ôl; roedd e'n dweud y byddet ti'n gallu adnabod y boi.'

'Ydi e'n dal gyda chi?' gofynnodd y gwas.

'Ydi. Yn un o'r celloedd, yma. Ac maen nhw'n cynnal gwiriad, nawr.'

'Pa mor hir fydd hynny'n cymryd?'

'Awr neu ddwy ar y mwyaf. Ond os hwn yw'r boi proffesiynol rwyt ti'n sôn amdano, wneith gwiriad cyfrifiadurol ddim corddi baw. Rydym ni angen cyfaddefiad ganddo i'w drosglwyddo i ddwylo Scotland Yard.'

'Fe wna i dy gyfarfod di yn y neuadd gyrraedd, o dan y bwrdd ymadawiadau, mewn hanner awr,' meddai Gwesyn, a thorri'r cysylltiad.

Syllodd John Jones ar ei ffôn. Sut y gallai Gwesyn fod yno mewn hanner awr, o Gymru? Ond nid oedd hynny'n bwysig. Yr unig beth roedd John yn ei wybod oedd bod Gwesyn wedi achub ei fywyd sawl tro yn Monte Carlo flynyddoedd maith yn ôl, a nawr roedd y ddyled ar fin cael ei thalu'n ôl.

Tri deg dau munud yn ddiweddarach, cyrhaeddodd Gwesyn neuadd gyrraedd Heathrow.

Astudiodd John Jones ef wrth iddynt ysgwyd llaw.

'Rwyt ti'n ymddangos yn wahanol. Yn hŷn.'

'Y brwydrau'n dal i fyny,' meddai Gwesyn, a chledr ei law dros ei frest oedd yn curo'n galed. 'Amser ymddeol. Dwi'n credu.'

'Oes unrhyw ddiben gofyn sut gyrhaeddaist ti yma?'

Sythodd Gwesyn ei dei. 'Na. Gwell i ti beidio â gwybod.'

'Rydw i'n gweld.'

'Lle mae'r dyn?'

Arweiniodd Jones y ffordd tua chefn yr adeilad, heibio torfeydd o dwristiaid a dynion tacsi'n dal bordiau.

'Y ffordd hon. Dim arfau gen ti, nac oes? Rydw i'n gwybod ein bod ni'n ffrindiau, ond alla i ddim caniatáu arfau yma.'

'Wir i ti. Rydw i'n gwybod y rheolau.'

Aethant mewn lifft diogelwch i fyny dau lawr, a dilyn coridor tywyll am hydoedd.

'Dyma ni,' meddai John o'r diwedd, gan bwyntio at sgwâr gwydr. 'I mewn yn fan'na.'

Gwydr drych dwyffordd oedd e mewn gwirionedd. Gallai Gwesyn weld Arno Brwnt yn eistedd wrth ford fach, gan ddrymio ei fysedd yn ddiamynedd ar yr arwyneb fformica.

'Fe yw e? Y dyn saethodd ti yn Knightsbridge?'

Cytunodd Gwesyn. Ef oedd e, yn sicr. Yr un wep swrth. Yr un dwylo a dynnodd y gliced.

'Mae cadarnhau pwy ydy e yn rhywbeth. Er hynny, dim ond dy air di yn erbyn ei air ef yw hynny. Ac i fod yn onest, nid oes golwg dyn wedi'i saethu arnat ti.'

Gosododd Gwesyn law ar ysgwydd ei ffrind. 'Wnei di ddim gadael i mi . . .'

Ni adawodd Jones iddo orffen ei frawddeg hyd yn oed. 'Na. Chei di ddim mynd i mewn yna. Nid ar unrhyw gyfrif. Fe fyddwn i'n colli fy swydd, siŵr i ti. A beth bynnag, pe bai ti'n medru ei orfodi i gyfaddef, fyddai e ddim yn dal dŵr mewn llys .'

Nodiodd Gwesyn. 'Rydw i'n deall. Wyt ti'n meindio os gwna i aros? Rydw i eisiau gwybod beth fydd yn digwydd nesaf.'

Cytunodd Jones yn falch, wrth ei fodd nad oedd Gwesyn wedi rhoi mwy o bwysau arno.

'Dim problem. Arhosa cyhyd ag yr wyt yn dymuno. Ond rhaid i mi gael bathodyn ymwelwr i ti.' Camodd ar frys ar hyd y coridor, a throi yn ei ôl i wynebu Gwesyn.

'Paid â mynd i mewn yna, Gwesyn. Os gwnei di, mi gollwn ni fe am byth. A beth bynnag, mae camerâu ar hyd y lle yma.'

Gwenodd Gwesyn i dawelu ei feddwl. Rhywbeth nad oedd yn ei wneud yn aml.

'Paid â phoeni, John. Weli di mohonof yn yr ystafell yna.'

Ochneidiodd Jones. 'Da iawn. Gwych. Dim ond – weithiau, pan fo'r olwg yna yn dy lygaid . . .'

'Rydw i'n ddyn gwahanol, nawr. Mwy aeddfed.'

Chwarddodd Jones. 'Choelia i fawr!'

Diflannodd heibio'r gornel, a'i chwerthin yn hongian yn yr awyr. Cyn gynted ag yr oedd e wedi mynd, daddarianodd Heulwen ger coes Gwesyn.

'Camerâu?' hisiodd y gwarchodwr o gornel ei geg.

'Rydw i wedi gwirio'r taflegrau ïon. Mae'r lle 'ma'n glir.' Tynnodd haen o ffoil cuddliw o'i bag cefn, a'i osod ar y llawr. Yna, rhoddodd glip fideo am gebl oedd wedi ei hoelio wrth wal allanol y gell.

'Ocê,' meddai, gan wrando ar lais Cwiff yn ei chlust. 'Rydym ni yma. Mae Cwiff wedi sychu ein patrwm o'r fideo. Rydym ni'n wrth-gamera ac yn wrth-meic nawr. Wyt ti'n gwybod beth i'w wneud?'

Amneidiodd Gwesyn. Roeddynt wedi bod trwy hyn yn barod, ond roedd Heulwen eisiau ailwirio popeth.

'Bydd rhaid i mi darianu eto. Rho eiliad i mi symud, yna rho'r ffoil amdanat a gwna'r hyn y mae angen i ti ei wneud. Rydw i'n rhoi dau funud i ti, ar y mwyaf, cyn i dy ffrind ddod yn ôl. Wedi hynny, rwyt ti ar dy ben dy hunan.'

'Deall.'

'Pob lwc,' meddai Heulwen, gan ddiflannu o'r sbectrwm gweledig.

Oedodd Gwesyn guriad calon, yna cymerodd ddau gam i'r chwith. Cododd y ffoil a'i ollwng dros ei ben a'i ysgwyddau. I unrhyw un fyddai'n cerdded heibio, roedd e nawr yn anweledig. Ond petai unrhyw un yn oedi ar ei ffordd ar hyd y coridor, roedd rhyw gymaint o gorpws anferth y dyn yn siŵr o fod yn y golwg. Gwell symud yn gyflym. Gwasgodd glicied y drws a mynd i'r ystafell.

Nid oedd Arno Brwnt yn poeni rhyw lawer. Chwip din fach oedd hon. Pa mor hir allai unrhyw un gael ei ddal am fod yn berchen dannedd od, er mwyn trugaredd. Dim llawer yn hwy, roedd hynny'n sicr. Efallai y byddai'n erlyn llywodraeth Prydain am drawma, ac yna ymddeol yn ôl gartref yn Seland Newydd.

Agorodd y drws rhyw dri deg centimetr, a chau eto. Ochneidiodd Brwnt. Hen dric yr holwyr. Gadael i'r carcharor chwysu am rai oriau, yna agor y drws i wneud iddo feddwl fod cymorth ar y ffordd. Ac o weld fod neb yn dod, byddai'r carcharor yn plymio'n ddyfnach mewn anobaith du. Hyd yn oed yn agosach at gyrraedd pen ei dennyn.

'Arno Brwnt,' ochneidiodd llais o unlle.

Rhoddodd Arno'r gorau i ddyrnu ei fysedd ac eisteddodd yn syth.

'Beth yw hyn?' gwawdiodd. 'Oes lleisyddion yma? Tric gwael bois, tric gwael.'

'Rydw i wedi dod ar dy ôl di,' meddai'r llais. 'Wedi dod i dalu'r pwyth yn ôl.'

Roedd Arno Brwnt yn adnabod y llais. Roedd wedi

breuddwydio am hyn, ers Chicago, ers i'r bachgen ei siarsio y byddai Gwesyn yn dod yn ei ôl. Ocê, roedd hyn yn chwerthinllyd, nid oedd y ffasiwn beth yn bod ag ysbrydion. Ond roedd rhywbeth am y modd roedd Artemis Gwarth yn edrych arnoch oedd yn gwneud i chi goelio popeth roedd e'n ei ddweud.

'Gwesyn? Ai ti sydd yna?'

'A,' meddai'r llais. 'Rwyt ti'n fy nghofio i.'

Anadlodd Brwnt yn ddwfn a chrynedig. Ceisiodd ei lonyddu ei hun.

'Does gen i ddim syniad beth sydd yn digwydd yma, ond dydw i ddim yn mynd i gael fy nhwyllo. Beth? Oes disgwyl i mi grio fel babi, nawr, am dy fod ti wedi ffeindio rhywun sydd â llais tebyg i . . . rywun roeddwn i'n ei adnabod?'

'Ddim tric yw hwn, Arno. Rydw i yma.'

'Siŵr iawn. Os wyt ti yma, pam 'mod i'n gweld dim?'

'Wyt ti'n siŵr nad wyt ti'n fy ngweld i, Arno? Edrycha eto.'

Syllodd Brwnt i bob cyfeiriad. Nid oedd unrhyw un yno. Neb. Roedd e'n siŵr o hynny. Ond roedd darn o aer yng nghornel yr ystafell oedd fel petai'n plygu yn y golau, fel drych yn hofran.

'A, rwyt ti wedi fy ngweld i.'

'Wela i ddim byd,' meddai Brwnt, a'i lais yn crynu. 'Yr unig beth rydw i'n ei weld yw rhywbeth od, aneglur. O awyrell neu rywbeth tebyg efallai.'

'O, wir?' meddai Gwesyn, gan daflu'r ffoil cuddliw i un ochr. I Brwnt, roedd hyn yn ymddangos fel petai Gwesyn wedi camu allan o'r aer. Safodd y gwarchodwr yn sydyn, gan saethu ei gadair yn erbyn y wal y tu ôl iddo.

'O Dduw! Beth wyt ti?'

Plygodd Gwesyn ei bengliniau ychydig. Yn barod i neidio. Roedd e'n hŷn nawr. A chryn dipyn yn arafach. Ond roedd hud y Tylwyth wedi gwella ei bŵer ymateb ac roedd ganddo fwy o brofiad na Brwnt. Fe fyddai Gwen wedi hoffi ymdrin â'r sefyllfa ar ei ran, ond roedd rhai pethau roedd yn rhaid i chi eu gorffen, yn bersonol.

'Fi yw dy dywysydd, Arno. Rydw i wedi dod i dy dywys adref. Mae llawer o bobl yn aros amdanat.'

'A-a-adref?' meddai Brwnt. 'Beth rwyt ti'n ei feddwl?'

Camodd Gwesyn ymlaen. 'Rwyt ti'n gwybod beth sydd gen i, Arno. Adref. Y lle rwyt ti wedi bod yn anelu tuag ato, erioed. Y lle rwyt ti wedi anfon sawl un arall. Gan fy nghynnwys i.'

Pwyntiodd Brwnt fys crynedig. 'Arhosa di'n ddigon pell. Rydw i wedi dy ladd di unwaith. Fe allwn i wneud hynny eto.'

Chwarddodd Gwesyn. Nid oedd yn sŵn pleserus. 'Dyna lle'r wyt ti'n anghywir, Arno. Alla i ddim cael fy lladd eto. Beth bynnag, dyw marwolaeth yn ddim, nid o'i gymharu â'r hyn sy'n dod wedyn.'

'Beth sy'n dod wedyn . . .'

'Mae uffern yn bod, Arno,' meddai Gwesyn. 'Rydw i wedi ei weld, a choelia fi, mi wnei di, hefyd.'

Roedd Brwnt wedi ei argyhoeddi'n llwyr; wedi'r cwbl, roedd Gwesyn wedi ymddangos o unlle.

'Doeddwn i ddim yn gwybod,' meddai gan lefain. 'Doeddwn i ddim yn credu hynny. Fyddwn i erioed wedi dy saethu, Gwesyn. Dim ond dilyn gorchmynion Spiro roeddwn i. Fe glywaist ti e. Dim ond dyn metel oeddwn i; dyna'r oll fûm i erioed.'

Gosododd Gwesyn law ar ei ysgwydd. 'Rwy'n dy gredu di, Arno. Dim ond dilyn cyfarwyddiadau roeddet ti.'

'Ie.'

'Ond dyw hynny ddim yn ddigon da. Rhaid i ti glirio dy gydwybod. Os na wnei di, bydd yn rhaid i mi fynd â thi gyda fi.'

Roedd llygaid Brwnt yn goch gan ddagrau. 'Sut mae gwneud hynny?' plediodd.

'Cyfaddefa dy bechodau i'r awdurdodau. Paid ag anghofio yr un manylyn, neu mi fydda i'n ôl.'

Nodiodd Brwnt yn frwdfrydig. Roedd carchar yn well na'r opsiwn arall.

'Cofia, fe fydda i'n gwylio. Dyma dy gyfle di i achub dy hunan. Os na wnei di fanteisio ar y cyfle, fe fydda i'n ôl.'

Tasgodd dannedd Brwnt o'i geg agored a rholio ar y llawr.

'Shiŵr iawn. 'Shim ishio ti fecsho. Shiŵr.'

Cododd Gwesyn y ffoil cam, gan ei guddio'i hunan yn gyfan gwbl eto.

'Gwna di'n siŵr dy fod ti, neu fe fydd uffern o stŵr.'

Camodd Gwesyn i'r coridor gan stwffio'r ffoil yn ei siaced. Eiliadau wedyn, daeth John Jones yn ei ôl gyda bathodyn diogelwch.

Gwelodd Arno Brwnt yn sefyll yn stond yn ei gell.

'Beth wnest ti, Gwesyn?' meddai.

'Hei, nid fi oedd e. Edrycha di ar dy dapiau. Aeth e'n wallgof. Siarad â'r waliau. Gweiddi ei fod eisiau cyfaddef.'

'Eisiau cyfaddef? Jest fel yna?'

'Rydw i'n gwybod fod hyn yn edrych yn od, ond dyna'r gwir. Petawn i'n ti, mi fyddwn i ar y ffôn â Hywel Cadog draw yn Scotland Yard. Mae gen i ryw deimlad y gall datganiad Brwnt glirio sawl achos sy'n dal heb ei orffen.'

Edrychodd Jones arno'n amheus. 'Pam 'mod i'n cael y teimlad dy fod yn gwybod mwy o lawer nag rwyt ti'n ei ddweud?'

'Gwna chwiliad ohonof fi,' meddai Gwesyn. 'Ond dyw teimladau ddim yn dystiolaeth, ac fe fydd dy dapiau gwyliadwriaeth yn profi nad wyf i erioed wedi rhoi hyd yn oed blaen fy nhroed yn yr ystafell yna.'

'Wyt ti'n siŵr mai dyna beth fyddai'n dangos?'

Edrychodd Gwesyn ar y darn o aer oedd yn ysgwyd uwchben ysgwydd John Jones.

'Hollol siŵr,' meddai.

PLASTY GWARTH

Cymerodd y daith adref o Heathrow dros awr, diolch i dywydd garw a gwynt dwyreiniol dros frastir Sir Gâr. Pan laniodd Gwesyn a Heulwen, o'r diwedd, ar dir Plasty Gwarth, roedd y LEP yn prysur lusgo eu gêr glanhau cof ar hyd y lôn, yn niogelwch cysgodion y nos.

Dadglipiodd Gwesyn ei Lleuadwregys, gan bwyso yn erbyn boncyff bedwen arian.

'Iawn?' gofynnodd Heulwen.

'Iawn,' atebodd y gwarchodwr, gan rwbio'i frest. 'Y Kevlar yma ydy'r drafferth. Handi os caf fy saethu gan wn calibr bach ond fel arall mae'n achosi hafoc wrth i mi geisio anadlu.'

Rhoddodd Heulwen ei hadenydd yn ôl yn eu gwain. 'Bywyd tawel fydd hi i ti, nawr.'

Sylwodd Gwesyn ar beilot LEP yn ceisio parcio ei wennol yn y garej dwbl, gan wthio bympar y Bentley.

'Bywyd tawel?' mwmialodd, gan anelu am y garej. 'Breuddwyd ffŵl!'

Unwaith roedd Gwesyn wedi gorffen brawychu'r picsel peilot, aeth tua'r stydi. Roedd Artemis a Gwen yn aros amdano. Cofleidiodd Gwen ei brawd yn dynn, a gwasgu'r aer o'i ysgyfaint.

'Dwi'n iawn, chwaer fach. Mae'r Tylwyth wedi datrys y sefyllfa – fe fydda i byw nes 'mod i dros gant oed. Mi fydda i'n dal o gwmpas i gadw golwg arnat ti.'

Roedd Artemis yn canolbwyntio ar y busnes a oedd ar droed. 'Sut yr aeth pethau, Gwesyn?'

Agorodd Gwesyn sêff wal y tu ôl i awyrell y system dymheru.

'Gweddol. Fe gefais i bopeth ar y rhestr.'

'Beth am y joben addasu?'

Rhoddodd Gwesyn chwe ffiol fechan ar y ddesg oedd wedi'i gorchuddio â brethyn gwyrdd.

'Fe ddilynodd fy nghyswllt yn Abertawe fy nghyfar-wyddiadau yn berffaith. Er ei fod e wedi bod yn y busnes ers blynyddoedd, nid yw erioed wedi gorfod gwneud rhywbeth fel hyn. Maen nhw mewn toddiant arbennig i'w harbed rhag cyrydu. Mae'r haenau mor denau nes y byddai eiliad mewn ocsigen yn dechrau ocsideiddiad, felly rhaid i ni beidio â'u defnyddio tan y munud olaf.'

'Gwych. Mwy na thebyg mai fi fydd yr unig un fydd eu hangen nhw, ond, rhag ofn, dylen ni i gyd eu defnyddio.'

Daliodd Gwesyn y darn aur gerfydd ei garrai lledr. 'Mae dy ddyddiadur a'r ffeiliau Tylwyth wedi eu copïo ar ddisgen-mini laser, ac wedi ei frwsio ar haen o ddeilen aur. Wneith e ddim pasio archwiliad trylwyr, mae gen i ofn, ond fe fyddai aur tawdd wedi dinistrio'r wybodaeth ar y ddisgen.'

Clymodd Artemis y garrai am ei wddf. 'Bydd yn rhaid iddo wneud y tro. Wnest ti blannu'r trywyddau ffug?'

'Do. Rydw i wedi anfon e-bost sydd eto i gael ei agor, ac rydw i wedi llogi ambell fegabeit ar wefan storfa wybodaeth ar y we. Rydw i hefyd wedi mynd ar fy liwt fy hun ac wedi plannu capsiwl amser yn y labyrinth.'

'Da iawn,' meddai Artemis. 'Doeddwn i ddim wedi meddwl am hynny.'

Derbyniodd Gwesyn y ganmoliaeth ond nid oedd e'n coelio'i gyflogwr. Roedd Artemis yn meddwl am bopeth.

Siaradodd Gwen am y tro cyntaf. 'Ti'n sy'n gwybod, Artemis, ond efallai y byddai'n well gadael i'r atgofion yma fynd. Rhoi ychydig o dawelwch meddwl i'r Tylwyth.'

'Mae'r atgofion hyn yn rhan ohonof fi, yn rhan o'r hyn wyf i,' atebodd Artemis.

Archwiliodd y ffiolau ar y bwrdd, a dewis dwy.

'Nawr, bawb, mae'n amser defnyddio'r rhain. Rydw i'n siŵr fod y Tylwyth yn awyddus i lanhau ein cof.'

Sefydlodd dynion technegol Cwiff eu stondin yn yr ystafell gynhadledd, gan osod casgliad cymhleth o electrodau a cheblau ffibr opteg. Roedd pob cebl wedi ei gysylltu wrth sgrin blasma oedd yn trosglwyddo tonfeddi ymennydd yn wybodaeth ddeuaidd, go iawn. Mewn termau bob-dydd, byddai Cwiff yn medru darllen atgofion pobl fel llyfr, eu golygu a dileu unrhyw beth na ddylai fod yno. A'r darn mwyaf anhygoel o'r broses gyfan oedd bod yr ymennydd dynol yn gallu darparu atgofion eraill i lenwi'r bylchau.

'Gallem ni wneud y glanhad cof gyda phecynnau maes,' esboniodd Cwiff, unwaith roedd y criw ynghyd. 'Ond ar gyfer glanhad blanced mae pecynnau maes. Fe fyddent yn dileu popeth a ddigwyddodd dros yr un flynedd ar bymtheg ddiwethaf. Gallai fod goblygiadau difrifol o ran datblygiad emosiynol rhywun, heb sôn am gyniferydd deallusrwydd. Felly, gwell defnyddio'r cit lab a dileu'r atgofion sy'n perthyn i'r Tylwyth. Yn amlwg, bydd yn rhaid i ni ddileu'r dyddiau dreulioch chi yng nghwmni'r Tylwyth yn gyfan gwbl. Allwn ni ddim cymryd risg yn y fan honno.'

Roedd Artemis, Gwesyn a Gwen yn eistedd o amgylch y bwrdd. Roedd rhai eisoes yn swabio'u talcenni â diheintydd.

'Rydw i wedi meddwl am rywbeth,' meddai Gwesyn.

'Paid â dweud wrthyf fi,' meddai'r gŵr-farch. 'Problem dy oedran, ie?'

Cytunodd Gwesyn. 'Mae llawer o bobl yn f'adnabod i fel dyn deugain oed. Allwch chi ddim glanhau pob un.'

'Rydw i wedi meddwl am hynny'n barod, Gwesyn. Rydym ni'n mynd i roi piliad laser i dy wyneb tra byddi di'n anymwybodol. I gael gwared ar ychydig o'r croen marw yna. Rydym ni hyd yn oed wedi dod â llawfeddyg cosmetig i roi chwistrelliad Gwlithwr i ti i gael gwared ar y crychau yna.'

'Gwlithwr?'

'Braster,' esboniodd y gŵr-farch. 'Rydym ni'n ei gymryd e o un rhan ac yn ei chwistrellu e mewn man arall.'

Nid oedd Gwesyn yn rhy hoff o'r syniad. 'Y braster hwn. Dyw e ddim yn dod o'm pen-ôl, nac ydy?'

'Wel, dydy e ddim yn dod o dy ben-ôl *di*,' meddai Cwiff.

'Esbonia.'

'Mae ymchwil yn dangos, o holl rywogaeth y Tylwyth, mai corachod sy'n byw hiraf. Mae mwynwr yn Nhre Pwt sydd dros ddwy fil oed, yn ôl y sôn. Wyt ti erioed wedi clywed y dywediad, "llyfn fel pen-ôl corrach"?'

Roedd technegydd yn ceisio rhoi pad electrodau ar dalcen Gwesyn, ond gwthiodd ef i ffwrdd.

'Wyt ti'n dweud wrthyf fi fod braster o ben-ôl corrach yn mynd i gael ei roi yn fy mhen?'

Cododd Cwiff ei ysgwyddau. 'Pris ieuenctid. Mae

Tylwyth ar y glannau gorllewinol yn talu ffortiwn am driniaeth Gwlithwr.'

Siaradodd Gwesyn trwy ei ddannedd. 'Ac nid Tylwyth mohonof fi!'

'Rydym ni hefyd wedi dod â gel i liwio unrhyw wallt y gwnei di benderfynu ei dyfu efallai yn y dyfodol, a lliw i orchuddio croen dy frest,' aeth y gŵr-farch yn ei flaen ar frys. 'Erbyn i ti ddeffro, mi fydd rhan allanol i dy gorff yn edrych yn ifanc eto, hyd yn oed os bydd y tu mewn yn hen.'

'Clyfar,' meddai Artemis. 'Roeddwn i'n disgwyl hynny.'

Daeth Heulwen atynt, a Mwrc wrth ei sawdl. Roedd y corrach yn gwisgo cyffion ac yn edrych yn wirioneddol flin trosto ei hunan.

'Oes angen hyn mewn gwirionedd,' gwingodd, 'ar ôl popeth sydd wedi digwydd?'

'Mae fy mathodyn i yn y fantol,' meddai Heulwen. 'Fe ddywedodd y comander y dylwn i ddod â thi yn ôl, neu beidio â dod yn ôl o gwbl.'

'Beth sy'n rhaid i mi ei wneud? Rydw i wedi rhoi'r braster i chi, yn do?'

Rholiodd Gwesyn ei lygaid. 'Na, na, plîs!'

Chwarddodd Gwen. 'Paid â phoeni, Dom. Fyddi di ddim yn cofio dim am y peth.'

'Cnociwch fi allan,' meddai Gwesyn. 'Ar frys.'

'Croeso tad,' meddai Mwrc, gan geisio rhwbio ei ben-ôl.

Datododd Heulwen gyffion y corrach, gan aros yn ddigon agos i'w gipio petai'n rhaid.

'Roedd e am ddweud ta-ta, felly dyma ni.' Gwthiodd Mwrc yn ei flaen. 'Felly, dywed dy ddarn.'

Winciodd Gwen. 'Hwyl, Drewllyd.'

'Ta-ta, drewgi.'

'Paid â chnoi drwy unrhyw waliau concrid.'

'Dyw'r math yna o beth ddim yn ddoniol,' meddai Mwrc, a golwg boenus arno.

'Pwy a ŵyr. Efallai y gwnawn ni weld ein gilydd eto.'

Nodiodd Mwrc at y technegwyr a oedd yn brysur yn tanio'r caledwedd.

'Os gwnawn ni, cyfarfod am y tro cyntaf fyddwn ni, diolch i'r bobl hyn.'

Plygodd Gwesyn at lefel y corrach.

'Edrycha di ar d'ôl dy hunan, ffrind bach. A chadwa'n ddigon pell o goblynnod.'

Ysgydwodd Mwrc. 'Does dim rhaid i ti ddweud hynny wrthyf i.'

Ymddangosodd wyneb comander Gwreiddyn ar sgrin dros-dro oedd wedi ei gosod gan swyddog LEP.

'Efallai'r hoffech chi'ch dau briodi?' cyfarthodd. 'Beth yw diben yr holl emosiwn hwn? Mewn deng munud fyddwch chi ddim yn cofio enw'r troseddwr hwn!'

'Mae gennym ni'r comander ar y lein,' meddai technegwr, braidd yn rhy hwyr.

Syllodd Mwrc ar y camera botwm wedi ei osod ar y

sgrin. 'Julius, plîs. Ydych chi'n sylweddoli fod pob un o'r rhain yn ddyledus i mi am eu bywyd? Mae hon yn foment emosiynol iddyn nhw.'

Roedd wyneb pinc Gwymon yn fwy amlwg oherwydd y cysylltiad gwael.

'Does dim owns o bwys gen i am eich moment annwyl stici ych-a-fi. Rydw i yma i wneud yn siŵr fod y glanhad yn mynd yn iawn. O adnabod fy ffrind, Gwarth, mi fydd ganddo un neu ddau dric wedi'u paratoi.'

'Wir, Comander,' meddai Artemis. 'Mae cyhuddiad fel hyn yn brifo.'

Ond allai'r Cymro ifanc ddim atal gwên. Roedd pawb yn gwybod y byddai wedi cuddio eitemau i ysgogi atgofion; sialens y LEP oedd eu canfod. Eu gornest olaf.

Aeth Artemis tuag at Mwrc Twrddyn.

'Mwrc. O holl bobl y Tylwyth, fi fydd yn gweld colli dy wasanaeth di fwyaf. Fe allem ni fod wedi cael y ffasiwn ddyfodol gyda'n gilydd.'

Edrychai Mwrc fel petai ar fin dechrau crio. 'Gwir. Gyda dy ymennydd di a 'nhalentau i.'

'Heb sôn am eich diffyg moesau eich dau,' ychwanegodd Heulwen.

'Fyddai dim un banc ar y blaned wedi bod yn ddiogel,' meddai'r corrach. 'Cyfle wedi ei golli.'

Ceisiodd Artemis ei orau glas i edrych yn ddiffuant. Roedd hynny'n hanfodol ar gyfer cam nesa'r cynllun.

'Mwrc, rydw i'n gwybod dy fod wedi rhoi dy fywyd

yn y fantol i fradychu'r teulu Antonelli, felly hoffwn i roi rhywbeth i ti.'

Llanwodd dychymyg Mwrc gyda delweddau o gronfeydd ymddiriedolaeth a chyfrifon banc alltraeth.

'Does dim angen, wir. Er ei fod wedi bod yn beth arbennig o ddewr i'w wneud, a 'mod i wedi bod mewn peryg marwol.'

'Yn union,' meddai Artemis, gan ddatod y medaliwn aur oddi ar ei wddf. 'Dwi'n gwybod nad yw hwn yn llawer, ond mae'n golygu llawer iawn i mi. Roeddwn i'n mynd i'w gadw, ond rydw i'n gwybod na fydd e'n golygu dim i mi mewn ychydig funudau. Hoffwn i ti ei gael e; a dwi'n credu y byddai Heulwen yn cytuno. Momento bychan o'n hanturiaethau.'

'Diawcs,' meddai Mwrc, gan gymryd y medaliwn. 'Hanner owns o aur. Gwych. Fe dorraist ti'r banc yn y fan yna, Artemis.'

Cymerodd Artemis law'r corrach. 'Nid arian yw popeth, Mwrc.'

Roedd Gwreiddyn yn estyn ei wddf er mwyn ceisio gweld mwy. 'Beth yw hwnna? Beth mae e wedi'i roi i'r troseddwr?'

Cipiodd Heulwen y medaliwn, gan ei ddal i fyny o flaen y camera.

'Dim ond darn aur, Comander. Fe rois i fe i Artemis fy hunan.'

Edrychodd Cwiff ar y fedal fach. 'Mewn gwirionedd,

mae hyn yn lladd dau fwydyn drewllyd gydag un bicell. Fe allai'r medaliwn fod wedi ysgogi rhai atgofion oedd yn weddill. Annhebygol, ond posibl.'

'A'r mwydyn drewllyd arall?'

'Rhywbeth i Mwrc edrych arno tra bydd e yn y carchar.'

'Ocê, fe gaiff e ei gadw. Nawr, ewch â'r troseddwr yna i'r wennol a gadewch i ni gychwyn ar hyn. Mae gen i gyfarfod Cyngor mewn deng munud.'

Arweiniodd Heulwen Mwrc allan, a sylweddolodd Artemis ei bod yn wir ddrwg ganddo weld y dyn bach yn mynd. Ond yn fwy na hynny, roedd e'n flin bod y cof am eu cyfeillgarwch o bosib yn mynd am byth.

Disgynnodd y technegwyr arnynt fel gwyfynod ar gorff celain. O fewn eiliadau, roedd gan bob un bod dynol yn yr ystafell electrodau wedi eu gosod ar eu talcenni a'u harddyrnau. Roedd pob set o electrodau yn rhedeg trwy drosglwyddwr nerfol ac ymlaen i sgrin blasma. Crynodd yr atgofion ar bob sgrin.

Astudiodd Cwiff y delweddau o bob atgof. 'Llawer yn rhy gynnar,' meddai. 'Graddnodwch nhw ar un mis ar bymtheg yn ôl. A dweud y gwir, gwnewch hynna'n dair blynedd. Dydw i ddim am weld Artemis yn cynllunio'r herwgipiad gwreiddiol yna eto.'

'*Bravo,* Cwiff,' meddai Artemis yn sur. 'Roeddwn i'n gobeithio y byddet ti'n ei fethu.'

Winciodd y gŵr-farch. 'Nid dyna'r unig beth na wnes i ei fethu.'

Ar y sgrin, lledaenodd gwên Gwreiddyn.

'Dywed wrtho, Cwiff. Alla i ddim aros i weld wyneb y bachgen.'

Edrychodd Cwiff ar ffeil ar ei gyfrifiadur llaw.

'Rydym ni wedi edrych ar dy e-bost a beth rwyt ti'n ei gredu oedd yno?'

'O, dywed, dywed.'

'Fe welson ni ffeil y Tylwyth yn barod i gael ei hagor. Ac rydym ni wedi gwirio'r we, yn gyffredinol. Syrpreis syrpreis, roedd rhywun â dy gyfeiriad e-bost di wedi llogi storfa megabeit. Mwy o ffeiliau'r Tylwyth.'

Roedd Artemis yn anedifeiriol. 'Roedd yn rhaid i mi roi cynnig arni. Rydw i'n siŵr dy fod yn deall.'

'Unrhyw beth arall rwyt ti eisiau ei rannu â ni?'

Agorodd Artemis ei lygaid led y pen, yn ymgorfforiad o ddiniweidrwydd. 'Dim. Rwyt ti'n rhy glyfar i mi.'

Cymerodd Cwiff ddisgen laser o'i focs teclynnau, a'i lithro i'r cyfrifiadur rhwydwaith ar y ford. 'Wel, rhag ofn, rydw i am danio firws Ceffyl Troea yn dy system gyfrifiadurol. Fe wneith y firws adael dy ffeiliau heb anaf, oni bai fod gwybodaeth am y Tylwyth yno. Nid yn unig hynny ond fe wneith y firws fonitro dy system am chwe mis arall, rhag ofn dy fod wedi ein trechu ni, rywsut.'

'Ac rwyt ti'n dweud hyn i gyd gan na fydda i'n cofio beth bynnag.'

Gwnaeth Cwiff ryw symudiad chwim â'i draed fel

petai'n ymarfer dawns werin Ceiliog y Rhedyn, gan glapio ei ddwylo. 'Yn union.'

Gwthiodd Heulwen drwy'r drws gan lusgo capsiwl metalig hefo hi.

'Edrychwch beth oedd wedi ei gladdu yn yr ardd.' Agorodd y caead a thywallt cynnwys y capsiwl ar y carped Tiwnisiaidd. Syrthiodd sawl disg gyfrifiadurol a chopïau caled o ddyddiadur Artemis dros y carped.

Archwiliodd Cwiff un ddisgen. 'Rhywbeth arall yr anghofiaist ti sôn amdano?'

Nid oedd Artemis mor hy nawr.

'Anghofiais i.'

'Dyna ni, am wn i. Does dim byd arall?'

Aeth Artemis yn ôl i'w gadair, gan blygu'i freichiau. 'Ac os gwna i ddweud – ie – fe fyddech chi'n fy nghoelio i, dwi'n cymryd?'

Chwarddodd Gwreiddyn cymaint nes bod y sgrin ei hun fel petai'n ysgwyd.

'O byddem, Artemis, mae gennym ni bob ffydd ynot ti. Sut na allem ni dy goelio ar ôl yr holl drafferth rwyt ti wedi ei achosi i'r Tylwyth? Os nad oes ots gennyt ti, fe hoffem ofyn ambell gwestiwn i ti o dan *fesmer*, a'r tro hwn fyddi di ddim yn gwisgo sbectol haul.'

Un mis ar bymtheg cyn hynny, roedd Artemis wedi llwyddo i allwyro llygaid hypnotig Heulwen gyda sbectol haul â lensys drych. Dyna'r tro cyntaf iddo drechu'r Tylwyth. Ac nid hwn fyddai'r tro olaf.

'Wel, beth am fynd ati.'

'Capten Pwyll,' cyfarthodd Gwreiddyn. 'Rwyt ti'n gwybod beth i'w wneud.'

Tynnodd Heulwen ei helmed i ffwrdd, a thylino pennau pigog ei chlustiau er mwyn ysgogi ei chylchrediad.

'Rydw i am dy fesmereiddio di a gofyn ambell gwestiwn. Nid hwn yw'r tro cyntaf i ti fod o dan fesmer, felly rwyt ti'n gwybod na fydd y broses yn brifo. Rydw i'n dy gynghori i ymlacio; os gwnei di drio'n galed i'w wrthsefyll, fe allai achosi i ti golli cof neu hyd yn oed niweidio dy ymennydd yn gyfan gwbl.'

Daliodd Artemis gledr ei law i fyny. 'Aros funud. Ydw i'n iawn y bydd y cyfan drosodd pan ddeffra i?'

Gwenodd Heulwen. 'Bydd, Artemis. Dyma'r hwyl-fawr, am y tro olaf.'

Roedd wyneb Artemis yn ddiemosiwn, er gwaetha'r holl emosiwn oedd yn corddi'r tu mewn iddo.

'Os felly, mae gen i ambell beth yr hoffwn ei ddweud.'

Roedd Gwreiddyn yn chwilfrydig, er ei fod yn ceisio peidio â dangos hynny. 'Un munud, Gwarth. Wedyn, nos da.'

'O'r gorau. Yn gyntaf, diolch. Mae gen i fy nheulu a'm ffrindiau o'm cwmpas, diolch i'r Tylwyth. Byddai'n dda gennyf pe na bawn yn gorfod anghofio hynny.'

Gosododd Heulwen law ar ei ysgwydd. 'Mae'n well y ffordd hon, Artemis. Coelia di fi.'

'Ac yn ail, rydw i am i chi gyd feddwl yn ôl, at y tro

cyntaf y gwnaethoch chi gyfarfod â mi. Cofio'r noson honno?'

Aeth ias ar hyd asgwrn cefn Heulwen. Meddyliodd am yr hen Artemis, yr un a ymosododd arni mewn lle hud adnabyddus yn Ne Cymru. Fyddai Comander Gwreiddyn fyth yn anghofio dianc o dancer oedd ar fin ffrwydro. Ac atgof cyntaf Cwiff oedd recordiad o'r trafodaethau ar gyfer rhyddhau Heulwen. Roedd wedi bod yn greadur ffiaidd.

'Os cymerwch chi atgofion a dylanwadau'r Tylwyth,' aeth Artemis yn ei flaen, 'efallai y gwna i droi'n ôl i fod fel roeddwn i. Ai dyna beth rydych chi wir ei eisiau?'

Roedd yn syniad syfrdanol. Ai'r Tylwyth oedd yn gyfrifol am ei newid? Ac ai nhw hefyd fyddai yn gyfrifol am ei newid yn ôl?

Trodd Heulwen at y sgrin. 'Ydy hi'n bosib? Mae Artemis wedi cymryd camau breision. Oes gennym ni'r hawl i ddinistrio'r cynnydd a'r datblygiad hwnnw?'

'Mae'n iawn,' meddai Cwiff. 'Chredais i erioed y byddwn i'n dweud hyn, ond rydw i'n hoff o'r model newydd.'

Agorodd Gwreiddyn ffenestr cyfrifiadur arall ar y sgrin. 'Fe wnaeth y Frawdoliaeth Seicoleg yr adroddiad tebygolrwydd yma i ni. Maen nhw'n dweud fod y peryg iddo droi'n ôl yn fychan iawn. Fe fydd dylanwadau da ei deulu a'r ddau Gwesyn ar Gwarth o hyd.'

'Y Frawdoliaeth Seicoleg?' cwynodd Heulwen. 'Argon

a'i griw? A phryd wnaethom ni ddechrau rhoi ein ffydd ynddyn nhw?'

Agorodd Gwreiddyn ei geg i weiddi, ond penderfynodd beidio. Nid rhywbeth oedd yn digwydd bob dydd.

'Heulwen,' meddai, bron yn addfwyn. 'Mae dyfodol ein diwylliant yn y fantol yma. Y gwir yw, nid ein problem ni yw dyfodol Artemis.'

Roedd ceg Heulwen yn sarrug. 'Os yw hynny'n wir, yna rydym ni cynddrwg â Dynion y Mwd.'

Penderfynodd y comander fynd yn ôl at ei ffordd arferol o gyfathrebu.

'Gwranda, Capten,' rhuodd. 'Mae bod mewn rheolaeth yn golygu gwneud penderfyniadau anodd. Mae peidio â bod mewn rheolaeth yn golygu cau dy geg a dilyn cyfarwyddiadau. Nawr, mesmereiddia'r bobl yna cyn i ni golli'r cysylltiad.'

'Iawn, syr. Beth bynnag rydych chi'n ei ddweud, syr.'

Safodd Heulwen yn union o flaen Artemis, gan ofalu i edrych i fyw ei lygaid.

'Hwyl fawr, Heulwen. Wna i ddim dy weld di eto, ond rydw i'n siŵr y gwnei di fy ngweld i.'

'Ymlacia, Artemis. Anadla'n ddwfn.'

Pan siaradodd Heulwen eto, roedd ei llais yn haenau o alto a bas. Haenau hypnotig y *mesmer*.

'Roedd honna'n job a hanner wnaethom ni ar Spiro, e?'

Gwenodd Artemis yn gysglyd. 'Oedd. Yr antur olaf. Dim mwy o frifo pobl.'

'Sut rwyt ti'n meddwl am y cynlluniau hyn?'

Disgynnodd amrannau Artemis. 'Gallu naturiol, am wn i. Wedi eu trosglwyddo drwy genedlaethau o'r teulu.'

'Ac rydw i'n siŵr y byddet ti'n gwneud unrhyw beth i ddal yn dynn wrth dy atgofion o'r Tylwyth?'

'Bron unrhyw beth.'

'Felly beth *wnest ti?*'

Gwenodd Artemis. 'Tric neu ddau.'

'Pa fath o driciau?' gwthiodd Heulwen.

'Mae'n gyfrinach. Alla i ddim dweud gair.'

Ychwanegodd Heulwen haenau eraill at ei llais.

'Dywed wrthyf fi, Artemis. Ein cyfrinach ni fydd hi.'

Curodd gwythïen yn nhalcen Artemis. 'Wnei di ddim dweud? Wnei di ddim dweud gair wrth y Tylwyth?'

Edrychodd Heulwen yn euog ar y sgrin. Ystumiodd Gwreiddyn arni a'i hannog i barhau.

'Wna i ddim dweud gair. Ein cyfrinach ni yn unig fydd hon.'

'Mae Gwesyn wedi rhoi capsiwl yn yr ardd.'

'A?'

'Rydw i wedi anfon e-bost i mi fy hunan. Ond rydw i'n disgwyl i Cwiff ffeindio hwnnw. Rhywbeth i'w daflu oddi ar y trywydd.'

'Clyfar iawn. Oes rhywbeth rwyt ti'n disgwyl iddo fe beidio â'i canfod?'

Gwenodd Artemis yn slei. 'Cuddiais i ffeil ar y we, mewn uned storfa. Wneith Ceffyl Troea Cwiff mo'i effeithio. Fe wnaiff y darparwyr anfon e-bost i'm hatgoffa i mewn chwe mis. A phan gaf i'r wybodaeth, dylai ysgogi atgofion, a dychwelyd pob un atgof efallai.'

'Unrhyw beth arall?'

'Na. Yr uned storfa yw ein gobaith olaf. Os bydd y gŵr-farch yn canfod honno, yna bydd byd y Tylwyth wedi ei golli am byth.'

Craciodd delwedd Gwreiddyn ar y sgrin. 'Ocê. Mae'r cyswllt yn torri. Gwnewch nhw yn anymwybodol a glanhewch nhw. Tapiwch y broses gyfan. Wna i ddim coelio fod Artemis allan ohoni nes y bydda i wedi gweld y dystiolaeth.'

'Comander. Efallai y dylwn i ofyn ambell gwestiwn i'r lleill.'

'Negyddol, Capten. Fe ddwedodd Gwarth ei hun, mai'r uned storfa oedd y gobaith olaf. Bacha nhw a rhed y rhaglen.'

Diflannodd delwedd y comander mewn tonnau o statig.

'Iawn, syr.' Trodd Heulwen at y tîm technegol. 'Fe glywsoch chi fe. I ffwrdd â ni. Bydd yr haul yn codi mewn ychydig oriau. Ac erbyn hynny, rydw i eisiau bod pob un wan jac ohonom ni o dan ddaear.'

Gwnaeth y bois technegol yn siŵr fod yr electrodau i gyd â chysylltiadau cryf, yna dadlapiwyd tair set o'r gogls cysgu.

'Fe wnaf fi hynny,' meddai Heulwen, gan gymryd y mygydau.

◐ · ⸕ 🦀 ⸙ ◖ 🦀 ⸗ ⸳ ◗ · ⸕ ⸘ ◖ ⸗ ◐ ⸘ ◗

Bachodd yr elastig dros gynffon merlen Gwen.

'Wyt ti'n gwybod rhywbeth?' meddai. 'Mae amddiffyniad personol yn fusnes creulon. Mae gen ti ormod o galon ar ei gyfer.'

Cytunodd Gwen drwy symud ei phen yn araf. 'Fe geisiaf ddal gafael ar y syniad yna.'

Gosododd Heulwen y gogls ar ei llygaid yn ofalus.

'Fe wnaf fi gadw llygad arnat ti.'

Gwenodd Gwen. 'Fe wela i di yn fy mreuddwydion.'

Pwysodd Heulwen fotwm bychan ar y mwgwd cwsg, a daeth cymysgedd o oleuadau hypnoteiddio a sedatif i'r gwagle o flaen ei llygaid, drwy'r sêl, ac roedd Gwen mewn breuddwyd mewn llai na phum eiliad.

Gwesyn nesaf. Roedd y criw technegol wedi ychwanegu elastig arall at y gogls er mwyn gwneud yn siŵr ei fod yn mynd am ei ben.

'Gwna di'n siŵr na fydd Cwiff yn mynd yn wallgof hefo'r glanhad cof yna,' meddai'r gwarchodwr. 'Dydw i ddim eisiau deffro â phedwar degawd o ddim byd yn fy mhen.'

'Paid â phoeni,' meddai Heulwen gan ei gysuro. 'Mae Cwiff fel arfer yn gwybod beth mae e'n ei wneud.'

'Da iawn. Cofia, os bydd y Tylwyth fyth angen cymorth, rydw i'n dal yma.'

Pwysodd Heulwen y botwm.

'Mi gofiaf i hynny,' sibrydodd.

Artemis oedd yr olaf. Yn ei gyflwr o fesmer, roedd ei

wyneb yn ymddangos bron yn heddychlon. Am unwaith, nid oedd crychau meddwl yn tywyllu ei dalcen, a phetaech chi ddim yn ei adnabod, fe allai fod yn fachgen tair ar ddeg, dynol, arferol.

Gosododd Heulwen y mwgwd dros lygaid Artemis a gwthio'r botwm. Eiliadau wedyn, roedd y bachgen yn un swp yn ei gadair. Daeth geiriau Iaith y Coblynnod i fflachio dros y sgrin y tu ôl iddo. Yn nyddiau Ffagan, roedd Iaith y Coblynnod yn cael ei hysgrifennu mewn troellau. Ond roedd darllen mewn troellau yn rhoi cur pen i'r rhan fwyaf o'r Tylwyth.

'Dechreuwch y dileu,' gorchmynnodd Cwiff. 'Ond cadwch gopi. Rhyw ddiwrnod, pan fydd gen i wythnos neu ddwy o wyliau, rydw i am ganfod beth sy'n gyrru'r bachgen yma.'

Gwyliodd Heulwen wrth i fywyd Artemis gael ei ysgrifennu mewn gwyrdd ar y sgrin.

'Dyw hyn ddim yn teimlo'n iawn,' meddai. 'Os oedd e'n gallu ein canfod ni unwaith, mae e'n abl i wneud hynny eto. Yn enwedig os yw e'n troi'n ôl yn fwystfil fel roedd e.'

Teipiodd Cwiff ei orchmynion ar allweddell ergonomeg. 'Efallai. Ond y tro nesaf, mi fyddwn ni'n barod.'

Ochneidiodd Heulwen. 'Biti. Roeddem ni bron yn ffrindiau, y tro yma.'

Chwyrnodd y gŵr-farch. 'Siŵr. Fel petait ti'n gallu bod yn gyfaill â sarff.'

Caeodd Heulwen fisor ei helmed yn gyflym, gan guddio'i llygaid.

'Rwyt ti'n iawn, wrth gwrs. Allem ni byth fod yn ffrindiau. Dim ond y sefyllfa wnaeth ein gwthio ni at ein gilydd. Dim byd mwy.'

Rhoddodd Cwiff ei law ar ei hysgwydd. 'Dyna ni, cadwa dy glustiau i fyny, ferch. Ble rwyt ti'n mynd?'

'Llwchwr,' atebodd Heulwen. 'Rydw i'n mynd i hedfan. I gael awyr iach.'

'Dwyt ti heb gael dy glirio i hedfan,' achwynodd Cwiff. 'Fe gymrith Gwreiddyn dy fathodyn.'

'Am wneud beth?' meddai Heulwen, gan danio ei hadenydd. 'Dydw i ddim i fod yma o gwbl, cofio?'

Ac roedd hi wedi mynd, gan hedfan mewn lŵp llac trwy'r drws. Aeth heibio'r prif ddrws o fewn centimetr i'w ffrâm, a dringo'n gyflym i awyr y nos. Am eiliad, roedd ei chorff pitw wedi ei oleuo o'r cefn gan leuad lawn, ac yna diflannodd, gan grynu allan o'r sbectrwm gweledol.

Gwyliodd Cwiff hi'n mynd. Creaduriaid emosiynol, ellyllon. Mewn rhai ffyrdd, nhw oedd gweithredwyr gwaethaf Recon. Penderfyniadau'n cael eu gwneud gan y galon, bob tro. Ond fyddai Gwreiddyn byth yn cael gwared ar Heulwen, gan ei bod hi wedi cael ei geni i wneud gwaith heddlu. A beth bynnag, pwy arall fyddai'n achub y Tylwyth petai Artemis Gwarth fyth yn eu darganfod eto?

Eisteddodd Mwrc yn nalfa'r wennol gan deimlo'n hunandosturiol. Ceisiodd eistedd ar y fainc heb orfod ei chyffwrdd â'i ben-ôl dolurus. Nid peth hawdd.

Roedd pethau'n edrych yn ddrwg, rhaid oedd dweud. Hyd yn oed ar ôl popeth roedd Mwrc wedi'i wneud i'r LEP, roeddynt yn mynd i'w gloi am o leiaf degawd. Dim ond am ddwyn ambell far o aur. Ac nid oedd hi'n debygol y byddai'n cael cyfle i ddianc. Roedd e wedi ei amgylchynu â bariau dur a laser, a dyna sut byddai pethau hyd nes i'r wennol lanio yn Hafan. Ar ôl hynny, trip bach i Sgwâr yr Heddlu, gwrandawiad cwta ac i ffwrdd i garchar nes i'w farf droi'n llwyd. Dyna fyddai'n digwydd petai e'n cael ei orfodi i dreulio mwy na deng mlynedd allan o'r twneli.

Ond roedd gobaith. Llewyrch bychan. Gorfododd Mwrc ei hunan i aros nes i'r staff technegol glirio'r teclynnau o'r wennol. Yna, agorodd ei law dde yn araf, gan rwbio'i dalcen gyda'i fys a bawd. Beth roedd e'n ei wneud, o ddifrif, oedd darllen y nodyn ar gledr ei law – yr un roedd wedi ei gael gan Artemis pan ysgydwodd ei law.

Nid wyf fi wedi gorffen â thi eto, Mwrc Twrddyn –

roedd y nodyn yn darllen.

Wedi dychwelyd i Hafan, gofyn i dy gyfreithiwr wirio dyddiad gwreiddiol y warant ar gyfer dy ogof. Pan gei di dy ryddhau, cadwa dy drwyn yn lân am flwyddyn neu ddwy. Yna, tyrd â'r medaliwn i mi. Gyda'n gilydd, fydd dim modd rhoi stop arnom ni.

Dy ffrind a'th gymwynaswr
Artemis Gwarth yr Ail

Caeodd Mwrc y nodyn yn ei ddwrn. Gwnaeth silindr o'i fysedd a sugno'r papur i'w geg. Mewn chwinciad, roedd dannedd y corrach wedi difa'r dystiolaeth.

Anadlodd Mwrc yn ddwfn drwy'i drwyn. Nid oedd amser agor Gwin Mwydyn Craig Scalian wedi cyrraedd, eto. Fe allai arolwg o'i achos gymryd misoedd, blynyddoedd hyd yn oed. Ond roedd gobaith.

Lapiodd y corrach ei fysedd am fedaliwn Artemis. Gyda'i gilydd, ni fyddai modd rhoi stop ar y ddau.

EPILOG

DYDDIADUR ARTEmIS GWARTH. DISG I. WEDI EI AmGODIO.

Rydw i wedi penderfynu cadw dyddiadur. I fod yn onest, mae'n rhyfedd fod y syniad erioed wedi fy nharo o'r blaen. Fe ddylai ymennydd fel f'un i gael ei ddogfennu, fel bod cenedlaethau'r dyfodol o deulu Gwarth yn medru manteisio ar fy syniadau gwefreiddiol.

Wrth gwrs, rhaid i mi fod yn ofalus â dogfen o'r fath. Er mor werthfawr fyddai i fy nisgynyddion, fe fyddai'n fwy gwerthfawr fyth i asiantau'r gyfraith sydd byth a hefyd yn ceisio casglu tystiolaeth yn f'erbyn.

Mae'n fwy pwysig fyth i'r dyddiadur fod yn gyfrinach rhag fy nhad. Nid yw e'n ymddwyn fel ef ei hunan ar ôl dianc o Rwsia. Mae boneddigrwydd ac arwriaeth wedi dod yn obsesiwn. Cysyniadau abstract, ar y gorau. Cyn belled ag y gwn i, nid yw boneddigrwydd ac arwriaeth yn cael eu derbyn gan unrhyw un o brif fanciau'r byd. Mae ffortiwn y teulu yn fy nwylo i, ac fe wnaf ei ddiogelu yn y ffordd yr wyf wedi ei wneud erioed, gyda chynllwynion dyfeisgar. Bydd y rhan fwyaf o'r cynllwynion yn anghyfreithlon. Dyna sydd yn gweithio orau, bob amser. Mae gwir elw yn llechu yn y cysgodion, y tu hwnt i'r gyfraith.

Rydw i wedi penderfynu, er hynny, er parch i'm rhieni a'u gwerthoedd, newid fy meini prawf ar gyfer dewis dioddefwyr. Fe fyddai'n fanteisiol i ecoleg y byd petai corfforaethau byd-eang yn troi'n fethdalwyr, ac felly rwyf yn benderfynol o'u helpu, mewn rhyw ffordd. Nid troseddau heb ddioddefwyr, ond rhai lle bydd dagrau yn brin pan fyddant yn dioddef. Nid yw hynny'n golygu fy mod i'n wan, yn sydyn, ond yn hytrach, wedi troi'n fath o Dwm Siôn Cati cyfoes. Ac rydw i'n bwriadu medi llawer iawn o fuddiannau o'm troseddau.

Nid fy nhad yn unig sydd wedi newid. Mae Gwesyn wedi tyfu'n hen dros nos fel petai. Nid yw wedi newid o ran ei olwg ond mae wedi arafu cryn dipyn, er ei fod yn ceisio cuddio'r peth. Ond wnaf i ddim cael gwarchodwr arall yn ei le. Mae wedi bod yn gyflogai ffyddlon, ac mae ei brofiad mewn materion deallusrwydd yn amhrisiadwy. Efallai y gall Gwen ddod gyda mi pan fydd yn rhaid i mi gael fy ngwarchod, ond mae hi bellach yn dweud nad bywyd mewn gwarchodaeth bersonol yw'r un iddi hi. Yr wythnos nesaf mae hi'n teithio i America i geisio ennill lle mewn tîm ymaflyd codwm. Mae'n debyg ei bod wedi dewis 'Y Dywysoges Jâd' fel enw llwyfan. Ni allaf ond gobeithio y bydd yn methu'r clyweliad. Ond rydw i'n amau hynny. Gwesyn yw hi, wedi'r cwbl.

Wrth gwrs, mae gennyf i rai anturiaethau ar hyn o bryd y gallaf weithio arnynt heb gymorth gwarchodwr. Yn y blynyddoedd

diwethaf rwyf wedi datblygu meddalwedd i ddargyfeirio arian o gyfrifon banc amrywiol, i'm rhai i. Bydd yn rhaid uwchraddio'r feddalwedd i gadw ar flaen y gad, o flaen sgwadiau troseddau cyfrifiadurol. Dylai fersiwn 2.0 fod ar lein o fewn dau fis.Yn y gorffennol, rydw i wedi ffafrio'r Argraffiadwyr, ond nawr, rydw i'n cael fy nhynnu at bwnc rhyfedd, megis creaduriaid y tylwyth teg, fel y rhai yng nghyfres Pascal Hervé o 'MagicalWorld'. Ond rhaid i'r prosiectau yma gael eu gohirio, dros dro, gan fy mod wedi canfod, heddiw, fy mod wedi cael fy nhargedu fel rhan o gynllwyn cudd.

Dechreuodd y diwrnod yn rhyfedd. Pan ddeffrois, teimlais wendid, yn y fan a'r lle. Am foment fechan, cyn i mi agor fy llygaid, teimlais yn fodlon, fy awydd i gasglu cyfoeth wedi ei anghofio. Ni ddigwyddodd hyn erioed o'r blaen. Efallai fod y teimlad wedi aros gyda mi yn dilyn rhyw freuddwyd hudol, neu efallai fod agwedd bositif newydd fy nhad wedi cydio ynof fi hefyd. Beth bynnag yr achos, rhaid i mi fod yn ofalus i osgoi'r math yna o lithriad yn y dyfodol. Gyda chyflwr meddwl fy nhad fel y mae e, rhaid i mi gadw'n driw i'r achos. Rhaid i mi aros mor benderfynol ag erioed. Trosedd yw'r ffordd ymlaen i deulu'r Gwarth. Aurum potestas est.

Eiliadau wedyn, digwyddodd rhywbeth arall oedd yn rhyfedd. Wrth i mi olchi fy wyneb yn y basn, disgynnodd gwrthrychau bychain o'm llygaid. Dangosodd archwiliad gofalus yn y lab mai lensys cyffwrdd wedi cyrydu ychydig oeddynt. Dyfeisgar. A heb os, gwaith crefftwr o fri. Ond i ba bwrpas? Mae'n od, ond er nad oes gen i unrhyw wybodaeth am y lensys, na sut ddaethant i fod yn fy llygaid, rydw i'n teimlo fod yr ateb rhywle yn f'ymennydd. Wedi cuddio yn y cysgodion.

Dychmygwch fy syndod pan ddaeth Gwen a Gwesyn o hyd i'r un math o lens yn eu llygaid hwythau. Mae'r lensys mor gywrain fel y gallent fod wedi eu dyfeisio gennyf fi, felly rhaid peidio â thanbrisio'r gwrthwynebydd dirgel.

Fe af ar drywydd y tramgwyddwr a'i ddarganfod, coeliwch fi. Ni fydd unrhyw gliw yn cael ei adael heb ei archwilio. Mae gan Gwesyn gyswllt yn Abertawe, arbenigwr ym myd lensys a sgopiau. Mae'n bosib y bydd yn adnabod gwaith yr ymwthiwr. Mae Gwesyn ar ei ffordd yno wrth i mi ysgrifennu hwn.

Ac felly, mae pennod newydd yn cychwyn ym mywyd Artemis Gwarth yr Ail. Mewn mater o ddiwrnodau, bydd fy nhad yn dod yn ôl gyda'i gydwybod newydd. Byddaf fi'n cael fy anfon i ysgol breswyl, lle bydd gen i fynediad i ganolfan gyfrifiadurol dila a labordy mwy truenus fyth. Mae fy ngwarchodwr fel petai'n rhy hen ar gyfer tasgau corfforol ac mae gwrthwynebydd cudd yn plannu gwrthrychau rhyfedd ar fy nghorff.

Anawsterau di-ri, gallech feddwl. Fe fyddai person arferol yn cau'r drysau ac yn cuddio rhag y byd. Ond nid person arferol mo Artemis Gwarth. Fi yw'r person ieuengaf yn llinach droseddol Gwarth, ac ni fyddaf i'n gwyro o'r trywydd. Fe wnaf ganfod pwy bynnag roddodd y lensys yn fy llygaid ac fe fydd pwy bynnag a wnaeth hynny'n talu'r pris. A'r munud y byddaf wedi cael gwared ar y poendod hwnnw, fe fydd fy nghynlluniau yn mynd yn eu blaen, yn ddidrafferth. Fe wnaf greu ton droseddol nas gwelwyd erioed o'r blaen. Fe fydd y byd yn cofio'r enw Artemis Gwarth.

Iaith y Coblynnod

Y TYLWYTH –

CANLLAW AR GYFER Y GWYLIWR

Mae sawl math gwahanol o Dylwyth, pob un â'i nodweddion unigryw ei hun. Dyma ychydig o ffeithiau y mae Artemis Gwarth wedi eu casglu yn ystod ei anturiaethau. Rhaid i'r wybodaeth yma aros yn gyfrinachol, rhag peryglu bodolaeth y Tylwyth.

ELLYLL

Nodweddion: Tua metr o ran taldra. Clustiau pigfain. Croen brown. Gwallt coch.

Cymeriad: Deallus. Yn ymwybodol iawn o'r hyn sy'n gyfiawn ac yn anghyfiawn. Teyrngar tu hwnt. Synnwyr digrifwch sarcastig – gan un swyddog LEP benywaidd, beth bynnag.

Hoffi: Hedfan, mewn cerbyd neu gydag adenydd.

Sefyllfaoedd i'w hosgoi: Nid ydynt yn hapus os wnewch chi eu herwgipio a chymryd eu haur oddi arnynt.

CORACHOD

Nodweddion: Byr, crwn a blewog. Dannedd mawr fel cerrig beddau sy'n medru malu . . . wel, unrhyw beth a dweud y gwir. Y gallu ganddynt i dynnu asgwrn eu gên yn rhydd felly yn medru cloddio twnelau. Blew barf sensitif. Croen yn medru ymddwyn fel sugnwr os bydd wedi sychu. Drewllyd.

Cymeriad: Sensitif. Deallus. Tueddu at dorcyfraith.

Hoffi: Aur a gemau gwerthfawr. Creu twnelau. Y tywyllwch.

Sefyllfaoedd i'w hosgoi: Bod yn eu cwmni mewn man cyfyng ar ôl iddyn nhw fod yn cloddio ac aer wedi crynhoi y tu mewn iddynt. Os ydyn nhw'n agor y fflap pen-ôl ar eu trowsus, rhedwch . . .

†Rol

Nodweddion: Anferth – cymaint ag eliffant. Llygaid yn sensitif i olau. Casáu sŵn. Blewog. Crafangau miniog. Dannedd, dannedd a mwy o ddannedd! Ysgithrau fel baedd gwyllt (gwyllt iawn!) Tafod gwyrdd. Yn arbennig o gryf. Man gwan ar waelod y penglog.

Cymeriad: Twpach na thwp – ymennydd bychan bach sydd gan y trol. Yn grintachlyd ac â thymer drwg.

Hoffi: Bwyta – unrhyw beth. Byrbryd ysgafn fyddai buwch neu ddwy.

Sefyllfaoedd i'w hosgoi: Beth!? Os ydych chi'n meddwl bod trol gerllaw, rhedwch fel y gwynt.

Coblynnod

Nodweddion: Wedi'u gorchuddio â chen. Heb gloriau ar eu llygaid – yn llyfu pelenni eu llygaid i'w cadw'n llaith. Yn medru taflu peli tân. Yn symud ar eu pedwar er mwyn mynd yn gyflymach. Tafod fforchog. Yn llai na metr o ran taldra. Croen seimllyd all wrthsefyll tân.

Cymeriad: Dim yn glyfar ond yn gyfrwys. Cecrus. Uchelgeisiol. Awchu am bŵer.

Hoffi: Tân. Dadl dda. Grym.

Sefyllfaoedd i'w hosgoi: Ewch o'r ffordd os ydyn nhw'n taflu peli tân.

Gŵr-farch

Nodweddion: Hanner dyn, hanner ceffyl. Blewog – yn amlwg. Carnau yn medru mynd yn sych iawn.

Cymeriad: Hynod o ddeallus. Balch. Paranoiaidd. Caredig. Gîcs cyfrifiadurol.

Hoffi: Dangos eu hunain. Dyfeisio.

Sefyllfaoedd i'w hosgoi: Nid ydynt yn beryglus ond fe fydden nhw'n pwdu pe byddech yn feirniadol o'u dyfais ddiweddaraf, yn cyffwrdd eu cyfrifiadur neu'n cael benthyg yr eli ar gyfer eu carnau.

GWESYN

Arbenigedd Arfau
92
– lefel uchel o hyfedredd mewn arfau bychain; saethu i lefel gradd filwrol

Sgiliau Brwydro Di-arf
93
– yr ifancaf i raddio o Academi Diogelu Bersonol Madame Ko

Stamina
88
– trothwy poen a blinder yn rhagori ar lefelau dynol

Lladradeiddiwch
79
– rhyfeddol, o ystyried ei faint. Credir ei fod wedi'i hyfforddi gan ninjas

Teyrngarwch
85
– diamau. Wrth ochr ei feistr o'r diwrnod y cafodd ei eni

FFEIL GWARTH

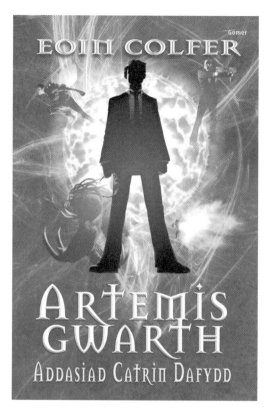

Artemis Gwarth. Mae'n siŵr dy fod ti wedi clywed yr enw.

Os wyt ti'n credu'r hyn sy'n cael ei ddweud ar y We, dyma
pwy sy'n gyfrifol am droseddau mwyaf ysgeler y ganrif
newydd. Os nad wyt ti wedi clywed amdano, gwyn dy fyd.
Rwyt ti'n medru cysgu'n fwy esmwyth heb sylweddoli bod
y fath berson yn bodoli. Ond os wyt ti'n chwilfrydig ac eisiau
gwybod mwy, beth am ddechrau yn y dechrau . . .

Yn y stori hon, y tro cyntaf i Artemis ddod wyneb yn wyneb
â'r Tylwyth, fe gei di'r hanes amdano'n darganfod arallfyd o
dan y ddaear sy'n gartref i Dylwyth Teg arfog a pheryglus,
corachod rhechlyd a thechnoleg anghredadwy. Ond dyw
hyd yn oed Artemis ddim yn sylweddoli'n iawn beth sydd o'i
flaen pan wnaiff herwgipio Capten Heulwen Pwyll . . .

EOIN COLFER

Gomer

ARTEMIS
GWARTH
AC
ANTUR YR ARCTIG

ADDASIAD SIÂN MELANGELL DAFYDD

Mae'r cyfan yn wir, bob gair. Mae Artemis Gwarth *wedi* darganfod tylwyth teg yn byw o dan ddaear. Mae e *wedi* hawlio'u haur ac mae'r heddlu wedi bod ar ei drywydd am gyflenwi celloedd pŵer i gangiau'r coblynnod.

Ond nid dyna'r cwbl. Mae Maffia Rwsia'n dal ei dad am bridwerth yn yr Arctig, a dim ond gwarchodwr Artemis, sef Gwesyn, sy'n sefyll rhyngddo ef â phicsel dieflig. Wrth i sefyllfa ffrwydrol fygwth holl wareiddiad y Tylwyth, mae Artemis yn sylweddoli bod yn rhaid i athrylith fel ef, hyd yn oed, gael cymorth weithiau. A gall y cymorth hwnnw ddod o gyfeiriad hollol annisgwyl . . .